단 한 권의
책

김형중 비평집
단 한 권의 책

펴 낸 날   2008년 9월 5일
지 은 이   김형중
펴 낸 이   홍정선 김수영
펴 낸 곳   ㈜문학과지성사
등록번호   제10-918호(1993. 12. 16)
주   소   121-840 서울 마포구 서교동 395-2
전   화   02)338-7224
팩   스   02)323-4180(편집)   02)338-7221(영업)
전자우편   moonji@moonji.com
홈페이지   www.moonji.com

ISBN 978-89-320-1893-5

* 지은이는 2008년 한국문화예술위원회가 지원한 창작지원금을 수혜했습니다.

:: **김형중** 비평집

단 한 권의
책

문학과지성사
2008

사라져버린 검은 해적

—'서문'을 대신하여

　　정확치는 않지만 대강 초등학교 3학년 무렵의 일이 아닐까 싶다. 아마 아주 더운, 여름 방학 중의 하루였던 것으로 기억된다. 외가가 그리 멀지 않아서, 어머니는 맘먹으면 한 번씩 친정에 다녀올 수 있는, 그때로 치자면 분명 '행운'을 누리고 있었는데, 그날도 역시 어머니가 외가에 다녀오시던 날이었다.

　　물론 외가가 가깝다는 것은 어머니에게만 행운인 것은 아니었다. 나에게 외가는 넓은 마당에, 아름드리 단감나무, 다 셀 수 없을 만큼 많았던 대추나무들, 자리 펴고 눕기에는 안성맞춤인 크기로 그늘을 드리운 채 꼬불꼬불 줄기를 늘어뜨리던 포도넝쿨, 어둡고 서늘했던 곳간(그 또래 아이들에게 어둠이란 얼마나 좋은 놀이터인가!), 창호지 바른 미닫이 문 안에 조용하고 다소곳하게 앉아 계시던 외할아버지와 외할머니 등등(대개 외할머니는 바느질을, 외할아버지는 성경 독송을 하고 계셨다)과 같은 기억으로 남아 있다. 게다가 무뚝뚝하고 격했던 우리 집안 식구들의 성정과는 달리 외할아버지, 외할머니, 이모, 이

모부, 외삼촌 모두 온화하기 이를 데 없어, 종일 높은 소리 한 번 나는 법이 없었으니, 그곳은 말하자면 어린 날의 낙원이었던 셈이다. 그리하여 그 낙원이 가까운 곳에 있다는 것은 어머니보다도 어쩌면 우리 형제들에게 더 행운이었다고 해야 맞겠다.

허나 아무래도 어머니 손잡고 외가 출입을 자주 했던 것은 내가 아니라 막내였는데, 귀엽고 순하기로야 동네에서도 단연 최고였던 막내였고 보면, 우리 형제들로서도 막내의 행운에 큰 불만이 있었던 것 같지는 않다. 다만 아버지가 출근하신 후 어머니 손을 잡은 막내가 총총걸음으로 신작로를 따라 멀어져 가는 것을 부러운 듯 쳐다보던 날에는, 또한 그 신작로길을 따라 돌아오는 어머니와 막내를 하루 종일 기다렸던 것인데, 이유는 간단하다. 그런 날이면 으레 대추며 감이며 포도 같은, 그 당시로는 돈 주고 사 먹기 힘들었던 먹을거리들이 어머니 손에 잔뜩 들려 있게 마련이었던 것이다. 물론 막내 배는 어머니 손에 들려 있는 하늘색 보자기보다 더 부풀어 있었지만.

그런데 그날은 어머니 손에 들린 보자기가 여느 때의 보자기와 사뭇 달랐다. 네 귀퉁이가 각지고 높이도 내 키 정도는 되어 보이는 커다란 하늘색 보자기를 어머니는 거의 끌다시피 땀을 뻘뻘 흘리며 들고 오시는 것이었다. 다행히도 먹을거리가 들었음에 틀림없는 보자기는 동생이 역시 거의 끌다시피 들고 있었다.

냅다 뛰어가 같이 들고 들어와 펴보니, 그 보자기 안에는 생뚱맞게도 얼추 3, 40권은 됨직한 낡고 바랜 책들이 한 질 차곡차곡 쌓여 있었다. 출판사가 어디였는지, 누가 감수한 것이었는지, 그리고 전체 몇 권짜리 전집이었는지는 기억 나지 않는다. 지금 와서는 다소 아쉬운 일이지만, 그 나이에 그런 서지 사항이 중요할 이유는 없었을 테니 어쩔 수 없는 일이다. 다만 '세계 어린이 명작 동화'라는 시리즈 제목만은 기억한다.

내가 그 이전에도 책 보기를 좋아했는지는 기억 나질 않는다. 아마 아니었을 것이다. 그 이전에 읽었던 책이 전혀 기억에 남아 있질 않으니 말이다. 그러나 더러 군데군데 몇 권씩 이가 빠져 있기도 한 데다, 표지도 낡고 누렇게 바래서 분명 얻어온 것임에 틀림없는 그 책들이 집에 들어온 이후로는 사정이 바뀌었다. 얼마 지나지 않아(아마 한 학기가 채 걸리지 않았지 싶다) 나는 그 책들을 다 읽어버렸던 것이다. 덕분에 나는 이른 나이에 『장발장』이며 『삼총사』『빨간 머리 앤』『마지막 잎새』『흑기사』『윌리엄 텔』『수호지』『삼국지』 같은 동서양의 고전들을 다 읽은 아이가 될 수 있었다. 물론 그 또래 아이들 읽기에 편하게, 개작되고 줄여지고 편역된 상태로이긴 했지만 말이다.

종종 밀린 원고에 고단해져서는, 도대체 내가 왜 알아주는 이 몇 안 되는 글쓰기에 이토록 매달리나 싶어질 때마다, 거의 어김없이 그 여름날 어머니 손에 들려 집으로 들어오던 예의 하늘색 책보따리가 떠오르곤 한다. 어쩌면 바로 그때, 내 미래는 지금의 모습으로 결정이 났던 것인지도 모를 일이다. 그 방학이 지나고 어쩌다 한 번씩 선생님이나 다른 어른들이 "니 꿈이 뭐냐?"라고 물었을 때, 뜻도 뭣도 모르는 채로 내처 "소설가요"(물론 이런 대답을 하는 아이들이 없었으니 부끄럽기도 했다)라고 대답했으니 말이다. 그렇게 해서 나는 초등학교 4학년 이후로 한 번도 글쓰는 일 외에 다른 소망을 품어본 적이 없었다.

참! 해적 얘기를 빼먹었다. 그때 어머니가 외가에서 얻어온 전집의 마지막 권 제목이 바로 '검은 해적'이었다. 그러나 그럴싸한 이름 때문에 가장 읽고 싶었던 그 책은 달랑 껍데기만 남은 채로 내게 왔다. 제본이 잘못되었던지 혹은 먼저 본 사람(아마 외사촌 형이었으리라)이 심하게 다루어서였는지는 모르겠으나, 표지 안에 들어 있어야 할 해적이 온데간데없었던 것이다. 그리하여 영영 나는 그 책을 읽을 수 없었던 것인데, 이제 와 생각해보면 '부재(不在)' 자체였던 그 책이 내겐 가장 고마운 글쓰기 선생이 아니었나 싶다.

이른 가을날 새벽 눈곱도 떨어지지 않은 눈으로 마당가에 앉아, 손으로는 아직 졸고 있는 강아지를 안아 목덜미를 쓰다듬으며, 역시 채 잠이 덜 떨어진 동생들에게 읽지도 않은 검은 해적 이야기를 들려주던 게 기억난다. 수업하기 싫어진 선생님(그때의 선생님들은 다들 왜 그리도 게을렀던지)이 내게 장기자랑 대신 이야기나 한 토막 하라고 하셨을 때, 이제 막 도시락을 까먹고 졸음에 겨운 친구들 앞에서 해적선이 바다에 빠져 그 많은 보물들이 수장되는 장면을 얘기해주던 게 기억난다. 읽은 적이 없으므로 모두 다 지어낸 것이었고, 또 오래지 않아 밑천이 떨어져 지어낸 것이 들통나곤 했지만, 그렇게 나는 그 '검은 해적'의 부재를 스스로 메우기 시작했던 것이다.

요컨대 어쩌면 나는 아직도 비어 있던 그 한 권의 부재를 내 글로 메우려 안간힘을 쓰고 있는 건지도 모르겠다. 비평이란 존재하지 않는 그 '단 한 권의 책'을 찾는 무모한 여정일 테니……

차례

제 1 부

성(性)을 사유하는 윤리적 방식

─최근 한국 문학에 나타난 성·사랑·가족에 대한 단상들

불경을 지고 가던 우리집 늙은 암소

이견이 있을 수는 있겠지만, 김훈의 「언니의 폐경」은 그 자체로는 흠잡을 데 없는 텍스트이다. 김훈 단편 특유의 구성력과 미문은 이 작품에서도 여지없이 빛을 발한다.

언니의 등 뒤로는 매번 곱게 늙은 노을이 지고, 그 노을 속으로 물고기를 닮은 비행기가 뜨고 내리기를 반복한다. 붉게 물든 하늘 아래로는 강이 흐르고, 그 "강의 흐름이 두 번 뒤집히면 하루가"[1] 간다. 달이 그 강의 흐름을 주관한다. 물론 언니의 몸도 주관하는데, 침대 시트를 생리혈로 더럽힌 정월 대보름 밤, 언니는 말한다. "얘, 커튼을 닫자. 달 때문이야"(p. 26). 침대 시트는 마른풀 서걱거리는 소리가 날 정도로 정갈하게 풀 먹인 옥양목, 주로 채식만 즐기는 언니가

---

1) 김훈, 「언니의 폐경」, 『2005 황순원문학상 수상작품집』, 랜덤하우스중앙, 2005, p. 50. 이하 본문에 쪽수만 표기.

그 위에서 잔다. 기도(氣道)에 가이바시라가 걸려 숨을 못 쉬는 손자를 살려내는 이도 언니다. 언니는 소설 말미 원효의 제자였던 사복의 어머니와 동일시되는데, 사복은 자신의 어머니가 죽자 이렇게 말했단다. "불경을 싣고 가던 우리집 늙은 암소가 이제 죽었다"(p. 57). 월경(月經)의 '經'과 불경(佛經)의 '經'이 같은 글자이니, 사복의 어머니처럼 언니도 부처의 풍모를 부여받은 셈이다.

언니 주변엔 몇 사람의 남성들이 있다. 그들은 모두(수컷들의 경쟁에서 낙오한 '그이'를 제외하고) 차갑고 단단한 금속성의 이미지들에 둘러싸여 있고, 위압적이고 무거운 검은색을 선호하며, 혈족주의와 배금주의의 신도들로 그려진다. 비행기 사고로 죽은 형부, 그는 일중독자였고, 제철회사 인사관리부서에서 일했다. 모든 가부장들이 그렇듯이 가문의 대소사에 아내를 대동해 체면 차리기를 즐기는 '나'의 남편, 그는 고향에 내려갈 때마다 8기통 검은색 승용차를 즐겨 탄다. 아마도 그 차는 항상 차갑고 빛나게 손질되어 있었을 것이다. 그 역시 인사관리부서에서 일했는데 낙오한 조류를 닮은 '그이'를 퇴출시킨 이가 바로 남편이다. 조카와 언니의 시댁 남자들은 형부가 남기고 간 20억 원을 두고 드잡이를 마다하지 않으며, 연방 "이래서 여자들한테 집안일을 맡길 수 없다니까"(p. 54) 따위의 말들을 남발한다.

이전의 단편들에서 그랬듯 김훈은 이 작품에서도 비행기의 상승과 하강, 물의 들고 남, 달의 차고 이지러짐 등 적절한 신화소와 상징, 이미지와 리듬을 긴밀하게 상호 조응시키면서 여성의 몸에 잠재된 삶과 죽음의 이중성이란 테마를 관념의 노출 없이 효과적으로 전달한다. 언니는 여성성의 화신이다. 반면, 남성 인물들 주위에서는 언니의 이미지와 대조적으로 차갑고 위압적인 이미지들이 계열을 이루면서 '남성성/여성성'의 차이를 선명하게 부각시킨다.

「언니의 폐경」은 '잘 빚어진 항아리'다.

여성은 남성이다

그러나, 정말 여성은 꽃이거나 젖일까? 우물이거나 달일까? 꽃처럼 곱고, 우물처럼 깊고, 달처럼 풍요롭고, 대지처럼 넉넉한 여성, 그러나 그토록 우주화된 여성은 남성이다.[2] 아도르노는 말한다. "본능에 근거한다는 모든 유의 여성성이란 항상 모든 여성이 폭력적으로 강요당해야만 했던 것이다. 여성은 남성이다."[3] 여성성이란 여성의 본능으로부터, 여성의 생물학적 특징으로부터 파생된 것이 아니다. 여성성이란 최종심에서는 남성 중심적인 사회의 이러저러한 담론들이 여성에게 강요한 자질이다. 여성성에 대한 사유가 지극한 회의와 자성(自省)이 동반되지 않는 한(동반된다 하더라도), 거의 자동적으로 남성적일 수밖에 없는 것도 이런 이유 때문이다. 심지어 여성 자신에게도 마찬가지인데, 성차에 대한 지배 담론은 여성을 여성 주체로 호출하는 데 일조한다. 여성 또한 그렇게 남성이 된다.

여성이라는 "성별은 항상 헤게모니적인 규범들의 반복으로서 산출된다."[4] 물론 헤게모니는 남성 중심 사회의 것이다. 여성이 꽃이고

---

2) 90년대 이후 한국 소설과 비평에 나타난 '여성성'에 대한 이와 같은 비판은 심진경의 「새로운 여성성의 미학을 찾아서」, 『문예중앙』 2005년 겨울호 참조.

3) T.W. 아도르노, 『한줌의 도덕』, 최문규 옮김, 솔, 1995, p. 136.

4) J. 버틀러, 『의미를 체현하는 육체』, 김윤상 옮김, 인간사랑, 2003, p. 203.

밥이고 달이거나 물일 때, 남성들은 꽃을 꺾고, 밥을 먹고, 달빛을 거닐고 오래오래 양수 속을 유영한다. 여성성은 남성들의 실현되지 못한 꿈이다.

　김훈만을 두고 하는 얘기가 아니다. 금홍이는 이상(「날개」)의, 안지야는 장용학(『원형의 전설』)의, 은혜는 최인훈의(『광장』), 심청은 황석영(『심청』)의, 정희남은 김성동(『꿈』)의, 리엔은 방현석(「랍스터를 먹는 시간」)의 실현되지 못한 꿈이다. 물론 신경숙을 필두로 여성성의 이상화에 편승했던 90년대의 많은 여성 작가들 또한(비록 그들이 구부린 남성적 막대의 경사를 인정한다 하더라도) 이런 비판으로부터 자유로울 수는 없다.

타자와 이방인

　여성은 이를테면 성기의 두 음순으로부터 나오는 확산된 성욕과, 남근 중심적 담론과 같이 동일성만을 요구하는 가설 내에서는 이해도 표현도 될 수 없는, 리비도적 에너지의 다중성(多重性)을 경험한다.[5]

　다소 생물학주의적인 냄새가 나는 것은 사실이지만, 로잘린드 존스 Rosalind Jones의 이 말은 남성으로서 글을 쓰는 이들에겐 가히 치명적이고 절망적이다. 여성성이란 남근 중심적 동일성 담론으로는 애초에 이해도 표현도 불가능하다. 남성들의 언어 체계 안에(그리고 어

---

5) A.R. 존스, 「몸으로 글쓰기」, 『여성해방문학의 논리』, 창작과비평사, 1990, p. 176.

쩌면 여성들의 언어 안에도) 여성을 위한 자리는 없다. '여성은 없다.' 그런 판에 여성성을 말하는 것이 쉬운 일은 아니다. 남성 작가가 자신이 기반하고 있는 사유의 틀 자체에 대한 회의 없이 여성을 말하는 것은 더욱더 그렇다. 그것은 거의 불가능할 뿐만 아니라, 비윤리적이기도 하다.

가라타니 고진의 어법을 빌리자면, '비윤리적'이란 말은 '윤리가 발생하지 않는다'는 의미에 가깝다. 그렇다면 윤리는 언제 발생하는가? 타자의 외부성을 용인할 때 발생한다. 말하자면 타자를 연민과 동정의 대상, 혹은 질시와 모멸의 대상으로 '이방인화'하지 않을 때 윤리가 발생한다. 고진의 말이다.

여기서 '타자'의 개념에 대해 확실히 해둘 필요가 있다. 인류학자나 문화기호론자는 공동체 바깥에 있는 타자에 대해서 말하고 있다. 하지만 그 이방인〔異者〕은 공동체의 동일성·자기 활성화를 위해 요구되는 존재이므로, 공동체의 장치 내부에 있다. 공동체는 그 이방인을 희생양으로서 배제하거나 '성스러운' 자로서 영입한다. 실상 공동체의 외부로 보이는 이방인은 공동체의 구조에 속해 있는 것이다. 따라서 이런 의미의 타자는 그 어떤 타자성도 지니지 않는다.[6]

롤랑 바르트와 피카소에 의해 일본이, 매스 미디어와 하리수에 의해 트랜스젠더가, 휴먼 쇼 「느낌표」에 의해 이주노동자들이, 타자성을 박탈당한 채 동정이나 동경의 대상이 된다. 일본은 성스러워지고,

---

6) 가라타니 고진, 「교통 공간에 대한 노트」, 『유머로서의 유물론』, 이경훈 옮김, 문화과학사, 2002, p. 34.

소수자들에겐 온정의 손길이 넘치지만, 타자와의 교통은 발생하지 않는다. 동일자는 결코 스스로는 타자화하지 않은 채, '이방인'을 맞아들이거나 배제한다. 여성에 대해서도 마찬가지다.

남성 중심 사회와 언어가 여성을 성스러운 자로서 영입한다고 해서 여성이 타자의 지위를 벗고, 정당하게 복원되거나 평등한 지위를 확보하게 되는 것은 아니다. 차라리 그런 행위는 동일자에 의한 타자의 포섭에 가까울 텐데, 그럴 때 타자는 '이방인'이 된다. 타자란 근본적으로 동일자의 언어 밖에 있는 자, 절대적 외부성을 용인하지 않는 한 항상 이방인으로 배척받거나 과장되게 이상화되어버리고 마는 자이다. 여성도 마찬가지일 것이다. 여성성을 언어화하려는 순간, 여성을 이상화하고 신화화하는 순간, 여성은 윤리와 교통의 대상으로서의 타자가 아닌, 구원자나 희생양이 된다. 받아들여진, 혹은 배제당한 이방인이 된다.

다시 한 달을 가서 설산을 넘어도

그런 맥락에서 읽을 때, 김연수는 남성 작가들 중 유독 윤리적이다. 죽음을 불사하고, 다시 한 달을 가서 설산을 넘어도, 김연수의 주인공은 '동녀국(東女國)'에 도달하지 못한다. 그는 자신이 읽고 있는 『왕오천축국전』의 저자 혜초 역시, 여자가 왕인 이 나라에 가보지 못했음을 안다. 혜초는 자신이 가본 나라를 다룰 때 예외 없이 사용했던 종(從), 행(行), 일(日), 지(至) 등의 글자를 동녀국을 묘사하면서는 사용하지 않았다. 그러나 그걸 알면서도 김연수의 주인공은 다시 한 달을 간다. 설산 너머를 꿈꾼다.

　그는 꿈에 보았던 여자 친구의 오아시스에 대해서도 종내 기억해내는 것이 없다.

　여자 친구는 차근차근 오아시스에 대해 설명했다. 둘이서 함께 가본 적이 있는 그 이상한 나라에 대해. 누이와 결혼하고 어머니를 아내로 삼는 나라에 대해. 함께 갔었잖아. 여자 친구가 말했다. 우리가 언제 그런 곳까지 갔었어? 아무리 기억해도 그는 그런 나라에 가본 일이 없었다. 우리가 사랑하는 동안에. 우리가 사랑하는 동안에? 하지만 그는 기억할 수 없었다. 꿈속이었지만, 그 사실이 무척이나 괴로웠다.[7]

　"누이와 결혼하고 어머니를 아내로 삼는 나라." 덜 자란 남성들(남성성이란 항상 유아성의 다른 이름 아닐까?)의 천국인 그 나라에 김연수의 주인공은 결코 가본 적이 없다. 가본 적이 없으므로, 그는 그 나라에 대해 말하지 않는다. 다만 그 나라에 도달할 수 없음을 안타까워한다. 그러나 그 나라에 다다르려는 노력을 포기하지는 않는데, 오로지 여자 친구의 죽음을 이해하기 위해 그는 사력을 다해 그녀에 대한 소설을 쓰고(그 소설의 첫 문장은 이렇다. "패배는 내 안에서 온다. 여기에 패배는 없다"), 사력을 다해 그녀가 마지막으로 읽은 『왕오천축국전』의 나라 '동녀국'으로 떠난다. 도달 불가능성을 알면서도 굴하지 않고 행해지는 그의 '등반(登攀)'은, 자주 그의 소설 쓰기, 곧 '등단(登壇)'과 교차된다. 소설 쓰기는 그에겐 동녀국이 있다고 적혀

---

7) 김연수, 「다시 한달을 가서 설산을 넘으면」, 『나는 유령작가입니다』, 창비, 2005, p. 131.

있는 낭가파르바트 너머에 대한 탐사와 등가이다. 그리고 죽은 여자 친구의 진실, 곧 여성성에 도달하려는 노력과도 등가이다. 등반과 글쓰기는 몇 줄의 이해할 수 없는 문장을 남기고 자살해버린 여자 친구를 이해하는 과정 자체이다. 그에게 여성성은 항상 저 설산 너머 도달하지 못할 외부, 언어의 외부에 있다.

아마도 타자에 대한 윤리는 이렇게 발생할 것이다. 우선 타자의 절대적 외부성에 대해 인정해야 한다. 그리하여 언어로도 등정으로도 도달할 수 없는 곳이 바로 타자의 처소란 사실을 용인해야 한다. 그러면 내가 속한 처소, 내가 속한 관습과 문법과 에피스테메가 어느 순간 회의의 대상이 되고, 상대화된다. 그렇게 나 또한 타자성을 획득한다. 타자가 나에게 완벽한 외부이듯이, 나는 타자에게 완벽한 외부이다. 나는 타자의 타자가 됨으로써 타자와 동등해지고, 동등해진 두 타자 간의 목숨을 건 교통 시도가 윤리를 낳는다. 김연수의 연애담들(『7번 국도』『사랑이라니 선영아』「쉽게 끝날 것 같지 않은 농담」「하늘의 끝, 땅의 귀퉁이」「첫사랑」「뿌넝쉬(不能說)」「연애인 것을 깨닫자마자」 등)이 다 그랬지만, 그렇게 읽을 때 「다시 한달을 가서 설산을 넘으면」은 그중에서도 유독 윤리적이다.

어떤 모성은 잔인한 과대망상이다

시인들, 특히 이즈음의 젊은 여성 시인들이 요구하는 것이 바로 그런 윤리다. 그들은 남성들의 언어로 자신들이 말해지는 것을 원치 않는다. 스스로가 남성들의 관찰 대상이 되어 그들의 시선 앞에 주눅

들게 되는 것을 원치 않는다. 그들은 타자성을 요구한다.

감탄부호를 앞지르는 그녀들//지느러미가 하느작거리는/어느새 꼬리를 보이며 등 돌리는/아가미를 따라 할딱거리다/Accelerator를 밟고만다 전신이 퉁겨지는//순간,//부레가 떠오르고 그는 매어달린다/필사적으로//비웃듯 물방울로 흩어지는/그녀들,//결코 따라잡을 수 없다.[8]

참 아름답군요 딱 한번 스쳤을 뿐인데 양파 같은 눈이 보기 좋군요 끝없이 즙을 짜는 세월의 물컹한 살점이 도려내기 좋군요 당신은 안경을 벗고 나는 창문을 벗어요 당신은 바지를 끄르고 나는 계단을 끌러요 당신은 가랑이를 벌리고 나는 활주로를 벌려요 당신은 혀를 내밀고 나는 비행기를 내밀어요 당신은 내 몸을 올라타고 나는 구름숲을 올라타요[9]

진수미의 시나 이민하의 시 모두 여성 특유의 성 체험과 관련되어 있다. 그리고 두 시 모두 일종의 조롱의 어조를 취하고 있다. 절정의 순간 '그'는 필사적으로 매달리지만, 로잘린드 존스의 말 그대로 그녀들은 "비웃듯 물방울로 흩어"진다. 그들의 언어와 시선은 그녀들을 결코 따라잡을 수 없다. 왜냐하면 그녀들은 그들과 언어가 다르고 지각 방식이 다른 타자이기 때문이다. 고작해야 그들의 눈은 "끝없이 즙을 짜는 세월의 물컹한 살점"(남근이 아닌가!)에 불과해서 그가 안경을 벗는 순간 나는 창문을 벗어난다는 사실, 그가 바지를 내리는

---

8) 진수미, 「자정의 젖은 십자로」, 『달의 코르크 마개가 열릴 때까지』, 문학동네, 2005. 이하 본문에 작품 제목만 표기.
9) 이민하, 「안경을 벗은 당신, 」, 『환상수족』, 열림원, 2005.

순간 나는 계단을 내려간다는 사실, 그가 가랑이를 벌리는 순간 나는 이미 활주로를 달리고, 그가 혀를 내미는 순간 나는 이미 비행기를 타고 구름숲에 오른다는 사실을 보지 못한다. 그들의 구심력과 그녀들의 원심력은 서로에게 애초부터 절대적 외부이다. 그 사실을 용인하지 않는 한 그들의 시선과 언어는 결코 윤리를 발생시키지 못한다.

남성 중심적인 사회의 시선을 벗어난 그녀들에 의해 모성·여성성의 신화는 파괴된다. 여성은 더 이상 밥이나 꽃이나 물이나 강이 아니다. 자궁은 물론 생명의 시원도 돌아갈 안식처도 아니다. 김이듬은 말한다. "어떤 모성은 잔인한 과대망상이다."[10] 김민정은 분노와 조롱이 가득 섞인 목소리로 여성성이란 모성이고 모성이란 잉태와 생명의 생산에 있다는 종래의 관념을 폭파한다. "내 꿈은 지상 모든 꽃모종에 껌을 씹어 붙이는 일/내 꿈은 세상 모든 인큐베이터에 사제폭탄을 장착하는 일/설사 내 자궁에서 근종 덩어리 하나 자라고 있다 한들."[11] 근종은 물론 태아일 것이니 시적 화자는 잉태에 대해 이물감 외에는 어떠한 자부심도 느끼지 않는다. 게다가 종종 그녀들은 '남성/여성'의 이분법적 성차를 부인하기도 한다.

유리창 밖으로 붉은 눈발 날린다/커다란 칼을 들고 다정한 눈망울로 바라보는 수소를 힘껏 내리치던/때가 있었지, 요즘엔 아무 일도 없다./냉기로 달아오르는 난로 옆에서 그녀는 중얼거린다/천장에 오래

---

10) 김이듬, 「거리의 기타리스트―돌아오지 마라, 엄마」, 『별 모양의 얼룩』, 천년의시작, 2005.
11) 김민정, 「가위눌리다 도망 나온 새벽」, 『날으는 고슴도치 아가씨』, 열림원, 2005. 이하 본문에 작품 제목만 표기.

켜놓은 형광등이 깜빡인다, 칼은 녹슬었고//오늘 밤에는 들판에 나가
야겠다/풀 먹인 하얀 앞치마에 가득이 떨어지는 별을 받으러./장미성
운에서 온 것들이 쇠 다듬는 데 최고라니까/그녀는 왼쪽 유방의 부드
러운 뚜껑을 열고/하얀 재를 한 움큼 쥐어본다.[12]

커다란 칼로 수소를 내리치던 여자가 오늘 밤에는 들판에 나가 앞
치마에 별을 받는다. 태몽은 아니다. 장미성운에서 온 그 별들로 그
녀는 칼을 갈 테니("쇠 다듬는 데 최고라니까"). 칼을 휘두르는 여성
성은 모성과 무관하다. 유방엔 하얀 재만 담겼으니 수유도 불가하다.
칼을 휘두르고 짐승을 잡는 자는 고래로 남성이었다. 그렇다면 이 여
성은 남성인가, 여성인가, 아니면 양성구유적 존재인가, 남/여 성차
의 이분법을 교란하는 자인가.

천운영의 거의 모든 단편들이 이렇게 씌어진다. 천운영의 단편에서
여성 주인공들은 모두 꽃도 밥도 우물도 대지도 아니다. 그녀들이 가
진 것이 자궁이 맞다면, 그것은 씹어 먹는 자궁, 이빨 달린 요니
Vagina Dentata다. 자신을 육식동물인 늑대의 일족으로 상상하는 주
체(「늑대가 왔다」)를 고래의 어법에 따라 여성이라 부를 수는 없는 노
릇이다. 또한 북두갈고리 같은 손으로 남편을 구타하고(「행복 고물
상」), 무릎이 시큰거릴 때는 우족이나 스지를, 속이 불편할 때는 된
장을 풀어 끓인 내장탕을, 심한 감기를 앓은 후에는 소의 허파를
(「숨」) 탐하는 육체를 꽃이나 우물에 비유할 수는 없는 노릇이다. 요
컨대 그들은 전통적인 성 구분법에 따르자면 양성구유적 존재들이다.

---

12) 진은영, 「정육점 여주인」, 『일곱 개의 단어로 된 사전』, 문학과지성사, 2003. 이하 본문
    에 작품 제목만 표기.

그들에게는 자궁이 있으나 그 자궁에는 이빨이 달렸다. 그것에 대한 탁월한 메타포가 여기 있다.

나는 그의 가슴에 새끼손가락만 한 바늘을 하나 그려주었다. 티타늄으로 그린 바늘은 어찌 보면 작은 틈새 같았다. 어린 여자 아이의 성기 같은 얇은 틈새. 그 틈으로 우주가 빨려 들어갈 것 같다. 그는 이제 세상에서 가장 강한 무기를 가슴에 품고 있다. 가장 얇으면서 가장 강하고 부드러운 바늘.[13]

옆집 남자의 가슴에 새겨준 바늘 문신, 그것은 남성 상징이면서 여성 상징이다. 그것은 작중 화자가 전쟁 박물관에서 보았던 미사일이나 기관총처럼 남근을 상기시키는 무기이다. 그러나 그것은 또한 여리고 얇은 여자 아이의 성기이기도 하다. 생김새도 그렇지만, 바늘이란 항상 조각난 것들을 온전하게 꿰매고 치유하는 여성적 도구 아니었던가? 그러므로 이 바늘은 천운영이야말로 신화소 차원에 이르기까지 '남/여' 성차에 관한 이분법을 교란하는 급진적 성정치학자임을 여실히 보여주는 바늘이다.

요약컨대, 우리 시대의 젊은 문학은 더 이상 우물 안에 있지 않다. 우물 밖으로 나온 여성 주체들이 신화화된 여성성과 모성의 벽을 허물면서 타자의 윤리를 요구한다.

---

13) 천운영, 「바늘」, 『바늘』, 창작과비평사, 2001, p. 33.

시코쿠

  말을 갖지 못한 타자, 그래서 '남/여'의 이분대당에 기반한 사회에
윤리를 요구해야 할 주체들이 여성들만은 아닐 것이다. 남자 아니면
여자(이 역시 남자일 텐데)의 자명한 성차 구분법은 제2, 제3, 아니
무수한 복수 젠더들을 용인하지 않는다. 정상성은 항상 비정상성을
생산하고, 역으로 비정상성을 통해서만 자신의 정상성을 재생산한다.
이분대당 너머엔 항상 이방인들이 산다.

  반갑게도 우리는 이즈음 그 이분대당을 넘어선 성적 주체들을 종종
만난다. 황병승의 몇몇 작품들은 성적 소수자 문제를 정면에서 다룬
흔치 않은 예에 해당한다. 가령 「커밍아웃」의 동성애자 화자는 독자
에게 제안한다. "저처럼 부끄러운 동물을/호주머니 속에 서랍 깊숙
이/당신도 잔뜩 가지고 있지요."[14] 이 말은 지극히 정상적이다. 단일
한 하나의 젠더로 고정되기 전에 우리는 남성도 여성도 아니었을 터
이니, 우리는 모두 다소간은 게이이거나 레즈비언일 것이다. 아니 더
정확히는 꼬리표 붙이기 식의 젠더 구분 너머에서 우리 모두는 서랍
깊숙이 정상성으로부터 이반(離叛)하고픈 욕망을 간직하고 있음에
틀림없다. 사람은 모두 성적으로 단일하지 않다. 엄밀하게는 남성도
여성도 아닌, 아니 남성이면서 여성일 뿐 아니라 그외에 다른 무수한
성적 취향의 조합으로 이루어진 고유명사가 바로 우리들이다. 황병승
의 시코쿠가 요구하는 윤리가 그것이다. 남성적이거나 여성적인 섹슈

---

14) 황병승, 「커밍아웃」, 『여장남자 시코쿠』, 랜덤하우스중앙, 2005, pp. 18~19. 이후 본
    문에 작품 제목만 표기.

얼리티는 없다. 다만 개별자들의 수만큼 많은 성적 정체성이 존재할 따름이다.

  윤리란 그런 것이다. 타자에게 나의 관습에 따라 정체성을 부여하고 그로써 낯익은 존재를 만들어 동일자에 포섭하는 것이 아니라, 타자의 절대적 외부성을 용인한 채로 나 또한 그에게 타자가 될 때만 윤리는 발생한다. 그럴 때 우리는 외형상 '남성'이라 지칭되는 어떤 주체가 "열두 살, 그때 이미 나는 남성을 찢고 나온 위대한 여성/미래를 점치기 위해 쥐의 습성을 지닌 또래의 사내 아이들에게/날마다 보내던 연애편지들"(「여장남자 시코쿠」)이라고 말하거나, 분명 처남임에 틀림없는 이가 친구들을 누나라 불러도 좋겠냐고 묻거나(「불쌍한 처남들의 세계」), 이제 갓 스물을 맞이한 청년 하나가 거울에 비친 자신의 영상에게 "괜찮아요 매니큐어를 처음 바를 땐 누구나 어색하죠/여자들도 그런걸요"(「셀프 포트레이트 스물」)라며 말을 걸 때도 하등의 민망함과 혐오 없이, 그것을 흔하디 흔한 '차이들' 중 하나로 받아들일 수 있게 될 것이다. 그럴 때 고민할 것은 그들을 어떻게 나의 언어로 정의할 것인가가 아니다. 정작 고민할 것은 그들과 함께 윤리적으로 살아갈 수 있는가이다. 새로운 주거 공간이 필요하다.

비합리주의 주거 공간[15]

  받아들임이나 배제를 통해 타자들을 이방인화하지 않고, 그들과 윤

---

15) 김이듬, 「공사의뢰인」, 앞의 책.

리적으로 함께 살아가는 세상을 위해 문학이 할 수 있는 일은 무엇일까? 상식과 달리 문학은 세상을 크게 바꿔놓지 못한다. 재빨리 바꾸지는 더더욱 못한다. 건강한 영혼을 가진 작가가 현실의 모순을 찾아 투명한 언어를 통해 총체적이고 정확하게 반영한 후(물론 대안을 제시하면서), 그것을 역시 건강한 영혼을 가진 독자가 읽고 공감하고, 그러고 나서 현실의 변혁에 나선다는 식의 선형적 영향 모델은 너무도 순진한 계몽주의의 산물이다. 문학은 일차적으로 세상이 아니라 문학을, 그리고 문장을 변혁한다.

만약 문학이 타자에 대해 윤리적이고자 한다면, 스스로 삭제해야 할 것들이 많다. 타자를 이방인으로 만들고야 마는 완고한 배제의 논리는 문장 수준에서도 작동된다. 가령 민족은 언어를 지배한다. 국적도 언어를 지배한다. 게다가 우리는 문장에도 성별이 있다는 사실을 잘 안다. 그러나 예외가 있으니 그것이 바로 배수아의 문장이다. 배수아의 소설 문장에는 국적의 흔적도 민족의 흔적도 성차의 흔적도 존재하지 않는다. 가령 다음 구절은 이성애자들의 사랑 장면인가, 동성애자들의 사랑 장면인가?

젊은 커플이 살고 있었던 적도 있다. 그들은 보조간호사와 쇼핑센터 모자 코너의 여종업원이었다. 좀 독특한 형태이기는 했으나 그들은 서로 사랑했고 그것이 오래 지속되리라 생각했다. 서로 고유한 이름을 갖고 있기는 했으나 그들은 서로에게 이름을 선물했고 같이 있는 동안 서로를 그것으로만 불렀다. 이곳은 그들의 첫 보금자리였다. 보조간호사는 소심하고 내성적이면서 고독한 성격이었고 쇼핑센터의 여종업원은 그 반대의 성향이었다. 그들은 서로의 발가락을 간질이기도 하고 작은 침대 속에서 소리 내어 책을 읽어주거나 텔레비전의 쇼핑 채널을 보면서 밤을 보냈다. 보조간호사는 새로운 형식의 머리 세팅롤을 갖고 싶어했고 쇼핑센터의 여종업원은 좀 비싸지만 히말라야의 여행상품권을 탐냈다. 그들은 잡지의 사교란에 실린 광고를 통해서 서로 만나게 되었다. 그리고 만나자마자 함께 살게 되었다.[16]

물론 배수아는 소설이 끝날 때까지 이들을 두고 '동성애자'란 호칭을 사용하지 않는다. 그것이 아무런 의미도 없기 때문이다. '두 사람이 사랑했다'라는 말이면 충분하기 때문이다. 그 사랑이 어떤 성별들 간의 사랑인지는 전혀 중요하지 않기 때문이다. 배수아는 사실 이런 작업을 오래전부터 수행해왔는데, 문장 단위에서부터 각인되는 관습적인 성차가 그녀의 소설에서는 맥을 못 춘 지 오래다. 『동물원 킨트』의 화자는 무성 아니면 중성이다. 『이바나』의 K는 생물학적으로는 여성이지만 젠더는 남성으로 읽힌다. 『독학자』의 두 남성은 다분히 동성애적이다. 그리고 『에세이스트의 책상』의 주인공 M의 성별을 두고 벌어진 몇 번의 논란[17]은 익히 아는 사실이다.

성별만이 아니다. 인물들은 자주 국적이 불분명하고(「양곤에서 온 편지」「양의 첫눈」), 배경 또한 한국인지 독일인지 확인이 힘든 경우가 잦다. 문장은 종종 한국어 문법을 벗어난다. 외국어로 씌어진 소설의 번역이라 해도 무방할 만큼 무국적적이다. 시제 또한 미래인지 과거인지(「회색 時」) 밝히기 힘들다. 시점은 어떤 경우 비인칭의 건

---

16) 배수아, 「마짠 방향으로」, 『훌』, 문학동네, 2006, pp. 139~40.
17) 졸고, 「민족문학의 결여, 리얼리즘의 결여」, 『변장한 유토피아』, 랜덤하우스중앙, 2006 참조.

물(「마짠 방향으로」)이 된다. 물론 배수아의 이런 특징은 단점이 아니다. 오히려 윤리적이라 할 만한데, 그 문장들 속에서는 그 어떤 주인공도 자신의 성별과 국적과 혈통 때문에 배제당하거나 동정받지 않기 때문이다. 그들은 모두 유일무이한 단독자들일 뿐, 이성애자라서 떳떳하고, 동성애자라서 부끄럽고, 소수 민족이라서 이방인 취급을 당하지 않는다. 내가 아는 한, 배수아의 문장들은 타자들이 거주하기에 가장 적합한 비합리적 주거 공간이다.

하이브리드 가족

　"오늘도 쥐약 먹은 개처럼 날뛰"(「그러나 죽음은 定時가 되어야 문을 연다」)던 아버지가 죽자, 김민정의 시적 화자는 아버지의 관에 못을 박으며 이렇게 말한다. "下官은 이제 끝났어요, 아버지 그만 아가리 닥치고 잠이나 퍼 자요"(「마지막 舌戰」). 아버지에 대해서만 그렇게 쓰는 것이 아니다. 진수미는 어머니에 대해 이렇게 쓴다. "생시의 엄마는 모두 계모야/죽은 엄마가 진짜지"(「거대한 오프너」). 나아가 그들의 분노는 가족 전체에 이른다. 진은영은 가족에 대해 이렇게 쓴다. "밖에선/그토록 빛나고 아름다운 것/집에만 가져가면/꽃들이/화분이//다 죽었다"(「가족」 전문), "집이 아니야 짐이야/그 짐 속에는 아버지가 주무시고/어머니가 손톱을 깎으신다/동생은 수학 문제를 풀고/아버지 돌아가셨으면 좋겠어요/어머니 외출하셨으면 좋겠어요"(「달팽이」).
　왜일까? 우리 시대의 젊은 시인들이 가족에 대해 이토록 공분(公

慣)하는 이유 말이다. 그러나 곰곰 생각해보면, 어려울 것도 없다. 한국의 '가족'처럼 비윤리적인 주거 공간이 또 있을까? 민족주의와 국가주의와 혈통주의와 성역할의 이데올로기가 가족을 통해 견고해지고 확장된다. 가족은 작은 민족이고, 국가이며, '우리' 안에 우리를 가두는 법을 가르치는 곳이자, 여성성과 모성을 학습시키는 장소다. 새로 등장한 (비)주체들이 이 공간을 견뎌낼 리는 만무하다. 성도 젠더도 남성인 일부(一夫)와, 성도 젠더도 여성인(이라고 믿는) 일처(一妻)가, 훈육과 도덕으로 계급과 주체를 재생산하는 이데올로기적 국가 기구가 가족이다. 이 고상(약)한 공간은 모든 법의 종료 지점으로부터 자신만의 법을 다시 세우고자 하는 다양한 복수 젠더들과 단독자들에겐 최악의 주거 공간이다. 이즈음 우리 시에 몰아친 반가족주의 열풍은 그렇게 해석된다.

그렇다면 보다 윤리적인 가족은 존재할 수 없을까? 타자들이 함께 기거할 수 있는 비합리주의 주거 공간으로서의 가족 말이다. 우선은 윤성희의 의사가족pseudo-family이 있다. 윤성희 소설의 가족들이 의사가족인 것은 혈연이나 성차가 가족 구성의 결정적인 요소로 작용하지 않기 때문이다. 가령 「감기」[18]의 세 남성 가족을 보라. 한 여자를 사랑한 두 남자와 그중 한 남자의 아들로 이루어진 가족을 우리는 그간 상상이라도 해본 적이 있던가? 그 역이라면 모르겠지만 말이다. 그러나 그들은 잘산다. 그때 문제가 되는 것은 혈연이나 섹스가 아니라 동성들 간의 우애이다. 다른 예로 「유턴지점에 보물지도를 묻다」[19]가 있다. 가족을 모두 잃고, 다니던 여행사도 그만둔 '나'는 부산행

---

18) 윤성희, 「감기」, 『감기』, 2007.
19) 윤성희, 「유턴지점에 보물지도를 묻다」, 『거기, 당신?』, 문학동네, 2004.

새마을호(아버지가 죽었던 좌석)를 탄다. 그렇게 서울-부산을 일곱 차례 왕복하다 만난 사람이 Q다. 그는 지하철 기관사였다. 사고로 여자를 치고 기관사를 그만둔 그의 손을 '나'가 잡아주자 둘은 가족이 된다. 둘은 중국집 주방에서 같이 일한다. 그러던 어느 날 목욕탕에 갔다가 우연히 발을 밟아 친하게 된 것이 W다. 존재감이 없어 항상 '유령'으로 불렸던 W도 가족이 된다. 이번엔 셋이서 찜질방엘 갔다가 고스톱을 치던 와중, 고등학생 여자 애 하나가 그들 사이에 끼어든다. 역시 가족이 된다. 넷으로 불어난 가족이 보물지도를 찾으러 가고, 실패하고, 그러다 일하던 중국집 주방장이 도망가는 바람에 음식점을 떠맡고, '미친 쫄면'을 개발해 불티나게 판다. 종종 일찍 죽은 쌍둥이 언니를 추억하며, 고속도로 휴게소에서 혼자 어묵 국물을 마시는 버릇이 있긴 하지만, '나'는 이 혈연도 없고, 섹스도 없고, 그래서 서로가 서로에게 아무런 억압도 되지 않는 가족들과 잘산다. 어떠한 인연도 없었던 네 사람이 우연히 만나 우애를 나누고 가족이 되어 살아가는 이 모습은 관습적인 의미의 가족이 아니다. 차라리 일종의 타자들의 연대 집단이라고 해야 맞을 듯싶다.

강영숙이 『리나』[20]에서 그려낸 가족은 이보다 한발 더 나아간다. 탈북자로 보이는 '리나'가 국적 불명의 나라와 도시들을 가수로, 노동자로, 여급으로 유랑하면서 만난 이들과 가족을 이룬다. 그중 '삐'는 남자다. 이국 청년 삐는 처음엔 리나에게 동생이었다가, 연인이었다가, 남편이 되기도 하고, 동료가 되기도 한다. 함께 탈출했던 방직공장 언니도 가족의 성원이 되는데, 그녀와 리나는 동료이자 자매이

---

20) 강영숙, 『리나』, 랜덤하우스중앙, 2006.

자 동성애 연인들이다. 잉태와 양육의 경험이 없는 늙은 이국 가수 할머니와 그녀를 사랑하는 철없는 할아버지도, 한국 소설에 등장하는 노인들답지 않게 들큰한 사랑을 나누고, 또 리나와 한 가족을 이룬다. 외국 사내와 사랑에 빠진 방직 공장 언니가 아이를 낳자 놈아인 그 아이 역시 가족의 일원이 된다. 성과 양육과 생계를 공유하고 한 주거 공간에 사는 이들은 분명 가족임에 틀림이 없다. 게다가 이들은 지극히 윤리적인 가족이기도 한데, 국적과 성차와 나이와 불구는 이들이 가족으로서의 연대감을 형성하는 데 하등의 고려 사항이 되지 않기 때문이다. 그 가족 내에 이방인은 없다. 비정상도 없다. 그들이 공유하는 단 한 가지 유일한 것, 그것은 그들이 모두 가난한 자들이고 노동자들이라는 사실뿐이다. 비록 어떠한 전망이나 대안도 없이 나날의 비참한 일상을 겪느라 여념이 없긴 하지만, 나는 현재 한국 문학이 상상할 수 있는 그 어떤 '집단적 주체'도 이들보다 더 진보적일 수는 없을 거라고 믿는 편이다.

타자들의 문장

어떻게든 한국 사회도 (내부에서 배제되었건 외부로부터 유입되었건) 타자들과 함께 살고 있고, 또 앞으로 점점 그들이 차지하는 비중은 높아질 것이다. 그럴 때 문학이 할 수 있는 것은 그들이 거주할 문장을 만들고, 윤리적으로 그들과 기거할 수 있는 방식을 미리 보여주는 것 외에 없다. "하위 주체는 말할 수 있는가?"라는 스피박Gayatry Spivak의 본원적이고도 결정적인 질문에 대한 답은 그 후에 생각해도 늦지 않을 것이다. 타자들은 그들이 우리들의 언어 밖에 있기 때문에 타자다. 그런 이유로, 그들은 어쩌면 우리들이 알아들을 수 있는 언어로는 영원히 발화할 수 없을지도 모른다. 그러나 그들의 발화 가능성을 전제하고, 우리들의 언어가 그들의 언어에 대해 절대적 외부에 있다는 사실을 용인함으로써, 항상 우리들의 언어를 상대화할 수 있을 때 윤리는 발생한다. 물론 그것은 사력을 다해 다시 한 달을 가서 설산을 넘는 것보다도 고역일 테지만, 그렇다고 미리 절망할 필요도 없는 것이, 우리 문학은 벌써 그들을 위한 몇 개의 문장을 준비해두고 있기 때문이다.

기어라, 비평!
─2000년대 소설 담론에 대한 단상들

위대한 비평

교회에 다니던 시절이 있었다. 신앙이 이유가 아니었으므로, 나는 매번 기도 때마다 먼저 눈을 뜨고는 남들을 훔쳐보는 버릇을 고치지 못했다. 그때 심정이 그랬다. 제발 내게 신앙심이 생기기를, 성령이 한 번쯤은 내게도 다녀가기를, 그리하여 나 또한 마음으로부터 우러나서 오래 신 앞에 고개 숙일 수 있기를…… 당시로서는 스스로가 제법 커다란 환란 앞에 있다고 믿었고, 그래서 위안받기 위해 찾아간 곳이 그곳이었다. 게다가 그곳은 내게 얼마간의 위안을 주기도 했다. 특히 성탄절 밤, 촛불을 들고 성가대복을 입고, 이제 막 종아리가 길어지기 시작한 내 또래 여자 아이들 틈에서 "노엘, 노엘"을 부르던 풍경은 아마도 죽을 때까지 내가 누리게 될 아름다운 풍경들 중 몇 손가락 안에는 들 거라고 여전히 생각한다. 그랬으니 나는 신을 믿고 싶었다. 그러나 영영 교회에 발길을 하지 않게 될 때까지, 성령은 내게 임하지 않았다(신으로서도 나로서도 다행이다).

　사실은 내가 신을 믿을 수 없었기 때문일 것이다. 그때나 지금이나 나는 내 오감과 사유를 통해 실감하지 못하는 존재를 믿을 수 없어서, 의지와는 다르게, 아무리 다소곳이 고개를 숙이고 눈을 감고 입으로는 나지막하게 신을 불러봐도 머리는 금방 차갑게 식어가곤 했다. 그럴 때쯤 나는 그 어색한 기도를 그만두고 슬그머니 눈을 뜨고 말았던 것이다. 그 버릇이 아직도 남아 있었던가! 가령 나는 이런 말들 앞에서 여전히 그때와 동일한 감정을 느낀다. 새 천년이 시작되고 얼마 지나지 않아 김병익 선생이 한 말이다.

　　여기서 인간의 내면적 가치란 무엇인가라는 갖가지 문제들에 대한 사유와 대응이 불가피하게 요구된다. 문학비평은, 그것이 반성적 체계로서의 문자 예술이기에, 그리고 현상에 대한 메타-비판적 정신 작업이기에, 그러한 요구들에 부응할 수 있어야 하고 또 해야 한다. 〔……〕 이때의 문학비평가는 단순한 문학 해석자가 아니라 문명사가이고, 사상가인 동시에 미학자이며, 과학적 이해력을 가짐과 동시에 그것의 존재에 대해서 비판을 가할 수 있는 철학자여야 할 것이다.[1]

　문학비평을 "마지막 남은 인문주의적 덕성"[2]으로까지 여기는 선생 입장에서야 문학비평가에게 문명사가이자 사상가이며 미학자이자 철학자가 될 것을 요구하고 종용할 근거가 없지는 않을 줄 안다. 이 글

---

1) 김병익, 「21세기 한국 비평 문학의 과제」, 『21세기를 받아들이기 위하여』, 문학과지성사, 2001, p. 111.
2) 김병익, 같은 글, p. 110.

을 처음 읽었을 때(나는 그때도 지금도 생각 없고 어리석은 조무래기 비평가일 뿐이다)의 내 심정은 참담함이나 부끄러움, 혹은 죄스러움이었다. 선생처럼 인간을 신뢰하고 싶었다. 그러나 이내 뒤따르는 다른 한 가지 감정, 그것은 반발심이었다. "인간의 내면적 가치"라니! 그것이 도대체 무엇일까? 그런 게 있긴 있을까? 하긴 15년 전쯤만 해도 나 역시 그 시대의 많은 젊은이들이 그랬던 것처럼 인간의 내면이 지닌 가치를 믿었다. 그뿐이던가! 역사의 합법칙성에 대해, 민중들의 위대한 승리에 대해, 그리하여 인간성의 완전한 실현이 이루어질 어떤 날에 대해서도 믿었다. 그러나 지금은 그렇지가 않다. 그것에 대해 부정적이라는 의미가 아니다. 그런 날이 왔으면 싶고 또 그런 날이 오리라고 믿고 싶은 마음은 여전하다. 그러나 그리 되질 않는다. 믿고 싶지 않은 것이 아니라 믿을 수가 없는 것이다.

90년대 초반의 어느 시점, 소위 어떻게든 마르크스주의를 전화시킬 방법은 없을까를 고민하던 많은 사람들(나를 포함해서)이 알튀세 L. Althusser에 매달리던 시절이 있었다. 읽은 지 오래되었으나 기억나는 말들이 있다. 이론적 반인간주의, 이데올로기에 의한 주체의 호명, 이론적 사유와 이데올로기적 사유 간의 인식론적 단절 운운. 요컨대 마르크스주의를 포함해서 엄밀한 이론적 사유라면 반드시 인간주의로부터 벗어나야 한다는 점, 인간의 유적 본질이란 이데올로기적 허상에 불과하다는 점, 오히려 인간 주체는 이데올로기에 의해 형성된다는 점, 이론은 필연코 자신의 오류성에 대한 자의식을 동반하기 마련이어서 신념으로 화하기란 좀처럼 어렵다는 점 등이 그가 말한 바 요지였다고 기억한다.

그러자 알튀세 주위에 있던 많은 언술들이 앞 다투어 '나'(그 시기의 다른 많은 사람들과 마찬가지로 영혼의 반쯤은 인간과 역사에 대한 깊은 환멸감에 젖어 있었던)를 호명하기 시작했다. 누군가는 태초에 구조부터 있었다고 했고, 누군가는 "아마도 인간은 종말에 가까워지고 있는 자"일 거라고, 그래서 그는 머지않아 "마치 해변의 모래사장에 그려진 얼굴이 파도에 씻기듯 이내 지워지게 되리라"[3]고 장담하기도 했다. 모든 체계를 의심하라는 자도 있었고, 모든 언어적 구축물은 해체 가능하다고 말하는 자도 있었다. 이성이란 고작해야 '지배'의 다른 이름에 불과하다는 자도 있었고, 심지어 우리의 무의식마저도 언어처럼 구조화되어 있다고 말한 자도 있었다. 그렇게 호명당하기를 십 수 년, 나는 어찌어찌 문학비평가가 되었다.

그러나 나는 사상가이자 철학자이고 문명사가이자 미학자이기도 한 르네상스적 지식인이 전혀 아닌, 심지어는 "인간의 내면적 가치" 자체를 믿지 못하는 초라하고 유약한 문학비평가, 미래에 대해 어떤 낙관적 전망도 가지고 있지 못한 비관적이고 우울한 문학비평가, 소설의 앞날을 미리 보여주고 나아갈 바를 지시해줄 엄두조차 내지 못하는 무기력한 문학비평가가 되었다. 나는 나를 그런 상태로 발견했다.

2000년대 소설에 대한 담론들을 살펴보는 글 한 편을 쓰겠다고 동세대 비평가들의 이러저러한 글들을 훑어보자니, 나만 그런 상태인 것은 아닌 듯하다. 싸잡아 동세대 비평가들이 나와 같은 지경임을 확인함으로써 나의 무기력에 면죄부를 주자는 속셈이 아님은 미리 밝혀두거니와, 가령 "소설을 통해 삶을 읽고 삶을 변화시킬 수 있다는 믿음은 아주 오래된 낡은 이야기 속에 있는 것처럼 아득하다."[4] "'그럼

---

3) M. 푸코, 『말과 사물』, 이광래 옮김, 민음사, 1987, p. 440.
4) 서영인, 「변화 없는 현실과 소설의 판타지」, 『충돌하는 차이들의 심층』, 창비, 2005, p. 51.

에도 불구하고' '다른 어떤 것'을 기대하는 것은 당위적 주문에 그칠 우려가 있다"[5]와 같은 서영인의 비관적인 구절들을 읽을 때, 나는 내가 그와 동일한 세대 감각으로 강하게 연루되어 있음을 확인한다. 김영찬의 다음과 같은 구절이 내게 불러일으키는 감정도 마찬가지다.

이 시대에 소설이 처한 근본적인 문제가 있다면, 그것은 고통스럽게도 적어도 지금 자본주의 바깥은 없다는 사실을 받아들여야 한다는 데 있을 것이다. 그런 측면에서, 멀리에서 세상을 관조하며 그 사악함을 개탄하는 '아름다운 영혼'이라는 내면성의 허위는 스스로 자본주의의 바깥에 존재하며 또 그 지배에서 면제되어 있다고 생각하는 자기기만에서 오는 것이다.[6]

마치 아르키메데스의 점처럼 자본으로부터 자유로운 소설의 영역을 설정할 수는 없는 시대라는 말인데, 내가 생각하는 소설의 현재와 미래 또한 그처럼 힘에 부치고 어둡다.

물론 이런 식의 세대 감각 이면에는 이미 말한 대로 유사한 이론들에 의한 주체의 호출 과정이 있었을 것이다. 나와 비슷한 세대의 비평가들이 쓴 글에서 프로이트S. Freud와 라캉J. Lacan과 데리다J. Derida와 푸코M. Foucault와 아도르노T. Adorno와 벤야민W. Benjamin의 저작들이 참조되는 예를 찾기는 어려운 일이 아니다. 그러므로 동일한 세대 감각은 참조한 이론 틀의 유사성에서 일차적으로 유래한다. 지식인이 한 시대의 사상사적 흐름으로부터 자유로울 수

---

5) 같은 책, p. 53.
6) 김영찬, 「소설의 상처, 대중문화라는 증상」, 『비평극장의 유령들』, 창비, 2006, p. 105.

없음을 인정한다면, 그리고 90년대 이후 마르크스주의를 대신할 새로운 참조 틀로 급부상한 것이 이들의 이론이었음을 감안한다면 그리 놀라운 일도 아니다.

그러나 김영찬의 지적은 나와 동세대의 비평가들이 공유하는 것이 반드시 이론적인 감각만은 아니란 사실을 보여주기도 한다. 우리(그들이 부디 이 말을 용서하기를!)가 함께 지켜본 것, 그것은 또한, (우리는 매 순간 승리하고 있다고 자신했음에도 불구하고) 우리 세대의 '운동'에 의해 단 한 번도 패배한 적이 없는 자본주의의 승승장구이기도 했던 것이다. 지금보다 더 젊고 역동적이었던 지난 시대, 그래서 매 순간 승리하고 있다는 확신이 나날의 양식이었던 그 시절, 그러나 우리의 승리는 오로지 '자기 최면'에 불과했다. 순식간에 무너진 것은 자본주의가 아니라 대안적인 사회 모델들이었다. 그러자 자본주의는 세계 전체를, 그리고 우리들의 일상과 여가와 무의식까지도 장악해버렸다. 사회주의권 붕괴 후 10년이 그렇게 지나갔고, 내가 비평가가 된 것이 바로 그즈음이다. 다소간의 차이는 있을지라도 손정수, 심진경, 김영찬, 박진, 서영인 등등 나와 비슷한 세대의 비평가들이 겪은 과정의 대략이 이와 같았을 것이다. 우리는 문학이 가장 심각한 위기에 빠져 있을 때 문학을 시작한 세대인 셈이다. 그리고 그 위기는 단순히 '소설은 위기를 먹고 자라는 나무'라는 식의 수사로 얼버무릴 수 있는 성격의 것이 아니다.

위기론 재론

소설이 태생부터 위기의 산물이었다면, 굳이 작금의 위기가 문제될 필요는 없어져버리고 만다. 그래서 오히려 나는 현재 소설이 처한 위기 상황이 더욱더 부각될 필요가 있다고 보는 편이다. 한국 현대 소설사 백 년을 통틀어 지금처럼 소설이 위기에 처한 시절은 없었다. 왜냐하면 가장 강력한 적수, 자본주의가 바로 그 위기의 원인이기 때문이다.

물론 소설은 그 출범부터 자본주의적 생산관계(인류 역사상 예술에 대해 가장 적대적인 사회 구성체!)의 영향을 받아왔다. 그러나 나는 그것이 소설 장르에 관한 일반론일 뿐, 한국의 경우는 사정이 그와 달랐다고 믿는 편이다. 상식과는 달리 비교적 최근인 90년대에 들어와서야 한국 소설은 처음으로 그 어떠한 완충 장치도 없이 부르주아 모더니티라는 적수를 만난다.[7]

80년대도 70년대도 한국이 자본주의 사회 구성체였다는 말은 진실이다. 그러나 거칠게 말해서 한국 현대사의 파행적 진행 과정은 토대에 의해 상부구조가 결정되는 것이 아니라 상부구조에 의해 토대가 결정되는 지극히 기이한 형태의 자본주의 사회 구성체를 결과한다. 다른 말로 하자면 경제가 정치(및 문화와 법과 이데올로기)를 결정하는 일반적인 룰과 달리 80년대까지의 한국 사회는 정치가 오히려 경제를 좌지우지하는 기묘한 행태를 보여주었던 것이다. '개발 독재'나

---

7) 이에 대해서는 졸고, 「소설의 제국주의, 혹은 '미친, 새로운' 소설들에 대한 사례 보고」, 『변장한 유토피아』, 랜덤하우스중앙, 2006 참조.

'정경 유착'이란 말은 이러한 현상을 단적으로 보여주는 좋은 예가 될 만한데, 조국을 근대화하기로 마음먹은 망상적 개인을 중심으로 이루어진 폭압적 정치 집단이, 그토록 많은 공장을 세우고, 농지를 갈아엎고, 거대한 수도와 위성도시들을 빈민으로 넘쳐나게 하고, 극악한 정치 탄압과 사회의 병영화 작업을 저질러놓은 예가 한국 말고 따로 더 있을까 싶다.

그런 와중에, (다행인지 불행인지) 문학은 부르주아 모더니티 자체와의 직접적인 맞대면 순간을 유예시킬 수 있었다. 문학의 급선무도 폭압적인 정치권력과의 싸움이 되었고, 바로 그런 이유로 황석영, 고은, 김지하, 조세희, 박노해 등은 시인이나 소설가이기 이전에 지사이자 투사이며 민중의 지도자이자 벗일 수 있었다. 아이러니하게도 문학에 대한 정치권력의 탄압은 문인을 상품 생산자의 지위로 추락시키지 않은 채, 동아시아 3국 특유의 '文'이라고 하는 예외적이고 특권화된 영역에 그대로 머물 수 있게 한 동인이었던 것이다.

그러나 90년대 이후, 사정은 급변한다. (이견의 여지가 남아 있다고는 하더라도) 정치권력은 박정희나 전두환 시절에 비해 그 억압성을 현저히 거세당했다. 형식적 민주주의가 최소한이나마 달성되고, 그러자 신자유주의 열풍이 몰아친다. 정치는 이제 경제를 간섭하지 않겠다는 다짐, 이제부터는 토대가 상부구조를 결정하는 정상적인(?) 사회 구성체로의 이행을 추진하겠다는 다짐, 김대중 정부가 퍼뜨린 신자유주의 이데올로기의 핵심은 아마도 이것일 것이다. 바야흐로 부르주아 모더니티가 어떠한 정치적 제약 없이 활개를 칠 수 있는 시대가 도래한 것이다.

그 말은 곧 이제 상품이 미학이 되고, 미학이 상품이 되는 시대가

90년대 중반 이후 한국에도 도래했단 말이기도 할 것이고, 문학 또한 어떠한 특권이나 예외 없이 부르주아 모더니티의 상품 논리와 맞장을 떠야 하는 처지에 몰리게 되었다는 말이기도 할 것이다. 요컨대 문학은 드디어 최대의 난적, 경제를 만난 셈이다.

내가 작금에 소설이 처한 위기의 심대함을 거듭 강조하는 이유는 이와 같다. 이 위기는 참으로 심대해서 문학의 존재 방식 자체에 변화를 가져올 정도인데, 물론 그 방향은 이미 서구의 문학이 보여준 그대로 암울하고 비관적인 쪽이 될 것이다. 요컨대, 나보다 한 단계 위 세대에 속하는 비평가들의 다음과 같은 처방 정도로 해결될 성질의 것이 아닐 것이다.

결국 이 시대 문학의 주체는 작가 자신입니다. 작가의 결기와 각오만이 문학을 살릴 수 있습니다. 자기 관리를 철저하게 하는 작가만이 궁극적으로 문학을 떠난 독자들을 다시 문학으로 되돌아오게 만들 수 있을 것입니다.[8]

지금 동시대의 한국 문학은 이중의 악몽에 시달리고 있다. 첫번째 악몽, 그것은 밖에서 오는 것인데, 문학 아닌 다른 것들이 이제까지 문학이 차지해왔던 문화적 위의(威儀)를 잠식하고 있는 데서 온다. [……] 영화나 인터넷 콘텐츠 등 좀더 감각적이고 자극적인 다중매체 장르들이 새로운 세대의 주요한 소통기호의 생산지로 자리 잡으면서 문학 작품을 '읽는 일'은 낡은 세대가 새로운 세대에게 가하는 일종의

---

8) 권성우, 「문학을 넘어서는 문학의 길」, 『문학수첩』 2005년 봄호, p. 77.

문화적 겁주기나 억압이 되어버렸다. 〔……〕

두번째 악몽, 그것은 안에서 오는 것인데 문학 자체가 문학의 영역을 위축시키고 있는 데서 온다. 파편화, 왜소화, 쇄말화로 요약될 수 있는 문학의 자기위축 혹은 자기모멸이 일반화되고 있는 것이다. 어쩌면 세계에 대하여, 역사에 대하여, 인간 일반에 대하여 말하지 '않기로' 하고 시작했던 1990년대 이후의 한국 문학은 어느샌가 그런 것들에 대하여 말하지 '못하는' 문학, 다시 말하면 반지성의 문학이 되고 만 것이다. 이 두 개의 악몽은 교대로, 아니 이젠 한 몸으로 섞여서 우리 시대의 문학을 질식시키고 있다. 물론 첫번째 악몽, 즉 밖에서부터 오는 악몽은 사실상 두번째 악몽, 즉 안에서부터 스멀거리고 피어오르는 악몽이 불러들인 것이므로 이 이중의 악몽은 사실 문학 자체가 초래한 악몽에 다름 아니다.[9]

작가의 결연한 각오와 자기 관리가 문학을 떠난 독자들을 다시 문학으로 되돌아오게 만들 것이라는 게 권성우의 해법인바, 나는 이로부터 상부구조가 토대를 바꿔놓던 시절의 '주관주의'가 알게 모르게 그의 논법에도 스며 있음을 확인한다. 김명인의 진단 또한 마찬가지로 읽히는데, 밖에서 오는 '첫번째 악몽'을 '문학의 자기모멸,' 곧 안에서 오는 '두번째 악몽'이 불러들인 것이라는 논지 역시 객관의 위기를 주관의 위기로 대체하고 마는 '주관주의'에 다름 아닐 것이기 때문이다. 작금의 위기가 작가들의 반지성주의에서 연유하는바, 그들의 결연한 의지와 각성으로 세계적 범위의 자본주의 시장 논리를 거슬러

---

9) 김명인, 「단자, 상품, 그리고 권력」, 『자명한 것들과의 결별』, 창비, 2004, p. 239.

문학을 되살려놓을 수 있을 것이란 사실을 나 또한 '믿고 싶다.' 그러나 좀처럼 성령이 임하질 않는다. 대신, 인간 의지의 숭고함을 잊어버린 지 오래인 나는, 이제 오히려 우울하고도 우울한 동세대 비평가의 이런 진단을 더 믿는 편이다.

화폐와 자본이 아닌 다른 가치가 점점 사라져버린 곳. 가난하지만 따뜻하거나 가난하지만 큰 영혼의 가능성 자체가 차단되어버린, 경제적 가치가 모든 가치를 재단하고 결정짓는 피폐한 시대는 다른 삶의 가능성을 기대하는 것 자체를 힘들게 한다. "사람들은 앞날을 알 수 없어 막막해하지만 나는 그 반대여서 더 막막했다"(한수영, 『공허의 1/4』, 민음사, 2004, p. 92)는 한 젊은 작가의 단언은 지금의 소설이 처해 있는 현실을 가장 분명하게 알려주는 지표가 아닌지.[10]

작가 한수영의 전언 그대로, 나는 앞날을 알 수 없어서가 아니라 그것을 훤히 알기 때문에 막막하다. 어떤 앞날? 작가가 아무리 각성하고 결연한 의지를 다지고 자기 관리를 충실히 해서 좋은 작품(어떤 작품이 좋은 작품인지도 따져볼 일이거니와)을 써내도 독자는 문학으로 돌아오지 않고, 영화관 앞은 매일 북새통이지만 서점들은 곳곳에서 문을 닫는 사태가 속출하고, 대학생의 95퍼센트가 일 년 가야 제대로 된 시집 한 권, 소설책 한 권을 읽지 않으며, 작가는 내내 가난하고, 시인은 매일 위장에 독한 술을 퍼붓는 그런 앞날. 그러니까 어쩔 수 없이, 우리가 원하든 원하지 않든 그리로 가고 있는 앞날. 만약

---

10) 서영인, 앞의 글, p. 53.

아직도 비평이 뭔가 할 수 있는 일이 남아 있다면, 바로 거기서부터 눈 부릅뜨고 시작해야 할 그런 앞날. 감추고 축소하고 혹은 섣부른 낙관주의로 우리가 얼마든지 넘어설 수 있다고 강변해서는 결코 극복하지 못할 그런 앞날. 천천히 닥쳐오겠지만 오랫동안 우리가 머물러 있을 수밖에 없어서, 아니 어쩌면 영원히 벗어날 수 없어서, 차라리 얼마나 오랫동안 견딜 수 있을까, 견디는 방식엔 무엇이 있을까를 고민해야 할지도 모를 그런 앞날. 요컨대 아도르노가 나아가 싸우기보다 유일한 진지, 가령 쇤베르크의 소음 속으로 도주할 때 염두에 두었던 바로 그 앞날.

사실을(이라도) 수리하기 위하여

그 앞날을 위해 비평은 무엇을 할 수 있을까? 모르겠단 말만 되풀이하고 있을 수 없다면 많이 읽을 일이다. 싸우기로 작정하더라도, 혹은 진지를 구축하고 오랜 수세를 견디기로 작정하더라도 그 방식은 작품들로부터 구해질 것이기 때문이다.

그런 이유로 요즘 비평가들을 두고 작가론이나 작품론 속으로 도주해버렸다거나, 사실 수리적이라거나, 한국 소설의 미래를 예견하기를 포기했다거나 하는 말들이 딱히 정당한 것만은 아니라고 나는 생각한다. 그 말은 그대로 그런 비판을 수행하는 당사자에게도 돌아가야 하는바, 비평가 역시 암울한 시대를 함께 살아가는 사람들이고 보면 그것은 공유하고 함께 고민할 문제이지 종용하고 촉구할 문제는 아니기 때문이다. 더 이상의 거대 담론은 불가능할 것만 같은 지금 상황에서 당분간 비평가가 할 수 있는 최선의 일이 비평 담론을 "창작 측으로 방(放)"(최원식)한 후 거기서부터 새로운 담론의 실마리를 잡아가는 일이란 사실에는 이론의 여지가 없어 보인다. 어떤 측면에서는 우리 세대의 비평가들이 현재 하고 있는 작업이 바로 그것이기도 할 것이다.

게다가 90년대 후반 이후 우리 소설의 행로는 마치 "이미 시작된 다음 시대의 에피스테메는 차이가 될 것이다"라고 했던 푸코의 예견을 증명이라도 하려는 듯, 다종다양한 방식으로 산개해가는 경향을 보였단 사실을 염두에 둘 필요도 있을 것이다. 요컨대 무경향의 경향이라고나 할 만한 이런 현상 앞에서 비평이 개별 작품이나 작가들에 대한 이야기, 혹은 몇몇 작가들이 보여주는 군소(群小) 경향들에 대한 이야기에 치중할 수밖에 없었던 저간의 사정도 이해가 간다. 가령 이광호가 말하는 '최후의 세대론'도 이런 사정을 지칭하기 위해 고안된 어휘일 것이다.

다른 방식으로 말하면 2000년대 문학의 세대 담론은 '포스트 세대론' 담론이며, 그것은 결국 모든 세대론이 무화되는 '최후의 세대론'으로 귀결될 수 있다.
'최후의 세대론'이라니? 새로운 문학의 세대는 그 이전의 세대가 그러한 것처럼 역사적 경험의 동일성이라는 문맥으로 상징화될 수 없는 세대이다. 다시 말해 이 세대의 동일성에 대한 어떤 방식의 호명도 이 세대를 전일적으로 규정할 수 없다는 것이다. 문학 공간 내부에서 말한다면, 새로운 세대의 글쓰기는 자기 세대의 체험적 동일성과 미학적 정체성을 특권화하지 않는다는 것을 의미한다. 이것은 어떤 세대론적 규정과 상징 질서에서도 틈새를 생성하고 벗어날 수 있는 미학적 가능

성에 관한 것이다.[11]

더 이상 스스로를 동일한 경험과 감수성을 가진 하나의 세대나 집단으로 특권화하지 않는 세대의 글쓰기를 어떻게 경향화할 것인가? 경향이 추출되지 않는다면 어떻게 앞으로 다가올 소설의 모습을 미리 예견할 수 있을 것인가? 그런 이유로 비평가들의 작품 속으로의 산개 또한 무책임한 도주만은 아니었던 것이다.

덧붙여 한 가지 더 고려해야 할 점은, 비록 산개한 상태로나마 작가와 작품들을 붙잡고 씨름하며 제출된 그들의 비평적 담론들이, 어떤 측면에서는 동일한 현상에 붙여진 다른 언어들처럼 보이기도 한다는 사실이다. 가령 손정수가 신경숙의 「어두워진 후에」와 공지영의 『우리들의 행복한 시간』, 그리고 임철우의 『백년여관』에서 본 것을 김영찬은 은희경의 『비밀과 거짓말』에서 본다.

90년대 문학이 이념에 의해 억압된 차이들이 회귀하는 공간이었다면, 최근 신경숙, 공지영, 임철우, 공선옥 등의 소설에서는 이전 시기 문학이라는 이름 아래 억압되어왔던 이념적 요소들이 다시 회귀하는 징후가 드러나고 있다.[12]

은희경 소설의 육체를 비집고 들어온 '아버지'는 그 자체로, 1990년대의 상상적 주체가 구축한 폐쇄적인 자아의 망막에 이제 타자의 응시

11) 이광호, 「혼종적 글쓰기, 혹은 무중력 공간의 탄생」, 『이토록 사소한 정치성』, 2006, p. 95.
12) 손정수, 「두 가지 잉여가 드러내는 징후들」, 『문예중앙』 2005년 여름호, p. 92.

가 비치기 시작했다는 사실을 상징적으로 보여준다. 다른 각도에서 보자면 이는 '나'를 결정하고 이끌어가는 것은 '나' 자신의 의지가 통제할 수 없는 타자일 수 있다는 엄연한 사실의 뒤늦은 (재)발견이다. 은희경 소설의 허무주의는 이와 관련되어 있지만, 크게 보아 '90년대' 작가들의 변화를 이끌어온 요인 역시 어쩌면 이에 대한 의식적·무의식적 공통감각이었는지도 모른다.[13]

김영찬과 손정수가 본 것의 내용은 유사하다. 은희경을 통해 김영찬이 본 것도, 신경숙 등의 작품을 통해 손정수가 본 것도 공히 90년대 문학(90년대 작가가 아니라)의 종언, 내면의 발견으로부터 시작했던 90년대 서사가 탈내면화되어가는 경향, 타자와 사회적인 것의 귀환 등이다. 다만 김영찬은 이런 현상을 "상상적 주체의 미묘한 형질 변화"[14]라고 불렀고, 손정수는 "이념적 요소들의 회귀"라고 불렀을 뿐이다.

다른 예들도 있다.

그런 측면에서 2000년대 문학을 활보하고 있는 주체는 의지와는 상관없이 강제된 고단하고 주변부적인 삶의 횡포에 적극적으로 반발하기보다는 그것을 이미 주어진 변할 수 없는 것으로 감내하는, 그런 전제 위에서만 가까스로 자아를 방어하고 보존할 수 있게 해주는 나름의 자기표현 방법을 체득하는 빈곤하고 왜소한 주체다.[15]

---

13) 김영찬, 「1990년대 문학의 종언, 그리고 그 후」, 앞의 책, p. 56.
14) 김영찬, 같은 글, p. 51.
15) 김영찬, 「2000년대, 한국문학을 위한 비판적 단상」, 같은 책, p. 73.

천운영과 윤성희, 편혜영의 소설 속에 등장하는 인물들은 개인적 주체의 이름으로 세계 속에 거주할 자격을 원천적으로 박탈당한 인물들이다. 그들은 세계와의 소통을 꿈꾸는 주체가 될 수 없을 뿐만 아니라, 세계와의 소통을 거부하는 주체가 될 수도 없다.[16]

이들 소설의 인물들은 '소속' 없이 떠다니는 존재들이다. 그들은 또한 일류가 아닌 삼류를 자처하지만, 그러한 '소속 없음'과 반사회적 가치 지향이 사회 전체에 대한 강렬한 분노와 반항으로 이어지지는 않는다. 오히려 그들은 분노하기보다는 체념하고 격렬하기보다는 조용하다. 이 이상한 아웃사이더적 개인주의자들은 모든 사회정치적 중력에서 벗어난 듯하지만 이들의 삶은 결코 해방적이지 않다.[17]

김영찬, 박혜경, 심진경이 말하려는 바 또한 동일하다. 2000년대 작가들의 작품 속 인물들이 '주체의 왜소화'를 보여준다는 사실의 지적이 그것이다. 다만 김영찬은 그들을 "빈곤하고 왜소한 주체"라고 부르고 있고, 박혜경은 "세계와의 소통을 거부하는 주체"라고 부르고 있으며, 심진경은 "아웃사이더적 개인주의자"라고 부르고 있을 뿐이다. 비슷한 맥락에서 박진이 이즈음 주로 천착하고 있는 '여담적 글쓰기'[18]나 '해석에 저항하는 글쓰기,'[19] 서영채[20]가 천명관과 조하형

---

16) 박혜경, 「문명에 대한 반문명적 사유」, 『오르페우스의 시선으로』, 문학과지성사, 2007, p. 121.
17) 심진경, 「미저러블 개인주의, 단자 윤리의 생태학」, 『문예중앙』 2005년 봄호, p. 32.
18) 박진, 「여담의 글쓰기」, 『달아나는 텍스트들』, 랜덤하우스코리아, 2008.
19) 박진, 「달아나는 텍스트들」, 같은 책.

의 특질로 요약한 '자폐증적 서사,'[21] 그리고 앞서 언급한 졸고에서 내가 '편집증적 글쓰기'라 칭한 서사상의 어떤 변화도 모두 깊은 차원에서는 이러한 주체의 왜소화 현상과 관련이 있어 보인다. 무력한 주체들은 도스토예프스키의 지하생활자처럼 현실에서의 극심한 제약 대신 이야기에서의 한없는 자유를 누린다.[22]

인용이 길어졌다. 요점은 이렇다. 우리 세대의 비평가들이 전혀 제 몫을 하지 못하고 있는 것은 아니란 사실, 작품들의 은하 속을 헤매면서 어떻게든 별자리 하나라도 그리고자 노심초사하고 있다는 사실, 그러다 더러는 한 지점에서 서로 만나 자신이 그린 성좌가 타인이 그린 성좌와 일치함을 확인하기도 한다는 사실, 그것을 말하고 싶었다. 요컨대 그들은 이제 외부에서 주어진 정밀한 지도를 불신하기로 한 대신, 온몸으로 작품들의 은하계를 더듬고 기면서 고통스럽게 스스로 지도를 만들어가고 있는 중이다.

---

20) 서영채와 앞서 거론한 박혜경, 이광호 등을 나와 동세대 비평가라고 말한다면 오해의 소지가 있을 듯하다. 그러나 그들의 비평이 항상 '당대적'이었단 사실, 그래서 이 글에서 다룬 비평가들과 그들의 비평 간에는 일종의 강한 연대감이 존재한다는 점은 지적해 둘 만하다.

21) 서영채, 「상상력과 허풍의 미래」, 『문학동네』 2005년 봄호.

22) 김영찬은 이런 현상을 "주체의 약화가 역설적이게도 허구의 새로운 문법에 대한 탐구로 이어지고 있는 셈이다"(김영찬, 앞의 글, p. 75)라고 긍정적으로 요약하기도 하는바, 이 점은 김명인의 다음과 같은 언급과 좋은 대조를 이룬다. "그런 개인들을 단자(單子)라고 불러도 좋을 것이다. 그들은 계급, 계층적 정체성은 물론 가족의 급격한 해체와 더불어 가족적 정체성으로부터도 분리되어 있다. 그 단자들이 그렇다고 진정으로 고독한 '초인'들인 것도 아니다. 그들은 격절과 소외를 고스란히 수동적으로 감내할 뿐이며 때로는 물신숭배의 형태로 그 격절과 소외를 향유하기까지 한다. 단자들, 그들로부터 문학의 악몽, 나아가 몰락은 시작된다"(김명인, 앞의 글, p. 241).

두 장의 지도, 혹은 문학의 윤리

　루카치G. Lukács의 말 그대로 하늘의 별이 곧 "갈 수가 있고 또 가야만 하는 길의 지도"이던 시대의 예술가들은 행복했을 것이다. 그러나 루카치도 그리 불행하지만은 않았을 터인데, 왜냐하면 그에게도 마르크스주의라고 하는 정밀한 지도 한 장이 있었기 때문이다. 그러나 아무리 낙관적으로 생각해도 우리 시대의 비평가들에게 선험적으로 주어진 지도는 존재하지 않는 것만 같다. 그럴 때 지도 제작자로서의 비평가들이 그려내야 할 새로운 지도는 어떤 것이어야 할까? 여기 두 장의 지도가 있다.

　—왜 그렇게 지도를 열심히 보세요?
　P선배는 피식 웃었다.
　—좌표 읽는 것은 내가 풀어본 중에 가장 쉬운 2차방정식이야. 원점 O가 확실하면 P의 위치는 구할 수 있는 법이거든.
　—P의 위치가 구해지면 가야 할 방향이 보이겠죠?
　—아니.
　다음 순간 P선배의 얼굴에서 웃음이 걷혔다. 내 등 너머 어딘가에 초점을 맞추고 있었다.
　—올바른 길이란 건 없어. 인간은 그저 찾아다녀야 할 뿐이야.[23]

23) 은희경, 「지도 중독」, 『아름다움이 나를 멸시한다』, 창비, 2007. p. 181.

나무 지도 읽는 법 아래에는 에스키모들이 지도를 만드는 방법이 적혀 있었다.

에스키모들은 해변의 지도를 그리기 위해 눈을 감습니다. 그리고 해변에 부딪히는 파도 소리에 귀를 기울입니다. 그리고 그들은 지도를 그리기 위해 자신의 기억을 모두 동원합니다. 소리와 기억으로 지도를 만들지만 그들이 제작한 지도는 항공 사진으로 제작한 지도와 거의 차이가 없습니다. 에스키모들은 언제나 자신들이 어디에 있는지를 잘 알고 있습니다.[24]

명민한 작가들은 비평가보다도 먼저 소설이 가야 할 길을 예비한다. 원점 O를 구해도 가야 할 방향을 도대체 알 수 없을 때, 지도 제작자는 마치 에스키모들이 오로지 소리와 기억에 의존해 나무 지도를 그리듯이, 더듬고 구르고 긁히고 그러면서 한 치 한 치 길을 만들어 갈 일이다. 그러다 어느 순간 그들의 한발 한발이 곧 길이 되고 지도가 되는 날을 우리는 목도하게 될 것이다. 그렇다면 이 시대 비평에게 우리가 해줄 수 있는 말, 그것은 이런 말이다. "기어라, 비평!"

24) 김중혁, 「에스키모, 여기가 끝이야」, 『펭귄뉴스』, 문학과지성사, 2006, pp. 95~96.

부재하는 원인, 갱신된 리얼리즘
─이것은 리얼리즘이 아니다③

0. 어떤 망상: 지구 종말 대망론

'모든 것은 태양 탓이다.'

나는 바타유G. Bataille가 『저주의 몫』[1]에서 전개한 '일반 경제학'의 논지를 간단히 그렇게 읽었다. '덕분이다'나 '때문이다'라고 하지 않고 '탓이다'라고 했는데, 이는 다분히 의도적이다. 그런 독해를 두고 임규찬처럼(사실은 항상 남의 글에서 티끌 찾아내기를 강박처럼 되풀이하는 홍기돈처럼) "용어나 선인들의 말을 자의적으로 활용하는"[2] 습관이라 몰아붙인다 해도 틀린 말이 아니니 할 수 없는 일이다. 게다가 오래전부터 어떤 이론적 개념이나 선인들의 말을 요리 꼬고

---

1) G. 바타유, 『저주의 몫』, 조한경 옮김, 문학동네, 2000. 이하 본문에 책 제목과 쪽수만 표기.
2) 임규찬, 「비판의 윤리성과 최근의 비평」, 『창작과비평』 2006년 겨울호, p. 261. 이하 본문에 「윤리성」으로 표기하고 쪽수만 표기.

저리 비틀어서 제 글의 문맥에 맞게 소화시켜내는 문재(文才) 가진 이들을 부러워하고 있는 바에야 굳이 그런 지적에 낙심하거나 신경 쓰고 싶지도 않다. 그러니 다시 모든 것은 태양 '탓이다.'

바타유는 말한다. "우리는 부의 원천과 본질을 아무런 대가 없이 에너지(부)를 베푸는 태양 광선에서 얻는다. 태양은 결코 받는 법 없이 준다." "태양 광선은 지표면에 에너지 과잉을 초래한다"(『저주의 몫』, p. 69). 요컨대 "끊임없는 태양의 사치"야말로 인류가 지구라 명명한 태양계 세번째 행성(어쩌면 개복치처럼 생겼을지도 모를)에 세워진 문명의 기원이다. 그렇다면 신진대사란 생명체가 그렇게 무한하게 증여받은 태양 에너지를 체내에 흡수하고 축적함으로써 개체와 유(類)의 유지와 성장에 유용하게 사용하는 메커니즘을 일컫는 말이겠고, 노동이란 각각의 개체가 자신과 자신이 속한 유의 성장에 사용하고 남은 태양 에너지를 지구 표면에 '문명'의 형태로 축적하는 행위를 일컫는 말에 다름 아니겠다.

문제는 그다음이다. 우주적 관점에서 보자면 아주 우연한 일이지만, 지구라는 행성의 문명은 특이하게도 '국가'나 '민족' 단위의 사회체들을 형성하는 방향으로 진행했다. 그리고 그중 어떤 사회는 무상으로 끊임없이 도달하는 태양 에너지를 적절하게 낭비하는 법을 배운다. 가령 티베트가 그런 사회다.

훨씬 부유하고 강력한 세계의 한가운데 위치한 가난한 분지 형태의 나라 티베트는 잉여 문제에 대한 해결책, 즉 내부의 폭발력을 흡수할 해결책을 스스로 제시해야 했다. 티베트는 축적과는 얼마나 대립적이고, 반발을 완전히 차단하는 완벽한 내적 구조를 지녔는지 최소한의

54

성장조차 고려할 수 없는 나라였다. 〔……〕 승려 집단이 이처럼 소비만 하고 아이도 갖지 않는 비생산적 집단이 아니었다면 균형은 곧 위협받았을 것이다(『저주의 몫』, p. 151).

소위 '행복 지수'가 가장 높다는 티베트 사회의 비밀은 이 사회가 태양으로부터 무한하게 무상 증여되는 에너지를 문명의 형태로 축적하지 않고 주로 종교(기독교는 절대 아니고, 라마교)의 힘을 빌려 소모함으로써 과잉 에너지 축적이 주는 불쾌와 폭력을 피하는 법을 터득했다는 데에 있다. 물론 다른 한편에는 이와 완전히 상반되는 사회, 이를테면 미국이 그 가장 훌륭한 예를 제공하는, 전쟁 사회가 있다.

가장 초라한 경제를 국부적으로 팽창시키는 힘의 과잉은 사실 가장 위험한 파괴적 요소로 돌변할 수 있다. 그래서 터뜨리기는 고금을 통해 존재했으며 물론 막연한 의식의 형태이긴 했지만 열광적인 연구의 대상이었다. 고대 사회는 터뜨리기를 축제에서 찾았다. 어떤 고대 사회에서는 아무런 실용성이 없는 으리으리한 기념 건조물들을 세웠다. 우리는 잉여를 삶을 편안하게 만들어주는 '봉사' 부분에 사용한다. 그리고 우리는 여가 시간을 늘림으로써 잉여의 일부를 흡수한다. 그러나 그러한 여흥만으로는 언제나 불충분했다. 그러한 여흥들에도 불구하고 남아도는 과잉은 수없이 많은 사람들을 그리고 엄청나게 많은 유용한 자원을 전쟁에 바치도록 했다. 오늘날 무기를 앞세운 갈등이 많아지고 있고 그 끔찍함은 이루 말할 수 없을 정도이다(『저주의 몫』, pp. 63~64).

고대처럼 축제의 방식으로건, 사소하게는 현대의 여가나 봉사의 방식으로건 파괴를 막기 위해서라면 소모는 필수적이다. 혹은 바타유가 다소 망상적으로(사실 그는 항상 망상적이었는데) 제안하는바 개체 차원에서는 유성생식(성)과 죽음과 먹기를 통해, 인류 차원에서는 (가령 미국의 부를 인도에 대가 없이 증여하는 식으로) 세계 전체 생활수준의 상향 평준화를 통해 과잉 에너지를 소모하지 않는다면, 파멸은 피할 수 없다. 물론 죽음과 성과 섭생이 상징적 저항 이상의 효과를 거둘 리는 만무하고, 미국 또한 중동에 폭탄 외에 다른 걸 증여하고픈 마음이 저절로 생길 리는 없겠으니 작금의 지구 행성 표면에서 일어나고 있는 파렴치하고, 끔찍한 살육과 파괴는 당분간 막을 도리가 없을 듯만 싶다. 그러니까 파괴와 파멸은 역설적이게도 저 찬란한 태양 '탓이다.'

  내친김에 더 나아가보자. 가령 프로이트의 죽음충동Thanatos을 바타유의 일반경제학과 결합해보면 어떨까? 프로이트는 『쾌락 원칙을 넘어서』에서 "모든 생명체의 목적은 죽음이다"라고 공언한 바 있다. 그는 "만약 우리가 살아 있는 모든 것은 '내적인' 이유로 인해서 죽는다—다시 한 번 무기물이 된다—는 것을 하나의 예외 없는 진리로서 받아들인다면,"[3] 우리의 신체와 정신 과정 내부에는 그 무기물의 상태로 돌아가고자 하는 어떤 경향이 존재한다는 사실을, '이론적으로' 그리고 '임상적으로' 확인한다. 프로이트도 인용하고 있는바, 우리 삶을 지배하는 동일한 그 원리를 독일의 정신물리학자 페히너 G. Th. Fechner는 '안정 추구 성향,' 혹은 '항상성의 원칙'이라 불

---

3) S. 프로이트, 『쾌락 원칙을 넘어서』, 박찬부 옮김, 열린책들, 1997, p. 53.

렀는데, 죽고자 하는 충동을 안정 추구 성향이나 항상성을 유지하려는 원칙이라 하여 긍정적으로 명명한 점이 흥미롭다. 그의 어법대로라면 죽음의 상태는 항상성이 완벽하게 구현된 가장 안정적인 상태란 말이겠다.

사실 따지고 보면 죽음은 어떠한 양의 리비도도 대상에 집중하도록 하는 법이 없으며, 그리하여 어떠한 쾌감도 불쾌감도 만들어내지 않는다. 불쾌가 없으니 쾌감도 없다. 죽음은 완벽하고도 영원한 우울증(사랑하는 대상의 상실로 인해 그 대상에 집중되었던 리비도의 철회가 낳는 가공할 만한 공허, 침묵, 혹은 사후 애도)의 상태와 같아서 대상으로부터 모든 리비도 집중cathexis을 철회한다. 그리하여 원한도, 애정도, 증오도, 사랑도, 질시도, 욕망도 없어지는 것이니, 참 편안하겠다. 불교에서 말하는 열반(涅槃)도 이런 것이 아닐까 싶다. 그러니까, 우리가 잠시 생존 본능이 내장된 생명체란 사실을 망각하고 따져보자면, 죽는 것도 그리 나쁘지는 않겠다는 말이다. 혹은 (이 말을 뱉기가 다소 무섭기는 하지만) 태양계 자체의 소멸도 그리 나쁘지는 않다는 식의 논리도 가능하겠다. 우주도 어쩌면 아무런 에너지 유동이 없는 회색빛 죽음의 상태가 가장 안정적인 상태는 아닐는지. 게다가 이 지구의 표면에서 누리는 매일 매일의 삶이 고통과 실의의 연속일 때, 그리고 그런 삶이 수천 년이 지나도 개선될 기미가 보이지 않을 때(예를 들어 『핑퐁』[4]의 두 주인공 '못'과 '모아이'처럼), 죽음을, 그러니까 자신들만 아니라 지구와 우주 자체의 죽음을 간절히 바라지 않을 도리는 없어 보인다. 탁구 한 게임으로, 게다가 16년에 걸쳐 히

---

4) 박민규, 『핑퐁』, 창비, 2006.

말라야 8,000미터 14좌를 모두 오른 세계 최초의 인물 라인홀트 메스너와 미국 흑인 인권 운동의 기수 말콤 엑스가 도와주는 게임(그들의 화려한 전력이 탁구 게임에 어떤 도움이 될지는 도통 알 수 없는 노릇이긴 하지만) 한 번으로 지구 문명 전체를 '언인스톨uninstall'(『핑퐁』, p. 250)할 수 있다면, (다시 한 번 무서움을 무릅쓰고 말하건대), '나라도 그렇게 하겠다!'

1. 그런데, 다시 비평이란 무엇인가?

나 스스로도 앞 절의 제목을 망상이라고 했거니와 지구 종말을 대망하는 이는 비평가로서 결격 사유가 많다. 우선은 객관적이어야 할 비평문에서 주관적인 염세 취향을 무작위적으로 드러냈기 때문에 그렇고, 작품에 대해 행해야 할 공평무사한 가치 판단을 포기한 채 한 작가의 무모한 우주 탁구에 쉽사리 전면적인 동의를 보내는 '자연주의적' 비평 태도(「윤리성」, p. 261) 때문에도 그렇다. 그리고 무엇보다도 자신이 세크라탱 같은 탁구인도 아니고, 하룻밤 새에 거대한 옥수수 밭에 마치 지구인에게 던진 수수께끼라도 되는 양 기하학적인 문양을 그려놓고 떠나는 외계인도 아닌, 바로 '지구인'이란 사실을 망각했기 때문에 그렇다. 스스로가 지구상에서 살고 있는 생명체의 하나란 사실을 잠시 망각할 수는 있겠으나 그 누구도 그 사실로부터 벗어날 수는 없다. 지구 표면에 사는 생명체 내에는 어떻게든 지구 안에서 삶을 유지하도록 하는 기제, 그러니까 스피노자B. Spinoza 같으면 자기 보존 본능으로서의 '코나투스conatus'라 불렀을 어떤 관성이 존재한다는 사실은 진리이다. 그러니 사려 깊은 비평가라면 당연히 박민규의 우주적 상상력이 이와 같은 사실을 망각한 채, 마치 자신은 지구인이 아닌 양, 현실과 아주 머나먼 거리를 둠으로써만 가능하다는 사실을 지적했어야 한다. 인간은 어쩔 수 없이 지구-내-존재(하이데거라면 '세계-내-존재'라 했을 테지만)여서 우주적 시야에서 보면 제아무리 하찮다 할지라도 이러저러한 현실에 어떤 방식으로든 연루되어 있다는 사실, 그리고 그 현실에 대해 제 몫의 책임과 의무를 지게 마련이라는 사실을 지적했어야 옳다. 게다가 소설가로서의 박민규에게는 그런 식의 상상력이 다소나마 허용될 수 있겠으나 보다 엄밀하고 논리적인 사유를 요하는 비평의 경우는 사정이 완전히 다르다는 점도 빠뜨릴 수는 없을 것이다. 통상적으로 비평과 창작은 별개의 작업이기 때문이다. 지구 종말을 대망한다고 쓰면서 내가 느꼈던 모종의 불안과 무서움도 사실은 많은 부분 거기서 기인한 것임을 고백해야겠다. 나는 창작과 비평의 완고한 경계를 너무 가볍게 여긴, 그래서 비평가로서 지녀야 할 냉엄한 비판 의식을 쉽사리 포기해버린 자연주의적 비평가였던 것이다.

그러나 이렇게 순순히 내 그릇됨을 인정하자 해도 여전히 뭔가 억울함이 남는데, 도대체 비평이란 무엇인가에 대한 온전한 해명이 더 필요하지 싶어서이다. 비평은 도대체 어떤 유형의 글쓰기일까? 우선은 일반적인 상식에 따라(비평을 항상 도덕주의적 잣대로 재단하는 이들이 항용 주장하듯이) 창작과 구분되는 엄밀한 개념적, 비판적, 객관적 글쓰기라는 점을 떠올릴 수 있겠다. 그러자 다시 떠오르는 의문이, 그렇다면 비평과 '문학 이론'은 또 어떻게 구분되는가 하는 점이다. 통상적으로 비평과 이론은 서로 구분되는 영역으로 인정되지 않던가?

심지어 정녕 '객관적인' 글쓰기라고 하는 것이 무엇인지 합의할 수 있 겠는가(소쉬르 이후 세계 정신사를 깡그리 부인하지 않는다면) 하는 의 문마저 슬슬 얼굴을 내밀기 시작한다. 그러나 데리다나 라캉, 비트겐 슈타인L. Wittgenstein이며 드만P. de Man 들의 이론을 거론해가 며 언어를 이용한(비평의 언어를 포함해서) 글쓰기란 것이 결코 '객관 적인' 의미를 산출하지 못한다는 얘기를 구구절절 늘어놓는 것은 소 모적일 터이고, 또 임규찬 식의 묘한 분류법(작금의 문학 현실을 쾌재 를 부르며 수리하는 김 모와 이 모는 포스트모더니스트라는 식의, 혹은 2000년대 문학에 대한 과잉 호명의 이면에는 80년대를 리얼리즘의 시대, 90년대를 모더니즘의 시대, 2000년대를 포스트모더니즘의 시대로 보는 단순 도식이 숨어 있다는 식의 '단순한' 분류법)에 근거 하나만을 더해 줄 듯하다. 이에 대해서는 차라리 명민한 마르크스주의자였던 알튀세 를 참조하는 것이 편해 보인다. 알튀세는 『마르크스를 위하여』에서 이렇게 쓴다.

사회적 실천은 생산 이외에도 다른 본질적인 층위들을 포함하고 있 다. 즉 〔……〕 사회적 관계들을 결정된 산물(새로운 사회적 관계)로 변형시키는 정치적 실천, 이데올로기적 실천(종교적이거나 정치적이 거나 도덕적이거나 법적이거나 예술적이거나 간에 이데올로기는 그것 의 대상, 즉 인간의 '의식'을 변형시킨다), 그리고 끝으로 이론적 실천 이 그것이다.

〔……〕 이론적 실천은 실천의 일반적 정의에 포괄된다. 그것은 '경 험적'이거나 '기술적'이거나 또는 '이데올로기적'인 다른 실천들에 의해 주어지는 원재료(표상들, 개념들, 사실들)에 작용한다.[5]

알튀세가 『마르크스를 위하여』에서 이론적 실천과 다른 제실천(정치적 실천과 이데올로기적 실천)을 구분함으로써 이론상의 경험주의와 마르크스주의를 단절시키고자 시도했단 사실은 잘 알려진 바다. 인용문은 그가 최소한 세 가지 심급의 서로 구분되는 사회적 실천 영역을 설정하고 있음을 보여준다. 이론적 실천과 정치적 실천, 그리고 이데올로기적 실천이 그것이다. 정치적 실천은 '주어진 사회적 관계들을 새로운 사회적 관계로 변형'시키는 실천이다. 종교, 정치, 도덕, 법, 예술 등을 포함하는 이데올로기적 실천은 '주어진 인간의 의식을 새로운 의식으로 변형'시킨다. 그리고 마지막으로 이론적 실천이 있다. 이론적 실천은 '다른 실천들에 의해 주어진 표상들, 개념들, 사실들에 작용하여 지식을 산출'한다. 소위 '인식론적 단절'이란 말은 이론이 그렇게 전 과학적 표상 체계들과 결별하는 순간을 지시하는 용어다.[6]

그렇다면 문학(엄밀하게 말해서 창작)은 이 세 심급 중 어디에 속하는가? 알튀세에 따르면 문학 창작을 포함한 예술적 실천은 이데올로기적 실천에 속한다. 그러나 이에 대해서는 이견이 있을 수 있다. 레

---

5) L. 알튀세, 『마르크스를 위하여』, 고길환·이화숙 옮김, 백의, 1992(3판), p. 193.
6) 초기 알튀세의 구조주의적·과학주의적 편향에 대해서는 마땅히 경계를 늦추지 말아야 하겠지만 제실천을 그 실천이 작용하는 재료와 생산해내는 결과물에 따라 구분하는 이와 같은 논지는 우리 문학의 현실에 시사하는 바가 크다. 종종 우리 문학이 범해왔고 지금도 범하고 있는 오류 중 하나가 정치적 실천과 문학적 실천(마슈레P. Macherey적인 의미에서)의 혼동에서 비롯되었기 때문이다. 현실을 재료로 해서 문학적 실천을 가해 현실 자체를 변혁한다는 식의 단순한 혼동이 지배하던 80년대 문학은 말할 것도 없고, 지금도 여전히 문학적 실천의 원재료를 사회·정치적 관계 일반으로 오인하고, 문학적 실천의 결과물 또한 사회·정치적 변화 그 자체인 것처럼 여기는 소박한 계몽주의적 수용 모델이 알게 모르게 잔존해 있다고 본다.

닌이 가장 영민한 예술 장르라 했던 문학을 이데올로기적 실천의 영역에 그대로 내버려두기엔 안타까웠던지, 알튀세의 제자인 마슈레P. Macherey는 「톨스토이의 비평가, 레닌」이란 글에서 문학을 두고 이렇게 말한다. 문학은 "어떤 이데올로기적 내용을 확립하는 동시에 그것의 모순을 보여준다." "과학은 이데올로기를 폐기하고 지워버린다. 작품은 이데올로기를 이용하면서 거부한다."[7] 작품에는 근본적으로 이데올로기적 실천과 이론적 실천 사이의 모순과 균열이 존재한다는 마슈레의 이와 같은 논지는 양 실천 사이에서 동요하는 문학적 실천의 모호함에 대한 변명으로 읽히는 데가 있다. 그러나 다른 측면에서 볼 때, 그의 견해는 작품을 유기적 구성물로 간주하던 루카치류의 리얼리즘론과 마르크스주의 문학 이론을 분리해낼 수 있게 한다는 이점을 제공한다. 게다가 종종 문학 작품에 각인되는 이데올로기를 '내용' 수준에서만 파악하는 편향으로부터 벗어나 작품이 근본적으로 안고 있는 틈새와 균열이라는 형식적 측면에 주목하게 한다는 점도 간과할 수 없는 장점이다.

창작과 구분되는 '문학 이론'의 지위 또한 이와 같은 알튀세의 논지에 의해 비교적 명확하게 해명이 가능해진다. 문학 이론은 이론적 실천이다(혹은 이론적 실천임을 표방한다). 대개 문학 일반에 관한 경험과 개념들, 사실들 등등의 전 과학적 표상 체계를 대상으로 한 실천이기 때문이다. 거기에 추상 수준에서 과학적 개념들을 수단으로 한 지적 노동이 가해지고, 그럼으로써 문학 일반에 관한 새로운 지식을 산출하는 것이 문학 이론의 작업이다. 그러니까 문학 이론은 문학에

---

7) P. 마슈레, 『문학생산이론을 위하여』, 배영달 옮김, 백의, 1994, p. 157.

관한 제담론과 문학이라는 근대적 제도 일반에 작용하는 실천이다.

　문제는 비평이다. 창작도 아닌, 이론도 아닌 이 모호한 글쓰기 실천을 우리는 어디에 위치시켜야 하는 것일까? 우선 문학비평은 문학 이론과 다루는 대상이 다르다는 점을 지적할 수 있겠다. 문학 이론은 문학 일반을, 그리고 문학이라고 하는 근대적 제도 전체를 다룬다고 했다. 반면 비평은 통상 구체적인 개별 작품(군)들과 그것들을 둘러싼 담론을 다룬다. 그러므로 이론이 항상 일반성과 관계한다는 알튀세의 말대로라면 비평은 이론적 실천의 영역에 포함되기 힘들다. 아울러 노동의 방식에서도 비평은 이론적 실천과 다르다. 물론 비평은 항상 이론을 참조한다. 그러나 우리는 흔히 비평에서 사적인 주체(가령 대명사 '나' '필자'와 같은)의 출현을 자주 목도한다. 고도의 추상성과 객관성을 특징으로 하는 이론적 작업과 달리 전략적인 수사를 목격하기도 하고, 어떤 경우 필자의 상상력이 글을 좌우하는 예도 아예 볼 수 없는 것은 아니다. 그리고 마지막으로 비평은 '지식'을 생산하지는 않는다. 이견이 있을 수 있겠으나, 비평은 대개 문학에 대한 지식이 아니라 새로운 문학적 정세를 산출하는 것을 자신의 목적으로 삼는 경우가 많다. 정리하자면 비평적 실천(이런 표현이 가능하다면)은 '구체적인 작품(군)들과 그것을 둘러싼 담론들을 대상으로, 주관성을 배제하지 않는 이론적 도구들의 작업을 통해, 새로운 문학적 정세를 산출'하(려)는 실천이다.

　사정이 그렇다면 비평가가 자신의 글쓰기를 두고 '문학적 베팅' '막대 구부리기' '수행 효과'를 거론한다고 해서 반드시 막스 베버가 말한 '책임의 윤리'가 부재하다거나, 논의 자체를 무화시킬 수 있는 전제라고(「윤리성」, p. 258) 펄쩍 뛸 일만은 아니다. 훗날 알튀세는

『마르크스를 위하여』의 구조주의적·과학주의적 편향을 두고 그것이 일종의 이론적 막대 구부리기(경험주의와 헤겔주의 쪽으로 과도하게 기운 마르크스주의 막대를 바로 세우려는)였다고 술회하기도 하거니와, 한쪽으로 과도하게 휘어진 막대는 반대쪽으로 과도하게(전략적으로, 수행적으로, 다소간 모험적인 베팅을 감수하고서라도) 잡아당겨야 바로 서는 법이다. 비평은 종종, 겉으로는 "리얼리즘을 근원에서부터 재구성해야 할 필요성"[8]을 절감한다면서도 내심에 있어서는 "여전히 리얼리즘이나 민족문학을 내밀며 법고창신의 내파를 되뇌일 수밖에 없는 것이 솔직한 마음"[9]인 구세대의 문학 담론 쪽으로 과도하게 기운 막대를 바로 잡기 위해, 새로운 세대의 문학을 전략적으로, 수행 효과를 노리면서, 과장되게 호명하는 문학적 베팅을 마다하지 않는다. 사실 문학사는 그런 식으로 새로운 문학적 정세가 도래하게 된 예를 적잖이 제공한다.

2. 사회적 상상력과 상상력의 사회학

물론 예술적 실천이 이데올로기적 실천 일반으로 즉각 환원될 수는 없다. 예술적 실천은 주어진 인간의 의식을 새로운 인간 의식으로 변형시키는 작업임에는 틀림이 없으나, 법이나 정치, 종교 등이 하는 방식과는 구분되는 방식을 취한다. 미술은 색과 면으로, 음악은 소리와 휴지(休止)로, 그리고 문학은 바로 '언어'로. 심급이 다른 실천들

---

8) 임규찬, 「리얼리즘과 모더니즘을 둘러싼 세 꼭짓점」, 『비평의 창』, 강, 2006, p. 22.
9) 임규찬, 「공선옥 문학은 어느 만큼 와 있는가」, 같은 책, p. 101.

간의 혼동은 종종 문학적 실천의 이와 같은 특수성을 고려하지 않거나 부차화한다. 그런 혼동은 이즈음에는 우리 소설 작품에서 나타나는 소위 '탈내면화'(김영찬), '무중력화'(이광호), '편집증적 서사화'(김형중) 현상에 대한 신경질적인 반응으로 나타나는 경우가 많다. 소설이 필연적으로 근대적 현실과 맺을 수밖에 없는 연관성을 강조하면서, 소설은 현실을 반영[10]해야 하고, 현실과 치열하게 맞대면해야 하고, 분단체제 극복에 기여해야 하는데, 이즈음의 작가들은…… 운운. 사실 이런 말들 속에는 은연중 문학이 정치적 실천에 복무하지 않아서 유감이라는 전제가 스며들어 있다.

문학은 물론 사회적 연관 관계 속에서 홀로 자율적일 수 없다. 그리고 문학은 항상 정치적일 수밖에 없다. 그러나 문학은 어느 상황에서도 '언어'를 매개로 해서 사회적이고, 정치적이다. 문학은 그것이 정치에 대해 말하고, 정치에 개입하기 때문에 정치적인 것이 아니라, 그 언어적 존재 방식이 정치적이기 때문에 정치적이다. 마슈레가 말하는 작품의 균열과 틈새라는 것도 바로 작품이 '서로 다른 이데올로기적 입장을 가진 언어들의 각축장'이기 때문에 발생하는 것일 게다.

게다가 우리 소설의 탈현실화를 말한다고 해서 그것이 딱히 소설을 사회와 격리시키려는 의도를 갖는 것도 아니다. 사실 소설의 편집증

---

10) 이런 식의 비판은 당연히 리얼리즘론을 전략적으로 '소박한 반영론' 수준으로 격하시켜 놓는다는 역비판과 마주치기 십상이다. 그러나 제아무리 소박하지 않은 복잡하고 매개적인 반영론이라 하더라도 그것이 '반영'인 한에 있어서는 언어의 투명성을 전제하지 않을 수 없다. 그러니까 소쉬르 이후 세계 정신사의 흐름을 송두리째 무시하지 않는다면 리얼리즘은 어떤 방식으로든 언어의 불투명성, 의미 불확정성에 대한 나름의 해답을 제출해야 한다. 나는 아직 리얼리즘론을 고수하고 있는 그 어떠한 논자의 글에서도 이에 대한 합당한 해답을 얻어본 적이 없다. 그리고 만약 그 해답 중의 하나가 반영론의 포기라면 그것을 더 이상 '리얼리즘'이라고 불러야 할 이유는 사라진다.

적 서사화도 사회적 현상이고, 소설의 무중력화도 사회적 현상이며, 소설의 탈내면화 경향도 사회적 현상이다. 김영찬은 2000년대 작가들의 탈내면화 저변에 후기자본주의의 전일적인 지배에 따른 주체의 왜소화 경향이 놓여 있다고 수차례 지적하고 있고,[11] 이광호 역시 문제의 그 '무중력 공간'이란 발언에 앞서 아주 길게 80년대와 90년대 그리고 2000년대의 사회·문화적 정세 변화와 작가들의 감수성에 일어난 변화들에 대해 거론하고 있다.[12] 나 또한 2000년대 작가들의 망상과 편집증적 서사의 기원에 90년대 초반 사회주의권의 붕괴와 그로 인한 대상 카섹시스cathexis의 철회가 존재한다고 누차 말한 바 있다.[13] 더 이상 현실 변혁의 가능성을 확인하기 힘들어진, 게다가 후기자본주의는 나날이 승리를 거듭하는 2000년대를 살아가는 작가들이 현실로부터 철회한 대상 리비도를 편집증적 서사를 통해 분출한다는 것, 말하자면 그들의 환상적 서사는 일종의 '정신 승리법'이란 점이 내가 주장했던 바다. 그러니까 무중력과 편집증, 탈내면화의 기원에 정치·사회적 변화가 존재한다는 사실을 망각한 바 없다는 얘기다.[14]

---

11) 김영찬, 「2000년대, 한국문학을 위한 비판적 단상」 「1990년대 문학의 종언, 그리고 그후」(『비평극장의 유령들』, 창비, 2006), 그리고 「좌담−우리 문학의 현장에서 진로를 묻다」(『창작과비평』 2006년 겨울호). 후자의 좌담에서 드러나는 이장욱·김영찬, 그리고 김영희 간의 입장 차이는 그대로 작금의 한국 문학에 대한 창비 내부의 입장 차이로 보여 흥미롭다. 이 좌담에서 행해진 김영찬이나 이장욱의 발언에 대해 나는 사실 그다지 많은 이견을 가지고 있지 않다.

12) 이광호, 「혼종적 글쓰기, 혹은 무중력 공간의 탄생」, 『이토록 사소한 정치성』, 문학과지성사, 2006.

13) 졸고, 「소설의 제국주의, 혹은 '미친, 새로운' 소설들에 대한 사례 보고」 「진정할 수 없는 시대, 소설의 진정성」, 『변장한 유토피아』, 랜덤하우스중앙, 2006.

14) 한기욱이라면 이에 대해 이견이 있을 수 있겠다. 그는 어느 글에서 김영찬과 나의 현실 인식을 두고 "자본주의라는 보편적 체제만을 문제 삼는 것은 관념적일 수 있다. 구체적으로 어떤 자본주의인가가 중요하기 때문이다"(한기욱, 「한국문학의 새로운 현실 읽

있다면 다만 태도의 차이가 있었을 텐데, 바로 그러한 왜소한 주체들이 빚어낸 작품들에서 기존 문학과 다른 서사 기법상의 새로움, 감수성의 차이, 낯선 언어의 운용법 등을 찾아내고 적극적으로 호명하느냐, 아니면 작품들의 이전 같지 않음을, 그리고 물건 없음을 한탄하느냐 하는 차이가 그것이다.

최근 진정석이 단초적으로 구분한 바 있는 '사회적 상상력'과 '상상력의 사회학'이라는 두 용어는 소위 '무중력 상태에서의 글쓰기' 또한 얼마든지 사회적 현실과의 관련 속에서 살피는 것이 가능하다는 사실을 보여준다. 그는 우선 최근 소설에서 '사회적 상상력'의 퇴조 현상이 나타남을 강영숙, 김애란, 김윤영, 김중혁, 박민규, 박형서, 백가흠, 손홍규, 윤성희, 이기호, 천운영, 편혜영, 한유주 등의 이름을 들어 거론한다. 그러고는 이어서 이렇게 말한다. "그러나 상상은 현실의 결핍을 보상하는 문화적 장치이며, 사회적 상상력의 결여 역시 사회적으로 결정된 문화적 징후 가운데 하나일 뿐이다. 특정 세대의 문학에 사회적 상상력의 결여가 집단적으로 나타나고 있다면, 그 상상의 존재 방식에 대한 분석을 통해 현실적 조건에 대한 성찰로 나아갈 수 있는 것이다."[15] 가령 어느 시기 한국 문학에 사회적 상상력이 쇠퇴하고 대신 현실적부심을 통과하지 않은 말 그대로의 (무중력 상태의) 상상이 증가하고 있다면 이 또한 사회적 현상으로서 논의할

기」, 『창작과비평』 2006년 여름호, p. 209)라고 비판한다. 그러고는 2000년대 문학의 시대적 기점을 후기자본주의 일반이 아닌, 6·15 선언과 IMF 사태로 구체화한다. 새겨들을 만한 비판이거니와, 그럼에도 여전히 남는 의문은 과연 문학 작품이 매 시기 자본주의 체제의 국면 변화나 정치적 사건들을 즉각적으로 반영하는가 하는 점이다. 소박한 반영론이 갱신된 리얼리즘의 요건이 아니라면 말이다.

15) 진정석, 「사회적 상상력과 상상력의 사회학」, 『창작과비평』 2006년 겨울호, p. 209.

필요가 있다. 사회적인 것의 부재 또한 사회적 징후이다.

오히려 나는 작품이란 것이 작가의 의도나 비평가의 해석과도 무관하게 애초부터 얼마나 사회적인가를 강조하고 싶다. 물론 그것이 항상 작품의 내용에 의한 사회적 현실 반영의 형태로만 일어나지는 않는다는 조건을 붙였을 때 말이다. 가령 소설책의 표지 디자인은 얼마나 사회적인가, 또 인쇄에 사용되는 활자의 변화는 생산력의 발달과 긴밀하게 연관되어 있지 않은가. 박민규의 잦은 행갈이와 돌연 작아졌다 커졌다 하는 활자의 크기(『핑퐁』) 또한 생산력 발달에 따른 컴퓨터 문화의 일반화를 고려하지 않고서는 해명하기 힘들다. 이에 대해서는 벤야민의 다음과 같은 언급이 참조할 만하다.

이를테면 다음과 같은 질문, 즉 어떤 작품이 시대의 상관관계에 대해서 어떠한 입장에 서 있는가, 그것이 시대의 생산관계에 동의함으로써 반동적이 되고 있는가, 아니면 그것의 변혁을 꾀함으로써 혁명적이 되고 있는가 하는 등의 질문을 하는 대신, 최소한 이러한 질문을 하기 이전에, 다른 질문을 하나 제기해보고자 한다. 즉 어떤 문학이 시대의 생산관계에 '대해서' 어떤 입장에 서 있는가 하고 질문하기에 앞서, 그것이 생산관계 '속에서' 어떻게 되어 있는가 하고 질문하고 싶은 것이다. 이 질문이 직접적으로 겨냥하는 바는 한 시대의 문학적 생산관계 내부에서 작품이 갖는 기능이다. 바꾸어 말하면 이 질문은 바로 작품의 문학적 '기술Technik'을 겨냥하고 있는 것이다.[16]

---

16) W. 벤야민, 「생산자로서의 작가」, 『발터 벤야민의 문예이론』, 반성완 옮김, 민음사, 1994, p. 255.

지금의 시대가 벤야민의 시대와는 달라서 이 글에서 벤야민이 주장한 생산관계의 변혁과 혁명적 문학에 대한 전망을 함께 공유하기는 힘들다. 그럼에도 벤야민이 인용한 부분에서 말하고자 한 논지는 여전히 중요하다고 판단되는데, 그의 말은 곧 작품의 사회성이란 것이 항상 작품 내용의 경향(그 내용이 얼마나 반동적인가 진보적인가)에만 국한되는 것이 아니라 작품을 탄생하게 한 생산력의 수준, 생산관계 속에서의 기능, 작품에 적용된 기술적 측면의 고려를 두루 아우르는 것이란 사실이다. 그러니까 하나의 작품이 씌어지고(필기구, 집필 환경), 발표되고(문예지, 신문, 단행본), 인쇄되고(식자, 컴퓨터 출력), 출간되어(제본과 표지 디자인의 방식), 어떤 경로로 유통되다가(출판 시장), 독자들을 만나는가(독자층의 상태와 범위) 하는 모든 요소들이 작품 내에 사회적으로 각인된다. 물론 그럴 때 그 사회적인 것들은 '반영된다'라기보다는 '각인된다'고 해야 맞을 것이다. 더 나아가 한 시대에 사용되는 언어의 사회성까지 고려한다면, 작품에 사용되는 문장과 음소 수준에서도 사회적인 것들은 각인되기 마련이다. 그럴진대 소설이 제 마음대로 '무중력' 상태에서 씌어질 리는 만무하다.

그러니까 어느 시기 일군의 젊은 작가들이 현실로부터 상상력으로 이동하는 움직임이 포착된다면, 그것은 문학의 탈사회화의 징후로 받아들여질 것이 아니라 그 자체로 하나의 사회적 징후로 받아들여져야 한다는 말이다. 게다가 작가들이 제아무리 사회로부터 등을 돌려 편집증적 서사로 도피한다 해도 이러저러한 사회적 요소들도 여전히 작품 내에 각인될 수밖에 없는 법이다.

박민규를 필두로, 진정석이 거론한 젊은 작가들의 작품에서 분명 사회적 상상력의 퇴조 현상이 포착되는 것은 사실이다. 그러나 그 사실이 소설과 사회의 분리를 증거하지는 않는다. 사회적 상상력의 퇴조와 편집증적 서사의 일반화 자체가 사회적 징후이고, 그것은 비평적 논의의 대상이지 한탄의 대상이 아니다.

3. 부재하는 원인으로서의 갱신된 리얼리즘

2000년대 젊은 작가들의 작품을 한탄이 아닌 비평적 논의의 대상으로 다루자고 했거니와, 그럴 때 문제가 되는 것은 역시 비평의 잣대다. 우리 시대의 비평적 잣대는 무엇이어야 하는가? 난감한 질문이다.

나는 앞서 이 글을 박민규의 염세적 우주론에 동의하면서 시작했다. 사실 "서슴없이 현실에도 '완전히' 절망"(「윤리성」, p. 263)하는 이런 식의 극단적 염세주의는 박민규와 나 개인의 취향 문제만은 아닌 듯싶다. 구구절절, 80년대를 어찌 보냈고, 90년대 초반에 얼마나 환멸을 겪었으며, 이후로 만족할 만한 전망을 구해본 적은 없노라고 말하면 너무 애잔해질 것 같다. 게다가 나는 앞[17]에서 비평적 객관성의 철칙을 어겨가면서 아주 사적인 어조로 그런 사정을 고백한 적도 있다. 그러자 돌아온 것은 '사실을 비판 없이 수리하는 비평가' '작가들에게 고개 숙인 비평가'라는 식의 반응들이었다.[18] 최근 돌아온 반응은 임규찬이 붙여준 '자연주의적 비평가'란 딱지다.

---

17) 졸고, 「기어라, 비평!」.
18) 곡해하기로 치자면 '기어라'란 말이 그렇게도 들리는 모양이지만, 「날아라, 비평」이란 제하의 중견 비평가(윤지관)의 글도 읽은 적이 있고, 「달려라, 아비」라는 훌륭한 작품을 읽은 기억도 있어 내 딴에는 패러디 겸, 전략적으로 붙여본 제목이었다. 내용대로라면 '열심히 읽어라' 정도의 글이다.

비평에도 자연주의(80년대에는 대개 전형성과 총체성을 갖추지 못해 리얼리즘보다 조금 못한 문예사조 정도로 취급받았고, 임규찬은 여전히 그렇게 사용하고 있음에 분명한) 비평과 리얼리즘 비평의 서열이 있는 것인지는 모르겠으나, 임규찬의 논지는 앞서 말한 다른 반응들과 별반 다르지 않아 보인다. 작품을, 작가의 의도를 사후 추인하는 방식으로, 사실 수리적으로 읽는다는 말을 그렇게 표현한 것으로 읽히기 때문이다. 그러니까 비평적 잣대가 없는 비평가란 말이다.

사실 비평가로서 듣기에 가장 곤혹스러운 비판이 바로 그것인데, 왜냐하면 아무리 변명하자고 해도 그 말을 부인하기는 힘들기 때문이다. 그러나 과연 그런 무력함이 나 혼자의 몫인지에 대해서는 동의하기 힘들다. 과연 누가 있어, 80년대에 누리던 비평의 영광을 되찾아올 수 있단 말인가. 마르크스주의를 대신할 만한 새로운 대안 사유를 개발해낼 수 있단 말인가. 거대 서사의 종말이라는 낯익은 수사는 제쳐두더라도, 가령 생태주의와 페미니즘과 탈식민주의와 소수자 운동 같은 진보적인 문제틀들이 있다고는 하나, 그것들을 두루 아우르면서 우리 민족 특유의 분단 체제를 함께 극복해나갈 대안 사유는 오리무중이다. 더욱이 일군의 비평가들의 사실 수리를 비판하는 다른 비평가들의 어느 글에서도 나는 사실 수리에 대한 비판을 읽었을 뿐, 사실 수리 아닌 다른 전망을 읽지는 못했다. 그럴 때, 어차피 현재 씌어지고 있는 작품들 속에서 21세기의 문학은 시작될 것이고, 주어진 대문자 지도는 없을진대, 작품들의 성좌 속으로 들어가 마치 에스키모들이 오로지 몸에 의지해 지도를 만들듯 치열하게 비평을 하자는 것이 내 입장 아닌 입장이다. 그리고 그 입장은 정작 사실 수리를 보기 좋게 극복한 '좋은 비평'의 잣대가 누군가에 의해서라도 제시되면 금방 포기할 수 있되, '적어도 기법 및 소재 선택상의 사실주의가 아닌 모더니즘의 세례를 거친 리얼리즘' '서구와는 또 다르게 한국적 모더니즘-포스트모더니즘 관계를 생각하면서 주체적인 현실 읽기와 작품 읽기를 통해 일반적 통념과 다르게 작가와 작품을 분별해내는 비평 작업들'(「윤리성」, pp. 265~66), 혹은 '주어진 객관적 사실에 최대한 충실하되 그 사실의 빈틈이 창조적으로 은유하는 역사의 재해석·재창안으로서의 면모를 적극적으로 반영하면서도, 또 그것을 오늘의 포스트모던적 혹은 퓨전적 활력에 연계시켜 미적 상상력으로 최대한 육체화하는 새로운 역사소설'[19] '기존의 거시 담론의 문제점을 통렬히 비판하는 것만큼이나 새로이 거시 담론을 재생성하면서 그것을 생성시키는 신(新)기운들을 몸에 달라붙게 하는 작업'[20] 같은, 실례가 전혀 뒷받침되지 않은 선언들을 앞에 두고서는 포기할 수 없는 입장이기도 하다. 옳고 훌륭한 말들의 결합으로만 이루어진 문학의 어떤 이상적인 상태에 대한 대망이 그 이상적인 상태를 직접 보여주지는 못하기 때문이다. 임규찬의 갱신된 리얼리즘에 대한 기대는 지나치게 이상화되어 있어서 심지어는 자신의 실제 비평에 있어서도 유용하게 사용되지 못한다. 가령 그의 비평집 『비평의 창』에 실린 글들 중 실제 비평에 해당하는 글들은 송기숙, 홍희담, 송기원, 정도상, 김학철, 조정래 등, 오래전부터 그의 구미에 맞았던 작가들에 집중되어 있다. 게다가 여전히 갱신 이전의 완고한 리얼리즘적 범주들이나 나이브한 감상이 작품 분석에 적용될 뿐이다. 그래서는 모더니즘의 세례를 받아 발본적으로 갱신된 리얼리즘은 영영 묘연한 일일 것이다.

---

19) 임규찬, 「'황진이'의 소설로 본 역사소설의 최근 양상」, 앞의 책, p. 143.
20) 임규찬, 「순리와 역류」, 앞의 책, p. 94.

이상적으로 '상상'된 '갱신된 리얼리즘'은 그저 세상은 그렇게 단순한 것이 아니란 식의 오래된 훈화를 위해 이용될 뿐인데, 임규찬은 자신의 글 한 편을 이렇게 마무리한다.

마무리하려니 이런 소박한 말들이 귓전을 울린다. "모든 것은 우리의 생각보다 훨씬 단순하다." 괴테의 말이다. 그런데 거기에 이 말을 또 덧붙여두었구나. "그런가 하면 모든 것은 우리가 알고 있는 이상으로 복잡하게 얽혀 있다"(「윤리성」, p. 270).

사실 나는 그런 말을 오래전부터, 괴테를 읽지도 않았던 어른들로부터 자주 들어왔다. 돌이켜보면 그 어른들은 내게 세상이 복잡하단 사실에 대해서만 말해주었을 뿐, 세상이 어떻게 복잡한지, 그 복잡함의 내용에 대해서는 끝내 말해주지 않았다. 그분들은 그런 식으로 복잡해져가는 세상을 방어하고 있었다고, 이제는 생각한다.

국경을 넘는 세 척의 배

국경을 넘는 일

2000년대 이후 한국 사회의 가장 큰 변화는 뭐니 뭐니 해도 이산 diaspora의 일반화, 곧 '다문화 사회로의 이행'일 것이다. 2005년 현재(이하 통계청 2005년 자료 참고), 663만여 명의 '한민족'이 해외에 살고 있고, 50만 명에 이르는 이주노동자들이 한국의 노동 시장에 유입되었다. 국내 전체 결혼 건수의 13.6퍼센트가 국제결혼(사실은 인신매매에 가까운)이고, 새터민이라 불리는 탈북자 인구 또한 1만 명에 육박한다, 2050년쯤에는 국내 총 인구의 9.2퍼센트(약 403만 명) 정도가 타인종·타민족으로 구성될 것이라고도 한다. 그렇다면 한국 사회는 이미 '다문화·다인종 사회'의 초입에 서 있다. '단일 민족 국가' '배달 민족' '단군의 자손' 같은 말들이 이제 더 이상 절실하게 들리지 않는 시절이다. 단일 민족의 신화를 넘어서 국경 밖의 새로운 타자들과 어떻게 윤리적인 관계를 맺을 것인가 하는 주제는 문학을 포함해서 현재 한국 지성계에 던져진 가장 중요한 화두다.

이런 추세를 반영하듯, 언제부턴가 우리 소설에도 이들, '새로운 한국인'들을 다룬 작품들이 빈번히 등장하기 시작했다. 전성태(「국경을 넘는 일」), 강영숙(『리나』), 천운영(『잘가라, 서커스』), 방현석(「랍스터를 먹는 시간」), 오수연(「황금 지붕」), 김재영(「코끼리」) 등이 그 예들인바, 이들 작가들이 탐구하고 있는 '국경 넘기'의 주제는 다문화 사회를 코앞에 둔 작금의 우리 사회에 필요한 '타자의 윤리'에 대해 진지하게 고민하게 한다.

그러나 한편에서는 우려의 소리도 만만치 않다. 가령 2006년 겨울 한 문예지에서 마련한 디아스포라 특집에 실린 몇 편의 글이 있다. 이 특집에 글을 쓴 필자들이 공히 지적하는 것은 '국경 넘기의 어려움'이다. "국가 밖이 국가인데 어떻게 국가를 넘어가는가" "엄밀한 의미에서 트랜스내셔널한 사고 따위는 존재할 수 없다"라는 황호덕의 발언[1]이나, "유목보다 전형적인 탈근대적 이데올로기는 따로 없을 것이다"[2]라는 서동진의 단정은 모두 국경 넘기가 그렇게 쉬운 일이 아님을, 아예 불가능한 일일 수도 있음을 지적한다. 사실 '국경 넘기' 혹은 이산이라는 주제는 결국 어떤 방식으로건 '주체가 자신의 표상 공간 너머에 존재하는 타자를 어떠한 동일화 없이 표상할 수 있는가'라는 만만치 않은 철학적 주제와 대면할 수밖에 없도록 되어 있다. 또한 탈식민주의 이론가들이 말하는 정체성의 혼종hybridity이나 오리엔탈리즘(우리의 경우 한류 담론에서 전형적으로 드러나곤 하는 아류 제국주의 담론)의 문제도 비켜가기 힘들 뿐 아니라, 유목, 이산, 노마

---

1) 황호덕, 「넘은 것이 아니다」, 『문학동네』 2006년 겨울호, p. 422.
2) 서동진, 「분단, 이동, 모더니티」, 같은 책, p. 450.

돌로지, 초국민국가적 상상력 같은 말들이 과연 신자유주의 세계 질서에서 파생된 이데올로기인가 그것에 저항하는 대항 담론인가를 둘러싼 논란도 쉽게 결말이 날 성질의 것은 아니다. 국경을 넘는 일이 단순히 신체의 이동만을 지시하는 것이 아닌 바에야 '일반화된 이산'에 대한 소설적 대응은 필연코 근대적 국민국가 극복, 민족 정체성의 재구성, 타자에 대한 윤리, 다문화·다인종적 가치와 제도의 창출 등과 같은 거대한 문제들을 끌어들인다.

그렇다고 그러저러한 문제들이 철학적으로나 이론적으로 해결되기를 마냥 기다릴 수는 없는 노릇이다. 훌륭한 문학은 종종 철학이나 사회과학보다 먼저 한 사회의 징후를 포착하는 장면을 연출하기도 하고, 나아가서는 그것들이 아직 해결하지 못한 문제에 대한 답을 제시하기도 한다. 설사 그 답이 실현 불가능한 상상의 산물이라 해서 내치고 말 일도 아니다. 문학은 문학적인 방식으로 사회적인 문제들을 제시하고 해결한다. 여기 바로 그런 방식으로 국경 넘기가 수반하는 이러저러한 문제들을 제기하고 해답을 제안하는 시도들이 있다. 반가운 세 척의 배에 대한 이야기다.

볼로뉴 숲에서

1888년 즈음, 조선의 궁중 무희 리진이 상해, 사이공, 싱가포르, 콜롬보, 수에즈 운하, 알렉산드리아 항구를 거쳐 프랑스 마르세유에 도착하기까지 60여 일을 머물렀던 증기선[3]은 전근대에서 근대로 향한 배다. 아직 외국인이 카메라로 영혼을 훔치고, 아이들을 죽여 먹는다는 속설이 횡행하던 19세기 후반의 조선에서 세계의 중심이자 서구 근대 문명 그 자체이기도 했던 파리로의 이동은 '시간의 공간화'에 해당한다. 소설 속에서 리진은 지리적으로는 조선에서 파리로 공간 이동했지만, 그 이동의 참 의미는 전근대에서 근대로의 시간 이동이다.

철들고 나서는 평생을 궁에서 살았던 서나인('리진'은 후에 콜랭과 파리행이 결정되자 임금이 내린 이름이다)의 정체성은 전형적으로 봉건적인 방식으로 형성되었다. 왕은 그녀의 신체와 정신의 실질적인 소유주이다. 소위 궁중의 법도란 것은 그녀의 걸음걸이, 옷매무새, 말투까지도 제약한다. 게다가 일찍부터 고아로 자란 어린 그녀에게 왕비가 배를 깎아 먹이면서 짓던 자애로운 미소는 그녀의 나머지 생을 포박한다. 그런 그녀가 60여 일의 항해를 마치고 파리에 도착하자 전혀 다른 세계가 눈앞에 펼쳐진다. 그로부터 4년 후 콜랭과 함께 다시 조선으로 돌아오기까지 그녀의 파리 생활은 '리진의 근대 수업기'라 할 만하다. 그 기간 동안 그녀가 보고 배운 것들의 목록은 아래와 같다.

먼저 지상에는 수많은 인종들이 존재하고 그들 모두 한 도시에 모여 살기도 한다는 사실. "항구에서 리진의 눈에 맨 먼저 띈 건 마중 나와 있는 사람들의 각기 다른 얼굴색 머리색이었다. 온갖 다양한 인종들이 뒤섞여 있었다. 백인 흑인 황색인 아랍인 집시들"(p. 12).

또 지상에는 말이나 가마의 속도와는 전혀 다른 속도가 존재하고 그 속도에 대해서라면 어떤 전근대적인 언어로도 설명할 길이 없다는 사실. "마르세유에서 파리 리옹 역까지 기차를 탔을 때 철마의 그 빠

---

3) 신경숙, 『리진』 2, 문학동네, 2007, p. 10. 이하 본문에 쪽수만 표기.

른 속도를 어떻게 전해야 할까? 리진은 표현할 수 없는 것에 대한 갈증을 느끼며 깃털 펜에 잉크를 찍었다"(p. 16).

신분과 관계없이 천한 장사치라도 노력 여하에 따라 성공할 수 있다는 근대적 직업 윤리. "과장된 꿈이라고 여겨지는 게 아니라, 점원이 사장이 될 수도 있다는 희망을 주는 봉마르셰 백화점도 그곳에서 일하고 싶어하는 뱅상도 새로워 보였다"(p. 23).

끊임없이 새로워질 것, 곧 부르주아 모더니티의 절대 명령인 '유행.' "마가쟁 드 누보테라니? 되물으니 잔느는 여자들의 드레스나 각양각색의 천, 양산이나 구두 향수 같은 그때그때 유행하는 물건들을 파는 상점들이 늘어서 있는 곳이라고 했다. 〔⋯⋯〕 잔느만이 아니라 파리의 여인이라면 누구라도 새로운 유행상품이 물결치는 거리로 나가고 싶어했다"(p. 25).

교통수단의 발달과 그에 따른 계급 질서의 재편. "증기선과 스크루가 항해에 이용되어 르브아르 항구를 떠난 상선이 아흐레 만에 미국 뉴욕에 도착한다고 합니다. 최근에는 쥘 베른이라는 소설가의 『80일간의 세계일주』라는 책을 읽었는데, 갖가지 교통수단이 번갈아 등장하는 것에 놀라움을 금치 못했습니다. 〔⋯⋯〕 부자들은 이 기술이 실어나르는 물질에 힘입어 편안한 생활을 하는 반면 이 기계화로 인해 도시 빈민들 또한 생겨났다고 합니다. 며칠 전에 길거리의 담벼락에서 누추한 차림으로 치즈를 긁어내고 있는 여인들을 보았습니다"(p. 52).

그리고 그날그날 배달되는 신문(p. 67), 오페라(p. 70), 루브르 박물관(p. 75), 왈츠(p. 103), 뉴질랜드에서의 여성 선거권 쟁취(p. 153) 등등, 목록은 얼마든지 더 추가될 수 있을 것인데, 멜로 성격이 짙은 표면 서사에도 불구하고 이 작품이 빛을 발하는 부분이 바로 여기다. 이 목록들은 작품『리진』이 최근의 역사학 및 문학사 분야의 고현학(考現學)적 성과들에 대한 폭넓은 참조 위에서 집필되었음을 확인하게 한다. 소위 근대성을 이루는 속도와 제도와 경제 논리와 문물들이 리진의 눈을 거쳐 충분한 거리를 두고 자연스럽게 나열된다. 우리가 속해 있는 세계가 그 거리에 의해 의식화되고 분석해야 할 대상이 된다.『리진』은 우리가 속한 근대를 자성하게 한다.

리진의 근대 수업은 당연히 그녀의 심리에도 영향을 미친다. 다음 구절은 그녀가 근대 문물들을 접하면서 어떻게 변모해가는가를 극적으로 보여주는 부분이다.

리진은 고민에 빠졌다. 붓으로 쓴 글씨들만 보아왔을 왕비가 펜글씨를 어찌 생각할까, 싶었다. '소인'이라 하지 않고 '제가'라고 표현한 것이 마음에 걸리기도 했다. 골똘히 생각에 잠겼던 리진은 펜을 고쳐 쥐었을 뿐 '제가'를 '소인'으로 고쳐 쓰지 않았다(p. 11).

아마도 가라타니 고진이었다면 '내면의 탄생'이라 불렀을 어떤 변화가 리진에게서도 일어난다. 그녀는 왕비에게 보내는 문장의 주어를 '소인' 대신 '제가'라고 써놓고도 고치지 않는다. 왕이나 왕의 소유물로서의 서나인이 명실 공히 내면을 가진 자율적 주체로 거듭나는 순간인데, 19세기 유럽의 수도 파리가 그녀에게 내면을 선물한 셈이다. 그러나 조선의 궁중 무희 리진이 그런 식으로 근대인이 되어가게 내버려두었다면 소설『리진』의 비극은 성공하지 못했을 것이다. 내면이 탄생하자, 그녀는 이제 서구 문명과 자신이 속했던 동양 혹은 제3세계 피식민국가들을 비교할 수 있게 된다. 소위 정체성이란 타자와의 비교를 통해서만 성립되는 것이란 사실을 염두에 두면 이는 지극히 당연한 일이기도 하다.

콜랭과 루브르 박물관에 가던 날, 이집트의 파라오 조각상 앞에서 리진이 묻는다. "그런데 이집트의 것이 왜 모두 여기에 와 있어요, 콜랭?" 이집트보다 파리가 유물의 보존에 적합하다는 콜랭의 답변에 다시 묻는다. "저 파라오도 그리 생각할까요?"(p. 76) 관람이 계속될 수록 리진의 반발은 정도를 더해가는데 밀로의 「비너스」 앞에서 그녀는 "바다를 건너 이곳으로 끌려와 갇혀 있네"라고 말하기도 하고(p. 79), "콜랭, 사람들은 나 또한 당신이 조선에서 가져온 수집품들같이 구경을 하죠"(p. 86)라며 자신의 처지가 그 여신들과 그다지 다르지 않음을 간파하기도 한다.

파리에서라면 리진은 조선의 궁중에서 자신에게 부과되었던 신분적 제약과 고루한 봉건주의를 벗어나, 한 사람의 근대인이자 프랑스 고관대작의 아내로서 자유롭고 자주적인 삶을 영위할 수 있었을 것이다. 그러나 총명한 그녀는 더 나아간다. 그녀의 근대 수업은 단순히 근대 배우기에 머무는 것이 아니라, 근대의 은폐된 허위까지도 폭로하는 수준에 이른다. 최종적으로 볼로뉴 숲에서 그녀가 본 것, 그것이야말로 그녀를 프랑스에 안착하지 못하게 한다.

'볼로뉴 숲 속에서'라는 제목이 붙은 3장의 마지막 에피소드는 미국에서의 인디언 학살에 대한 리진의 편지로부터 시작한다. 그리고 4장은 다시 그 무대를 조선으로 옮긴다. 그렇다면 3장의 이 마지막 에피소드는 리진의 조선행에 대한 최종적인 이유를 제시하기 위해 의도적으로 배치된 것으로 보인다. 이 에피소드의 한가운데 볼로뉴 숲이 있다. 그 숲에 다녀온 후 리진은 몽유병에 걸린다. 그 숲에서 리진은 무엇을 보았던가?

　동물원을 지나 북쪽 숲길을 따라 걸어 들어갔다. 그곳이 아프리카 원주민들을 이주시켜놓은 곳이라는 것을 콜랭은 알지 못했다. 낮은 울타리 바깥쪽으로 사람들이 모여 있어 구경 삼아 그쪽으로 걸음을 옮겼다. 아프리카의 한 부족을 통째로 옮겨다 전시해놓은 구역이었다. 동물원만큼이나 사람들이 모여 구경하고 있었다. 사타구니만 겨우 가린 사내들이 창을 들고 사냥하듯 뛰어다녔다. 젖가슴을 드러내놓은 여인들이 물동이를 이고 걸어 다녔다. 실오라기 하나 걸치지 않은 검은 피부의 아이들이 검은 눈을 반짝 뜨고 구경하는 사람들을 쳐다보고 있었다. 얼핏 프랑스의 불로뉴 숲이 아니라 아프리카의 한 부족마을 같았다. 〔……〕 모처럼 밝은 얼굴로 동물원에 전시된 세계 각국의 동물들을 구경하던 리진의 얼굴이 한순간 일그러졌다(pp. 162~63).

　불로뉴 숲에서 리진이 본 것은 바로 프랑스의 삼색기가 사실은 총체적인 허위 위에 그려진 것이란 사실이다. 그들의 자유는 유럽 바깥의 부자유를 대가로 얻어진 것이고, 그들의 평등은 제3세계에서 자행되는 고도의 착취와 수탈에 의해 지탱되며, 그들의 박애란 곧 동정과 연민 이외에 아무것도 아니란 사실을 불로뉴 숲의 원주민들이 가르쳐준다. 이때 리진의 시선은 이미 근대적 시선을 넘어선다. 그녀의 시선은 서구적 근대의 허위를 보는 눈, 근대 이후의 눈이다. 이날 이후 리진이 밤마다 묘지 근처에서 잠든 채 추는 춤은 그리하여 단순한 향수병의 발로만이 아니라 진혼무가 된다. 아프리카에서, 아시아에서,

미국에서 죽어간 무수한 피식민 민중들을 위한 춤.

　이후 리진의 행보는 독자들이 아는 바와 같다. 그녀는 콜랭과 조선으로 돌아온다. 그러나 충분히 근대적이게 된 그녀가 조선에서 환영받기는 힘들다. 그녀는 근대식 복식을 입고 궁중을 활보하고, 콜랭과 헤어진 후 혼외 남성인 강연과 사랑을 나눈다. 봉건왕조 복권에 눈이 먼 홍종우의 복수가 이루어지고, 강연은 손을 잃고, 리진은 왕비의 죽음 직후 음독자살한다.

　리진이 끝내 프랑스에서 근대인으로서 살기를 포기한 이유는 자명하다. 『리진』의 서사는 한 전근대 여성이 근대에 매혹되었다가 점차로 근대의 총체적인 허위를 목도하고, 결국 원래의 장소로 회귀하여 자신이 속한 바로 그 전근대 사회와 운명을 같이하는 구조를 가진 비극의 서사다. 그러나 그 비극은 우리에게 알려주는 것이 많다. 서구의 근대 문명이 기반하고 있는 인종적·문화적 편견의 극복 없이 국경을 넘는 일은 불가능하다는 점, 진정한 의미의 사해동포주의는 그들의 근대가 극복되는 지점에서 시작된다는 점이 그것이다. 리진의 배는 고작 4년을 파리에 머물다 다시 돌아오고 말았지만, 그 배가 우리에게 남긴 교훈은 아직 유효하다.

본초자오선 너머

　김연수의 단편 「거짓된 마음의 역사」[4]에는 리진이 배를 타고 프랑

---

4) 김연수, 『나는 유령작가입니다』, 창비, 2005. 이하 본문에 쪽수만 표기.

스로 향하던 때와 같은 해, 샌프란시스코를 떠나 요코하마를 경유하는 배 한 척이 등장한다. 미국인 벤저민 스티븐슨은 다시 거기서 기차로 나가사키에 도착, 일본 우편 선박을 타고 제물포에 입항할 예정이다. 그가 탄 캐너디언 퍼시픽 사 소속 포트 오거스터 호는 리진의 배와는 반대로 근대에서 전근대로 향하는 배다.

우선 벤저민 스티븐슨이란 사내의 면모가 흥미롭다. 조지 워싱턴 브룩스라는 인물의 부탁으로 조선에 들어와 그의 약혼자 엘리자베스 닷지를 찾아 미국으로 돌아가야 하는 임무를 맡은 그의 직업은 탐정이다. 김연수처럼 정교하게 소설적 장치를 고안하고 구사하는 작가가 등장인물의 직업을 함부로 정했을 리는 없을 터인데, 탐정이란 곧 탐색자이다. 논리적 추론을 통해 현상 배후의 본질을 추적하는 자, 합리와 이성의 신봉자가 곧 탐정이기도 하다. 그리고 그것들은 모두 근대가 칭송하는 덕목들이다. 아니나 다를까, 벤저민 스티븐슨이 본초자오선을 넘기 전까지 브룩스에게 보낸 편지에서 피력하는 사상들은 하나같이 근대적이고 미국적이며 인종적인 편견으로 가득 차 있다. 그는 중국인들을 두고 "색줄멸보다 조금 더 나은 생물"(p. 82) "상상력이 물고기보다 조금 더 나아가는 수준"(p. 83)이라고 폄하하기를 두려워하지 않는다. 아울러 "자유와 진보와 문명의 빛"(p. 83) 운운하며 근대적 가치들의 칭송에 몰두하는가 하면, "그 여인이 있는 곳이 '은자의 나라'라고 하셨습니까? 언제나 부릅뜬 마음의 눈으로 이 세계를 바라보는 자에게 은자의 나라란 없습니다. 단지 문명의 나라와 야만의 나라가 있을 뿐입니다"(p. 84)라고 말하며 서구적 근대 특유의 오만한 이분법을 노골적으로 사용하기도 한다. 그러면서 "이제 우리는 남부를 재건했듯이 세계의 다른 모든 변방을 재건해 위대한 미합중국의 시대를 만들어갈 것"(p. 87)이라는 웅변적인 문장들 한 쪽에 매번 수표 송금과, 자신의 노고에 걸맞은 액수에 대한 자질구레한 청구를 빼놓지 않음으로써, 배금주의를 부끄러워하지도 않는다.

그러나 정작 배가 출발하자 그의 태도는 점점 변하기 시작한다. 항해 도중 행해진 중국인들의 장례 풍습을 욕하는 한편 "색줄멸의 수준이기는 하지만 이들도 나름대로 영혼을 돌보기 위해 상상력을 동원하는 게 아니겠습니까?"(p. 90)라고 하며, 쿨리들과 함께 자신의 지폐를 용왕에게 던지기도 함으로써 동양에 대한 자신의 태도가 항해 거리에 따라 조금씩 변해가고 있음을 보여준다. 그의 변화는 제물포에 도착한 후에는 조선인들을 두고 "이들은 은자들이 아니라 상처 입은 짐승들입니다. 그래서 가까이 다가가면 당장이라도 죽어버릴 듯 울부짖는 것입니다. 도대체 누가 이 선량한 야만인들에게 상처를 입혔단 말입니까?"(p. 96)라고 하며 동정으로까지 바뀐다. 그리고 다시 이 동정은 수치심으로 바뀌는데, 그것은 1866년에 있었던 제너럴 셔먼호에 대한 이야기를 전해 듣고 난 후이다. "미국인 역시 황금의 산을 상상한다는 사실에 수치심을 느꼈습니다. 그다음에 그런 생각이 들더군요. 어쩌면 우리는 저마다 자신이 처한 상황에서 프런티어를 상상하는 것일지도 모른다. 그 점에서는 미국인이나 중국인이나, 심지어는 색줄멸이나 매한가지다. 그런 자괴심이 들었기에 나는 프레스턴을 진심으로 증오했습니다"(p. 97). 그러나 이런 식의 문화다원주의 역시 한계적이란 사실에는 이견의 여지가 없다. 가령 미국의 문화다원주의는 결국 소수 문화의 게토화 외에 어떤 긍정적 결과도 가져오지 못했다는 비판은 이제 상식에 속한다.

정작 벤저민 스티븐슨이 근본적으로 변화했음을 확인하는 지점은 그가 본초자오선에 대해, 그리고 미국적, 혹은 서구적 상상력의 근원적인 한계에 대해 말할 때이다. 한국인 부모가 아이를 때리는 상황을 목도하고 끼어들었다가(문화의 차이를 이해하지 못한 소이인데) 몰매를 맞고 시궁창에 처박히는 수치를 당하고, 찾아서 데려가기로 약속했던 여인과 사랑에 빠져 결혼한 뒤 자신이 느낀 바를 그는 이렇게 말한다.

그 꼴을 당하고 나니 갑자기 영원한 사랑이라든가, 인간의 꿈이라든가, 자유라든가, 진보라든가 그런 것들이 죄다 사라진 그 하루와 같은 것은 아닐까 하는 의심이 들더군요. 어떤 점에서 귀하의 미합중국과 제 미합중국이 절대로 하나일 수 없는 상상의 소산에 불과하듯, 은자의 나라에서 찾은 제 진실한 사랑 역시 사라져버린 그 하루 같은 것일지 모릅니다(p. 103).

사라져버린 하루란 본초자오선과 날짜변경선을 넘어오면서 건너뛴 하루를 말한다. 그렇다면 아마도 본초자오선은 상징일 것이다. 오만한 서구적 근대 이성이 상상할 수 없는 지역에 이르렀음을 암시하는 선, 미국주의가 더 이상 유효하지 않은 절대적 타자들이 사는 지역을 표시하는 경계선, 그리고 무엇보다도 작가 김연수가 베네딕트 앤더슨의 유명한 논지에 따라 '상상의 공동체'로 재구성하고 있는 근대적 국민국가의 범위 너머를 지시하는 선일 것이다. 계속해서 벤저민은 말한다.

총칼을 앞세우고 여기로 찾아온다고 해도 말릴 생각은 없습니다만,

우리를 찾지는 못할 것이기 때문입니다. 왜냐하면 인간은 자신이 상상한 것만을 볼 수 있을 뿐인데, 이곳에서 살아가는 우리에 대해 귀하는 그 무엇도 상상할 수 없을 테니 말입니다. 제 인생에서 사라져버린 그 하루를 생각하면 누구도 온전한 존재로 날짜변경선을 넘어올 수 없는 게 아닌가 하는 생각이 듭니다. 부디 행운을 빕니다(p. 103).

1888년 10월 17일 서울에서 벤저민 스티븐슨이 쓴 이 편지를 미국인들은 진지하게 읽었어야 했다. 본초자오선 너머엔 그들의 상상으로는 도저히 표상 불가능한 절대적 타자들이 산다는 이 충고를 그들은 받아들였어야 했다. 그러나 그들은 그렇게 하지 않았는데, 그런 탓에 이후 조지 워싱턴 브룩스의 나라는 지상에서 가장 포악한 '상상의 공동체'가 되고야 말았다.

그러나 벤저민이 제안한 이 타자 윤리는 사실 미국만 아니라 21세기를 경과하는 아(亞)제국주의 한국에 사는 우리에게도 교훈이 될 만하지 않은가! 레비나스나 데리다도 입을 모아 설파한 바 있거니와, 그곳이 베트남이 되었건, 중국이 되었건, 이라크나 북한이 되었건, 심지어는 이웃의 외국인 노동자 청년의 숙소나 내 옆에 잠든 이국에서 온 아내의 품까지라 할지라도, 거기에 도달하는 도정에는 항상 본초자오선이 존재한다는 사실, 그 선을 제대로 넘지 못하면 상상 밖의 타자들과 윤리적인 관계를 맺기는 불가능하다는 사실을 그는 말하고 있기 때문이다.

황석영의 신작 『바리데기』[5]의 바리가 그 장엄한 노고에도 불구하

5) 황석영, 『바리데기』, 창비, 2007. 이하 본문에 쪽수만 표기.

고 깨닫지 못한 것이 바로 그것이다.

한 샤먼의 사해동포주의

일단 바리의 뱃길은 리진과 벤저민 스티븐슨의 경우보다 훨씬 당대적이다. 작중 바리가 1984년생으로 설정되어 있고, 새로운 땅에 도착한 것이 열여섯이라고 했으니 바리의 배는 1999년에 중국을 떠나 영국에 도착한 셈이다. 덕분에 작금의 남북 정세, 전 지구적 자본주의와 이산의 문제 등에 대해 앞서의 두 작품보다 훨씬 더 폭넓고 시사적인 이야기가 전개된다. 북한의 식량난이며, 중국에서 탈북자들이 처한 상황, 제3세계 유색인종과 영국 제국주의의 관계, 9·11 테러와 같은 거의 동시대적인 사건들이 바리의 행적을 따라 차례차례 거론된다.

그러나 바리의 배는 기이하게도 이산의 배라기보다는 원정선을 자주 연상시킨다. 임무를 수행한 후에는 기필코 돌아오게 되어 있는 배, 그래서 바리의 원정선은 벤저민 스티븐슨이 넘었던 어떤 경계, 그것을 넘어야만 진정한 타자와의 연대가 가능해지는 한계 지점을 넘어섰다는 느낌이 들지를 않는다. 오디세우스의 배가 그런 것처럼, 제자리로 돌아오기로 약속된 배는 항상 제 국적과 정체성을 포기하지 않는다. 바리의 고난이 그토록 극한적이고 장대한 것이었음에도 그렇다.

바리의 배가 원정선처럼 보이는 것은, 바리가 이미 자신에게 주어진 샤먼으로서의 임무를 바로 그 원정을 통해 수행할 것임을 우리가 알기 때문이다. 신화는 우리에게 그녀가 결국엔 만신에 이를 것임을 미리 알려준다. 이 작품은 한국의 무속 신화인 바리공주에 대한 소설적 번안에 가까워서, 21세기 한반도 주변과 서구 제국의 중심 영국의 이러저러한 현실적 정황(특히 바리가 머물던 연립주택의 인종 전시장)이라는 살을 입혔다고는 하나 그 결말은 정해져 있다. 신화 속 장승은 알리와 일대일 대응하고, 서천은 영국과 일대일 대응하고, 불지옥은 북한에서의 산불에 대응하고, 불바다 피바다 모래바다를 지나는 체험은 환상 속에서 그대로 재현된다. 그러다 보니 원래 알레고리에 가까운 신화가 원 텍스트가 되고 소설이 그 신화에 대한 알레고리가 되는 형국이다. 당연히 신화를 알고 있는 독자(설사 모르고 있는 독자라 할지라도)는 누구도 바리가 결국엔 그 모든 고난의 끝에서 인류를 구원할 생명수를 얻어올 것임을 의심하지 않는다. 신화적 운명론이 현실주의를 제약한다. 갈등은 사실 이미 해결되기로 예정된 상태에서만 발생한다.

게다가 황석영이 한국형 마술적 리얼리즘 형식에 대한 고려 속에서 택했다고 하는 바리공주의 서사가 한국의 많은 토속 서사가 그렇듯이 해원(解寃)의 서사를 벗어나지 못한다는 사실도 지적되어야 한다. 전작 『손님』의 가장 큰 한계도 그것[6]이었고, 이 작품의 가장 큰 한계도 그것이다. 해원의 서사란 제아무리 원한이 크더라도 종래엔 화해에 이르지 않고서는 끝나지 않는 서사다. 아프리카에서 원한을 품은 죽음도, 아시아에서 원한을 품은 죽음도, 중동이나 북한에서 원한을 품은 죽음도 바리에 의해 수렴되고 화해에 이르고 치유된다.

이 소설의 클라이맥스에 해당하는 서천의 무쇠궁행 장면을 보자. 신화의 서사 그대로, 바리는 이제 불바다와 피바다, 모래바다를 차례

---

6) 졸고, 「한국형 마콘도들에 대한 몇 가지 단상」, 『변장한 유토피아』, 랜덤하우스중앙, 2006 참조.

차례 지나 무쇠성에 이르고, 거기서 용을 퇴치한 후 생명수를 얻어야한다. 그 각각의 바다를 지나면서 그녀가 본 것들 중에는 "흑인들 백인들 황인들 각양각색의 인종들이" 타고 있는 배, "굶어 죽고, 병들어 죽고, 시달리다 죽고, 일하다 죽고, 맞아 죽고, 터져 죽고, 불에타서 죽고, 물에 빠져 죽고, 애달아 죽은 온 세상의 넋들이 타고 있는배"(p. 268)가 있다. 그들 중 누군가가 몸을 밖으로 길게 빼고 외친다. "얼른 대답해다오. 우리가 받은 고통은 무엇 때문인지. 우리는왜 여기 있는지." 유사한 방식으로 바리가 마주치는 배마다 각양각색의 지옥이 연출되고 있고, 그 지옥의 죽은 자들이 각각 질문을 던진다. 어떤 배의 죽은 자들은 "바리, 어째서 악한 것이 세상에서 승리하는지 알려줘요. 우리가 왜 여기서 적들과 함께 있는지도"(p. 269)라고 묻고, 또 어떤 배의 중동인들로 보이는 죽은 자들은 "우리의 죽음의 의미를 말해보라!"(p. 270) 요구하기도 한다. 물론 이 질문들에대한 답은, 생명수가 사실은 평범한 물에 불과하다는 사실을 알고 돌아오는 바리에 의해 주어지게 되어 있다. 첫번째 질문에 대한 바리의답은 "사람들의 욕망 때문이래"(p. 282)이다. 두번째 질문에 대한 답은 "전쟁에서 승리한 자는 아무도 없대. 이승의 정의란 늘 반쪽이래"이고, 세번째 질문에 대한 답은 "신의 슬픔, 당신들 절망 때문이지"(p. 283)이다. 지나치게 우의적인 질문에 대답 역시 지극히 우의적이어서 소설보다는 동화나 우화에서 더 잘 어울릴 듯한 문답이거니와현실 문제에 대한 신화적 처방이 대부분 이런 한계로부터 자유롭지못하다는 사실은 익히 아는 대로이다. 천 개의 차이 나는 고통에 대한 단 하나의 일반화된 대답. 욕망, 반쪽짜리 정의, 절망!

　　그러나 정작 문제는 바리가 그들, 국적과 원한의 종류와 억압당한 방식과 죽음의 이유가 각각 다른 원혼들에게 내리는 처방도 동일하다는 점에 있다. 작품 뒤에 실린 최재봉과의 인터뷰에서 황석영은 "바리가 구한 생명수는 어떤 것일까요?"라는 질문에 "숨은그림찾기"라고 이야기한다(p. 301). 그러나 숨은 그림은 그리 어렵지 않게 찾아진다. "사람은 스스로를 구원하기 위해 남을 위해 눈물을 흘려야 한다"(p. 286)라는 압둘 할아버지의 말 속에, 꿈속에서 언제 풀어줄 거냐고 외치던 샹(그녀는 바리의 딸 순이를 죽게 한 장본인이다)을 생각하며 바리가 자신도 모르게 흘리던 눈물 속에, 생명수는 숨어 있다. 그것은 눈물이다. 남을 위해 흘리는 눈물. 그러나 바리가 발견한 그 생명수, 눈물은 모든 차이를 무화시키는 눈물이기도 하다는 점을 잊어서는 곤란하다. 그녀는 아시아인의 발을 만지거나, 중동인의 발을 만지거나, 에밀리 아줌마의 발을 만지거나, 루 아저씨의 발을 만지거나, 어떤 경우에도 그들의 슬픔과 원한을 마치 스펀지처럼 모두 받아들인다. 그러고는 그것을 제 눈물로 발산시킨다. 그러나 각각의 원한에도 제 나름의 역사가 있고, 사연이 있고, 계보가 있고, 다른 해법이 있다. 타자의 고통 역시 본초자오선 밖에 절대적인 형태로 존재한다.

스피박이 "도시의 준프롤레타리아, 주변부에 가까운 여성, 토착민의 구성에 대해서 말할 때의 여러 담론 〔……〕 그것들은 매우 견고하고 고전적인 마르크스주의, 원리주의 이야기이거나 일종의 타자의 찬미에 그치고 말지요"[7]라고 말할 때, 혹은 "타자를 단지 지식의 대상으로 구축하고 타자에게 자비를 베푼다는 시대 풍조 따위를 위해 공적 장소에 나오는 사람들 때문에 참된 타자가 제외되어버립니다"[8]

---

7) 가야트리 스피박, 「비평, 페미니즘, 제도」, 『스피박의 대담』, 이경순 옮김, 갈무리, 2006, p. 54.

라고 말할 때 염두에 두었던 점이 아마 이것이었을 것이다. 타자란 차라리 그에 대한 섣부른 공감과 연민보다는 '나'와 '우리'를 이루는 속성 속에 존재하는 편견과 오만과 이데올로기에 대한 끝없는 부정과 자성을 통해서만 점근적으로 도달할 수 있는 그런 존재일 것이다.

그러나 해원하는 자, 곧 샤먼은 그런 의미에서라면 모든 차이 나는 고통을 하나의 고통으로 수렴한 후, 그것을 제 몸을 통해 발산함으로써 치유하고 해소하는 자다. 지상에서 원한은 신화적 방식에 따라 일순간에 사라지겠지만, 그러나 그 원한이 제각각 차이 나는 절대적 타자들의 서로 다른 원한이란 사실은 잊혀진다. 게다가 신화적 해원이 아도르노가 말한 '거짓 화해'가 아니란 증거는 어디에도 존재하지 않는다.

결국 『바리데기』 역시, 『리진』과 「거짓된 마음의 역사」가 보여준 똑같은 교훈을 우리에게 역설적으로 전한다. 국경을 넘는 일이 쉬운 일은 아니란 점, 국경을 넘기 위해서는 심지어 그 너머에 존재하는 타자들의 고통마저도 나의 방식으로 동일화해서는 안 된다는 점, 모든 국경에는 그것이 설사 학대받는 자들 간에 그어진 경계선이라 할지라도 본초자오선이 존재한다는 점이 그것이다.

완전히 다른 것에 말 걸기

각각 항로와 목적지가 달랐으나 리진의 배, 바리의 배, 그리고 벤

---

8) 가야트리 스피박, 「다문화주의의 문제점」, 같은 책, p. 157.

저민 스티븐슨의 배가 우리에게 전한 메시지는 동일하다. 스피박이 '완전히 다른 것에 말 걸기appel a tout-autre'라고 명명한, 그리고 데리다가 '타자의 흔적에 대한 책임'이라고 명명한, 어떤 태도가 그것이다. 스피박이 그저 다른 것이라고 하지 않고 '완전히' 다른 것이라고 말할 때, 데리다가 그저 타자라고 하지 않고 '타자의 흔적'이라고 말할 때, 그들은 국경 넘기의 어려움에 대해 이야기하고 있다. 설사 그 국경이 국민국가의 경계선을 지칭하는 것이 아니라 한 사회 내부의 동일자들과 타자들 사이에 그어진 국경이라 할지라도 사정은 마찬가지다. 타자가 타자인 것은 그들이 우리의 표상 체계 밖에, 완전히 다른 존재로서, 혹은 그저 그 현전을 끝없이 유보하는 흔적처럼 존재하기 때문이다. 그럴 때 그들에 대해 말한다는 것은 거의 불가능할 정도로 지난한 작업이다. 그러나 그 지난함이야말로 문학의 존재 이유가 아닐는지. 문학은 항상 표상 불가능한 것을 표상하고자 하는 불가능한 시도가 아니었는지. 그런 의미에서라면 21세기 초엽의 한국에서처럼 문학이 소중한 시절도 달리 없을 것이다.

제 2 부

단 한 권의 책

─김연수, 『네가 누구든 얼마나 외롭든』

ibid

영문으로 된 글을 읽기 시작하던(이 짓은 여러 가지 이유로 금방 그
만두어야 했다) 시절이었으니 아마도 대학 1학년 봄쯤이 아닌가 한다.
잠시나마 지상에 존재하는 단 한 권의 책을 상상한 적이 있었다. 웬
만한 논문의 각주마다 출몰했던 그 책의 제목은 'ibid'였다. 그것이
고작해야 '같은 책in the same place'을 지칭하는 말이란 사실을 알
게 되기까지는 그리 오랜 시간이 필요치 않았지만, 그 잠시 동안 지
상에는 단 한 권이면서 동시에 모든 것인 책이 존재했다. 그 책은 세
상에서 가장 방대한, 존재하는 거의 모든 지식을 담은, 평생 읽어도
다 읽지 못할, 모든 것이면서 하나인 책이었다. 어처구니없이 두렵고
행복했었다.

지금 '원리적으로' 그와 같은 책 하나를 눈앞에 두고 있다. 눈앞에
놓인 이 책은 어찌 읽으면 천문학에 관한 책이면서, 어찌 읽으면 소

설론에 관한 책이고, 동시에 변증법에 관한 책이면서, 역사철학에 관한 책이기도 하고, 달리 읽으면 윤리학에 관한 책으로 읽히기도 한다. 그리고 무엇보다도 보르헤스의 단편 「허버트 쾌인의 작품에 대한 연구」에 나오는 가상의 소설 『에이프릴 마치』처럼, "시간적으로 거꾸로 씌어 있고, 가지처럼 갈라지는 구조를 가지고 있는,"[1] 그래서 결코 읽기를 다 마칠 수 없는 무한한 이야기책이다.

별자리에 관하여

제7회 황순원문학상을 수상한 후 작가 김연수는 수상 소감에 이렇게 썼다. "[……] 이제 생각해보니 작가가 안 됐다면 지금쯤 저는 외로움을 심하게 타는 사람이 됐을 것 같습니다. 외로운 천문학자, 외로운 택시 운전사, 외로운 제과점 주인, 뭐 그런 사람이 됐을 겁니다."[2] 그러나 김연수는 작가가 되기 위해 접어버린 이 세 가지 꿈들 중 최소한 한 가지, 천문학자가 되고자 했던 꿈은 종래 버리지 못했던 모양이다.[3] 장편 『네가 누구든 얼마나 외롭든』[4]이 우선은 별자리에 관한 책이기 때문이다.

---

1) J. L. 보르헤스, 『픽션들』, 황병하 옮김, 민음사, 1997, p. 120.
2) 김연수, 「수상 소감—두 개의 세계에서」, 『2007 황순원문학상 수상작품집』, 중앙일보·중앙books, 2007, p. 10.
3) 그가 제과점 주인이 될 수도 있었다는 사실은 「뉴욕 제과점」(『내가 아직 아이였을 때』, 문학동네, 2002)을 읽은 사람은 아는 사실이고, 그가 택시 대신 자전거를 몰고 국토를 종단한 이야기에 대해서는 『7번국도』(문학동네, 1997)를 읽으면 된다.
4) 김연수, 『네가 누구든 얼마나 외롭든』, 문학동네, 2007. 이하 이 책에서의 인용은 본문에 쪽수만 표기.

고향집 담을 넘다가 정민과 우연히 입술을 맞대었을 때 화자의 눈에 비친 별자리가 있다. 화자로 하여금 "그 순간, 그때까지의 내 인생은 물론이고 과연 있을지 없을지 짐작조차 할 수 없는 내 전생과, 그 전생의 전생과, 그 전생의 전생의 전생과, 그 나머지 모든 전생들까지도 아주 근사한 것으로 바뀌었다"(p. 46)고 고백하게 한 별자리…… 두 사람이 과학관에 소풍 가서 견학 온 아이들과 함께 본 별자리들이 있다. 화자에게 "이 세상이 신비로운 까닭은 제아무리 삼등급의 별이라고 할지라도 서로 연결될 수 있는 한, 사자도, 처녀도, 목동도 될 수 있기 때문"(p. 113)이란 느낌을 갖게 하고, 고개를 돌려 정민에게 입을 맞추게 했던 별자리들…… 독일로 떠나기 전 둘이 텐트에 나란히 누워 쳐다보았던 밤하늘, 그 밤하늘에도 "연결되기를 기다리는 별들"(p. 143)이 가득했고, 소설 후반부의 초점 인물 강시우 역시 화자에게는 "호수로 떨어지는 붉은 별을 향해"(p. 10) 떠난 기억으로 남는다.

　그 밖에도 자주 되풀이되는 칼 세이건의 이야기, 정민 외할머니의 라디오와 외계에서 온 듯한 방해 전파 이야기, 다른 별들에 사는 또 다른 생명체와의 조우에 대한 이야기 등등, 별들은 이 책 곳곳에서 반짝인다. 정민이 유독 못 견뎌하거니와 선험적으로 외로운 존재인 인간들, 서로 연결되기를 간절히 바라는 인간들에 대한 은유, 그것이 이 책의 무수한 별들이다.

　그러나 별에 대한 이야기가 많이 등장한다는 이유만으로 이 책을 천문학적인 책이라고 말하려는 것은 아니다. 이 책은 별에 대해 자주 이야기할 뿐만 아니라, 그 자체로 별자리처럼 생겼다. 말하자면 별자리 그리기의 원리에 따라 씌어졌다.

이 책에 화자가 기록한 이야기들의 수는 별만큼 많다. 그리 길지 않은 분량에 비해, 이러저러한 인물들과 그들의 사연은 '천문학적인' 숫자에 육박한다고 해도 과언이 아니다. 시기적으로, 강시우의 연인인 레이코의 할아버지 후지이 간타로가 조선에 입국하던 1904년부터 (p. 229), 화자 자신이 직접 겪은 1991년 소위 '분신 정국'에 이르기까지, 그사이에 일어난 크고 작은 국내외의 사건들이 즐비하게 나열된다. 그것들 중 중요한 사건들은 이렇다. 1920년 조선 최초의 콘크리트 댐 건설, 1927년 옥구 이엽사농장의 소작쟁의, 그리고 같은 해 벤야민이 연인 아샤 라시스를 염두에 두고 쓴 모스크바의 추위에 대한 일기, 1944년 독일의 패망과 유대인 포로 해방, 1960년대 후반 부산에서의 히로뽕 밀수출 사건, 1968년 중앙전신국 수류탄 투척 사건, 1980년 광주항쟁, 1984년 독일 베를린 장벽에 그려진 스핑크스 그래피티, 1985년 63빌딩 완공과 서울 미국대사관 점거 미수 사건 및 전남도청 앞 분신 사건, 1987년 박종철 고문 치사 사건과 6월 항쟁, 1990년 독일 통일.

그런데 유대계 독일 비평가 발터 벤야민이 1927년에 쓴 일기와, 1960년대 부산에서의 히로뽕 밀매 사건, 후지이 간타로의 조선 입국과 강시우의 프락치 활동이 도대체 어떤 방식으로 연결될 수 있을까? 게다가 앞에 나열된, 서로 간에 어떠한 연관성도 찾을 수 없을 것 같은 수많은 이야기들이 선조적(線條的)으로, 연대기 순에 따라 배열되는 것도 아니다. 이야기들은 화자가 만나는 사람에게 듣는 순서대로, 혹은 화자의 의식 속에 떠오르는 대로, 전혀 시간적 순서를 고려하지 않고 교차되고 뒤섞인다. 그러니 이것은 우리가 소위 '역사'라고 부르는 이야기 방식(사건에 인과를 부여하고, 연대기적 순서에 따라 기록하는)과는 다르다. 그것은 차라리 천문학적인 이야기 서술 방식이다. 별자리 그리기야말로, 시간적으로도 공간적으로도 무관해 보이는 것들을 연결하는 작업이 아니던가. 특히 소설 후반부에 독일에서 화자가 강시우를 만난 후, 듣고 기록한 이야기들이 그렇다. 한없이 분기(分岐)하는 그 이야기들은 마치 천문학자가 아무런 연관성 없는 별들을 연결시키고, 별자리에 형상을 부여하고, 이름을 붙이는 행위와 유사하다.

별자리를 이루는 별들은 결코 한 평면에 존재하지 않는다. 우주는 평면이 아니고, 우리가 쳐다보곤 하는 밤하늘도 또한 평면이 아니다. 게다가 별들은 한날 한시에 지구에 동일한 빛을 쏘아 보내지도 않는다. 별자리 그리기란 무관한 공간에 있는 별들, 그리고 시간적으로도 비동시적인 것들을 연결시키는 작업이다. 이 책의 구성이 그렇다. 낱낱의 이야기들은 별이고, 그 별들의 빛은 1904년에서 오거나, 1927년에서 오거나, 1980년에서 오거나, 1991년에서 온다. 요컨대 이야기들이 속한 시간대는 각각 다르고, 그 이야기를 겪은 인물들 또한 지구 곳곳에 두루 분포해 있다. 그렇다면 『네가 누구든 얼마나 외롭든』은 천문학에 관한 책이고, 그 별들을 연결해 별자리들을 만드는 작가 김연수는 천문학도가 맞다.

스물다섯 개의 단어로 쓰는 편지

단순히 천문학에 대한 동경에서가 아니라면, 이런 식의 글쓰기에 어떤 동기가 없었을 리 만무하다. 작가 김연수는 왜 이 책을 별자리의 형식으로 구성한 것일까? 이 질문에 답하기 위해서는 먼저 책 속에 등장하는 헬무트 베르크의 편지 이야기를 해야 한다. 유대인 수용소에 갇힌 칼 하프너(후에 헬무트 베르크가 된다)가 연인 안나에게 썼던 그 편지는 "한 달에 한 번만" 쓸 수 있고, "단어의 숫자도 스물다섯 개로 제한"된다(p. 256). "편지에 쓸 수 있는 단어가 스물다섯 개로 제한돼 있다는 사실 때문에 그는 한 달 내내 머릿속으로 다음에 보낼 편지의 문구에 대해 생각해야만 했다. 그는 스물다섯 개의 단어를 사용해 가능한 한 많은 내용을 담으려고 안간힘을 썼으므로 매일 그의 머릿속에서 조금씩 문장은 고쳐졌다"(p. 257).

그러나 굳이 스물다섯 개라고 하는 단어 숫자의 제한 조항을 고려하지 않는다면, 소설 쓰기를 포함해서 언어를 다루는 모든 작업이 다 그와 같지 않을까? 흔히 드는 비유로 인간이 고안한 색깔에 관련된 어휘는 전 세계 언어를 다 합치더라도 우주에 존재하는 색 전체보다는 적다. 감정에 관한 어휘는 전 세계 언어를 다 합쳐도 인간의 복잡한 심리를 모두 설명할 만큼은 되지 못하고, 인류가 겪어온 온갖 경험은 인류가 그간 고안해온 어휘 전체의 합을 항상 흘러넘친다. 세계 전체를 언어화하겠다는 계몽주의자들의 백과전서식 야심은 언어의 속성상 애초부터 실현 불가능했던 것이다. 그렇다면 칼 하프너의 편지 쓰기는 유한한 언어로 무한한 세계를 담는 일의 불가능성에 관한 알레고리다. 그리고 이 주제는 이미 그간 김연수의 작업을 통해 우리에게 익숙해진 주제이기도 하다.

「뿌녕숴」에서 언어에 의해 기록된 지평리 전투와 실제로 한 인간에 의해 경험된 지평리 전투의 '말할 수 없음'을 대비시킬 때, 「다시 한달을 가서 설산을 넘으면」에서 '그'의 실제 연애와 소설로 기록된 그의 연애담이 같을 수 없음을 상기시킬 때, 「쉽게 끝날 것 같지 않은 농담」에서 역사에 기록된 필연과 실제 삶의 우연을 교차시킬 때,[5] 그리고 바로 이 책 말미에서 화자로 하여금 "삶이란 우리가 살았던 게 아니라 기억하는 것이며 그 기억이란 다시 잘 설명하기 위한 기억이다"(p. 384)라고 말하게 할 때, 김연수가 말하고자 한 바가 그것이었다. 일종의 메타픽션이기도 한 여러 단편들에서, 김연수는 포스트구조주의 이후 문학이 부딪힌 난경, 즉 유한할 수밖에 없는 언어를 가지고 어떻게 무한한 삶을 표현할 것인가 하는 문제를 ('글쓰기란 곧 유희다'라는 식의 식상한 포스트모던 문구 뒤에 숨지 않고) 진지하게 자신의 문제로 받아들이고 있었던 예외적인 한국 작가들 중 하나다.

무지개를 일곱 가지 색이라고 말하기 위해 어쩔 수 없이 그 나머지(무한에서 일곱을 뺀)를 포기해야 하는 것과 마찬가지로, 어떤 작가가 어떤 이야기를 소설로 쓰기 위해서는 그 이야기를 뺀 나머지 이야기들은 포기해야 한다. 소설 쓰기란 이야기하기임에 틀림없지만, 그 이야기는 이야기되지 않은 것들에 의해서만 지탱된다. 칼 하프너가 한 달에 한 번 스물다섯 개의 단어로 편지를 썼던 것처럼, 소설가는 잘해야 1년에 한두 권, 몇 개의 이야기로 세계 전체의 이야기를 해야 한다.

칼 하프너는 이 곤경을 어떻게 돌파했던가? 문장의 형식과 구성을 고민함으로써 돌파한다. 그는 스물다섯 개의 단어로 이루어진 문장 가장 앞에 '나I'를 배치한다. 그리고 문장 가장 후미에 '너You'를 배

---

5) 이상 세 편의 단편은 모두 『나는 유령작가입니다』(창비, 2005)에 실려 있다. 김연수 소설의 이와 같은 특징에 관해서는 졸고, 「민족문학의 결여, 리얼리즘의 결여」(『변장한 유토피아』, 랜덤하우스중앙, 2006) 참조.

치한다. 그러자 그 문장은 사랑하는 두 사람이 '말로 할 수 없을 만큼 멀리 떨어져 있음'에 대한 회화적 은유가 된다. 이 문장 안에서 '원리적으로' 두 사람은 인간이 사용할 수 있는 모든 단어들의 길이보다 더 멀리 떨어져 있다. 말하자면, 언어로 표현할 수 없을 만큼 멀리 떨어져 있다. 문장의 의미보다 문장의 형식, 단어들의 배치와 구성이 더 효과적으로 연인에 대한 그리움을 표현한다. 음악도 있다. 자신의 편지가 검열되고 있음을 안 칼 하프너는 안나에게 쓰는 편지를 항상 피아노곡의 제목으로 시작한다. 안나도 그렇게 한다. 문자 대신, 지시 대상을 갖지 않는 순수 형식의 예술, 곧 음악이 두 사람의 감정을 전달하는 데 사용된다. 음악은 개념을 사용하지 않으므로, 두 사람의 감정을 언어 속에 가두지 않는다.

이제 이 책의 구성 이야기로 되돌아와서, 김연수는 왜 이 책을 별자리의 모양을 따라 구성했을까? '원리적으로' 별자리는 무한하다. 아무리 많은 별들이 발견된다 하더라도, 천문학자는 거기에 이름을 붙이고, 다른 별들과 연결시켜, 하나의 형상을 만들어낸다. 그 별들이 제아무리 서로 다른 광년의 거리에 있고, 천차만별의 밝기와 크기를 가지고 있다 해도, 별자리는 그려질 수 있다. 선험적으로 외로운 인간 존재가 그것의 연결을 바라는 동안에는⋯⋯ 그리고 별자리가 그려짐에 따라 "아무리 삼등급의 별이라고 할지라도 서로 연결될 수 있는 한, 사자도, 처녀도, 목동도 될 수 있"(p. 113)다.

김연수가 이 책에서 고안해낸 이야기 방식에 대해서도 우리는 같은 말을 할 수 있을 것이다. 원리적으로 이야기는 무한히 지속될 수 있다. 책 속에 나와 있지 않은 강시우의 후일담, 헬무트 베르크의 후일담, 안나 하프너가 이혼을 결심하게 된 사연, 한국에서 화자를 기다리는 동안 정민이 느껴야 했던 추위의 정체, 자살한 상희의 유서, 한 기복으로 하여금 광인이 될 수밖에 없도록 내몰았던 80년 오월의 충격, 투쟁국장이 매캐한 최루탄 연기 속에서 공포에 떨던 이면의 이유, 그리고 아직 한 번도 얼굴을 내밀지 않은 미지의 인물과 그의 하찮은 사연이라도…… 이야기는 더 분기해도 될 것이다. 별들의 수만큼…… 새로 발견된 별들의 수가 아무리 늘어나도 성좌는 그려질 수 있을 테니까. 한 개 혹은 몇 개의 굵직한 이야기를 위해 더 많은 무수한 이야기들을 포기해버리지 않겠다는 것이 김연수의 다짐이고, 그 형식적 실현태가 바로 이 책이니까. 보르헤스의 가지처럼 갈라지는 구조로 된 소설처럼, 지상의 모든 이야기들을 전혀 억압하지 않는 한 권의 책, 그 책이 바로 김연수가 언어의 유한성을 오래 고민한 끝에 고안해낸 소설론, 『네가 누구든 얼마나 외롭든』이다.

변증법의 재구성

벤야민의 뒤를 좇아 '성좌constellation'에 몰두하던 시기의 아도르노는 이런 말을 한 적이 있다.

(서구 형이상학의) 주체는 마치 성탑의 구멍을 통해 보는 것처럼 검은 하늘을 바라보는데, 거기에는 이념의 별 혹은 존재의 별이 떠오르는 것이다. [……] 존재라는 말이 어떠한 경험을 수반하든 간에 그것은 존재자에 대한 알레르기를 통해서가 아니라 존재자의 성좌들 속에서만 표현될 수 있다. 그렇지 않을 경우 철학의 내용은 어떤 뺄셈 과정

의 빈약한 결과로 될 것이며, 이는 사유하는 실체인 주체의 데카르트
적 명증성의 경우와 다를 바 없을 것이다.[6]

존재의 동일자적 시선(성탑의 구멍)에 비친 단수의 별 대신 존재자
들이 이루는 성좌로의 이행, 이것이 아도르노가 벤야민(그는 「베를린
의 유년 시절」을 기억들의 성좌처럼 쓴다. 프루스트가 그랬듯이)에게서
배운 별자리 그리기의 요지다. 그에 따르면 서구의 형이상학은 항상,
공통분모나 본질과 관련되는 '존재'를 추출하기 위해 무수한 개개
'존재자'들의 풍요로움을 뺄셈해온 과정의 빈약한 산물이다. 그와는
반대로 존재란 존재자들의 성좌 속에서가 아니라면 표현될 수 없다.
마틴 제이Martin Jay는 아도르노의 '성좌' 은유에 대해 이렇게 설명
한다. "이 말은 공통분모, 본질적인 핵심, 또는 생성의 제1원리 따위
로 환원되는 것에 저항하는 변화 요소들이 통합적으로가 아니라 병렬
적으로 무리지어 있는 것을 나타내기 위해 아도르노가 벤야민으로부
터 빌려온 천문학 용어이다. 아도르노는 문화 현상과 사회 현상을 연
구하면서 주체와 객체, 특수와 보편, 역사의 차원과 자연의 차원 간
의 미묘한 관계를 포착하기 위해 이 은유를 빈번히 사용했다. 자주
언급되듯이, 그의 문체에서 보이는 병렬적인 속성은 논의와 관찰을
위계적인 결과가 수반되는 방식에 종속시키기를 거부하는 것이고, 아
울러 힘의 장 또는 성좌 가운데 어느 한 요소를 다른 요소보다 우월
하게 여기는 것을 그가 싫어한 데서 비롯된 것이다."[7]

---

6) T. W. 아도르노, 『부정변증법』, 홍승용 옮김, 한길사, 2000, p. 215. 옮긴이는 '성좌'
   를 '짜임 관계'로 번역했으나 인용자가 성좌로 수정함.
7) M. 제이, 『아도르노』, 서창렬 옮김, 시공사, 2000, pp. 17~18.

아도르노의 글쓰기 방식은 부정변증법의 논지를 적절하게 반영한다. 그의 문체에서 보이는 잠언풍 단장(短章)들의 느슨하고도 병렬적인 나열은 마치 김연수의 글쓰기처럼 별자리를 연상케 한다. 위계 없는 별들의 성좌, 최종적으로도 동일자에 포섭되지 않는 차이들의 체계, 그것이 아도르노의 부정변증법이 그려 보인 별자리의 함의다.

하나의 큰 이야기를 위해 다른 무수한 이야기들을 포기하지 않는 김연수의 소설 구성 원리가 이와 같을 것인데, 『네가 누구든 얼마나 외롭든』을 변증법에 관한 책으로 읽어야 하는 지점이 여기다. 그의 글쓰기 이면에도 그가 80년대 후반에 배웠던 변증법(소위 '디아마트 Diamat'라 불렸던 고도로 단순화된 교과서식 변증법)에 대한 어떤 변형 과정이 있었던 것은 아닐까? 이 질문에 답하기 위해서는 책의 한 구절을 인용하는 것이 불가피하다.

그는 이런 문장을 외웠다. "물질이란 인간의 감각에 주어져 있으며 인간의 감각에서 독립해 존재하면서 인간의 감각에 의해 복사되고 촬영되고 묘사되는 객관적 실재를 표시하기 위한 철학적 범주다." 그는 또 이런 문장을 외웠다. "세계에는 운동하는 물질 외에는 아무것도 없으며 또 운동하는 물질은 공간과 시간 밖에서는 운동할 수가 없다. 세계는 하나이며 물질적으로 통일되어 있다는 것, 이것이 '세계는 무엇인가?'에 대한 변증법적 유물론의 대답이다." 또 이런 문장을 외웠다. "물질세계는 발전하는 것일 뿐만 아니라 서로 연관된 통합적 전체이기도 하다. 물질세계의 모든 대상들과 현상들은 자력으로 또는 따로따로 발전하는 것이 아니라, 떼려야 뗄 수 없는 연관 속에서 또는 다른 대상들 및 현상들과의 통일 속에서 발전한다. 이들의 각각은 다른 대상들과 현상들에 작용을 가하며, 스스로도 이 상호작용의 영향을 받는다." 그리고 또 이런 문장을 외웠다. "사람만이, 오직 사람만이 모든 것의 주인이고 모든 것을 결정한다. 사람은 세계와 자기 운명의 주인으로서 자주적으로 살며 발전하려는 사회적 인간의 속성인 자주성을 지니고 자기 운명의 지배자로서의 지위를 규정한다"(pp. 353~54).

이길용이 공안 당국에 잡혀가 프락치 교육을 받으면서 외웠던 문장들이다. 첫째 문장은 유물론 일반의 전제, 곧 물질이란 인간의 의식 밖에 객관적으로 존재한다는 사실에 대한 설명이다. 두번째와 세번째의 문장들은 이 책의 가장 중요한 주제인 '만물은 서로 연결되어 있다'라는 사실을 지시한다. 그리고 네번째 문장은 주체사상의 핵심 전제, '사람이 세계의 주인이다'에 대한 것이다. 유물변증법과 주체중심주의가 결합할 수 있는가에 대해서는 이견의 여지가 있을 수 있다. 어떤 마르크스주의자들(가령 알튀세와 그의 제자들)은 휴머니즘과 마르크스주의를 분리하기 위해 사력을 다한 예도 있기 때문이다. 그러나 김연수는 이 둘을 연결한다. 주체사상의 인간중심주의와 변증법이 이길용의 머릿속에서는 행복하게 결합한다.

그러나 이제 강시우로 거듭나게 될 이길용이 외우지 않은, 혹은 못 본 척한 문장들이 있다. 그것은 사적 유물론에 관한 문장들이다. 그러니까 이길용은 당시 한국 사회를 풍미하던 마르크스주의 사상의 양대 기둥 중 하나, 오로지 유물변증법에 대한 문장들만을 외웠다. 생산력과 생산관계의 모순, 역사 발전 동력으로서의 계급투쟁, 그리고 역사의 합법칙적 발전에 대한 문장들은 의도적으로, 혹은 무의식적으로 삭제되어 있다. 오로지 변증법의 원리들 중에서도 '물질세계 대상들의 떼려야 뗄 수 없는 연관'에 대한 문장들이 그의 두뇌 깊숙이 각인되어 있다.

김연수와 비슷한 시기에 대학에 다녔던 사람들치고 읽지 않은 이가 거의 없었으리라 짐작되는『철학 에세이』란 책에는 재미있는 일본 속담이 하나 소개되어 있었던 걸로 기억한다. '바람이 불면 통장수가 돈을 번다'가 그것이다. 대상 세계의 모든 것들이 서로 연관되어 있음을 지적하기 위해 제시된 예였을 것이다. 논리인즉 이랬다. '바람이 분다, 모래가 날린다, 많은 사람들의 눈에 모래가 들어간다, 사람들이 시력을 상실한다, 많아진 맹인들이 호구지책으로 삼미선(일본의 현악기)을 연주해 연명한다, 삼미선 제작에 소용되는 고양이 가죽에 대한 수요가 늘어난다, 고양이가 감소한다, 그러자 쥐가 늘어나고 통을 갉아 먹는다, 통 주문이 증가하고 통장수는 돈을 번다.'

그러나 기억하는 이들도 있겠지만 이 예는 형식논리적 추론의 허점을 지적하기 위한 예에 불과하다. 만물은 서로 연관되어 있지만 서로 독립되어 있기도 하다는 점, 따라서 '상대적 자율성'의 관점에서 세상 만물을 이해해야 한다는 문장들이 이 예 바로 뒤에 덧붙여져 있었던 걸로 기억한다. 그러나 강시우는, 아니 김연수는 '상대적 독립'에 대한 이야기는 의도적으로 삭제한다. 그러고는 '바람이 불면 통장수가 돈을 번다'라는 논리를 끝까지 밀어붙인다. 가령 후지이 간타로가 1904년에 조선에 입국하면, 1991년에 강시우가 자살 시도에서 벗어난다. 1927년 11월 옥구 이엽사농장에서 소작쟁의가 일어나면, 1969년 정민의 삼촌이 마약 밀매범이 된다. 말하자면 김연수에게 만물은 어떤 우연한 방식으로든, 기필코, 반드시, 연결되어 있다.

사실 이길용이 사적 유물론의 정리들을 외우지 않았을 때, 변증법에 대한 이런 식의 수정 작업은 일어날 수밖에 없게 되어 있었다고 봐야 한다. 우연의 소산으로 보이는 사건들에 합법칙성을 부여하고, 역사를 어떤 종말 목적을 향해 가는 필연의 일환으로 만들고, 만물의 연관을 하나의 총체적인 틀 속에서 바라볼 수 있게 하는 원리가 바로 사적 유물론의 교의들이기 때문이다. 그러나 이길용은 이에 대해서는 아무런 말도 하지 않는다. 그는 오로지 만물의 연결에 대해, 그리고 인간의 주인됨에 대해서만 이야기한다. 그런데 인간은 어떻게 자기 운명의 주인이 되는가? 스스로가 세상 모든 것들과 연결되어 있음을 깨달을 때이다. 이 책에 등장하는 모든 구원받은 사람들(헬무트 베르크와 강시우와 안젤라 아줌마와 상희, 그리고 화자 자신)이 세상 모든 것들과 자신을 연결시켜주는 원리인 '사랑'을 통해 깨달은 바가 그것이다.

　사적 유물론의 교의가 빠진 변증법이란 도대체 어떤 것일까? 세상 만물이 합법칙적으로 발전하지 않고 최종심급에서의 경제의 결정에 의해 총체성을 확보하고 있지도 못하다면, 만물을 서로 연결시켜주는 원리는 무엇일까? 그것은 우발성이다. 그러니까 우연히 손에 넣은 입체 누드 사진 한 장 같은 것이, 우리가 세계 만물과 어떤 방식으로든 연결되어 있음을 입증한다. 화자의 할아버지가 남양 군도에서 가져왔고, 불태우려던 것을 화자가 건져냈고, 정민과 함께 그것을 가지러 고향집 담을 넘었고, 후에 암스테르담의 담 광장에서 우연히 다시 목격했고, 이길용이 죽은 자신의 아버지 손에서 넘겨받았고, 한기복에게 이것이야말로 행복이라고 대들듯 보여주었고, 강시우와 화자가 둘이서 함께 확인하기도 했던 바로 그 사진. 그 우연한 사진 한 장이 천문학적인 이야기들을 그야말로 우발적으로 연결시켜준다. 그리고 그 사진이 아니었더라면 '상대적 자율성'이 아니라 아예 '절대적 고립' 속에서 서로에게 아무런 면식도 의미도 없는 타인들로 살았을 수많은 사람들을 연결시켜준다. 그렇다면 김연수의 유물변증법은 알튀세 식으로 말해 '우발성의 유물론'이고, 그 입체 누드 사진 한 장은 알튀세가 말한 그 '사소한 편위(偏位),' 곧 '클리나멘clinamen'이 아닌가!

정신착란 상태에서 '심리적 어머니'(사실 그가 살해한 아내 엘렌은 심리적으로는 어머니와 등가였으니까)를 죽이고, 공산당에서 탈당하고 (왜냐하면 공산당도 그에게는 인정 욕망의 대상 대타자 어머니였으니까) 나서, 알튀세는 쓴다. "비가 온다. 그러니 우선 이 책이 그저 비에 관한 책이 되기를."[8] 우발성의 유물론이라고 부르는 것이 그때 시작된다.

에피쿠로스는 세계 형성 이전에 무수한 원자가 허공 속에서 평행으로 떨어진다고 설명한다. 원자들은 항상 떨어진다. 이는 세계가 있기 전에는 아무것도 없었다는 것을, 동시에 세계의 모든 요소들은 어떤 세계도 있기 전인 영원한 과거부터 실존했다는 것을 함축한다. 이는 또한 세계의 형성 이전에는 어떤 의미도, 또 어떤 원인Cause, 어떤 목적Fin, 어떤 근거Raison나 부조리도 실존하지 않았다는 것을 함축한다. 의미의 비선재성은 에피쿠로스의 기본적 테제이며, 이 점에서 그는 플라톤에도 아리스토텔레스에도 대립한다. 클리나멘이 돌발한다. 〔……〕 클리나멘은 무한히 작은, "최대한으로 작은" 편위로서, "어디서, 언제, 어떻게 일어나는지도 모르"는데, 허공 중에서 한 원자로 하여금 수직으로 낙하하다가 "빗나가도록," 그리고 한 점에서 평행낙하

---

8) L. 알튀세, 「마주침의 유물론이라는 은밀한 흐름」, 『철학과 맑스주의』, 서관모 · 백승욱 편역, 새길, 1996, p. 35.

를 극히 미세하게 교란함으로써 가까운 원자와 마주치도록, 그리고 이
마주침이 또 다른 마주침을 유발하도록 만든다. 그리하여 하나의 세계
가, 즉 연쇄적으로 최초의 편위와 마주침을 유발하는 일군의 원자들의
집합이 탄생한다.[9]

에피쿠로스의 원자들은 기원도 목적도 없이 '항상-이미,' 그리고
어떠한 선험적 법칙도 없이, '비처럼' 떨어진다. 우연히, 전혀 우발
적으로 '클리나멘'이 돌발한다. 그것은 생산력도 생산관계도 아닌 그
저 '최대한으로 작은 편위(偏位)'다. 그것에 의해 낙하하던 원자 하
나가 빗나가고, 그 미세한 교란이 다른 원자들과의 우발적인 마주침
을, 그리고 또 다른 마주침들을 낳는다. 그리하여 세계가 탄생한다.
  이 책의 방식으로 이를 다시 번역해보자. 각각의 이야기들은(그리
고 하나의 원자에 불과했던 사람들도) 기원도 목적도 없이 '항상-이
미,' 떨어지는 빗방울들처럼 존재한다. 우연히, 전혀 우발적으로, '입
체 누드 사진 한 장'이 그 이야기들과 사람들에게 아주 사소한 '편위'
를 발생시킨다. 편위에 의해 그중 하나의 이야기, 혹은 한 명의 사람
이 인접한 다른 이야기, 혹은 사람들과 우발적인 마주침을 일으킨다.
그러니까 이야기와 사람들로 이루어진 별들을 연결시키는 것은 이 클
리나멘으로서의 사진 한 장이다. 그리하여 무수한 이야기들이 서로
교차하고 엇갈리는데 그러나 종래에는 모두 연결된 하나의 책이 탄생
한다. 그 책은 김연수가 80년대 한국의 앙상한 변증법을 배신하고,
창공의 빛나는 별자리의 도움을 받아 탄생시킨 새로운 변증법에 관한

9) 같은 책, pp. 38~39.

책이다. 그리고 또 그 책은 전형, 본질, 존재를 위해 수많은 개개 별들의 빛, 존재자들의 풍요를 뺄셈 연산했던 루카치의 그 건조하고 위압적인 별자리를 대신할 새로운 별자리에 관한 책이기도 하다.

Angelus Nobus

변증법에 대한 김연수의 재구성은 과거의 기억술에도 영향을 미친다. 그래서 『네가 누구든 얼마나 외롭든』은 우리가 과거를 기억하는 방식, 곧 역사 서술에 관한 책이기도 하다. 특별히 두 개의 기억술이 참조할 만하다. 프루스트의 마들렌과, 벤야민의 역사의 천사.

『잃어버린 시간을 찾아서』 1권, 「스완네 집 쪽으로」에 등장하는 마들렌 과자 이야기는 이미 너무나 유명해서 인용할 필요를 느끼지 못한다. 어느 겨울날 추위를 뚫고 달려온 마르셀에게 레오니 고모가 마들렌 과자와 보리수꽃을 달인 차 한 잔을 건넨다. 그 향기와 온기를 느끼는 순간 마르셀에게는 자신의 이지 작용과 무관하게 유년의 기억들이 마술처럼 떠오른다. 마치 요술 찻잔이나 되는 것처럼 그 안에서 유년기를 보낸 콩브레의 고모네 집과, 별채와, 마을의 전경과, 광장과 날씨들이 마치 물에 담그면 원래의 형상을 되찾는 일본의 종잇조각처럼, 불수의적(不隨意的)으로 피어오른다.[10] 후에 『잃어버린 시간을 찾아서』의 마지막 권인 「되찾은 시간」에서 다시 한 번, 기울어진 포석(鋪石)과, 우연히 접시에 부딪힌 티스푼 소리, 풀 먹인 냅킨

---

10) M. 프루스트, 『잃어버린 시간을 찾아서 1-스완네 집 쪽으로 1』, 김창석 옮김, 국일미디어, 1998, pp. 69~70.

의 바스락거리는 느낌, 수도관의 딸꾹질 소리, 그리고 게르망트 대공
네 서재에 꽂힌 『프랑수아 르 샹피』에 의해 다시 촉발되는 체험이기
도 하거니와, 이 체험의 요체는 베르그송이 『물질과 기억』에서 개념
화환 '무의지적 기억'들의 출현이다. 의식의 통제력을 벗어나 있다가,
우연한 순간에, 아무런 예고도 없이, 불수의적으로 우리에게 찾아오
는 이 감각적 기억의 복원이야말로 프루스트에게는 유일한 예술적 영
감이요, 우리가 우리의 잃어버린 시간들을 온전히 되찾는 방식이다.
이 마들렌 체험을 벤야민은 이렇게 설명한다.

> 과거를 역사적으로 뚜렷이 표현한다는 것이 과거를 '실제 있었던 그
> 대로'(랑케) 인식한다는 것을 의미하는 것은 아니다. 그것은 어떤 위
> 험의 순간에 섬광처럼 번쩍이는 어떤 기억을 움켜잡는 것을 의미한다.
> 역사적 유물론은 역사의 선택을 받은 사람에게 위험의 순간에 예기치
> 않게 나타나는 과거의 이미지를 보존해주기를 바란다.[11]

과거 역사의 연대기적 기술을 목표로 하는 메타 서사에 반대하면
서, 벤야민은 클레의 「역사의 천사Angelus Nobus」에 대해 말한다.
그 천사는 진보(목적론적 역사의 다른 이름이다)라는 이름의 거대한
폭풍에 맞서 과거를 향해 고개를 돌리고 있다. 그러나 천사가 돌아보
고 있는 과거는 그간 인류가 겪은 참화의 파편들로 가득 차 있다. 그
것들이 파편인 이유는 어떠한 기원도 목적도 없이, 그러니까 글자 그
대로 아직 별자리에 위치하지 못한 낱낱의 별들처럼 존재하고 있기

---

11) W. 벤야민, 「역사철학 테제」, 『문예비평과 이론』, 이태동 옮김, 문예출판사, 1987,
   p. 296.

때문이다. 오로지 구원의 순간에만 그 기억의 파편들은 하나의 일관된 전체를 이루고, 선형적 서사를 완성한다. 그러니까 유의미한 별자리에 속하게 된다. 그러나 구원의 순간이란 항상 마르셀의 마들렌이나 삐뚤어진 포석처럼 예고가 없는 것이어서, 언제 어떤 방식으로 우리의 삶에 도래할지 알 수 없다. 우리가 공식 역사라고 부르는 것, 역사주의라 부르는 것, 사적 유물론이라 부르는 것, 그런 기억술들은 이 파편들의 충만함을 결코 복원시켜놓지 못한다. 오로지 불수의적인 기억, 무의지적인 기억에 의해서만 시간은 온전히 되찾아진다. 벤야민이 랑케류의 실증주의 역사관에 반대하면서 '섬광처럼 번쩍이는 어떤 기억을 움켜잡는' 기억술을 강조한 이유가 이와 같다. 그리고 김연수가 이 책을 쓰면서 도입한 것이 바로 그 기억술, 프루스트에서 벤야민으로, 그리고 다시 아도르노로 이어지는 그 기억술이다.

이 책의 서술시(敍述時)는 이 책에 씌어진 모든 이야기들이 종결된 시점이다. 보르헤스 식으로 말해 '시간적으로 거꾸로 씌어진' 책인 셈이다. 1991년 북한행을 목적으로 독일에 간 화자가, 헬무트 베르크와 정교수와 강시우를 만나고, 그들로부터 무수한 이야기들을 듣고, 기록하고, 강시우와 헤어지고, 누명을 써 입국이 늦어지고, 우여곡절 끝에 누명을 벗고 한국으로 출국하기 위해 프랑크푸르트 공항의 대기석에 앉아 있는 시점이 이 책의 서술시다. 이제부터 그가 이야기할 많은 사건들은 1904년부터 1991년에 이르는 거의 한 세기 동안에 걸친 방대한 양의 것이지만, 그러나 화자는 그 모든 일들을 이미 겪거나 들어서 알고 있다. 그렇다면 이제 우리가 화자로부터 듣게 될 그 이야기들은 객관적이고 실증적인 과거 기억은 아니다. 그것은 그 모든 사건을 알고 있는 화자의 주관과 감각에 의해 해석되고 재구성된 그런 기억이다.

문제는 화자가 기억들을 떠올리는 그 주관적인 방식이 어떠한가 하는 점이다. 그는 프루스트와 벤야민이 말한 그대로 과거를 복원한다.

나는 오랫동안 그 장면을 잊고 있었다. 구멍 뚫린 둑을 막아 조국을 구했다던 한스 브링커의 이름은 기억하고 있었을망정, 할아버지가 말한 코르넬리스 렐리라는 이름은 아주 까맣게 잊어먹고 있었다. 그런데 그 순간 그 이름이 너무도 선명하게 머릿속에 떠오른 것이다. 할아버지의 말에 따르면 그 사람은 이미 오십여 년 전에 바다를 가로지르는, 무려 팔십 리에 달하는 방조제를 쌓았다. 〔……〕

그건 바로 담 광장을 빠져나와 거리를 걸어가는 내 눈에 북해를 가로지르는 제방이 표시된 네덜란드 지도와 함께 'Cornelis Lely'라는 이름이 인쇄된 엽서가 보였기 때문이었다. 기념품 가게의 엽서 스탠드에 꽂혀 있는 그 엽서를 보는 순간, 내 무의식의 저편으로 굴러 떨어졌던 그 이름, 코르넬리스 렐리가 불쑥 튀어 올라왔다. 나는 "코르넬리스 렐리, 코르넬리스 렐리" 몇 번이나 그 이름을 되뇌며 엽서에 인쇄된, 머리가 벗어진 채 한 손에 책을 들고 서 있는 노인의 사진을 들여다봤다. 그 노인이 바로 코르넬리스 렐리였다. 기념으로 그 엽서를 살까 하고 이리저리 살펴보다가 한쪽에 빽빽하게 꽂힌 그 사진들을 보게 됐다. 바로 할아버지가 남양 군도에서 가져왔다던 그 입체 누드 사진들이었다. 나는 넋이 빠진 것처럼 그 사진들을 바라봤다(p. 159).

암스테르담의 담 광장에서 화자가 겪은 체험은 프루스트의 마들렌 체험에 비견할 만하다. 댐의 도시 암스테르담, 그리고 담 광장. 이 두 담Dam에 대한 연상 작용이 즉각 불수의적으로 할아버지와 아버

지와 당숙이 있는 유년의 한 풍경 속으로 화자를 데려다놓는다. 그러
자 코르넬리스 렐리란 이름이 저절로 떠오른다. 그 이름은 평소대로
라면 화자의 '무의식 저편'에서 의식으로 떠오를 이유라곤 전혀 없던
것이다. 그리고 그 이름이 적힌 엽서들 옆에 나란히 꽂힌 입체 누드
사진들을 발견한다. 무의지적 기억의 출현에 관해 이보다 더 좋은 예
를 찾기는 힘들 것이다.

　이 책의 많은 부분에서 화자가 되찾아가는 과거 기억들이 주로 감
각과 관련이 있다는 사실도 강조해둘 필요가 있다. 정민의 냄새와 온
기, 그녀의 입술에서 받은 느낌, 떨어지는 낙엽의 스산함, 낡은 시외
버스에서 풍겨 나오던 기름 냄새와 욕지기, 노을을 등지고 선 할아버
지의 실루엣 등과 같은 감각적 이미지들이 그의 과거를 복원하는 마
들렌으로 소용된다. 책의 말미에 인용된 벤야민의 문구 그대로 우리
가 복원시켜야 할 과거의 감각들은 머릿속에 있지 않고 감각기관 자
체에 깃들어 있기 때문이다.

　　"감각들이 머릿속에 둥지를 틀고 있지 않다는, 다시 말해 창문과 구
　　름, 나무가 우리 두뇌 속이 아니라 우리가 그것을 보고 감각하는 바로
　　그 장소에 깃들고 있는 것이라는 학설이 옳다면……"(p. 392).

　'개인의 감각기관에만 온전히 깃들어 있는 충만한 과거'라는 프루
스트와 벤야민의 기억술을 염두에 둘 때, 이 책에 등장하는 역사적
사건들이 왜 항상 '그것은 무엇이었는가'라는 랑케류의 질문에 입각
해서라기보다는 '그것을 나는 어떻게 겪었는가'라는 주관적이고 개인
적인 관점에 입각해서 씌어졌는지를 이해할 수 있다. 1987년부터

1991년까지, 그 급박했던 시절을 겪었음에도 불구하고, 화자는 당시 사건들의 공식적 의미에 대해 기록하지 않는다. 1991년 5월 분신 정국 당시 어떤 사람들이 죽었고, 사건의 원인은 무엇이었으며, 이후 그것이 한국사에 미친 영향 같은 것은 화자에게 아무런 의미가 없다. 대신 그의 관심사는 정민을 만나면 부풀어 오르곤 했던 자신의 성기라거나, 그녀와 함께 들었던 음악, 5월 내내 걸어 다녔던 서울 변두리의 골목길, 과학관의 별자리들, 첫 키스의 감미로움 같은, 지극히 사적이고 체험적인 것들이다. 그는 오히려 투쟁하고, 선동하고, 정세를 진단하고, 시위하고, 나동그라졌던 주중의 공식사보다 '토요일의 역사'에 관심이 많다.

정민에게 토요일이란 그 애가 '누워 있기 좋은 방'이라고 불렀던 내 자취방에 찾아와, 일주일 내내 얘기했던 엄숙하고도 중요한 공식적 언어들로부터 해방돼 지극히 사소하고도 하잘것없는 사적인 대화를 나누는 날이었다(p. 89).

"엄숙하고도 중요한 공식적 언어들로부터 해방"된 "지극히 사소하고도 하잘것없는 사적인 대화를" 기록하는 것이 화자가 과거를 복원하는 방식이다. 설사 그가 공식사를 언급할 때라 하더라도 그는 그것들을 반드시 자신의 체험에 의해 해석되고 판단된 상태로만 언급한다. 가령 1990년대 초반 한국 사회의 분위기를 자신의 부풀어 오른 성기와 관련하여 '대녀와 성기 사이'라고 표현할 때 그렇고, 할아버지가 남긴 두 종류의 문건들 중 산문으로 된 사적인 기록을 서사시풍의 민족사보다 우대할 때 그렇다.

그러나 벤야민은 언제 도래할지 알 수 없는 구원의 날에만 과거의 기억들은 재배치되고 유의미한 별자리를 형성한다고 했다. 그렇다면 이 책의 화자는 구원받은 자인가? 그렇다. 그는 이 책에 등장하는 몇몇 인물들과 마찬가지로 구원받은 자이다. 이 책에서, 구원이란 곧 사랑이고, 그 사랑을 통해 타인과 연결되어 있음을 확인하는 것이고, 그리하여 우주에 존재하는 모든 존재자들이 사랑을 통해 '모두이면서 하나'라는 사실을 깨닫는 데 있다. 작중에 아주 잠깐 등장하는 안젤라 아줌마에 대해 화자는 이런 말을 한다. "(안젤라 아줌마는) 수많은 고독과 번민을 지불하고 그림을 발견했다. 미대에 등록한 안젤라 아줌마는 미친 듯이 그림을 그렸다. 그림을 그리는 동안 안젤라 아줌마는 자신이 이 세상의 모든 것인 동시에 유일한 존재라는 사실을 깨달을 수 있었다. 그림이 그녀를 구원했다"(p. 226). 그림은 그녀에게 자신이 이 세상의 모든 것인 동시에 유일한 존재라는 사실을 깨닫게 한다. 그리고 그 사실에 대한 깨달음이 그녀를 구원한다. 헬무트 베르크도, 어쩌면 강시우나 이상희도 이 사실을 깨달았을 것이다. 그리고 화자도 독일에서의 체류가 끝날 즈음 이 사실을 깨닫는다.

나는 고개를 들어 별들로 가득한 밤하늘을 바라보며 밤거리를 걸었다. 그 순간, 나는 그때까지 이 세상에 살았던 그 누구보다도 행복했다. 그제야 나는 온 세상을 향해 다리를 벌린 채 자랑스러운 표정으로 웃고 있는, 입체 누드 사진 속의 그 여자를 이해할 수 있었다. 그건 나 역시 마리화나에 취해 있었기 때문이 아니라, 거기 하늘 위에 달이 떠 있었기 때문이었다. 거기 떠 있는 달이 내가 존재하기 아주 오래전부터, 나의 아버지가, 또 나의 아버지의 아버지가 태어나기 아주 오래전부터 지금의 우리 모두를 꿈꾸고 있었다는 것이 한순간에 명백해졌기 때문이었다. 나는 저 달이 존재하는 한, 내 존재가 결코 사라질 수 없다는 사실을, 처음부터 우리가 모두 연결돼 있다는 사실을 깨닫게 됐다(p. 338).

인용문으로 미루어, 우리는 이제 이 책의 화자야말로 클레의 천사 '안겔루스 노부스Angelus Nobus'라고 말할 수 있게 되었다. 그리고 구원받은 이 화자가 복원한 충만한 과거, 그 되찾은 시간들의 성좌가 이 책이라는 사실에 대해서도 확신할 수 있게 되었다. 이 책 『네가 누구든 얼마나 외롭든』은, 그렇다면 과거를 기록하는 방식에 대한 역사철학적 텍스트이기도 하다.

청각의 환대

어떻게 이 모든 일이 가능했을까? 한 권의 책이, 천문학에 관한 책이면서 소설론에 관한 책이고, 동시에 변증법에 관한 책이면서 역사철학에 관한 책이기도 하고, 달리 읽으면 '원리적으로' 지상에 존재하는 모든 이야기를 다 담을 수 있는 책일 수 있는 이 기적은 어디서부터 비롯되었을까? 아마도 작가 김연수가 언제부터인가 귀를 통해 무수한 타자의 이야기들을 '환대hospitality'하기 시작하면서부터였을 것이다. 그러니 이제 「뿌녕숴」로 되돌아가 하염없이 초라한 노인의 놀라운 이야기에 귀를 기울이던 화자의 귀에 대해 이야기해야 한다. 「모두에게 복된 새해」[12]로 되돌아가 청각의 환대가 어떻게 공통

점이라곤 아무것도 없는 두 타자를 친구로 만드는가를 살펴보아야 한다. 「달로 간 코미디언」[13]으로 되돌아가, 한 맹인으로부터, 시각을 포기하고 타자의 숨소리와 바람 소리와 심지어 침묵까지 듣는 법을 배우고, '거기 있습니까?'(이 말은 아무래도 레비나스의 'Il y a'의 의문형으로 들린다)라는 말의 참의미를 깨닫는 법을 배우던 화자에 대해서도…… 그러나 오늘은 예서 글을 멈춘다. 눈앞의 이 책, 『네가 누구든 얼마나 외롭든』은 스무 살 즈음의 단 한 권의 책 'ibid'와 같아서, 언제 어디서든 다시 참조할 수 있을 터이니……

---

12) 김연수, 「모두에게 복된 새해」, 『현대문학』 2007년 1월호.
13) 김연수, 「달로 간 코미디언」, 『2007 황순원문학상 수상작품집』.

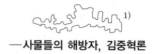

—사물들의 해방자, 김중혁론

이것은 눈으로 보는 지도가 아닙니다……
촉각과 상상력이 완벽하게 일치해야만
당신은 당신의 길을 찾을 수 있을 것입니다.
— 김중혁, 「에스키모, 여기가 끝이야」

벤야민의 서재

벤야민은 언젠가 자신의 서재를 공개하면서 이런 말을 한 적이 있다.

〔……〕 수집가는 사물들과 일정한 관계를 맺는다. 물론 이때 그가
맺는 사물과의 관계는 그 사물들이 지닌 기능가치, 즉 그것들의 실용
성 내지 쓰임새를 전면에 내세우지 않고, 그 사물들을 그것들이 갖는
운명의 무대로서 연구하고 사랑하는 그런 관계이다. 수집가의 마음을
사로잡는 가장 큰 매력은 하나하나의 사물들을 어떤 마력적 범주에 가
두어두는 일이다.[2]

---

1) 글의 제목으로 삼은 이 그림은 김중혁의 「에스키모, 여기가 끝이야」에서 따왔다. 기억과
   감각으로만 새긴 에스키모들의 나무 지도다.
2) W. 벤야민, 「나의 서재 공개」, 『발터 벤야민의 문예이론』, 반성완 옮김, 민음사, 1983,
   p. 31.

책과 골동품 수집광이기도 했던 자신의 부르주아적 취향에 대한 변론으로 읽히기도 하는 이 구절은, 그러나 깊이 음미해볼 만한 데가 있다. 벤야민에 따르면 수집가는 자본주의하에서 인간이 사물과 맺는 관계를 근본적인 차원에서 수정한다. 수집가는 사물과의 관계에서 그것의 사용가치와 교환가치를 전면에 내세우지 않는다. 즉 사물의 쓸모나 가격을 문제 삼지 않고 사물을 그 자체의 운명과 역사 속에서 '사랑한다.' 그러자 수집된 사물은 어떤 마술적 영역 속으로 편입된다. 그리고 그 속에 '가두어져' 보호받는다.

사물이 가치를 벗어던지자 오히려 환산할 수 없는 가치를 획득하는 이 과정은 그대로 사물이 자본주의의 등가교환으로부터 해방되는 과정이기도 할 것이다. 이 점, 도대체 쓸모라고는 찾아볼 수 없는 오래된 골동품이나 책, 예술 작품을 두고 벌어지는 수집 경쟁을 떠올려보면 금방 납득이 가는데, 이런 식의 수집벽은 자본주의의 등가교환 법칙으로는 도저히 설명할 길이 없어 보인다. 수집 행위에 의해 사물은 이제 상식적인 가치 너머의 마술적 가치를 획득했다고 말할 수밖에 다른 도리가 없다. 마치 김춘수의 시 한 구절(내가 그의 이름을 불러주었을 때/그는 나에게로 와서/꽃이 되었다)에서처럼, 그냥 두었다면 화폐의 단위에 따라 가치가 매겨지고 팔리고 사용될 그저 익명의 상품에 불과했을 사물들이 수집가에 의해 명명되고 수집되는 그 순간 고유의 운명을 살(生) 수 있게 되고 의미를 부여받으며 마술적 힘을 되찾는다.

비록 유대계의 부유한 부르주아 집안 아들이자 19세기에 대한 진한 향수(그의 '아우라Aura'는 얼마나 19세기적인가! 그러나 벤야민의 매력 대부분은 바로 그의 내부에서 일어나는 이 모순적인 시대들의 갈등에서 기인한다)를 간직하고 있기도 했던 섬세하고 유약한 마르크스주의자의 자기변명에 불과하다 할지라도, 그리고 수집벽이란 몇몇의 호사가들에 의해서밖에는 실현될 수 없는 예외적인 행위임을 인정한다 하더라도, 앞의 구절이 보여주는 사물들의 충만한 상태는 두고두고 곱씹어볼 만하다. 인용문대로라면, 벤야민의 서재는 해방된 사물들에게뿐만 아니라, 그 사물들과 의미 있는 관계를 맺음으로써 스스로도 충만하게 된 인간들에게도 이상향일 것이기 때문이다. 벤야민의 서재는 아도르노가 우리에 갇힌 동물들을 명명할 때의 바로 그 의미에서, '변장한 유토피아'[3]다.

김중혁의 무용지물 박물관

　김중혁의 소설 세계가 바로 벤야민의 서재와 같다. 그 세계는 수집된 사물들의 세계이다. 김중혁의 소설들[4]을 꾸준히 따라 읽은 독자라면 그가 얼마나 사물들에 깊은 관심과 애정을 가지고 있는지 짐작하고 있을 것이다. 그는 마치 수집가처럼 자신의 소설들을 채울 사물들을 부지런하고 사려 깊게 수소문하고, 고르고, 모은다.[5]

3) T. W. 아도르노, 『한줌의 도덕』, 최문규 옮김, 솔, 1995, p. 321.
4) 이 글에서 다룬 김중혁의 작품들과 그 출처는 다음과 같다. 「펭귄뉴스」 「사백 미터 마라톤」 「바나나 주식회사」 「회색 괴물」 「무용지물 박물관」 「멍청한 유비쿼터스」 「에스키모, 여기가 끝이야」 「발명가 이눅 씨의 설계도」(이상 『펭귄뉴스』, 문학과지성사, 2006), 「비닐광 시대(Vinyl狂 時代)」, 「자동피아노」(이상 『악기들의 도서관』, 문학동네, 2008). 이하 본문에 작품의 제목과 쪽수만 표기.
5) 손정수는 사물 수집가 김중혁을 두고 '가상 박물관 노마드'라 명명한 바 있기도 하다. "최근 이 가상현실 노마드 계보에 새로운 변종이 출현한 바 있다. 김중혁의 소설들에 등

그 사물들은 대개 이전 시대의 문물에 속하는 것이거나, 오래되고 망가져서 이제는 거의 쓸모없는 것들일 경우가 많다. 「바나나 주식회사」에 나오는 모델명 "크랭커-31"(p. 185) 자전거는 거의 구조만 남아 있어서 사용가치와 교환가치를 완전히 상실한 채 자전거 박물관에 전시되어 있다. 「회색 괴물」에 나오는 "DLX1000이라는 모델명"(p. 157)의 타자기는 이제 그 기종에 맞는 먹지도 유통되지 않을 정도로 오래된 데다, 전동타자기용 먹지를 갈아 끼워도 글자의 반만 찍힐 정도로 '쓸모없다.' 「비닐광 시대(Vinyl狂 時代)」의 그 많은 LP 레코드들도 마찬가지다. CD와 DVD가 듣는 행위와 보는 행위 모두를 장악해버린 우리 시대에 그것들은 모두 구시대의 '쓸모없는' 유물들에 가깝다. 당연히 그것들 모두 박물관이나 지하 창고에 사용가치와 교환가치를 박탈당한 채로 보관되어 있다. 김춘수가 꽃의 이름을 부르듯, 김중혁이 그것들의 이름을 부르고 자신의 서재, 곧 소설 속으로 수집해오기 전까지는 말이다.

그런 의미에서라면 '무용지물 박물관'은 사실 김중혁이 쓴 여러 작품들 중 하나의 제목이라기보다는 김중혁 소설 전체를 요약하는 제목이라고 해도 무방할 듯싶다. 편의상 그런 이름의 박물관 하나를 만들어보자. 그리고 거기 김중혁이 수집해온 사물들의 소장 목록을 살펴

___

장하는 가상 박물관 노마드가 그것이다. '자전거 박물관'(「바나나 주식회사」)에서 출발한 가상 박물관 노마드의 여행은 '무용지물 박물관'(「무용지물 박물관」)과 '사이버 타자기 박물관'(「회색 괴물」)을 거쳐, 최근에는 '지도 박물관'(「에스키모, 여기가 끝이야」)과 '발명 박물관'(「발명가 이눅 씨의 설계도」)에 이르고 있다"(「그리는 순간 지워지기 시작하는 신종 노마드 계보도」, 『문학 · 판』 2005년 겨울호, p. 253). 박물관이 수집된 사물들의 전시장임을 감안한다면 손정수의 이런 언급은 김중혁 소설의 가장 중요한 특징을 적절하게 포착하고 있는 것으로 보인다.

보자. 목록은 아주 길다.

김중혁의 '무용지물 박물관' 소장품 목록

1. 열쇠

"얼마 전까지 살았던 원룸의 열쇠""아무짝에도 쓸모없는 열쇠""집 주인에게 돌려줘야 하는 걸 깜빡 잊고 여전히 열쇠고리에 매달아두고 있었"던 열쇠, 지금은 자전거 바퀴가 돌아가는 횟수를 측정하기 위해, 그러니까 원래의 용도와는 전혀 다른 용도로 전용(轉用)하게 된 열쇠. 달리 말하자면 원래의 사용가치로부터 해방된 열쇠(「바나나 주식회사」, p. 207).

2. 연필

"완벽한 연필"(「바나나 주식회사」, p. 209), 제도를 한다거나 필기를 하기 위해 사용되는 도구가 아니라 오로지 가장 완벽하게 깎인 연필. 그러므로 애초의 용도를 완전히 상실한 연필. 해방된 연필.

3. 일회용 도구들

B의 아버지로 보이는 노인이 말한 일회용 사물들. '한 번 쓰고 나면 모두 흔적도 없이 사라져버리는' 사물들. 그리하여 아무런 진화도 쓸모도 교환가치도 상실해버리는 사물들. 컵, 종이, 자동차, 자전거, 그리고 얼음 호텔(「바나나 주식회사」, p. 215). 사용되는 순간 해방되는 도구들.

4. FOF(Feeling of Finger)의 상품들

"반지나 매니큐어부터 오래된 조립식 모형 권총, 권투 글러브에 이르기까지 손과 관련된 거의 모든 물건"(「회색 괴물」, p. 145)들. 가격은 정해져 있지 않고, 사용하기엔 너무 오래되었거나 불편한 물건들. 말할 것도 없이 해방된 사물들.

5. 시각 장애인을 위한 인터넷 방송 페이지에 96회 동안 모아놓은 사물들

"고층빌딩, 캠코더, 만화책, 야구, 크리스마스트리, 도서관, 공항"(「무용지물 박물관」, p. 59). 수많은 시각 장애인들의 상상과 청각에 의해 채색되고 마름질된, 그래서 더욱 완벽해진 마술적 사물들. 가장 아름답게 해방된 사물들.

6. 오로지 청각에 의존해 그린 사물들

"에펠탑과 암스테르담의 쉬폴 공항과 보잉707의 기내 모습과 레이먼드 로위가 디자인한 그레이하운드 버스와 최신형 캠코더와 마드리드에 있는 엘에스코리알 수도원"(「무용지물 박물관」, p. 36). 그러나 작중 인물 '메이비'가 촉발한 청각(반면, 시각은 얼마나 소비자본주의적인가!)과 상상력에 의해 더 이상 무생물의 상태가 아니게 된 사물들. "살아 있는 동물 같"은 사물들. 그리하여 거의 정령이 된 사물들.

7. 지도 제작용 도구들

"나의 처지와는 어울리지 않을 정도로 커다란 실바 나침반" "전문가용 줄자, 망원경 등"(「에스키모, 여기가 끝이야」, p. 89). 어머니의 죽음, 즉 중심 좌표의 상실로 더 이상 지도를 그릴 수 없게 되자 용도 폐기된 사물들. 역시나 해방된 사물들.

8. 3백만 개의 '필요'들

"깎아서 쓰는 만년필, 볼펜, 사인펜" "인구제한기" "무인 고해성사실"(「발명가 이눅 씨의 설계도」, p. 65). 만들 수 없으므로, 혹은 누구도 만들려고 하지 않으므로, 아니면 만들 필요가 없으므로, 만들어지지 않을 그 꼭 필요한 사물들. 그 스스로가 필요인 사물들.

9. 예의 그 자전거……
10. 예의 그 비닐 레코드판들……
11. ……
……

수집광, 사물들의 해방자

더 나열할 것도 없이, 김중혁은 수집광이다. 이 독특한, 오래된, 그러나 하등 쓸모없는 사물들을 고르고 모아 이름을 불러줌으로써 그는 김춘수의 '명명하기'를 실천한다. 김중혁은 자신의 소설 속에 불러들인 모든 사물들을 결코 '일반명사'로 명명하는 법이 없다. 다음 구절은 그가 사물들의 이름을 부르는 방식을 보여주는 전형적인 예이다.

"크랭커-31은 MTB를 최초로 만든 게리 피셔의 작품입니다. MTB에 대해서는 들어보셨죠? MTV가 아니라 MTB입니다. Mountain Bike, 즉 산악용 자전거를 뜻하는 말이죠. MTB는 1970년대 초, 미국 샌프란시스코 부근의 마린 카운티라는 곳에서 처음 만들어졌습니다. 마린 카운티에는 모래 둔덕이 많았는데 그 모래 둔덕을 달릴 때 탔던 자전거가 '비치 크루져'라고 불리는 1단짜리 자전거입니다. 게리 피셔는 그 비치 크루져를 개조해 MTB를 만들어낸 것이죠"(「바나나 주식회사」, p. 86).

처음 이 자전거를 만든 이, 이 자전거의 정확한 명명법, 이 자전거가 지나온 고유한 역사가 고스란히 적혀 있다. 이 구절은 수집가가 사물에 대해 바치는 경의, 혹은 사물이 수집가에 의해 되돌려 받는 자신의 역사와 운명에 관한 전형적인 예라 할 만하다. 그렇게 일반명사로서의 '자전거'는 고유명사 '크랭커-31'이 된다. 유일하고 개별적인 존재가 됨으로써, 그 흔한 자전거들 일반으로부터 구별되기에 이른다. 아마도 이것이 사물의 해방일 것이다. 교환가치와 사용가치로부터의 해방. 나름의 역사와 사연을 가진 고유한 존재로의 지위 격상. 이는 곧 김중혁이 자신이 수집한 사물들에 대해 바치는 경의이자, 그것들과 시도하는 대화이다. 그러자(작가가 자신이 골라낸 사물과 대화하기를 마다하지 않는 덕분에), 사물들은 아우라Aura를 부여받는다.[6)]

작가가 사물을 대하는 이와 같은 태도는 종종 페티시즘fetishism을

---

6) 벤야민은 대상 사물과의 대화가 아우라를 형성하는 요건들 중 하나라고 말한다. 가령 다음과 같은 구절을 보자. "[……] 아우라의 경험이란 인간 사회에서 흔히 볼 수 있는 반응 형식을, 무생물 내지 자연적 대상과 인간 사이에 존재하는 관계에 옮겨놓는 데 있는 것이다. 우리가 시선을 주고 있는 자나 시선을 받고 있다고 느끼는 자는 우리에게 시선을 되돌려준다. 우리가 어떤 현상의 아우라를 경험한다는 것은 시선을 되돌려줄 수 있는 능력을 그 현상에 부여하는 것을 뜻한다"(W. 벤야민, 「기술복제 시대의 예술 작품」, 앞의 책, p. 158).

방불케 한다. 어떤 경우 그는 사람보다도 오히려 사물들을 더 선호하고 경배한다. 가령 대개 남성인 김중혁 소설의 주인공들이 여성을 대하는 방식을 보라. 벗은 연인의 몸 앞에서도 그들의 성기는 쉽사리 발기하지 않는다. 게다가 그들이 연인에게 느끼는 감정은 이렇다. "소희는 아무런 감정도 실리지 않은 무생물의 목소리를 내고 있었다. 나 역시 소희에게는 그런 목소리밖에 낼 수 없었다"(「펭귄뉴스」, p. 273). 혹은 이렇다. "그녀와 나는 초밥을 다 먹은 후 당연히 그래야 하는 것처럼 섹스를 했다. 그건 일종의 법칙 혹은 후식 같은 것이었다"(「회색 괴물」, p. 151).

살아 있는 인간을 이처럼 마치 무생물인 양 대하는 반면, 주인공들이 사물을 대하는 방식을 보라. 「회색 괴물」의 주인공은 타자기를 두고 이렇게 말한다. "나는 회색의 기계를 보고 있다. 정말 그러고 보니 기계는 회색 괴물 같은 모습을 하고 있었다. 몸체는 플라스틱이었지만 세상 어느 물체보다도 단단해 보였고 조그맣게 벌어진 틈으로 은색의 쇳덩어리가 언뜻언뜻 보였다. 녀석은 49개의 이빨을 가지고 있었다. 그 안에다 손가락을 집어넣기라도 하면 덥석 물어뜯을 것처럼 날카로워 보였다. 녀석의 이빨은 치아 교정기처럼 가지런했고 전혀 빈틈이 없었다. 지금까지 본 기계와는 확실히 달랐다. 몸체로 얼굴을 가까이 하자 아릿한 기름 냄새가 났다"(「회색 괴물」, p. 148).

사람은 무생물처럼, 무생물인 사물은 살아 있는 생물처럼.

뚜렷하게 대조적인 앞의 두 구절은 김중혁의 주인공들이 어쩌면 사물이 아닌 인간을 사랑하는 방법을 모르는 게 아닌가 하는 인상을 준다. 그들의 리비도는 사물을 너무도 선호해서 굳이 몸과 감정을 가진 이성(異性)에게로 향하는 법을 모른다. 사물에 대해서 그들이 보여주는 애정과 경의에 비교할 때, 이 점은 김중혁의 주인공들을 물신 숭배자라 부르더라도 과장은 아니게 한다.

그러나 김중혁의 물신 숭배는 단순히 도착perversion의 한 증세가 아니다. 차라리 그의 페티시즘은 물신 숭배를 통해 물신으로부터 해방되는 역설적 과정이라고 해야 맞을 것이다. 그가 사물을 모으고 이름을 불러주는 행위는 곧 해당 사물의 해방 과정이기도 하다라고 했거니와, 다음 구절은 그가 '사물화를 통해 사물화를 극복하기'[7]라는 아방-가르드Avant-garde 예술의 테마를 실천하고 있음을 보여주는 좋은 예가 될 만하다.

크랭커-31은 프레임과 휠만 앙상하게 남아 있어 한때 자신도 자전거였음을 나타내고 있을 뿐 전혀 자전거처럼 보이질 않았다. 바퀴도 없고 페달도 없고 안장도 없다. 자전거라기보다는 설치 미술 작품에 가까운 모습이었다. [……]

시시하다면 시시할 수도 있겠다. 하지만 자전거 박물관에는 시시하다고만 할 수는 없는, 단순한 우아함이 깃들여 있었다(「바나나 주식회사」, p. 187).

융C. G. Jung의 어법을 따라 '버려진 유기물의 장엄한 풍모'(『인간과 상징』)를 이 자전거는 획득한다. 한때 자전거였음을 확인할 수

---

7) 이에 대해서는, T. W. 아도르노, 「예술미: 현상·정신화·직관」, 『미학이론』, 문학과지성사, 1984(재판 2000), p. 190 참조. "이제 주체가 말을 해서는 안 된다면 [……] 현대 예술의 이상에 비추어 볼 때, 사물을 통해서, 사물의 손상되고 소외된 형태를 통해서 말을 해야 할 것이다."

있을 정도로만 그것은 자전거답다. 그런데 사용가치와 교환가치로부터 해방된 채 그저 모양만을 알아볼 수 있을 정도로 뼈대만 남은 사물이 되자, 즉 '쓸모없는' 사물이 되자 이 자전거는 어떤 "단순한 우아함"을 되찾는다. "설치 미술 작품"이 되는 것이다. 아마도 그 '단순한 우아함'은 미술 작품 특유의 어떤 후광, 곧 '아우라'에 다름 아닐 것이다. 이렇게 김중혁의 사물들은 '사물이 됨으로써 사물화에 저항하는' 아방-가르드 예술 작품 특유의 테마를 실현한다.

이항대립 너머

김중혁의 아방가르드적 충동은 물론 사물과 예술 작품의 이분법을 해체하려는 강한 지향을 갖는다. 사물은 예술 작품이 되고, 예술 작품은 사물이 됨으로써 양자 간의 완고한 경계는 무너진다.

그러나 김중혁이 허무는 이분법이 여기에 국한되는 것만은 아니다. 세심하게 읽을 때 김중혁의 작품들은 모든 식상하고 완고한 이항대립 체계들을 단호하게 거부한다. 박진이 김중혁 소설의 '해석으로부터 달아나는' 특성을 얘기할 때,[8] 염두에 두었던 것도 아마 이런 점일 것이다. 굳이 구조주의자들의 말을 빌리지 않더라도 이분법은 인간이 대상 세계를 파악하는 가장 기본적인 인식 틀이다. 차이와 유사, 유비, 대조, 비교 등의 인식 방법이 모두 넓은 의미에서의 이분법을 전제하지 않고서는 불가능하다. '~인 것/~아닌 것'의 대립이야말로

---

8) 박진, 「달아나는 텍스트들」, 『달아나는 텍스트들』, 랜덤하우스코리아, 2008.

우리가 세계에 질서를 부여하는 가장 기본적인 전제이다. 그러나 김중혁의 작품들은 이러한 이분법을 취하되 종국에는 허물어뜨리기 위해서만 취한다. '해석을 피해 달아나는' 김중혁 소설의 특징은 여기서 연원한다.

표면적으로 읽을 때 (아이러니하게도) 김중혁의 작품은 완고한 이분법을 되풀이한다. 이분법적인 세계 인식으로부터 그의 모든 소설은 시작한다. 그러나 김중혁 소설은 다분히 변증법적이어서 소설의 결말은 항상 소설 초두에 세워진 이분법적 세계 인식을 배반하는 방식으로 마무리된다. 이항대립적 체계는 오로지 허물어지기 위해서만 세워진다.

등단작 「펭귄뉴스」는 '비트beat 있는 세계/비트 없는 세계'의 이분법으로 시작한다. 근미래의 어느 시점, 세계는 전쟁 중이다. 그 전쟁은 소리 없는 전쟁, "전쟁이라고 해보았자 폭탄이 여기저기서 터지거나 사람들이 신문지 조각처럼 날아다니거나 하는 일은 거의 없"는 전쟁, 전혀 새로울 것도 없고 '비트도 없는,' 무미건조한 속보(速報)만 되풀이되는 전쟁이다(p. 262). 싸움은 비트를 수호하려는 저항군과, 비트를 금지하려는 진압군 사이에서 일어난다. '비트/반비트' '다성성/단성성' '문화/반문화' '차이/획일' 등의 주제로 손쉬운 변주가 가능한 이 이분법은 분명히 그간 무수한 현대 소설의 주제가 되어왔다고 해도 과언이 아닌 주제, 곧 '문명의 획일성'에 의해 압사당하는 '개성'이란 테마를 되풀이한다. 독자는 당연히 관습에 따라 저항군의 편에서, 말하자면 비트가 인정받는 사회가 도래하기를 기대하며 작품을 읽는다. 화자와 '그녀'는 마치 제2차 세계대전 중의 레지스탕스들처럼 비트 제거용 'P-칩'을 찾아 파괴하고 다니는 임무를 수행한다.

반면 화자의 친구 '찬기'(그는 비트에 대한 감수성을 잃어버린 후, 진압군에 입대한다)를 둘러싼 무비트의 세계는 건조하고 우울한 색채를 띠면서 이러한 이분법을 강화한다. 그런 방식으로 독자는 이분법에 사로잡힌다. 그러나 소설의 결말은 보기 좋게 이런 이항대립을 뒤흔들어놓는다. 화자의 손을 잡아본 그녀는 이런 말을 한다.

　─난 여태껏 두 가지 종류의 사람들밖에 만나보질 못했어. 비트가 느껴지는 인간과 비트가 느껴지지 않는 인간, 이렇게 두 종류뿐이었지. 그런데 당신에게서는 좀 다른 비트가 느껴져.
　─말하자면 어떤 거지?
　그녀가 나 같은 인간에게서 비트를 느낄 수 있으리라고는 상상하지 못했다.
　─넌 손목에서 느껴지는 맥박 같아. 맥박을 재보려고 손가락을 대보면 매번 세기도 다르고 가끔씩은 아예 맥박이 뛰는지조차 모를 때가 있거든. 그런 거랑 비슷해(「펭귄뉴스」, pp. 343~44).

화자의 비트는 그녀의 낯익은 이분법, 즉 '비트가 느껴지는 인간/비트가 느껴지지 않는 인간'의 이항대립을 뛰어넘는다. 그의 몸속에 흐르는 비트는 마치 손목의 맥박과 같아서 종종 불규칙하고, 심지어는 그것이 비트인지조차 의심스러운 그런 성질의 것이다. 제3의 (무)비트다. 게다가 소설 말미 화자가 스스로 "제가 가지고 있는 것은 정말 사적인 비트이기 때문에"(p. 357) 비밀 결사단체인 펭귄뉴스에 반납할 수조차 없었고, 심지어 젊은 날 음악을 했던 아내마저도 그 비트를 이해하지 못했다고 실토할 때, 이항대립은 다시 한 번 무너진다. 그의 비트는 이항대립 체계 너머의 영역에 속한 비트다. 그는 종국엔 레지스탕스에도 속할 수 없었던 급진적인 개인주의자였던 것이다.

이런 방식의 이항대립 세우기와 해체하기는 여러 작품들에서 반복된다. '절대 음악/자동 음악'의 대립, 곧 '순수 음악/통속 음악'의 대립이 「자동피아노」에서 세워졌다가 해체된다. 주체가 사라지고 절대 소리만 남은 세계, 그 세계는 입력된 음악만을 동일하게 되풀이하는 자동피아노의 소리와 대립된다. 그러나 소설 말미, 자동피아노처럼 개성 없는 연주를 되풀이하던 '나'와, 연주가는 사라지고 소리만 남는 절대 음악을 추구하던 '비토 제네베제'가 동일시됨에 따라, 이 이항대립은 해체된다. 절대 음악은 자동피아노다. 가장 통속적인 음악이 가장 절대적인 음악이 된다.

「바나나 주식회사」에서는 '지속/파괴'의 지극히 근대적인 대립이 세워졌다가 무너진다. 일단 제사로 인용된 두 문구가 흥미롭다. 그중 하나는 이와키 히토시의 문구다. "지구에 사는 누군가 문득 생각했다. 모든 생물의 미래를 지켜야 한다." 다른 하나는 커트 코베인의 문구다. "딱 한 번만 쓰고 부숴버려라." 전자는 이즈음 인구에 회자하는 '지속 가능한 세계'에 대한 잠언처럼 들린다. 반면 후자의 일회주의(一回主義)는 부르주아 모더니티의 파괴 본능에 대한 가장 적절한 경구처럼 들린다. 생산하는 순간 파괴하지 않고서는 살아남을 수 없는 자본주의의 생리 말이다. 그러나 소설 후반부 화자가 쓰레기 호수에서 만난 노인의 이야기 속에 등장하는 예의 그 일회용 사물들은 이 양자의 대립을 순식간에 무화시켜버린다.

"그 사람이 문득 그런 생각을 했어. '모든 생물의 미래를 지켜야 한다'고 말야. 뭐야, 당연한 얘기잖아? 할지 모르지만 그때만 해도 사람들이 그런 생각을 하지 못할 때였거든. 그래서 그 사람은 인간을 진화시킬 계획을 세웠어. 어쨌거나 인간이 늘 문제였거든. 그 사람의 계획이 뭐였냐 하면 모든 물건을 일회용으로 바꾸는 거였어"(「바나나 주식회사」, p. 214).

지속 가능한 세계를 위해서는 역설적으로 모든 사물을 지속 불가능한 일회용으로 만들어야 한다. 커트 코베인과 슈마허가, 말하자면 전혀 모순된 두 요소의 동일성이 주장된다. 부르주아 모더니티의 악무한적 파괴 본능을 근절하기 위해서는 오히려 그것을 극한까지 밀고 나가야 한다는 이 역설, 모순적인 것들의 동일성, 그것은 변증법의 논리다.

이와 동일한 변증법이 「에스키모, 여기가 끝이야」에서도 작동되고, 「비닐광 시대」에서도 작동된다. 「에스키모, 여기가 끝이야」에서 화자는 어머니의 죽음을 '좌표의 상실'로 이해한다. 어머니의 죽음과 함께 좌표가 사라지자 그의 세계가 양분된다. '오차 측정원'인 그는 어머니의 죽음 이전까지 지도와 실제 지형 간의 오차를 측정하고 그것을 바로잡는 자였다. 근대적 지도 제작자(작가와 철학자에 대한 알레고리일 것이다)였던 셈이다. 그러나 어머니의 죽음과 함께 그는 이제 실제 지형과 지도 간의 오차는 예외가 아니라 범례란 사실을 깨닫는다. 그는 지도를 그리지 못하게 된다. '정확한 지도/무용한 지도' '실제의 재현 가능성/재현 불가능성' '인식론적 지도 그리기/총체성의 붕괴' 등으로 변주 가능한 탈근대적 이항대립 체계가 세워진다. 그러나 소설 말미 그는 버리려고 했던 지도 제작용 도구들(예의 그 해방된 사물들)을 다시 집어 든다. 그는 지도를 그릴 것이다. 그러나 그 지도는 이제 더 이상 이전의 (총체적이고 재현적인) 지도가 아니다. 왜냐하면 그는 삼촌으로부터 선물 받은 에스키모들의 나무 지도가 주는 교훈을 깨달았기 때문이다. 몸과 감각과 상상력으로 지도 그리기. 그것은 더 이상 수치와 계산과 측량으로 그리는 지도가 아니다. 그것은 제 몸으로 그리는 지도, 제 몸속에 내장된 비트의 흐름에 따라 그려내는 지도일 것이다.

「비닐광 시대」에서도 모순적인 것들의 대립 체계는 세워진다. 'LP 음악/디제잉 음악'의 대립이 그것이다. 물론 '원본/복제본' '아날로그/디지털' 등의 변주가 가능한 낯익은 이항대립이다. 소설은 줄곧 그러한 문법에 맞게 진행된다. 그러나 소설 말미, 화자를 지하 LP 저장고에 가둬놓고, 진정한 음악의 교리를 설파하던 사내가 정작 불법 복제를 일삼았던 범죄자였음이 밝혀진다. 그러자 화자는 이런 반문을 던진다.

나는 바닥에 쭈그리고 앉아 음반들을 한 장씩 넘겼다. 이건 정말 세상에서 하나뿐인 음악들일까. 이 사람들의 음악은 그저 하늘에서 뚝 떨어진 것일까. 나는 그렇게 생각하지 않는다. 새로운 것은 어디에도 없다. 누군가의 영향을 받은 누군가, 의 영향을 받은 또 누군가, 의 여향을 받은 누군가, 가 그 수많은 밑그림 위에다 자신의 그림을 그려나가는 것이다. 그 누군가의 그림은 또 다른 사람의 밑그림이 된다. 우리는 모두 보이지 않는 여러 개의 끈으로 연결돼 있다. 그러므로 우리들은 모두 어느 정도는 디제이인 것이다(「비닐광 시대(Vinyl狂 時代)」, p. 104).

"이 세상에 하나뿐인 음악"은 존재하지 않는다는 사실. 실상 모든 것은 어느 정도 복제본에 불과하다는 이 깨달음은 내내 견고해져오던 이항대립 체계 바같의 교훈이다. 원본이 존재하지 않는다면 '원본/복제본'의 대립 또한 존재할 수 없다. 그럴 때 할 수 있는 것, 그것은 원본에 대한 부채감 없이 '나름의' 음악을 하는 것이다. 그것이 '디제잉'에 불과할지라도 말이다. 역시 모순적인 것들의 동일성, 변증법이 작동하고 있는 예라 하겠다.

비트 개인주의

그러나 다소의 오해의 소지가 있을 듯하여 말하건대, 김중혁의 변증법이 거대한 동일자의 건재함을 과시하는 그런 변증법, 가령 가장 나쁜 의미에서의 헤겔의 변증법이 아니란 사실은 첨언해둘 필요가 있겠다. 그의 변증법은 '차이들'을 지워버리고 거대한 동일자에 의해 모든 모순들을 삭제해버리는 그런 변증법이 아니다. 「사백 미터 마라톤」의 다음 장면은 그의 변증법이, 그리고 그가 지향하는 세계가 어떤 것인가를 가장 적절하게 보여준다.

이건 나로선 도저히 받아들일 수 없는 비트였다. 하지만 아이들은 춤을 추고 있었다. 아이들의 몸짓도 제각각이었다. 전기 기타의 지글거리는 노이즈가 들릴 때면 엉망진창으로 바닥에 몸을 내던지는 아이들이 보였고 사이렌 소리가 들릴 때면 벽에 손을 짚으며 마구 달리는 아이가 보였다. 가만히 서서 아래를 응시하고 있는 아이, 계속 점프하는 아이, 덤블링을 하는 아이, 늘어뜨린 손에 맥주병을 들고 빙글빙글 도는 아이도 있었다. 모두 제각각이었지만 이상하게도 내 눈엔 아이들 모두 박자를 제대로 타고 있다는 느낌이 들었다. 그러니까 그들은 모두 음악과 어울려 보였다. 그러면서도 그 음악을 자기 것으로 만들고 각자의 스피드로 춤을 추고 있었다. 지금 이곳에는 수많은 스피드가 한꺼번에 뒤섞여 있다. 그 스피드에 몸을 맡기지 못하는 사람은 오직 나 하나뿐이란 생각이 들자 어떻게든 몸을 움직여보고 싶었다. 하지만 이런 음악으론 도저히 어쩔 수 없었다. 나로서는 역시, 받아들이기 힘든 비트였다(「펭귄뉴스」, pp. 249~50).

이 작품에서도 역시 초두에는 '빠름/느림(나/민영)' '압축/늘임(백미터/마라톤)'의 이항대립이 놓여 있었다. 화자와 그의 연인 '민영'의 DVD 방 장면은 그런 대립을 전형적으로 보여준다. 그러나 소설 말미에 벌어지는 속도들의 카니발이 있다. 역시 무용지물 박물관들 중 하나일 어떤 시멘트 구조물에서 여러 가지 속도와 비트를 몸속에 내장한 주체들이 춤을 춘다. 느리게 추기도 하고, 빠르게 추기도 하고, 누군가는 마냥 서 있기도 하고, 누군가는 내내 달리기도 한다. 쓰러지거나 돌거나 누워 있어도 무방하다.

그러나 지극히 사적인 그 속도와 비트들이야말로 김중혁이 지향하는 세계의 진면목이다. 그는 「펭귄뉴스」의 작중 인물 알렉스 칠튼과 마찬가지로 '비트 개인주의자'다. 그에게 비트는 없애거나 수호해야 할 어떤 것이 아니라, 항상 있지만 모두 다 다른, 그래서 낡은 이분법의 도식으로 포착할 수 없는 어떤 것이다. 비트 개인주의는 비트들의 다양한 차이(그 안에는 비트 없음도 포함될 것인데)를 용인하는 자들의 이념이다. 누구나 제 몸에 맞는 비트를 소유하고 누리는 세계, 아마도 그것은 급진적 개인주의에 대한 김중혁식 이름이기도 할 것이다.

'스피드클럽'의 이 춤추는 모임은, 그렇다면 속도와 비트들의 카니발이다. 모든 다양한 개인들이 저만의 속도와 저만의 비트, 그리고 제 몸속에만 고유하게 내장된 지도에 따라 살고 춤추고 노래하고 사랑하는 세계, 거기가 김중혁의 변증법이 고대하는 세계다. 모든 차이들이 공히 인정받고 존중받는 그런 세계, 어떠한 획일도 거부하는 그런 세계, 자유로운 개인들의 아름다운 공동체가 바로 거기다. 지금의 우리들로서는 "도저히 받아들일 수 없는 세계," 그러나 어떤 이름으로 불려왔건 간에 지구 안에 이상적인 세계를 만들기를 꿈꾸었던 자라면 누구나가 그려보곤 했던 그런 세계가 바로 거기다.

다시, 벤야민의 서재

다시 벤야민의 서재 이야기로 돌아와서, 사물들의 해방은 김중혁의 비트 개인주의와 밀접한 관련이 있어 보인다. 사물들은 누가 해방시키는가? 보편화된 등가교환의 원칙에 따라 사물들을 대하지 않는 자, 오로지 자신의 감각과 상상력으로 사물을 호명하고 수집하고 의미 부여하는 자, 그런 이들에 의해서만 사물들은 해방된다. 「펭귄뉴스」에서처럼 자신만의 비트를 찾아내는 자만이 진정한 의미에서의 비트 해방자가 된다. 「무용지물 박물관」의 메이비처럼 사물을 우리에게 주어진 가격표와 용도에 의해서가 아니라, 우리 스스로가 느끼고 감각하는 그대로 그려낼 줄 아는 자만이 사물들의 주인이 될 자격을 얻는다. 「에스키모, 여기가 끝이야」의 나무 지도는 아마도 등가교환의 법칙으로부터 해방된 자들만이 가장 정밀하고도 충만한 인생의 지도를 가질 수 있다는 교훈을 가장 설득력 있게 보여주는 예이기도 할 것인바, 숫자와 계산법으로부터 해방된 자들(에스키모들)만이 그 '절대 지도'의 주인일 수 있다.

다시 말하건대 한 인간이 표준화된 등가교환의 잣대가 아니라 자신의 기억과 상상력과 몸의 감각에 따라 사물을 다시 호명하고 사랑하고 의미 부여할 때 사물들은 해방된다. 그러나 그 역도 마찬가지일 것이다. 해방된 사물들과의 대화만이 인간 또한 충만하게 한다. 해방된 사물들과의 접촉은 인간에게 감각의 충만함을, 상상력의 극대화를, 그리고 매일매일의 경험에 생기와 의미를 부여한다. 그런 의미에서 사물들의 해방은 인간의 해방과 동시에 이루어진다.

벤야민의 서재는 해방된 사물들에게만이 아니라 인간에게도 이상향일 것이라고 했던 서두의 말은 이런 의미다. 동일한 이유로 김중혁의 소설 세계는 사물들에게만이 아니라 인간에게도 이상향인 그런 장소 어디여야 할 것인가를 우리로 하여금 사유하도록 강제한다.

사물의 해방이 곧 인간의 해방인 곳, 인간의 해방이 곧 사물의 해방인 곳, 김중혁이 꿈꾸는 그런 세계가 (마르크스와 니체를 포함해서, 혹은 그 이전 이후의 모든 유토피아 이데올로그들이 꿈꾸었던 그런 세계, 그러나 우리 세대에도, 다음 세대에도, 그다음 세대에도 도래할 것 같지는 않은 그런 세계가) 언젠가는 도래하기를 바라자.

차라리, 글쓰기

─김태용론

> 글을 쓴다는 것, 그것은 사물들을 말들로부터 벗어나게 하며
> 존재에게 메아리를 울리는 근원적인 언어로 되돌아가는 것이다
> ─에마뉘엘 레비나스, 『모리스 블랑쇼에 대하여』

쓸모없는 단어 사전

김태용의 소설들은 하나같이 '쓸모없는 단어 사전'과 같다. 사실 데리다 식으로 이해하자면 모든 단어 사전들은 애초부터 쓸모 있던 적이 없다. 사전 읽기란 고작해야 다음과 같은 결과를 불러올 것이기 때문이다.

마당의 평상에 앉아 단어 사전을 읽기 시작했다. 등산 양말을 신을 수 있는 서른 살쯤이면 단어 사전을 완독할 수 있을 거라는 설명할 수 없는 확신을 가지고 매일매일 그것을 읽고 이해하려 애썼다. 계속해서 읽을 수 없었다. 특정 단어를 읽게 되면 그 단어의 풀이가 이해되지 않아 풀이에 나온 단어를 다시 찾아야 했고, 다시금 단어의 풀이에 나오는 단어를 찾아 사전을 뒤적거려야 했다. 단어 사전의 뒤로 갔다가 앞으로 갔다가 아래로 갔다가 옆으로 갔다가 위로 갔다가 하면서 세월을

탕진했다. 확고부동한 고정된 의미를 찾기 위해 끊임없이 무의미한 작업을 계속해야만 하는가. 세계는 언어로 된 구성물이고 세계를 이해하는 것은 단어 사전을 완독하는 것과 같다는 누구나 떠올릴 만한 하찮은 명제를 얻은 나는 단어 사전 읽기를 포기했다.[1]

한 단어의 의미는 다른 단어와의 차이에 의해서만 (비)결정된다. 그러나 그 다른 단어는 또 다른 단어와의 차이를 낳고, 이 과정이 끝없이 진행되면 사전에 실린 어떠한 단어도 고정된 의미를 부여받지 못한다. 모든 사전은 애초부터 쓸모없었다.

데리다가 '차연différance'이나 '흔적trace'이란 개념으로 포착하고자 했던 언어의 의미 은폐적 성질이 바로 이것인데, 그런 의미에서라면 김태용은 데리다주의자다. 인용문의 화자는 지금, 차연, 흔적 등과 같은 데리다의 개념들에 대한 아주 적절한 소설적 예를 시연(試演)하고 있다. 사전 찾기를 통해 그가 도달한 '하찮은 명제'(이제 너무나도 일반화되어 있어서 사실 하찮아 보이기는 한다), "세계는 언어로 된 구성물이고 세계를 이해하는 것은 단어 사전을 완독하는 것과 같다"는 "텍스트를 벗어나 존재하는 것은 아무것도 없다"[2]는 데리다의 명제에 대한 변주이다.

그가 데리다주의자임을 보여주는 예는 더 있다.

눈을 감았다 뜨고 나면 어느새 서른 살이 될지도 모른다는 불길한

---

1) 김태용, 「편백나무 숲 밖으로」, 『풀밭 위의 돼지』, 문학과지성사, 2007, p. 248. 이후 본문에 작품명과 쪽수만 표기.
2) 자크 데리다, 『글쓰기와 차이』, 남수인 옮김, 동문선, 2001, p. 314.

예감에 휩싸여 잠조차 제대로 잘 수 없었던 때 나는 한 통의 전보를 받게 된다. 〔……〕 전보에는 다음과 같이 씌어 있었다.

돌아오라. 돌아오라.

〔……〕 돌아오라니. 떠난 적이 없는 내가 어디로 돌아간단 말인가.

〔……〕 아무리 생각해도 내가 돌아갈 곳은 없었다. 아마도 돌아갈 곳이 설령 있다고 해도 막상 돌아갔을 때는 내가 돌아갈 곳은 이곳이 아니었구나 하고 깨닫게 될 것이 분명하다(「편백나무 숲 밖으로」, pp. 242~43).

선배 작가 윤대녕의 두 편의 소설(「은어낚시통신」「편백나무숲 쪽으로」)에 대한 패러디임에 틀림없는 이 구절은 데리다가 소위 '기원에의 향수'라 불렀던 형이상학적 욕망에 대한 명백한 조롱으로 읽힌다. 90년대 한국 문학의 고전에 속하는 「은어낚시통신」에서 어느 날 문득 화자에게 전달되었던 전보를 상기해보자. 그 전보는 남진우의 적절한 명명대로 '존재의 시원을 향한 회귀'를 독촉하는 전보였다. 그러니까 애초에 존재가 시작되었던 시원으로 "돌아오라"는 것이 전보의 메시지였다. 그 전보를 받은 이후로 윤대녕은 십 수 년이 지난 지금까지도 존재의 시원 찾기를 멈추지 않고 있다. 그 귀환 여행의 최근 버전이 「편백나무숲 쪽으로」[3]이다. 삼만 평에 달하는 웅장한 편백나무 숲에 감춰진 동굴 안에서 대정(大靜)에 든 거대한 뱀은 그 신화적 풍모로 하여 우주적 기원의 상징이 된다. 그렇다면 소설 말미 그 동굴을 찾아 떠나는 화자의 여행은 여전히 기원으로의 회귀임에 틀림없다.

---

3) 윤대녕, 「편백나무숲 쪽으로」, 『제비를 기르다』, 창비, 2007.

그와 유사한 방식으로 「편백나무 숲 밖으로」의 화자에게도 전보 한 통이 배달되어온다. 메시지는 역시 "돌아오라, 돌아오라"이다. 그러나 김태용의 화자는 존재의 시원을 향한 여행을 결단하는 대신 짐짓 딴청을 부린다. "떠난 적이 없는 내가 어디로 돌아간단 말인가." 게다가 돌아갈 곳이 설령 있다 하더라도 그곳에 도달하는 순간 "내가 돌아갈 곳은 이곳이 아니었구나" 하고 깨닫게 될 것이 분명하다고 말한다.

어떠한 기원에의 향수도 거부하는 이 태도는 "결국 비-기원이 원초적이다"[4]라고 말하며 서구 형이상학 전반이 기초하고 있는 현전의 형이상학, 기원의 형이상학을 해체할 때의 데리다와 정확하게 대응한다. 데리다는 기원에의 향수 대신 '흔적'의 사유를 제안한다. "어디서 또 언제 시작되는가……? 그것은 곧 기원의 문제이다. 하지만 기원, 즉 단순 기원은 없다. 단순 기원에 대한 물음과 더불어 기원의 문제들은 모종의 현전의 형이상학을 불러일으킨다는 사실이야말로 흔적의 명상이 우리에게 일러주는 것이다."[5] 물론 흔적의 사유는 앞서 김태용이 사전 찾기의 예를 통해 보여주었던 의미의 끝없는 미끄러짐을 인정하는 사유이다.

이와 유사하게 「궤적」에서 화자가 만들고자 하는(그러나 만들지는 않는) 의자는 결코 완성되지 않으며, 「벙어리」 「풀밭 위의 돼지」 「잠」 등의 작품에서 화자의 입을 통해 발화되는 그 많은 기표들은 기의와의 안정된 결합으로부터 이탈해 스스로 무의미한 독자성을 요구한다. 김태용은 데리다의 해체주의를 소설적으로 실천하는 작가다.

---

4) 자크 데리다, 앞의 책, p. 324.
5) 자크 데리다, 앞의 책, p. 152.

그러나 어떻게? 소설가란 모름지기 언어를 다루는 자일진대, 세계 철학사상 언어를 가장 불신했던 자의 사도가 어떻게 바로 그 언어를 유일한 매질로 삼는 글쓰기를 지속할 수 있을 것인가? 데리다를 위시해서 구조주의 이후 현대 사상이 설파한바, 언어의 의미 불확정성을 인정하면서도 그 언어를 사용해야 하는 자의 역설이야말로 지금 김태용이 힘겹게 돌파하려고 시도하고 있는 지점이다. 언어만 남고 의미는 사라지는 그 지점은, 유난히 문학이 자신의 매질로서의 언어 자체를 문제 삼아본 경험이 적고, 특히 소설에 대해서라면 '서사'와 '현실' 외엔 할 말이 없다는 듯 처신해온 한국의 소설사에서는 아주 예외적인(이인성과 정영문, 그리고 김연수의 시도를 제외한다면) 지점이기도 하다.

몇 개의 주제에 의한 무의미 변주곡

언어의 의미 은폐적 성질을 이해한 작가가 언어에 저항하는 방식은 한 가지뿐이다. 쓰면서 동시에 지우기, 그러니까 말하되 그 말이 어떠한 안정적인 의미에도 이르지 못하도록 하기.

이 불가능해 보이는 숙제를 해결하기 위해 김태용은 먼저, 자신의 소설을 일종의 자동기술로 만든다. 다음 구절은 김태용 특유의 자동기술법을 잘 보여주는 예이다.

하늘 저편에서 몰려오던 먹구름은 이제 하늘 이편에 당도해 자신의 정체를 가시화시키고, 대기가 불안정하다는 것을 증명하려 애쓴다. 요

즘은 시시각각 변모하는 자연현상에 자주 압도당한다. 저 불가항력의
자연을 넋 놓고 바라보고 있으면 이전까지의 삶이 모두 실패의 연속이
었지 않나 하는 자괴감에 빠져든다. 자괴감은 자괴감으로 끝나지 않고
또 다른 **생각**으로 **전이**된다. 얼마 전부터 나는 **생각**에 대해 깊이 **생각**하
고 있다. 나의 **생각**은 **생각**에 **생각**을 거듭하는 **생각**일 뿐이고 **생각**의 실
체는 없다. 오로지 **생각**에서 **생각**으로 이동하는 **생각**의 우스꽝스러운
궤적만 있을 뿐이다. 나는 되도록 **생각**하기 위해 애쓰면서 **생각**에 몰입
하는 자신을 못 견뎌한다. **생각**을 하게 만드는 힘과 **생각**에 몰입하지
못하게 만드는 힘 사이에 존재하는 또 다른 힘에 대해 좀더 **생각**을 해
야 한다. 나는 일평생을 **생각** 없이 살았다. 장사꾼이라는 직업 탓이기
도 했지만 **생각**을 하기 싫어했고, **생각**이 나면 **생각**을 하지 않으려 바
쁜 척을 했다. 바쁘게 몸을 움직이고 있으면 **생각**이 〔……〕(「풀밭 위
의 돼지」, pp. 46~47, 이후 모든 강조는 인용자).

  그의 발화는 "몰려오는 먹구름"에서 시작되어 "자괴감"으로, 그리
고 곧바로 "또 다른 생각"으로 꼬리에 꼬리를 문다. 화자는 이 과정
을 적절하게도 "생각의 전이"라고 표현한다. 이어지는 부분은 무언가
의미를 전달하거나 서사를 구성하기 위해 고안된 문장들이라기보다
는, 마치 '생각'이란 단어를 얼마나 더 많이 말할 수 있을 것인가를
시험해보기 위해 고안된 문장들(분량 문제로 다 인용하지 못했지만
'생각'에 대해서 생각하는 화자의 독백은 이후로도 한참 동안 더 이
어진다)처럼 여겨진다. '생각'은 끝없는 전이, 곧 "생각에서 생각으로
이동하는 생각의 우스꽝스러운 궤적"을 통해 무의미한 문장들을 만들
어내는 데 소용될 뿐, 문장과 문장 간의 논리적 인과관계를 만들어내

지 못한다. 당연히 서사는 사라지고 그 자리를 자동기술과도 같은 독백과 중얼거림이 대신 채운다. 김태용의 소설이 표면적으로 난해해 보이고 잘 읽히지 않는 이유가 여기에 있다. 서사란 일어난 사건들 간의 인과관계를 통해 형성된다. 그러나 자동기술은 사건들 간의 시간적 순서도, 논리적 인과관계도 무시한다.

이런 식의 자동기술이 널리 사용되는 곳은 (1930년대 초현실주의자들의 시를 제외한다면) 물론 정신병원의 안락의자이다. 정신병원의 안락의자에 누워 상담의에게 자유 연상된 기억들을 두서없이 중얼거리는 환자의 이미지만큼 김태용의 화자들에게 잘 어울리는 이미지는 없다. 여기 그들의 병명을 유추하게 하는 사례가 있다.

내가 먼저 죽고 난 어느 날 밤 돼지가 우리를 뛰쳐나와 집 안으로 들어온다. 슬그머니 침대로 올라와 그녀의 사타구니에 코를 박고 퀠퀠, 거리며 냄새를 맡는다. 그녀는 돼지의 시커먼 불알을 손으로 만지작거리며 퀠퀠퀠 퀠퀠(아이구 좋아), 이라고 말한다. 그녀와 뜨거운 하룻밤을 보낸 돼지는 이제 떳떳하게 그녀의 남자 노릇을 한다. 한가로운 일상을 보내다가 갑자기 그녀가 풀밭에 철퍼덕 하고 쓰러지면 돼지는 불알을 덜렁덜렁 흔들며 달려가 그녀 옆에 발랑 누워버린다. 둘은 풀밭에 나란히 누워 저 구름은 어디서 흘러와서 어디로 흘러가는 것일까, 하는 식의 대화를 한다. 갑자기 돼지에게 참을 수 없는 질투를 느낀다. 실제로 불가능한 현실을 떠올릴수록 불가능성이 가능성으로 바뀌고 현재에도 그녀가 돼지와 나 몰래 그렇고 그런 행각을 벌이고 있을 거라는 생각에 다다른다(「풀밭 위의 돼지」, pp. 42~43).

작업대에 있는 유리 자르는 칼을 만지작거렸다. 손목을 자르는 시늉을 해보다가 바닥에 떨어진 유릿조각을 집어 들어 더 이상 조각을 낼 수 없을 때까지 조각조각냈다. 누군가도 지금의 나처럼 내 집의 유리창을 깨뜨린 것이 아니라 유리 자르는 칼로 의도적으로, 정교하게, 계획대로, 잘라낸 것이 아닌가 하는 생각이 들었다. 그렇다면 깨진 유릿조각들은 예상한 대로 어떠한 상징을 내포하고 있고, 그 상징을 풀면 뒤엉켜버린 인생의 실마리가 풀릴지도 모르겠다는 불길한 희망에 사로잡혔다(「잠」, p. 159).

이 두 인용문은 김태용의 화자들이 비록 진단서를 발부받은 예는 없다 하더라도 하나같이 망상가들임을 보여준다. 돼지와 아내의 외설적인 불륜을 묘사한 첫번째 인용문은 화자 스스로 밝힌 그대로("실제로 불가능한 현실을 떠올릴수록 불가능성이 가능성으로 바뀌고") 전형적인 편집증의 징후를 보여준다(소설 말미 이 화자는 노인성 치매에 걸려 있음이 판명된다). 편집증의 전형적인 메커니즘이 바로 인과관계 없는 사건들에 인과관계 설정하기, 실제로 일어나지 않은 일을 일어난 것처럼 여기기 등이다. 게다가 프로이트는 편집증의 좋은 예를 의처증에서 찾곤 했다. 두번째 인용문 역시 편집증 환자 특유의 '디테일에 과도한 의미 부여하기' 사례를 보여준다. 우연히 깨진 유리 파편으로부터도 정밀한 상징을 읽어내려는 불길한 희망을 마다하지 않는 자는 당연히 편집증 환자이다.

정리해보자. 김태용 소설의 전개 방식은 자동기술에 따른다고 했다. 그리고 그 자동기술은 병리적 인물들의 그것이라고 했다. 그렇다면 그들의 발화를 독자인 우리는 믿을 수 있을까? 그로부터 서사를 찾고, 주제를 추출하는 것이 가능한 일일까? 아니 필요한 일이기나 할까? 아닐 것이다.

　김태용이 소설을 '쓰면서 지우는' 방식이 이것이다. 그는 자신의 소설을 정신병리적 화자의 자동기술법에 따라 씀으로써, 그로부터 의미를 삭제한다. 화자가 발화하는 말들의 양은 원칙적으로 무한하게 불어날 수 있다. 자동기술이므로. 그러나 거기엔 어떤 인과성도 부재하므로 누적되는 말들의 양에 반비례해 축적되는 의미의 양은 줄어든다. 기표들은 기의와 무관하게 쌓인다. 언어는 의미로부터 해방된다.

　언어가 의미로부터 해방되자, 사물들 역시 말로부터 해방된다. 그의 소설에서 '우산'은 투척용 무기가 되고(「검은 태양 아래」), '고양이'는 돼지로 명명되었다가 개 취급당하기도 하고(「오른쪽에서 세번째 집」), '농구공'은 '세상 참 X 같다'의 X를 대신하는 기표로 사용되기 일쑤다. 술집에서 한 사내가 부는 휘파람의 멜로디는 「목포의 눈물」이기도 하고 「안개 긴 장충단공원」이기도 하고, 「라이크 어 버진」이거나 「컴 백 홈」이기도 하다(「차라리, 사랑」, p. 186). 친구의 잠꼬대는 "이런웃지않을수없잖아"로 들리기도 하고 "이렇게웃을수있어서"로 들리기도 하고, "이제웃고있는것도"라고 들리기도 한다(「검은 태양 아래」, p. 18). 심지어 "퀠퀠 퀠퀠 퀠퀠퀠 퀠퀠퀠 퀠퀠퀠퀠"이라는 전대미문의 괴문자들이 "내가 먼저 죽거든 돼지랑 이야기해"라는 말이 되기도 하고 "퀠퀠퀠 퀠 퀠퀠퀠퀠!"은 "저리가 이 돼지새끼야!"라는 의미를 획득하기도 한다(「풀밭 위의 돼지」, p. 142). 그러니까 김태용은 사물에 대한 명명을 관습적인 기의와 기표의 결합에 따라 행하지 않는다. 그에게 기표는 그것이 지시하는 기의와 일대일 대응할 필요가 없다. 기의로부터 자율성을 획득함으로써 의미로부터 해방되었기 때문이다.

그리고 그 해방은 어느 순간 문자들의 연쇄가 의미로부터 완전한 자유를 획득하여 어떠한 의미도 발생시키지 않는 소리들의 결합으로 기화될 때 완성된다. 그 지점에서 김태용의 소설 몇 구절은 차라리 소설이라기보다는 유머러스한 음악이 된다. 음악은 알다시피 그 비지시성으로 하여 가장 추상적인 예술 장르로 알려져 있다. 음악은 아무 것도 지시하지 않는 고도로 추상화된 기호인 소리만을 사용하는 예술이다. 다음 구절은 그렇다면 음악인가 문학인가?

나는 **침낭** 속에서밖에 잘 수 없는 인간이다. 누군가 당신은 어떤 사람인가요, 하고 묻는다면 너무도 쉽게 자신의 치부를 드러내는 사람처럼 그렇게 고백해야지 하고 마음먹고 있다. **침낭**이라는 물건은 **침낭**의 이미지로부터 비롯되었다. 여전히 나는 **침낭**보다 **침낭**의 이미지에 〔……〕 (「잠」, p. 146).

'침낭'을 (음악적) 주제로 한 문장들은 이후로도 한참을 더 이어진다. '침낭'을 주재료로 한 이 문장들은 차라리 비음(ㅁ과 ㅇ) 종성 명사의 음성 자질을 한없이 살려 리드미컬한 소리의 연쇄를 만들어내기 위해 고안되었다고 해도 과언이 아닐 정도다. 단어의 무의미한 반복적 사용이 그 단어로부터 의미는 삭제하고 소리만 남게 한 형국인데, 편의상 소리만 남은 '침낭'을 악곡에서처럼 제1주제라고 하자. 이제 2주제가 이어진다.

당신은 내 몸 위에 올라타 하체에 힘을 실어 나를 짓누르며 **당신, 당**

신,이라고 소리를 질렀다. **당신**이라는 사람이 아무에게나 **당신**이라고 부르는 것이 몹시 불쾌했다. 나는 **당신**으로부터 **당신**이라고 불릴 만한 인간이 아니다. **당신**은 나를 모르고 있다. 단지 **당신**과 잠자리를 할 수밖에 없었던 비루한 욕망 덩어리에 불과했던 나를 **당신**의 **당신**으로 등극시킨 것은 **당신**의 철저한 오류다. **당신**이 나를 **당신**이라고 부른 것은 〔……〕(「잠」, p. 147).

소리 내어 읽어보면 이 문장들의 묘미를 더 잘 느낄 수 있는데, 역시 '당신'을 주제로 한 문장들은 한참 더 이어진다. 의미로부터 해방된 채 소리만 남은 '당신'이라는 기표, 이것이 2주제다. 침낭에 이어 역시 비음을 받침으로 하는 이 단어의 선택은 의미 자질을 염두에 둔 것이 아니라 소리 자질을 염두에 둔 선택으로 보인다. '침낭'에서 '당신'으로의 변화는 그러니까 그 단어들의 기의와는 무관하게 음소의 유사성에 의해 이루어진다. 그것은 차라리 변주다. 그러자 다시 3주제가 이어진다. 이번의 주제는 '송충이'다.

당신이 살고 있던 아파트 베란다를 올려다본다. 순간 뭔가가 내 목덜미를 간질이는 것이 느껴졌다. 손을 대보니 작고 물컹한 것이 만져졌다. 손바닥에는 작은 **송충이** 한 마리가 놓여 있었다. **송충이**는 몸을 꿈틀대는 것이 자신이 존재하는 유일한 증거라도 되는 양 잠시도 쉬지 않고 몸을 꿈틀거렸다. **송충이**의 모습을 지켜보면서 왜 하필 이 순간 **송충이**가 내 몸에 달라붙었나 하는 의문에 빠졌다. 내 몸에서 **송충이**를 유혹하는 호르몬이 발산될지도 모른다는 생각과 동시에 **송충이**를 당신으로 불러보고 싶은 충동에 사로잡혔다(「잠」, pp. 148~49).

앞서 김태용 소설 특유의 자동기술법을 논하면서 '생각의 전이'에 대해서는 언급한 바 있다. 침낭에서 당신으로 당신에서 송충이로 이어지는 이 소설의 전개 과정은 분명 그 생각의 전이와 관련이 있다. 그러나 앞생각과 뒷생각을 매개하는 것은 의미론적 인과관계가 아니다. 음소적 유사성이 생각의 전이를 일으킨다. 마치 작가는 대명사에 대해서는 전혀 모른다는 듯이 송충이를 여러 번 반복하는 수고를 거듭하면서도 '그것'이란 말로 송충이를 대신하지 않는다. 비음 종성 체언의 반복이 만들어내는 리듬을 훼손하지 않기 위해서이다. 악곡은 더 이어진다. 다소 모호한, 그래서 주제라고 하기에는 좀 뭣한 '(좌측) 통행' 변주가 한동안 계속되다가, 이제 교향곡의 클라이맥스가 그렇듯이 몇 개의 주제들이 겹쳐지면서 복잡한 리듬을 만들어낸다.

어쩌면 그때의 **송충이**가 지금의 **송충이**인지도 모르겠다는 생각에 빠진 나는 **송충이**의 공포로부터 벗어나기 위해 **침낭**을 떠올릴 수밖에 없었다. **송충이**를 두려워해 **송충이** 흉내를 내지 않고서는 잠을 이루지 못하는 인간. **침낭** 속으로 들어가 한 마리의 **송충이**가 되기 위해 과도한 수면을 취해야만 하는 운명. **송충이**의 이미지는 과거의 시간을 순식간에 휘감아버리고 나에게 축축한 **침낭**의 이미지로 치환되었다. **송충이**를 너무나 두려워한 나머지 스스로 **송충이**가 될 수밖에 없는 인간의 헛된 환각이 불러온 명징한 이미지. 그것이 **침낭**이다(「잠」, pp. 156~57).

나는 **침낭** 속에서 잠을 청할 수밖에 없는 인간이다. **당신**은 내 **침낭**으로 들어오기를 거부했다. 아니, 내가 나의 **침낭**으로 **당신**이 들어오는 것을 사절했다. **당신**과 함께 **침낭** 속에서 몸을 꿈틀거리고 나면 정말로 **침낭** 속에 무수히 많은 **송충이**들이 꿈틀거릴 것만 같았다. **당신**은 **침낭**을 편협하고 탐욕으로 가득 찬 나만의 세계라고 오해했다. 내가 없는 사이 **당신**이 내 삶의 비밀을 몰래 엿보듯 **침낭** 속에 들어가 잠들어 있는 것을 보고 **당신**을 짓밟아버리려고 했다. 터진 육체에서 쏟아져 나오는 분비물들이 **침낭**을 적시는 광경을 똑똑히 바라보고 싶었다. **당신**은 나의 잠의 영역을 침범해서는 안 된다. 나는 쉽게 잠들 수 없는 인간이다. 누구도 나를 잠재우려고 애쓰지 마라(「잠」, p. 157).

첫번째 인용문에서는 1주제와 2주제가 섞이면서 변주된다. 두번째 인용문에서는 악곡의 클라이맥스답게 1주제와 2주제에 더해 3주제가 겹쳐지면서 아주 복잡한 리듬이 형성된다. 다른 글(「퀠퀠퀠퀠퀠 퀠퀠퀠퀠 퀠퀠퀠퀠」, 『한국문학』 2006년 겨울호)에서 이미 언급한 적이 있어 여기서는 다시 거론하지 않았지만, 「풀밭 위의 돼지」에서도 이와 같은 글쓰기는 도드라진다. 그렇다면 이런 식의 구성을 작가가 의도하지 않았다고 말하기는 힘들다. 김태용은 최소한 「잠」과 「풀밭 위의 돼지」에서 만큼은(이 작품에서는 '풀밭' '생각' '아들/흔들,' 그리고 '퀠'을 주제로 한 변주들이 펼쳐진다) 마치 작곡을 하듯 소설을 쓴다. 단어들은 누적된다. 원칙적으로 생각이 전이되는 것은 막을 수 없으므로, 기표는 무한 증식이 가능하다. 그러나 의미는 누락된다. 기표가 쌓일수록 그 소리 자질에 따른 변주들은 계속되지만, 기의는 사라진다. 작품은 점점 음악이 되면서 의미는 사라져간다. 그렇게 그는 데리다의 사도가 된다. 한없이 많은 말을 떠벌리지만, 사실은 아무 말도 하지 않은 셈이 되기 때문이다. 그럼으로써 언어의 의미 은폐적 성질을 폭로하고 스스로는 의미로부터 해방된 소리의 물질성만을 누리기 때문이다. 그는 말하자면 작품 「벙어리」의 화자처럼 떠버리이면서 동시에 벙어리이다.

귀에 대하여

이 '떠버리/벙어리' 화자들의 기원에는 일반적으로 그렇듯이 귀앓이가 있다. 듣지 못하는 자는 대개 말하지 못한다. 귀를 통해 말(이것을 복잡하게, 언어적 상징계라거나 아버지의 이름이라거나 대타자의 부름이라고 불러도 무방하다)을 배우지 못한 자가 상징계의 언어적 질서에 적응하지 못하는 것은 자명한 이치이다. 아니나 다를까 김태용의 화자들은 종종 중이염을 앓거나, 따귀를 얻어맞아 귀를 다친다.

그러나 이때의 귀는 단순한 청각 기관이 아니다. 김태용의 소설에서 귀는 자아가 언어를 통해 주체로 형성되어갈 때, 그러니까 상징계의 질서를 받아들이는 데 있어 관건이 되는 기관이다. 그러나 귀에 생긴 이상으로 인해 김태용의 화자들은 말을(특히 아버지의 말을) 잘 알아듣지 못하는 경우가 흔하다.

「검은 태양 아래」의 소년 화자는 아버지와 아버지의 정부와, 그 정부의 아들이자 자신에게는 이복형제인 '친구'(화자는 후에 이 친구의 아내, 그러니까 형수이거나 제수되는 여자와 불륜에 빠진다. 김태용의 소설에 등장하는 이 지독한 '동족혼제 간접화,' 곧 패륜은 따로 지라르의 논지에 따라 분석을 요하는 것으로 보이는데, 이 글에서는 차후의 과제로 미룬다)와의 해수욕 이후 중이염을 앓는다. 중이염에 대해 그는 이렇게 말한다. "물속에 빠져 있는 듯 모든 소리들이 멍하게 들리고 귀 밖으로 냄새나는 고름이 흘러나왔다. 치료가 끝나고 나서도 나는 중이염을 핑계로 아버지의 부름에 답을 하지 않아도 된 것에 스스로를 대견스러워했다"(「검은 태양 아래」, p. 23). 그에게 귀앓이는 항상(!) 아버지의 말을 받아들이지 않아도 되는 핑계가 되고, 실제로도 그렇게 한다. 그러니까 그는 중이염 덕에 상징계로의 편입을 피한다. 유사한 상황이 다른 작품에서도 등장한다.

　　말을 배우지 않아도 말을 할 수 있는 능력이 발달한 나는 성장할수록 아버지와 대화하는 것을 피하려고 극도로 애썼다. 귀가 잘 안 들린다는 핑계로 아버지의 물음이나 지시, 명령, 협박을 받아들이지 않았다. 귀에 벌레가 들어간 것 같아요,라고 말하자 나의 귀를 붙잡고 눈을 들이대며 살펴보더니 아무것도 보이지 않아, 너무 어두워,라고 시큰둥한 반응을 보인 뒤 어머니에게 이비인후과에 데려다주라고 명령했다. 아버지의 명령을 은근슬쩍 거역하는 것이 삶의 유일한 위안이었던 어머니는 끝내 나를 이비인후과에 데려다주지 않았다(「벙어리」, pp. 211~12).

　여기서도 아버지의 물음이나 지시, 명령, 협박을 거부하는 좋은 핑계가 바로 귀앓이다. 어머니마저 화자를 이비인후과에 데려가지 않았으니 그는 영영 대타자의 호명에 응하지 못한다.

　비슷한 예는 더 있다. 아버지의 죽음을 두고 "죽을 놈이 죽었다"(p. 64)라고 아무렇지도 않게 말하는 「오른쪽에서 세번째 집」의 화자는, 아버지가 죽고 나서 귀를 앓다가 커다란 녹색 병 하나를 귓속에서 꺼내게 된다. 그 속에는 죽었던 아버지가 살아서 들어 있다. 그러나 이 이야기는 대타자 아버지의 끈질기고 위엄 있는 귀환의 서사와는 상관이 없다. 병 속의 아버지는 바로 그 병 안에서 아내의 정부가 뿜어내는 정액을 뒤집어써야 하고, 남국의 휴양지에서 바다에 버려져야 하고, 또 용케 집으로 귀환한 후에도 고작 어느 집에나 있게 마련인 "쓸모없는 물건 하나쯤"으로 취급당할 것이기 때문이다. 이것이 아버지에 대한 김태용식 정의다. "어쩔 수 없는 존재," 혹은 어느 집에나 있게 마련인 "쓸모없는 물건," 그 이름도 거룩했어야 할 아버지가 그다.

사실 김태용 소설 속에 빈번히 등장하는, 치매에 걸려 똥 싸는 아버지, 똥을 싸다가 "살아온 지난 시절을 응집한 최후의 말"로 "아, 똥이 나온다. 똥이"라는 유언을 남기고 죽은 고조할아버지(「풀밭 위의 돼지」), 살아생전 용서할 수 없는 짓만 했던 아버지, 그래서 그가 죽자 화자로 하여금 아버지의 뼈를 뿌렸던 장갑을 끼고 수음을 하게 한(「검은 태양 아래」) 아버지들은 모두 화자의 귀를 통과하지 못한다. 오히려 김태용에게 귀는 청각 기관이라기보다는 아버지의 말을 차단하는 기관이라고 해야 맞다.

아버지의 말만 선택적으로 차단하는 귀를 가진 덕분에(탓에?) 김태용의 소년 화자들은 소위 '정상적인' 주체로 자라나지 못한 듯하다. 상징계에 편입되지 못했으니 언어의 의미 있는 사용법을 터득했을 리 만무하고, 금기로 가득한 사회에 적응하는 법 역시 터득했을 리 만무하다. 그런 이유로 그들이 무의미한 말들을 한없이 늘어놓는 떠버리가 되거나, 아니면 아무 말도 못하는 벙어리가 되는 것은 당연해 보인다.

한 상황주의 집단의 몰락

상징적 질서를 받아들이지 못했거나 받아들이기를 거부한 주체, 대개 그런 (반)주체들을 일러 우리는 급진적이라거나 저항적이라 부르고, 그들이 예술을 할 경우 '아방가르드'라 부르기도 한다. 이 (반)주체로서의 벙어리/떠버리들이 '사회적 참여'(?)에 나서는 예가 소설집을 통틀어 두 번 등장한다. 「잠」의 '좌측통행 거부'와 「차라리, 사랑」의 '상황주의적 퍼포먼스'가 그것들이다.

전자의 예에서 사회의 상징적 질서에 대한 거부로서 좌측통행을 포기한 소년 화자는 이후 끝없는 불면에 시달린다. 정작 좌측통행을 거부하고 나자 밀려온 것은 상징계 바깥 세계의 한없는 자유가 아니라, 공허와 불안이다. 화자는 스스로에게 묻는다. "인간은 왜 좌측으로 통행해야 하는가, 따위의 현실적인 물음들은 더 이상 내게 중요하지 않았다. 좌측통행의 허위를 벗어났을 때 밀려오는 공허감을 극복하고 스스로 자신의 무겁고 혼란스러운 삶을 감당할 수 있는가"(「잠」, p. 154). 안됐지만 답은 '아니올시다'이다. 텍스트 외부에도 상징계 바깥에도 존재하는 것은 아무것도 없다. 소설 말미 화자는 철장에 갇힌다. 그러자 잠이 몰려온다. 아마도 철장은 언어의 감옥일 것이고 그 감옥에 갇혀야만 인간은 편안히 잠들 수 있을 것이다. 철장을 나오는 순간은 물론 무의미한 말들이 다시 시작되는 시간이 될 것이고.

「차라리, 사랑」의 화자들은 「잠」의 소년 화자에 비하면 훨씬 목적의식적이고, 조직적이고, 집단적이다. 그들은 핸드폰도 공동으로 소유하고, 스스로들 '신성한 동물극장'이라 부르는 광란의 난교도 마다

하지 않는다. 정황상 버젓한 직장을 포기하고 사보타지를 실행 중인 것으로 보이는 그들은, 상황주의자들의 거두 기 드보르가 『스펙타클의 사회』에서 예견한 그대로 서로를 '우리 중의 하나'라고만 부름으로써 이 사회가 개인의 고유성과 체험의 직접성을 말살하는 획일화된 장소임을 명명을 통해 증거하기도 한다. 최후의 퍼포먼스 직전, 그들이 놀이터에서 보여주는 퇴행적 술래잡기는 그래서 다소 장엄한 데가 있고, 스펙타클의 진수인 쇼핑몰 9층에서 카트와 함께 추락을 감행하는 장면은 그야말로 온몸으로 아방가르드적이다. 그들은 한국 문학에 최초로 등장한 상황주의자들임에 틀림없다. 그러나 기 드보르의 『스펙타클의 사회』의 첫 문장에서 이미 이루어진 예언을 그들이 넘어설 수는 없는 노릇이다.

현대적 생산조건들이 지배하는 모든 사회들에서, 삶 전체는 스펙타클들의 거대한 축적물로 나타난다. 직접적으로 삶에 속했던 모든 것은 표상으로 물러난다.[6]

모든 것이 표상으로 물러난 세계(라캉이라면 그것을 상징계라 했을 것이다)에서 표상 밖으로의 탈출은 불가능하다. 그래서 소설 말미 살아남은 '우리 중의 하나'는 생각한다.

［……］약속한 대로 또 다른 우리를 조직하고 상황을 만들 수 있을지 알 수 없었다. 우리가 만든 상황이 또 벌어진다면 그것은 반복되는

---

6) 기 드보르, 『스펙타클의 사회』, 이경숙 옮김, 현실문화연구, 1996, p. 10.

쇼핑과 다를 바 없다. 우리는 상황의 어설픈 판매자에 불과하다, 라는 혼란에 사로잡힌 우리 중 하나는 결국 도대체 우리는 언제 어디서 굴러먹다 만나게 된 개뼈다귀들이고, 왜 이토록 무모한 상황을 벌이고 말았는가에 대한 회의에 빠지고 말았다. 우리 중 하나는 자신의 능력 밖의 상황에 무릎을 꿇고 모든 상황 판단을 중지했다(「차라리, 사랑」, p. 199).

스펙터클의 사회는 말할 것도 없이 기호들의 거대한 체계다. 비록, 「잠」의 소년 화자나, 끝내 풀밭(이 역시 언어의 감옥일 터인데) 위에서 이리저리 뒹굴지만 풀밭을 벗어나지는 못했던 「풀밭 위의 돼지」의 늙은 화자, 그들보다는 더 조직적이고 급진적이고 실천적이고 용감했지만 그들 역시 언어의 감옥에 갇힌 포로였음을 부인하기는 힘들어 보인다. 그렇다면 그들이 택한 마지막 대안 '차라리, 사랑'은 그 누구도 언어의 감옥에서 벗어날 수 없음에 대한 원한과 절망의 다른 표현이다. 그들은 사랑을 이렇게 말한 적이 있다. "만약 사랑이란 말이 또다시 누군가의 입에서 튀어나오면 우리는 그 누군가를 매장하거나 앞 다투어 그동안에 참아왔던 사랑이란 말을 내뱉으며 서로를 괴롭혔을 것이다. 사랑이란 말을 책임지기 위해 인생을 탕진하고 말 것이다. 우리가 약속하고 바라던 상황은 벌어지지 않을 것이며, 결국 이전처럼 사물과 권태의 썩은 내가 진동하는 세계에 굽실거리며 살아갈 것이다"(「차라리, 사랑」, p. 183). 그런 그들이 차라리 사랑을 택했다면, 그들은 결국 "사물과 권태의 썩은 내가 진동하는 세계에 굽실거리며 살아"가기를 감수하기로 했단 말일까? 그럴 것이다. 아니 그럴 수밖에 없을 것이다. 풀밭 너머에도 철창 너머에도 쇼핑몰 너머에도 존재하는 것은 없을 테니까.

　그러나 말이 남는다. 아버지의 언어로부터 귀를 차단해버린 벙어리/떠버리의 기의 없는 기표들, 그것들 말이다. 김태용의 화자들이 보여준 편집증적 자동기술과 무의미한 언어들의 중얼거림은 상징계의 질서를 거부했으나 그 바깥으로 나가지는 못한 자들의 영혼을 잠식하는 불안의 소산이다. 강박적으로 떠벌리지 않는 한 그 불안은 소멸될 성질의 것이 아니다. 게다가 그것은 포스트구조주의 이후의 세계를 살아가는 소설가에게 주어진 몇 안 되는 대안들 중 하나이다. 차라리, 사랑! 차라리, 수다! 차라리, 침묵! 차라리, 글쓰기! 그러니까 쓰면서 지우기……

어쩔 수 없이, 카르페 디엠!

─조선희, 『햇빛 찬란한 나날』

현대의 사제

내게 사제들이란 그들이 신의 언어를 이해한다는 점에서 중요한 존재인 것이 아니다. 그들이 중요한 존재였던 것은, 만인의 '고백'을 들어줌으로써, 고통으로 가득 찬 이승 사람들의 정신 건강에 일종의 심리적 세러피therapy를 제공한 덕분이라고 나는 믿는 편이다. 사제들은 근대 정신분석의(精神分析醫)들의 선조다. 사제에 의해 행해지는 고해 성사나 굿은 지금으로 치자면 아마도 상담 치료였을 것이다.

그런 의미에서, 나는 언젠가 『열정과 불안』[1] 2권의 주인공 유인호를 두고 '현대의 사제'라고 쓴 적이 있다.[2] 정신분석의인 이 인물은 마치 전 시대의 사제와도 같았다. 그리고 그가 한국적 모더니티의 폐해로부터 도태되고 상처받고 망가진 사람들에 대해 보여준 한없는 연

---

1) 조선희, 『열정과 불안』, 생각의 나무, 2002.
2) 졸고, 「과장되게 여신을 찾다」, 『켄타우로스의 비평』, 문학동네, 2004.

민과 공감은 그대로 그의 상담 치료 기록으로 남았다.

그 기록들 중에는 게임 중독자이자 정신분열증 환자 김만재의 고백도 있었고, 유인호에게서 모성을 구하던 불안장애 증후군 환자 김민혁의 고백도 있었다. 사회공포증으로 말을 더듬던 어머니의 고백, 계부에게 상습적으로 성폭행을 당하던 17세 소녀 수혜의 고백, 그리고 아파트 베란다에서 뛰어내려 자살해버린 수혜 어머니가 한 고백도 있었다. 전남편이 새 아내에게서 태어난 아이가 아프다며 걸어온 상담 전화도 있었고, 이 사회의 현란한 속도와 불안을 감당하지 못해 마음속의 이상향이었던 눌라치타로 도망간 옛 연인의 엽서도 있었다. 사람들은 모두 유인호에게 고백하기를 좋아했다. 그리고 그중 몇은 그녀에게서 위안과 평화를 얻었고, 더러는 치료에 실패해 자살하거나 망가졌다.

이제 단편들을 모아 읽어보니 조선희는 『열정과 불안』의 유인호가 했던 작업을 여전히 진행 중인 것처럼 보인다. 그는 아직도 후기자본주의 시대 한국의 한복판에서 버림받고 미쳐가는 사람들의 고백을 기꺼이 듣고 기록하기를 마다하지 않는다. 조선희의 단편들이 자주 인물지(人物誌)의 형식을 취하게 되는 이유도 여기에 있을 텐데, 「김분녀의 일생」「경리 7년」「햇빛 찬란한 나날」「메리와 헬렌」「서울의 지붕 밑」 등이 모두 한 인물(대개 여성인)의 기구한 삶에 대한 기록들이다. 물론 그 기록들은 고통과 병리와 상처의 기록들이다. 이루지 못한 이상(理想) 앞에서(「햇빛 찬란한 나날」), 육체적 기형 탓에(「메리와 헬렌」), 남성 중심 사회의 편견 때문에(「김분녀의 일생」), 필시 사회에 책임이 있을 극한의 생활고와(「서울의 지붕 밑」) 정신병리로 인해(「경리 7년」) 고통받는 인물들이 조선희의 주인공들이다. 그들의 일상 가장 가까운 곳에서 조선희는 그들의 고통을 지켜보고, 그들로 하여금 말하게.하고, 그리고 그것을 기록한다. 그에게 소설가란 모름지기 만인의 고백을 들어주고 기록하는 자에 다름 아닌 모양이다. 그런 의미에서 조선희는 여전히 신이 죽어버린 시대의 사제다.

종이 위의 유토피아

그러나 그토록 연민과 공감 가득한 시선에도 불구하고 조선희의 소설들은 낙관적이지가 않다. 가령 다음과 같은 구절은 작가 조선희가 다분히 허무주의적인 자신의 세계관을 누설하는 부분들이다.

본게마인샤프트 역시 큰 파도를 타고 대양으로 밀려가는 한 뼘 널빤지 위에서 부르는 종달새의 노래였다. 또는 68혁명이라는 열정의 소나기가 내린 뒤에 뜬 무지개라고 할까. 그 판타지 속에서 사람들은 중년이 되었고 아이가 커갔고 아마 점점 현실세계의 유혹이 판타지를 뚫고 들어와 눈앞에 어른거렸을 것이다. 가족의 울타리, 재산의 울타리, 그 속에서 안전해지고 싶었을 테지. 욕망은 논리로 재단될 수 있는 게 아니다. 본게마인샤프트라는 것도 논리로 설계한 이상의 공간이었다.[3]

그 판타지의 공간에서 어떤 판타스틱한 일이 벌어지는지, 어쩌면 K로선 죽을 때까지도 모를 것이었다. 그것은 우주 전쟁처럼 아득한 정경

---

3) 조선희, 「햇빛 찬란한 나날」, 『햇빛 찬란한 나날』, 실천문학사, 2006, p. 89.

이었다. 누구나 자기 동네에 갇혀 살기는 마찬가지다. 울타리 바깥은 그저 책이나 신문이라는 종이 위에 건설된 판타지일 뿐이다. K는 거제도와 서울 바깥으론 나가본 적 없는 정자씨와 자신이 별로 다를 바 없을지도 모른다는 생각이 들었다. 서글프고 아득했다(「서울의 지붕밑」, p. 116).

첫번째 인용문의 '본게마인샤프트Wohngemeinschaft'는 물론 작중 인물 '그'와 화자의 세대들이 꿈꾸었던 가장 이상적인 사회일 것이다. 주거 공간뿐만 아니라 섹스와 양육까지도 공동으로 해결하는 절대적 공동체가 바로 그곳이다. 거기서 젊은 날의 17년을 보냈던 사람이 '그'다. 그러나 이제 그 역시 젊은 날 자신이 꿈꾸었던 그런 공간은 지상에 존재하지 않음을, 아니 엄밀하게는 존재할 수 없었음을 깨닫는다. 이제 와 생각하면 그곳은 "논리로 설계한 이상의 공간"이었다고 화자는 말한다.

두번째 인용문은 작가 조선희가 우리 사회의 타자들에 대해 연민 어린 시선을 던지고 있음에도 불구하고, 그런 식의 온정주의가 갖는 한계를 스스로 자성하는 부분이다. 정자씨의 절대 가난은 K에겐 그저 판타지에 불과하다. 제아무리 온정으로 가득한 '착한' 주체라 할지라도 계급의 경계선을 넘어 타자의 경험 전체를 제 것으로 끌어안을 수는 없다. 그 경계선은 아파르트헤이트apartheid의 장벽과도 같아서, 그 너머에 존재하는 정자씨의 일상을 짐작한다는 것은 우주 전쟁의 전모를 파악하는 것만큼이나 상상력의 범위를 벗어나는 일이다. 그럴 때 K의 온정주의는 그 진심을 십분 인정한다 할지라도 별 쓸모가 없다.

사실 조선희가 전 시대의 대안적인 이념에 대해 회의적인 시선을 던지는 부분은 앞의 두 작품들만이 아니다. 「에덴의 건너편」의 주인공이자 화자인 정연은 소설 말미에 이렇게 말한다. "지식이라는 것, 신앙이라는 것이 때론 사람을 정신적 오만의 갑옷에 가두는지도 모른다"(「에덴의 건너편」, p. 238). 「메리와 헬렌」에서 상체 절개 수술 후 홀로 서게 된 샴쌍둥이 메리는 하체를 공유했던 헬렌의 죽음이 곧바로 자신의 홀로서기를 보장해주지 않는다는 사실을 깨닫는다. 그녀는 하나의 몸을 갖게 된 후, 광장의 그 많은 사람들처럼 오히려 더 고독해진다. 조로(早老)와 죽음의 냄새가 물씬 나는 「한때 우리는 신촌거리에서 만났지」의 문장들은 또 어떤가? 죽음 앞에서 허무해지지 않는 것은 아무것도 없다.

여기에 덧붙여, 조선희 소설에 빈번하게 등장하는 '한때' '세월' '나이' 등의 어휘 계열체들이 작품집 전체에 일종의 비관과 체념의 톤tone을 부여한다. 중년의 한복판에 들어선 작가의 나이 때문이기도 하겠고, 젊은 날 이념에 대해 걸었던 기대의 무너짐이 결과한 실의(失意) 탓도 있을 것이지만, 그러나 바로 그 비관주의가 또한 작가의 정직함과 솔직함에 대한 증거란 사실만은 새삼 강조해둘 필요가 있을 것이다. 우리 시대에 누가 감히 낙관적일 수 있겠는가. 조선희는 분명 비관주의자이지만 그러나 그 비관주의는 정직한 비관주의이다.

세러피therapy들

이제 더 이상 거대한 이념적 대안들이 그저 한낱 종잇장 위의 혁명으로 보일 때 조선희가 내놓는 것이 '작은 대안들'이다. 「부두키트 세러피」의 어휘를 빌려 표현하자면 그것들은 일종의 치료법therapy들이다. 당분간, 아니 오랫동안 이 거대한 자본의 감옥이 허물어질 것 같지 않다면 그때 주체들이 진지하게 고려해야 할 것은 아마도 그 감옥을 견뎌내는 방식일 것이다. 병들거나 미치거나 자살하지 않는 법 말이다.

그가 내놓은 세러피들의 목록은 다양하다. 우선 제목부터 눈에 띄는 것은 '부두키트 세러피'다. 저주의 인형. 문구점에서 파는 부두키트를 사다가 그 안에 들어 있는 인형을 자신이 증오하는 사람이라 치고(이때 그의 머리카락이나 옷자락 같은 것들이 필요하다) 바늘로 찌른다. 일종의 유사 주술인 이 요법은, 가해하는 자의 정신 건강에는 일시적이나마 상당한 효험이 있다. 「부두키트 세러피」의 주인공이 직장 상사에 대해 이 유사 주술을 행하면서 그간의 스트레스와 결별하는 장면을 보라. 그러나 이런 식의 세러피가 만약 작가 조선희가 제안하는 진정한 의미의 대안이라면 우스꽝스러운 일이 아닐 수 없다. 이 요법은 사실상 지극히 반어적이고 비극적인 요법인데, 정작 작가 조선희가 부두키트 세러피를 통해 말하고 싶은 것은 그것의 불충분성에 대한 것이기 때문이다. 이 사회가 너나 할 것 없이 부두키트 세러피로라도 영혼을 달래지 않는다면 곧 폭발해버릴 것 같은, 신경증 직전의 주체들로 넘쳐나는 사회란 사실이야말로 진정으로 작가가 하고 싶은 말이다. 소설 말미 화자는 자신만이 비밀로 여겼던 그 요법이 실은 미국만 아니라 한국 도처에서 누구나 시행하고 있는 요법이란 허탈한 사실을 발견하지 않던가. 이 사회의 누구나 부두키트가 필요할 만큼 적개심과 증오로 가득 차 있다. 그러므로 만약 그것이 건강 요법이라면 그것은 지극히 반어적이고 비극적인 건강 요법이다.

작가가 작품에서 종종 아이러니적으로 권하는 이런 세러피에는 '리테일 세러피retail therapy,' 햇볕 세러피, 느림 세러피, 여행과 모험 세러피 등등이 있다. 화자가 되었건 등장인물 중 한 명이 되었건 조선희의 소설 속에서는 어려운 상황에 처한 이에게 이런 세러피들 중 하나가 반드시 권장된다. 직장 상사로부터 스트레스를 과하게 받은 사람에겐 부두키트 세러피나 리테일 세러피가(「부두키트 세러피」), 뇌종양으로 고통당하는 딸을 둔 어머니에겐 우울증을 피하는 아침 햇볕 세러피가(「에덴의 건너편」), 한 번도 가족을 꿈꾸어본 적이 없는 자유인 가장에겐 여행과 모험 세러피가(「향수」), 일중독자들에겐 제주 인근 모우도(母牛島)에서 누리는 한나절의 태업 세러피가(「지난여름의 섬」)……

그러나 독자들도 이미 짐작했겠지만 이런 식의 건강 요법들이 그들의 피로와 고통을 완전히 잠재울 수 있을 것 같지는 않다. 차라리 조선희의 세러피들은 모두 그것들이 고작해야 일시적인 고육지책에 불과하다는 사실을 드러내기 위해서만 권장된다. 이 요법들은 진지한 치료법으로 제시되기보다는 차라리 그마저도 누리지 못한다면 미쳐버리고 말 것 같은 이 사회의 병적인 특성들을 부각시키기 위해 제시된다. 부두키트 세러피는 스트레스성 두통을 잠재우지 못하고, 햇볕만으로 우울증은 낫지 않는다. 모우도에서의 여유는 한나절을 넘지 못하고, 여행과 모험은 가족의 희생 없이는 불가능하다.

그러나 우리가 진지하게 고려해보아야 할 세러피들이 있다. 그중 하나는 「에덴의 건너편」에서 원우 엄마가 화자인 정연에게 베푼 세러피, 곧 종교와 상담 세러피이다. 그리고 나머지 하나는 「지난여름의 섬」에서 화자가 시도했던 모성 회귀 세러피이다.

사실상 후자는 우리 소설에서도 별반 낯설 것이 없다. 이상의 골방(「날개」)이나, 장용학의 동굴(「역성서설」, 『원형의 탄생』)로부터 시작해서 황석영의 삼포(「삼포 가는 길」), 최인석의 열고야(「이상한 나라의 스파이」)를 거쳐 현재의 젊은 작가들에 이르는 무수한 자궁 상징들이 반복해온 주제가 바로 그 모성 회귀, 곧 유년기나 황금시대로의 퇴행 서사이기 때문이다. 물론 이때의 퇴행은 어린 날, 혹은 인류 문명 초기에 누렸다고 가정되는 풍요와 안락함의 이상적 상태를 환기함으로써, 디스토피아에 가까운 현재를 낯설게 하고 그 폭압성을 폭로한다. 「지난여름의 섬」에서도 마찬가지다. 이 작품에서는 특별히 두 종류의 '시간'이 대조된다. 작가가 '시간의 상대성 이론'이라 명명한 시간 분류법에 따르면 모우도의 시간은 서울에 거주하는 일중독자들의 시간과 다르다.

시간의 상대성 이론이란 이런 것인지도 모른다. 가령, 서울과 제주와 모우도의 시간은 다르다. 서울의 시간이 가장 빠르다. 시간에도 심성이 있다면 서울의 시간은 히스테리컬하다. 조금만 몰아붙이면 입에 거품을 물고, 잠자코 내버려둬도 안절부절이다. 그러다 제주에 오면 시간은 훨씬 너그러워진다. 길거리의 차들도 그렇게 각박하지 않고 사람들 사이의 긴장도 느슨해진다. 사람들은 별 이해관계가 없어도, 공동의 관심사가 없어도 언제든 차 한잔하면서 시간을 함께 죽일 준비가 돼 있다(「지난여름의 섬」, pp. 249~50).

아마도 모우도의 시간은 유년의 시간일 것이다. 작가는 유년의 시간을 무한한 시간이었다고 말한다. 모우도에서의 시간이 바로 그렇다. 이 섬의 이름이 엄마소란 사실, 그리고 주인공이 잠시 비를 피해 들어가 원시의 시간을 경험했던 곳이 '동굴'이었다는 사실, 그리고 소설 말미 제주로 귀환하는 배에서 본 그 섬이 화자에게는 "엄마가 웅크리고 앉은 모습"으로 보였던 사실 등을 덧붙이면, 이 작품에서 작가가 권하는 세러피는 분명 모성 회귀 세러피가 맞다. 그리고 근대가 수컷들이 만들어놓은 세계가 맞다면 여성성의 복원을 상징화한 이 세러피는 분명 적절한(그러나 너무 낯익기는 한) 처방이다.

그러나 작가 조선희는 이 순간에도 낙관적이지 않다. 모우도에서 화자와 동료들은 오래 있지 못한다. 그들에게는 남겨놓고 온 남편과 직장과 일과 근대적 일과표가 있다. 그들은 행여 배를 놓칠까 봐 전력을 다해 뛴다. 그러고는 배를 놓치지 않았단 사실에 안심하며 말한다. "친구가 핸드폰을 붙들고서 때론 중요해 보이기도 하고 때론 쓰잘데없어 보이기도 하는 대화를 나누는 옆에서 나는 왠지 마음이 점차 편안해졌다. 어쩔 수 없는 사십대의, 어쩔 수 없는 세속의 공간에 귀환한 안도감일까. 그것도 일종의 고향이었다. 이미, 고향이었다"(「지난여름의 섬」, p. 263).

이미 고향이 되어버린 근대적 시공간, 그것도 지구상에서 가장 각박하고 힘겨운 한국적 근대의 시공간이 그들에겐 이미 고향이나 다름없다. 그들은 이제 영영 모우도에서 살 수 있는 법을 잊어버렸다. 그들은 어쩔 수 없이 고향 상실자이고, 어머니 품을 떠난 고아이고, 그러므로 니체적 의미의(그리고 루카치적 의미에서도) 근대인이다. 그렇다면 모성 회귀 세러피마저도 조선희에겐 적극적 대안이 될 수는 없어 보인다.

아마도 조선희 소설 속에서 가장 현실적인 세러피는 「에덴의 건너편」에서 원우 엄마가 보여준 신앙과 상담 세러피일 것이다. 그런 의미에서 원우 엄마는 『열정과 불안』의 유인호와 가장 닮은 인물이다.

"입 안에 들어가면 '화아──' 하고 퍼지는 박하 향"(「에덴의 건너편」, p. 215) 같은 인물로 묘사되는 원우 엄마는 "심리학자이면서 동시에 기독교 신자"(p. 233), 혹은 "예수와 프로이트가 오른팔과 왼팔처럼 서로 협력"(p. 233)하는 사람이다. 아마도 현대의 사제로서 이만한 자격 요건을 가진 사람은 드물 터인데, 그는 전 시대에는 만인의 고해 성사를 들어주었던 사람이고 현재는 만인의 신경증을 상담 요법으로 치료하는 사람이다. 바로 유인호가 그랬다.

딸 은지가 뇌종양을 앓는 수년 동안 화자 정연은 바로 그 원우 엄마의 신앙과 상담 세러피 덕에 우울증을 면하고 삶을 포기하지 않게 된다. 가령 다음 구절은 화자 정연이 신앙을 신에 대한 믿음이라기보다는 일종의 정신 요법으로 이해하고 있음을 보여주는 구절이다.

진통제를 맞고 잠들어 있는 딸을 바라보면서 정연은, 자기는 신을 믿거나 영생을 믿은 적 없지만 딸은 반드시 믿음을 갖게 되었으면 좋겠다고 간절히 소망했다. 그것이 죽음의 문턱에 있는 딸의 그 절대적인 외로움과 두려움을 조금이나마 덜어줄 수 있을 것 같았다. 설령 일이 나쁘게 된다 해도 아이가 신앙심 깊은 노인들처럼 담담하게 '그곳에 먼저 가서 기다리겠다'는 심정으로 그 순간을 받아들일 수 있다면 좋겠다, 싶었다. 사실 그때 정연도 신이 있고 영생이 있기를 간절히 바랐다. 그것이 없다면 어디 가서 딸을 다시 만날 수 있을까(「에덴의 건너편」, p. 221).

이 구절로 미루어 볼 때 정연은 신이 존재하는가의 여부를 그리 중요하게 생각지는 않는 듯싶다. 존재하건 부재하건 딸이 신을 믿음으로써 최소한 영혼의 고통만은 모면할 수 있기를, 말하자면 정신 요법으로서의 종교를 딸이 받아들이기를 정연은 간절히 바란다. 딸은 정연이 바라던 그대로 된다. 그리고 암과 싸워 이긴다. 정연도 차차 삶에 대한 의욕을 되찾는다. 모두 원우 엄마의 상담 세러피 덕이다.

그러나 소설 말미 정작 승리하는 것은 원우 엄마의 낙관주의가 아니다. 작가 조선희의 정직한 비관주의가 최후의 승리를 거둔다. 이번에는 원우 엄마에게 일이 벌어진다. 느닷없이 남편이 죽고 잇따른 불행이 그녀를 덮친다. 그러자 정작 원우 엄마 자신은 스스로에게 그 요법을 시행하지 못한다. 평정을 잃고, 신앙도 잃고, 그녀는 결국 거실 샹들리에에 목을 매단다. 그런 원우 엄마를 내내 지켜보았던 정연은 말한다.

어둠이 밝음을 낳는 것처럼, 기쁨은 슬픔이 낳는 것, 그러니 겁내고 피하려 할 필요 없다. 슬픔과 우울까지가 다 인생을 인생답게 하는 성분들이니까. 그런데, 그걸 아는 사람이, 왜 그랬을까. 그 모든 걸 이론으로만, 교리로만 이해했던 걸까. 정연은 전화 통화를 할 때 그가 단단한 벽처럼 정연의 말들을 튕겨내는 느낌이었다. 〔……〕 지식이라는 것, 신앙이라는 것이 때론 사람을 정신적 오만의 갑옷에 가두는지도 모른다(「에덴의 건너편」, p. 238).

잔혹할 지경인 이 소설의 결말은 다시 한 번 조선희의 비관주의를 확인하게 한다. 햇볕도 여행도 부두키트도 쇼핑도 진정한 의미의 치유책이 될 수는 없다. 심지어는 신화적 어머니나 신앙이나 정신분석마저도 마찬가지다. 그렇다면 도대체 근대인들은 이제 어떻게 병들거나 미치지 않고 이승의 삶을 살아가야 할 것인가.

카르페 디엠Carpe diem?

결국 조선희 최후의 세러피는 이런 것이다. 카르페 디엠!

앞의 인용문에서 정연은 이런 말을 했다. "어둠이 밝음을 낳는 것처럼, 기쁨은 슬픔이 낳는 것, 그러니 겁내고 피하려 할 필요 없다. 슬픔과 우울까지가 다 인생을 인생답게 하는 성분들이니까." 이것은 체념일까 절망에 지지 않는 희망일까. 마지못해, 어쩔 수 없이, 현재의 슬픔과 우울을 긍정하는 삶은 받아들일 만한가? 그러나 그것이 근대인의 운명일 것이다.

「부두키트 세러피」의 초입, 미국 유학 중인 친구 은령의 엽서에는 이런 말이 적혀 있었다. "순간이여! 오, 너는 얼마나 아름다운가. 기다려라"(「부두키트 세러피」, p. 121). 괴테의 『파우스트』에 나오는 말이다. 그러나 작품 중간에 이르면 화자는 비웃듯 이런 말을 한다. "우리 팀장하고 하루만 지내봐라, 너 입에서 괴테 소리가 나오나"(「부두키트 세러피」, p. 124). 누구 말을 들어야 할까? 향수에 빠져 현재를 죽이는 것은 분명 사치다. 그러나 현재가 너무나도 버거워 견딜 수 없다면 또 어찌할 것인가? 그 역시 근대인의 운명일 것이다.

「햇빛 찬란한 나날」의 화자는 걱정한다. "독일로 돌아간 뒤 그가 두 개의 향수 사이에 갇히게 될지 모른다"고. "본게마인샤프트의 자유를 추억하면서 동시에 가족 울타리 안에 머물렀던 이곳 생활을 그리워할지 모른다"(「햇빛 찬란한 나날」, pp. 75~76)고…… 이 양자택일 앞에서의 망설임, 아니 정확하게는 아무것도 선택할 수 없는 이 무력감과 절망감. 그것은 그만의 것이 아니라 현대를 사는 우리 모두가 처한 아이러니이자 비극이 아닐까 싶다.

그러니 이 정직한 비관주의자, 현대의 비극적 아이러니 작가 조선희를 따라, 우리 모두, '어쩔 수 없이, 카르페 디엠!'이다.

소설 이전, 혹은 이후의 소설

─박형서, 『자정의 픽션』[1]

1. 박형서와는 아무런 상관없는 소설에 관한 정의들

소설 장르를 정의하는 데 있어 다음의 문장보다 더 유명한 구절이 있을까? "소설은 삶의 외연적 총체성이 더 이상 구체적으로 주어지지 않고 있고, 또 삶에 있어서의 의미 내재성은 문제가 되고 있지만 그럼에도 총체성을 지향하고자 하는 시대의 서사시이다." 출처는 굳이 밝히지 않을 생각이다. 너무 유명해서 이 글이 루카치의 『소설의 이론』에서 따온 것이라는 사실을 모르는 사람은 없을 듯하기 때문이다. 게다가 루카치의 이 구절에 따라 박형서의 소설을 재고 자를 생각도 없다. 박형서에게 소설은 결코 자신이 처한 아이러니적 상황과 결투하는 근대인의 장르가 아니다. 박형서의 어떤 소설도 근대의 삶이 상실해버린 소위 '외연적 총체성'이란 것에 관심이 없을 뿐만 아니

<hr />

1) 박형서, 『자정의 픽션』, 문학과지성사, 2006. 이후 본문에 수록 작품의 제목과 쪽수만 표기.

라, '그럼에도 불구하고' 총체성을 지향할 의사 또한 전혀 없기 때문이다. 만약 박형서의 소설에 어떤 총체성 비슷한 게 있다면 그것은 차라리 편집증 환자가 만들어낸 얼토당토않은 망상들의 거대한 체계에 가깝다(「두유 전쟁」「날개」「노란 육교」 그리고 다른 작품들 모두). 그러니까, 문학 공부 좀 했다는 사람이라면 누구나 거의 외우고 있을 루카치의 소설에 대한 정의는 박형서의 소설과는 아무런 상관이 없다는 말 되겠다.

루카치보다 조금 후대 사람인 골드만L. Goldman의 정의도 있다. 그에 따르면 "타락한 시대에서 타락한 방식으로 진정한 가치를 추구하는 장르"가 바로 소설이란다. 참 지당하고도 훌륭한 말이다. 하지만 이 역시 박형서의 소설과는 전혀 무관한 말이긴 매한가지다. '진정한 가치'라는 말은 정말이지 박형서의 소설에 가장 어울리지 않는 말들 중 하나일 것이다. 가령 진정한 가치라는 것 그러니까 소위 진실이라는 것을 몽둥이와 발길질과 전기 고문으로 '만들어내는' 일이라면 또 몰라도(「진실의 방으로」).

지라르R. Girard는 어떤가? 단순한 삼각형 하나로 세계 문학사의 걸작들을 요리조리 잘도 정리했던 그는 소설을 두고 "욕망의 모방적 성격을 드러내주는 진실"의 장르라고 말한다. 돈키호테도, 줄리앙 소렐도, 보부아르 부인도 종국엔 자신의 욕망에 잠재한 삼각형의 허위를 깨닫게 되었다고 하니, 정말이지 다행이기도 하고 칭찬받아 마땅할 일이기도 하지만, 역시 안타깝게도 박형서의 소설을 읽는 데 지침으로 삼기에는 역부족이다. 그의 소설에서는 행간에 숨겨진 삼각형을 찾기도 힘들 뿐만 아니라, 설령 독자들이 간난신고 끝에 가까스로 한두 개의 삼각형을 찾아냈다 하더라도(가령 「물속의 아이」나 「논쟁의 기술」에서처럼) 정작 그 삼각형의 주인인 등장인물은 소설 끝까지 제 욕망이 삼각형이란 사실조차 모르고 죽어버리니 말이다.

또 누가 있을까? 소설이라고 하는 장르를 그럴듯하게 정의했던 사람이…… 로베르도 있겠고, 조동일도 있겠고, 또 누구누구 등등도 있겠지만, 여러 거장들의 개성적인 소설 정의가 박형서의 소설을 이해하는 데 하등 도움이 되지 않는다면, 가장 일반적이고 보편적인, 그래서 소설에 대해 거의 아무것도 말해주는 게 없는 개론 수준의 정의를 취해보는 것도 하나의 방도겠다. 대부분의 문학개론서에서 소설은 이렇게 정의된다. "일정한 분량의 언어로 이루어진 개연성 있는 허구." 도대체 어떤 소설이 이 어마어마한 범주를 아우르는 정의를 피해 달아날 수 있단 말인가! 그러나, 회심의 미소? 아직 짓기엔 이르다. 박형서 소설이 있으니까. '개연성'이란 말을 굳이 소설 속 사건들의 '일어남 직함' 정도에 한정시키지 않고 더 넓게 문학적 개연성, 그러니까 아리스토텔레스가 『시학』에서 역사적 '사실'과 문학적 '진실'을 구분하면서 전자는 일어났던 일만 다루고 후자는 일어날 법한 일을 다루되 오히려 후자가 우리 삶의 보편에 육박한다고 말하던 바로 그런 의미의 개연성, 혹은 카프카가 현실에는 전혀 있을 법하지 않은 기괴한 성채 하나를 만들어놓고 그 안에 역시 현실에는 있을 법하지 않은 측량기사 K를 영화 「다이하드」의 주인공처럼 죽도록 고생시킬 의도로 집어넣는 정도의 모험까지도 포함하는 그런 개연성으로 넓혀 잡는다 하더라도, 박형서 소설에는 '개연성'이란 게 손톱만큼도 없다. 그는 결코 일어남 직하지 않은 일만을 다룬다. 그러니까 그에게 소설이란 '일정한 분량의 언어로 이루어졌으나 전혀 개연성이라곤 없는 허구'이다.

소설에 대한 이러저러한 정의들을 더 늘어놓고 그중 박형서 소설에 합당한 것이 있겠는가를 고심하는 짓은 별로 생산적이지 않아 보인다. 그러니까 박형서의 소설은 우리가 그간 알고 있던 소설과는 달라도 한참 다르다는 말 되겠다.

2. 「날개」의 형성 과정에 관한 일 연구

「날개」는 박형서의 그토록 낯선 소설들이 형성되는 과정의 비밀을 밝히기에 가장 적합한 작품이다. 당겨 말하자면, 박형서의 소설 작법이란 '편집증적 자동기술'이라 불러 적당한데, 「날개」는 바로 그러한 작법이 한 편의 소설을 탄생시키는 방식을 가장 잘 보여주는 작품이다.

나는 이토록 허무맹랑한 이야기를 소설이라고 우기는 작가에 대해 들은 바 없다. 이 글을 쓰기 위해 박형서의 소설들을 읽기 전까지는 그랬다는 말이다. 이 작품의 배경은 지금으로부터 170년 후 "그러니까 제정신인 사람들은 모두 태양계 밖으로 빠져나가고 지구는 방사능과 바퀴벌레와 프리메이슨의 소굴이 된 서기 2175년"이다. 이 먼 훗날의 이야기를 하는 화자는 "나는 미래를 볼 수 있다"라고 단정적으로 자신하는 망상가다. 미래를 배경으로 한 SF 소설들이 흔히 그렇듯이 현재 우리가 사는 사회에 대한 알레고리를 위한 설정 아니겠느냐고? 천만의 말씀이다. 그랬으면 좋았겠지만 이 소설은 절대 미래의 지구가 결국은 우리가 그토록 신봉하는 이성과 과학에 의해 디스토피아가 될 것이라는 사실을 경고하기 위해 씌어지지 않았다. 가령 다음 구절을 보자.

거주지로 돌아온 여자는 의회에 탄원서를 제출했다. 만약 거인이 거기 있다면, 밖으로 꺼내달라는 것이었다. 그럴 힘을 가진 유일한 존재는 의회였다. 생활에 필요한 모든 것은 의회를 통해 이루어졌다. 독립된 전력회사도, 지하철공사도, 방송국도 존재하지 않았다. 심지어는 법정이라는 장소도 판사라는 직업도 사라졌는데, 분쟁이 일어나지 않아서가 아니라 인류가 이미 모든 경우의 수를 경험해버렸기 때문이다. 누가 잘못했으며 어떤 보상을 해야 하는지는 의회에 엄청난 분량의 디지털 판례정보를 열람하는 것만으로 충분했다. 그건 이 소설과 관련이 없고, 어쨌든 여자는 의회에 탄원서를 제출했다(「날개」, p. 60).

자신의 연인이었던 거인이 죽자 주인공 여자는 그의 시신을 '심연'에서 꺼내달라고 의회에 탄원서를 제출한다. 인용문대로라면 미래의 의회는 생활에 필요한 모든 것을 장악하고 있다. 사법기관은 불필요하다. 엄청난 양의 디지털 판례정보가 사법부를 대신하기 때문이다. 그렇다면 이 소설은 다른 많은 SF 소설이 그러하듯 정보의 독재에 대한 경고를 위해 씌어졌다고 해야 하는 것 아닐까? 아니다. 이어지는 구절, "그건 이 소설과 관련이 없"기 때문이다.

그렇다면 이 소설은 무엇과 관련이 있는 것일까? 맥 빠지는 말이지만 2005년, 화자가 사는 정릉 풍림아파트 아래층의 서른 살 된 여자와 관련이 있다. 혹은 소설 초입에 잠깐 등장했다가 역시 소설과 관련이 없다는 이유로 간단히 무시당한 뻔뻔한 노파와 관련이 있다. 그리고 소설의 씌어지고 있는 시점으로부터 얼마 후 결혼하게 될 화자의 친구 성범수와 관련이 있다. 그러니까 이런 식이다.

대머리가 멋진 내 친구 K가 죽었을 때 못되게 생긴 노파가 어린 계
집아이를 데리고 영안실에 찾아와 한바탕 곡을 하고는 자신은 O의 정
부(情婦)라며 따라서 유족들로부터 마땅히 어른 대접을 받아야 한다
고 엄포를 놓기에 조심스럽게 다가가 팔을 잡고 이곳은 정부까지도 대
접받는 위대한 O의 상가가 아니라 대머리가 멋진 내 친구 K의 상가이
며 그는 대머리긴 하지만 이제 갓 서른의 총각이라고 일러주자 노파는
어디 두고 보자는 듯 노려보더니 육개장을 한 그릇 해치운 뒤 슬며시
가버렸다.
　아무튼 그 일과 상관없이 나는 미래를 볼 수 있다(「날개」, p. 53).

　소설 맨 앞머리를 장식하고 있는 이 장례식 에피소드는 사실 소설
이 한참 진행될 때까지 소설과 정말로 관련이 없어 보인다. 그러나
화자가 들려주는 이야기의 후반부에는 자신의 클론(배양인간)을 데리
고 와 기물파손 운운하며 뻔뻔하게 울어대는 노파가 등장한다. 그러
니까 친구 K의 장례식장을 찾아온 노파는 분명 이 소설과 관련이 있
다. 바로 그 노파가 이 소설 속의 등장인물의 형태로 변신하여 출현
했기 때문이다. 그 뻔뻔스러운 노파는 소설 속으로 들어와 동일한 뻔
뻔한 짓을 하지만, 태연하고 이성적인 주인공 여자와 화자 자신에 의
해 철저하게 그 뻔뻔함이 폭로되고 조롱당한다. 비록 몇 품목 보상품
을 받아가긴 하지만 말이다.
　예서 멈추지 않고, 우리의 황당한 망상가 화자는 이 노파의 신원에
관한 정보를 좀더 자세히 아주 구체적으로 기술한다.

검색대가 추측한 노파의 예상 나이는 200살이었다. 그렇다, 기특한 검색대가 제대로 추측했다. 그녀는 200살이 맞다. 그리고 170년 전인 2005년에는 서른 살이었다. 서른이라는 꽃다운 나이로 내가 사는 정릉 풍림아파트의 바로 아래층인 1001호에서 소음성 히스테리를 부리며 살고 있었다. 솔직담백하게 말하자면 나는 그녀를 물어 죽이고 싶다. 그녀의 히스테리는 정말 끔찍하다. 〔……〕 그렇지만 안타깝게도 그녀는 죽지 않는다. 그리고 프랑켄슈타인처럼 온몸의 장기를 바꿔가면서 서기 2203년, 술 취한 부랑자의 이빨에 물려 죽을 때까지 그 개 같은 목숨을 이어간다. 그 부랑자는 한 천재 때문에 하루아침에 알거지가 된 전직 치과의사였다(「날개」, pp. 65~66).

그 노파는 2백 살이다. 그리고 170년 전인 화자의 현재 시점에 서른 살이었고, 바로 화자의 아래층 아파트에 살고 있었다. 그녀의 히스테리성 소음은 끔찍해서 소설가인 화자는 그녀를 물어 죽이고 싶을 때가 많았던 모양이다. 소설가에게 부여된 행운이라 해야 할까? 그녀를 물어 죽이고 싶다는 화자의 욕망은 자신의 이야기 속에서 실현된다. 그녀는 온몸의 장기를 바꿔가면서 200년을 연명하다가 결국 한 미친 치과의사에게 물려 죽는다. 맞다. 간절히 바라면 '꿈은 이루어진다.' 축구보다도 사실은 소설가일 경우에 더 그렇다.

그뿐 아니다. 현재 화자의 주변을 구성하고 있는 한 인물이 더 등장한다.

여자는 아이가 가리키는 녹말구역이 어딘지 알고 있었다. 거기에는 알레한드르라고 불리는 맘씨 좋은 사나이가 살았다. 삼십대 초반인 그는 이달 말에 결혼하는 내 대학 후배 성범수와 꼭 닮았다. 범수야, 결혼 축하해. 그런데 내 대학 후배 성범수와 꼭 닮은 알레한드르는 전생에 이집트의 석공이었다. 그 다음 생인 1890년대에는 독일의 광부였고, 그 다음 생인 1970년대에는 북한의 아오지 탄광에서 일했다. 이제 그는 쌀알행성의 마그네슘 탄광에서 자신의 네번째 생을 즐기는 중이다. 이 이야기와 전혀 관계없지만, 알레한드르는 진폐증으로 마흔세 번이나 폐를 바꿔가며 열심히 일하다가 서기 2522년에 돌아가신다. 그리고 쌀알행성 북쪽 녹말구역의 마그네슘 탄광 수호신이 되어 시도 때도 없이 출몰하는 마그네슘 귀신으로부터 가녀린 광부들을 지켜주신다, 콜록콜록 기침하면서. 범수야, 결혼 축하해(「날개」, pp. 70~71).

탄광의 수호신이 된 알레한드르 이야기보다 더한 결혼 선물이 화자의 친구 성범수(「두유 전쟁」의 그 성범수가 아닌가 싶다. 그가 그 엄청난 태평양 함대 전체의 폭발에도 불구하고 살아남았다면…… 그게 뭐 그리 어려울 것도 없는 일이긴 하지만……)에겐 달리 없을 것이다. 그가 결혼하는 친구에게 바치는 헌사가 소설 속까지 잠식한 형국인데, 어쨌거나 이 소설가 화자는 참 좋겠다. 원하는 모든 것이 자신의 이야기 속에서 다 이루어지니 말이다. 친구의 결혼 축하로 그와 닮은 사람을 수호신으로 만들어줄 수도 있고, 아래층의 시끄러운 여자를 치과의사에게 물려 죽게 할 수도 있고, 친구의 장례식에서 만난 뻔뻔한 노파를 맘껏 비웃어줄 수도 있고, 소설가를 맘만 먹으면 날기도 하고, 미래를 보기도 하는 존재로 만들어줄 수도 있고……

얘기가 좀 길어졌다. 요약하자면 「날개」의 소설가 화자는 정확히는 소설을 쓰고 있는 것이 아니라 자신이 얼마나 심각한 편집증 환자인가를 누설하고 있다. 편집증이란 게 '현실적부심'을 통과하지 못한 망상들의 한없는 자기증식을 일컫는 말이 맞다면 그렇다는 얘기다. 그에게 자신이 말하고 있는 사건의 발생 가능성, 사건들 간의 인과성, 개연성 따위는 어떠한 문제도 되지 않는다. 마치 일단 아무 이야기나 되는대로 던져놓고 나서 그 이야기의 신빙성에 관한 근거를 사후적으로 갖다 붙이는 식이다. 그러나 사후적으로 갖다 붙인 그 근거란 것 또한 또 다른 황당한 근거를 필요로 하는 황당하기 그지없는 근거일 뿐이다. 가령 이런 식이다.

고개를 끄덕이고는, 노파가 보는 앞에서 의회에 물건들을 주문했다. 아니 의회에서 주문을? 그렇다. 의회에는 마켓도 있다. 거긴 엄청나게 비싸다. 하지만 그만큼 신용이 있기 때문에 사람들은 중요한 물건을 살 때면 의회 마켓을 이용한다. 의회 운영에 들어가는 비용은 대부분 마켓에서 얻어진다. 뭐 그건 별로 중요하지 않고, 〔……〕(「날개」, p. 76).

"의회에 물건들을 주문했다"고 말해놓고 보니 어딘가 아귀가 맞지 않다. 개연성이 없다. 그러자 그 말을 부인하는 것이 아니라 오히려 그 말을 개연성 있는 말로 승격시킬 다른 근거들을 찾는다. "의회에는 마켓도 있다." 그런데 왜? "의회 운영에 들어가는 비용" 대부분이 마켓에서 얻어지니까? 글쎄 이게 말이 될까? 안 되도 상관없다. 슬쩍 "뭐 그건 별로 중요하지 않고"라고 무시하고 넘어가면 그만이니까. 아마도 지독한 편집증 환자가 이런 방식으로 말할 것이다. 아내가 늦게 들어왔다. 어떤 놈이 문밖에 서 있다. 문을 열어도 보이지 않는다. 아마 투명인간일 것이다. 어떻게? ……사실 비아그라는 정력

제가 아니라 인간 투명화 물질이다. 그는 그걸 복용했다. 뭐 말하자면 이런 식으로……

그렇게 해서 얻는 이득이 뭐겠냐고? 있다. 프로이트가 말한 '소망 충족'이 그것이다. 그러니까 이 소설가 화자는 이야기를 통해 자신의 유아적인 소망 모두를 이루는 자다. 말하자면 '승화'를 통해 예술에 종사하는 자가 아니라, 승화되지 않은 날것의 소망들을 그대로 자신의 이야기 속에 망상의 형태로 투사하는 자다. 망상 속에서 날고, 아래층 여자를 죽게 하고, 뻔뻔한 노파를 징벌하는 자 그가 소설가다. 그리고 이러한 편집증적 자동기술의 메커니즘이야말로 박형서 소설의 형성 과정 그 자체이다.

3. 유쾌한 편집증

「날개」만 아니라 「두유 전쟁」 「노란 육교」 「논쟁의 기술」 「「사랑손님과 어머니」의 음란성 연구」 「진실의 방으로」 등의 작품이 모두 현실에 한 발자국도 들여놓고 있지 않은 순정의 허구이자, 인과성 없는 여담들의 증식으로 이루어져 있다는 의미에서 모두 편집증적이다. 그러나 그게 그렇게 새로울 이유가 있는가? 가령 나는 어딘가 다른 글에서 박형서만 아니라 이즈음의 젊은 작가들, 특히 박민규와 천명관의 예를 들면서 편집증적 서사의 증가 현상을 말하기도 했었다. 그렇다면 박형서의 편집증적 서사는 결국 독창적이기보다는 트렌드이거나 아니면 여러 징후들 중 하나가 아니겠는가? 그렇지만은 않은 듯싶다. 그는 훨씬 막 나간다.

박민규의 「그렇습니까? 기린입니다」의 예를 들어보자. 일에 지친 아버지가 기린이 되어버린다는 발상이 망상적이란 사실엔 이견이 없다. 그러나 이 망상에는 어딘가 모르게 알레고리의 냄새가 난다. 페이소스도 있다. 기린은 목이 길고 느리고 슬퍼 보이는 초식 동물이란 점에서 늙고 지친 아버지를 연상케 하는 부분이 많다. 사실 갈수록 주체들이 왜소해지고 파편화되어가는 21세기 초두에 아버지의 가난의 이유를 논리적이고 현실적으로, 그리고 총체적으로 그려낼 능력을 가진 작가가 흔치는 않을 것이다. 그들도 바로 그 왜소해져만 가는 주체들의 하나일 터이니 말이다. 그럴 때 흔히 젊은 작가들이 취하는 소설 작법이 바로 편집증적 서사다. 농촌이 가난한 것은 외계인이 다녀갔기 때문이다. 그러나 그럴 때 외계인은 왜소한 주체가 파악하기 힘든 저 너머에 있는 거대한 현실에 대한 알레고리이다. 달리 말하자면 박민규의 편집증은 사실은 위장된 편집증, 현실을 끝없이 참조하는 편집증이다. 현실적부심이 박민규 소설에서는 항상 치러진다. 그러나 박형서는 아니다. 그의 편집증은 페이소스도 없고 위장도 없는 채로 오로지 유쾌하고 유치하다.

「두유 전쟁」의 그 거대한 제리 브록하이머적 망상(이 소설은 이야기 내용도 그렇거니와 그의 영화들에서 자주 사용되는 할리우드 식 몽타주의 거대한 스케일과 놀라운 속도를 아주 많이 닮았다)에서 미국에 대한 저항 의지를 읽는다면 그는 독자라기보다는 병자에 가깝겠다. 알레고리는 하나의 핑계일 뿐, 이 소설의 압권은 현실의 제어력으로부터 완전히 해방된 여담들의 폭주에 있다. 「「사랑손님과 어머니」의 음란성 연구」에서 우리가 얻는 것은 재치와 기지로 이루어진 지적 패러디가 주는 통쾌함 외에 다른 것이 아니다. 논문 형식의 글이 가진 고

루함과 고상함, 그리고 종종 창작이 되고 마는 주제 의식을 비꼬고 해체하는 것이 이 글의 주제란 사실을 지적하는 것은 마치 기역 자를 두고 기역 자라고 하는 것과 같다. 이 작품을 우리 사회에 만연한 지적 허위들을 고발하는 소설이라고 현실적부심에 부치려는 자가 있다면 바로 그야말로 강박증 환자다. 이 소설의 재미는 우리 문학장의 오래된 어휘들을 작가가 가지고 노는 방식, 작가의 유희 충동에서 온다. 「노란 육교」는 물론 근대가 죽음을 처리하는 방식에 대한 알레고리를 품고 있다. 그러나 그런 이야기는 박형서가 아닌 작가도 한다. 박형서는 그 오래되고 식상한 주제를 다만 사소한 필요에 따라 알레고리화한다. 그러나 알레고리의 진짜 목적은 죽음의 소중함을 되불러오고자 하는 데 있지 않다. 저승길을 둘러싼 그 온갖 해프닝들의 비위계적 유쾌함 그 자체가 그의 목적이다. 종종 어떤 과도하게 진지한 평자들이 그러거니와 「논쟁의 기술」에서 우리 사회의 상징계가 얼마나 공고한지를 확인했다고 자부하는 사람이 있다면, 나는 그에게 제발 「님의 침묵」이 헤세가 쓴 시를 지드가 읽다가 남몰래 한용운에게 보낸 서신의 한 구절을 번역한 것이란 사실을 증명해달라고 부탁하고 싶다.

4. 소설 이전, 혹은 이후의 소설

박형서는 사실 『자정의 픽션』에 실린 작품들을 통해 의도한 게 아무것도 없다고 해야 맞다. 오로지 한 가지, 작금의 우리 문학장에서 '소설'이라 불리는 것이 도대체 무엇이겠는가를 묻고자 하는 의도 외에는. 나는 박형서의 이 신나고 기발한 단편들을 그렇게 읽었다. 목하 그는 소설 속에서, 소설을 통해 소설을 넘어서려 하고 있다.

'도대체' 소설이란 무엇일까? 스턴이 『트리스트럼 샌디』를 쓸 때도 이런 의문은 있었을 것이다. 소설가의 시조 격인 그에게 소설은 모든 것이었다. 소설 앞에는 모든 가능성이 다 놓여 있었다. 언어로 이루어진 그 어떠한 재료도 소설에 병합되지 못할 것은 없다. 서신도, 일기도, 논문이나 비평도, 에세이도, 운문도, 그림도, 심지어는 동영상까지도. 스턴 이후 250년 가까이 지난 이즈음 소설을 둘러싼 우리 시대의 문화 정세는 이 점을 재삼 상기시키고 있다. 소설이라고 하는 장르는 어쩌면 그 한 고리의 순환주기를 다 마쳤는지도 모른다. 그러니까 우리는 소설 이전, 혹은 이후의 시대를 살고 있는 것인데, 박형서의 소설(아닌 소설)들이 극한까지 막 나가면서 우리에게 주지시키고자 하는 바도 그것일 것이다. 우리는 작가 후기에서 그가 말한 그대로 '소설의 자정'을 살고 있다.

그러나 자정 너머에 무엇이 있을지는 나도 그도 아직 모른다.

텅 빈 중심에서의 고독

―은희경, 『아름다움이 나를 멸시한다』[1]

소설집 『아름다움이 나를 멸시한다』에 붙인 작품 해설에서 평론가 신형철은 작가 은희경을 일러 하나의 '장르'라고 말한다. 찬사의 과장 여부는 제쳐두더라도, 만약 은희경이 하나의 장르라면 그 장르가 품고 있는 관습에 대해서는 말할 필요가 있겠다. 관습 없이 장르가 성립하는 법은 없을 테니까.

내가 보기에, 그리고 누가 보더라도, 은희경이란 장르의 관습은 '자아의 분리'다. 『새의 선물』의 강진희가 바로 그 관습을 시작했다. 그리고 이후 10여 년 동안, '연미와 유미'(「연미와 유미」), '애리와 진희'(「마지막 춤은 나와 함께」), '진과 준'(『그것은 꿈이었을까』) 등등이 그 관습을 유지시켰고, 마지막으로 『비밀과 거짓말』의 '영준과 영우' 형제가 그 관습을 완성했다. 한 인물 내부의 두 자아로 나타나건, 육체를 달리하는 두 인물로 나타나건, 형제나 자매 혹은 친구 같은 짝

---

1) 은희경, 『아름다움이 나를 멸시한다』, 창비, 2007.

패double 인물들로 나타나건, 그들이 연기와 관람을 동시에 수행하는 분열된 자아의 양면이었다는 사실에는 달라질 게 없다.

흥미로운 것은 이 관습의 시작과 끝에 각각 '아버지'가 놓여 있다는 점이다. 『새의 선물』 말미 '농담'처럼 등장했던 아버지가 『비밀과 거짓말』에서 무수한 '비밀과 거짓말'을 남겨둔 채 죽는다. 그런데 이제 와 생각해보면 그 아버지야말로 은희경의 소설 세계 10년을 추동했던 분리된 자아의 기원이 아니었던가! 『새의 선물』의 마지막 장면은 그 증거가 될 만하다. 내내 부재하던 아버지가 등장하자, '보여지는 나'는 말한다. "공손하게 인사를 해. 침착하게." 그러나 '바라보는 나'는 이렇게 말한다. "아버지라고? 농담이야." 이처럼 은희경 소설의 주인공들이 보여주는 자아의 분리는 대타자 아버지에 대한 자아의 두 가지 태도를 반영하고 있었다. 그리고 아버지의 욕망을 욕망하는 자아와, 아버지와의 단절을 욕망하는 자아로의 이 분리는 10년 후 『비밀과 거짓말』에 이르러 아버지의 죽음과 함께 결정적인 국면을 맞는다. 아버지가 죽고, 게다가 그의 세계가 온통 비밀과 거짓말투성이의 세계였음을(그러니까 텅 빈 결여였음을) 확인한 후, '보여지는 나', 즉 아버지의 결여를 인정하지 않던 그 자아는 일종의 환란을 경험하게 될 터인데, 그런 의미에서 이 작품은 이제 은희경이 10년 동안 자신의 소설 세계를 추동해왔던 부재 원인과의 결별을 선언한 작품으로 읽어 무방했다. 언젠가 다른 글에서 내가 다소간의 단순화를 무릅쓰고 은희경의 소설 세계가 한 주기의 순환을 마쳤다고 했던 것도 바로 그 이유였다.

그런 맥락에서 읽을 때, 표제작 「아름다움이 나를 멸시한다」는 은희경 문학 10년을 총 정리하는 단편이다. 'B'와 '나'는 지난 10년 내내 그랬듯이 여전히 서로의 결여에 의해 정의되는 은희경식 짝패 인물들이거니와, 보티첼리의 비너스와 빌렌도르프의 비너스의 대립, 지방을 요구하는 본능적 자아와 다이어트를 지속하려는 이성적 자아의 분리 등은 (이 작품집의 다른 작품들과 마찬가지로) 은희경 장르의 단골 메뉴를 반복한다. 그리고 '나'의 다이어트가 사실은 아버지에게 잘 보이기 위한 것이었다는 사실, 자아의 분리 이면에는 여전히 기원으로서의 아버지가 있다는 사실도 상기할 필요가 있겠다. 그러나 이 소설의 말미는 그간의 관습과 다르다. 아버지를 만나기 위해 시작한 다이어트의 끝에는 아버지의 죽음이 놓여 있다. 그리고 아버지의 죽음과 함께 평생을 꿈꿔왔던 그 세계가 총체적으로 오인에 기반한 것이었다는 사실이 드러난다. 아버지의 빈소에서 화자가 본 것은 평생 자신이 생각했던 것("나는 늘 아버지 세계의 사람들을 상상하곤 했다. 어른들은 모두 품위 있고 다정하며 아이들은 순진하고 영민할 것이다")과는 달리 "흔히 보아오던 그런 사람들" "세월의 주름 속에 희비를 담고 있었으며 사는 데 지쳐 보이기도 했고 작은 일에 위안을 얻거나 허세를 부리는, 보통의 삶을 끌고 가는 모습" 그리고 자신처럼 뚱뚱한 조카들이었다. 빈소에서 그가 본 것을 라캉적인 용어로 옮긴다면, 그것은 당연히 '대타자의 결여'일 것이다. 그렇다면 이렇게 말해도 좋겠다. 그간 은희경의 주인공들이 앓아온 이중(다중)인격장애는 '결여의 결여,' 즉 대타자 또한 나처럼 결여에 시달리는 존재라는 사실을 부인한 데서 비롯된 것이 아닌가! 그런 이유로, 아버지의 죽음과 함께 대타자의 결여를 본 화자가 소설 말미 자신의 몸(스스로 분리시켰던 본능적 자아)과 화해하게 되는 것은 지극히 당연해 보인다. "알고 보니 내 몸이 바로 내 거였어." 그렇다면 이 순간은 대타자와의 분리를 통해 스스로를 제 욕망의 주체로 선언하는 주인공이 은희경이라는 장르에 도입되는 순간이기도 할 것이고. 10년 동안 분리되었던 자아들이 온전한 하나의 주체로 통합되는 장면이기도 할 것이다.

이 소설집에 실린 여러 작품들에서 반복되는 '지도'의 테마를 읽는 독법도 이와 같을 듯싶다. 가령 평생 그 완전무결함을 의심하지 않았던 대타자(그는 내 생명의 기원이기도 한데)의 결여를 목도하고 만 자의 심리적 상태와, 평생 원점 O와의 거리를 통해 자신이 서 있는 곳 그리고 나아가야 할 지점 P의 좌표를 그려왔으나 정작 그 지점이 실제로는 존재하지 않는 텅 빈 장소임을 확인한 자의 심리적 상태는 등가가 아닐까? 최고의 문제작 「고독의 발견」의 다음 구절은 그런 점에서 아주 의미심장하다. "W시에 대한 한 가지 기억이 떠올랐다. 언젠가 여행길에 들렀던 고판화 박물관에서였다. 벽에 걸린 옛 지도의 가운뎃부분에 작은 구멍이 나 있었다. 지도란 접어서 갖고 다니는 물건이지요. 안내인이 설명했다. 바로 지도의 한가운데 지점이기 때문에 가장 많이 닳아서 구멍이 난 겁니다. 그 구멍 자리가 W시였다. 그럼 구멍 난 곳이 중심이고, 또 원점이란 뜻이네요? S의 질문이 떠올랐다. S와 헤어지기 전 마지막으로 함께 떠났던 여행이었다. 원점이라는 말에 이끌려 나는 전혀 관심이 없던 고지도를 다시 한 번 물끄러미 올려다보았다. 너무 오랫동안 간직하고 다닌 탓에 닳고 해어져서 검은 구멍 안으로 사라져버린 중심, 그곳이 W시였다." 구멍 안으로 사라져버린 텅 빈 중심 'W시,' 그곳이야말로 아버지의 처소이자 대타자의 결여 상태에 대한 탁월한 지정학적 은유가 될 만하다. 그러므로 이 작품의 화자가 발견한 고독은 일상적인 의미에서 '현대인의……' '소외된……' 같은 어사들과 함께 쓰이곤 하는 식상한 고독이 아니다. 그것은 대타자의 결여라는 몸서리쳐지는 환란과 마주친 자의 고독, 말하자면 '주체' 전체를 걸고서야 발견한 절대절명의 고독이다. 「지도 중독」의 M이 P선배의 "좌표 P를 구해도 목적지는 알 수 없다"는 전언 앞에서 느꼈던 것도, 1991년에 소비에트의 코스모나츠들이(그리고 분신 정국에 있던 한국의 K와 M도) 자신들이 우주에 있는 동안 사라져버린 조국(그 집요한 원점 O) 앞에서 느꼈던 것(「유리 가가린의 푸른 별」)도 그와 같은 고독이었을 것이다. 그런 맥락에 서라면 은희경 소설에서 이즈음 눈에 띄게 증가하는 의심들, 짐작과는 다른 일들(「의심을 찬양함」)에 대해서도 우리는 너그러워질 수 있어야 한다. 대타자가 그려준 자명한 좌표 없이 오로지 자신의 몸과 발로 스스로의 위치와 목적지의 값을 구하기로 한 '주체'에게, 세계는 아마도 의문과 우연들의 거대한 연속일밖에 다른 도리가 없을 터이거니와, 90년대 내내 우리 소설이 추구했던, 그러나 항상 미진했던 '내면성'이 그런 방식으로 은희경에게서 완성될 수 있다면 말이다.

비루한 것들의 리얼리즘
—김소진론

91년 봄

김소진의 단편 「열린사회와 그 적들」(1991)은 1991년 봄, 몰락하는 사회주의에 대한 격렬한 애도 과정(소위 분신 정국이라 불렸던)에 있던 서울, 그곳의 한 병원을 무대로 한 작품이다. 그 병원엔 4월 어느 날 경찰의 과잉진압에 의해 사망한 김귀정의 시신이 안치되어 있다. 그리고 많은 시민과 학생들이 이 병원에 모여 혹시나 있을지도 모를 공권력의 시신 탈취를 막기 위해 철야농성 중에 있다.

그러나 이 작품의 주된 갈등은 공권력과 시민 사이에서 발생하지 않는다. 시민과 시민 사이에서, 정확히는 지식인들과 '밥풀때기'들 사이에서 발생한다. 주로 시민운동가이거나 학생인 전자의 사람들은 한국 사회를 포퍼의 논지에 따라 '열린사회'로 가는 과도기로 이해한다. 수습대책위원장 현대영이란 자의 장황한 연설풍 대사에 따르면, 한국은 "계급이나 종족 그리고 이데올로기라는 신화가 더 이상 개인에게 굴레가 되지 않고 개개인이 사회의 진정한 주인으로서 질적으로 더 많은 자유와 민주주의, 물질적 풍요와 평등을 이룰 수 있는 마당이며 소수에 의한 지배가 아니라 이성적으로 눈뜬 다수에 의한 착실하고도 양심적인 사회 운영이 기본 원리로 받아들여지는 사회"로 가는 과도기에 있다. 그런 이유로 그들은 시위에 참여한 시민들에게 폭력 시위나, 비조직적인 일탈 행위, 과격한 언사나 행동을 자제할 것을 요청한다. 그들은 소위 '밥풀때기'들을 민주 불량배, 거리 시위군, 끄나풀들이라며 시위대에서 배제하고, 심지어 경찰에 그들의 명단을 넘겨주기까지 한다.

반면 '밥풀때기'들은 그 신원부터 이들과 다르다. 인기 없는 거리의 악사 브루스 박, 프레스에 왼손목이 잘린 강종천 씨, 고물 줍는 거렁뱅이 전을룡 씨, 날품팔이 재복 씨 등이 그들이다. 그들은 지도부의 지식인들과 달리 삼당야합의 주범이 보낸 화환을 길바닥에 내동댕이치기도 하고, 병원 마당에 군불을 지펴 소주 추렴을 하기도 하고, "배고픈 사람 구제하는 건 고사하구 재벌들 돈 대줘서 땅투기나 허게 하는 은행"을 불사르자고 서슴없이 외치기도 하는 사람들이다. 그 두 그룹 간의 갈등이 작품을 이끌어간다.

작가는 전자의 인물들에게는 딱딱한 표정과 언어, 그리고 80년대적 어법으로 말하자면 '개량주의'적 세계관을 부여한다. 반면 후자의 인물들에게는 작가 특유의 걸쭉한 기층 언어와 단순하지만 사태를 꿰뚫어보는 혜안, 그리고 비타협적 투지를 부여한다. 결국 '지식인/기층 민중'이라는 이 낯익은 이분대립이 이 작품을 아직 80년대 문학의 자장권에서 완전히 자유롭지 못한 작품으로 읽게 만들 여지를 제공하는바, 김소진이 결정적으로 80년대 문학과 결별하는 지점에 대해서는 일단 논의를 미뤄두자. 다만 여기서 확인해둘 것은, 작가가 그토록 격렬했던 91년 봄을 소설화하면서도, 삼인칭을 포기하지 않는다는 점이다. 그저 소설의 한 기교로서의 시점만을 말하는 것이 아니다. 인물들 각자에게 고유한 성격을, 특히 밥풀때기 그룹에 속하는 인물들에게 독자적인 사연과 말투와 표정과 행동을 부여하는 작가의 태도는 여전히 냉정하고 차분하다(그리고 무엇보다도 바흐친적인 의미에서 '다성적'이다. 이에 대해서는 다음 절에서 논하기로 한다). 작가는 사태를 냉정하게 관찰하고 기술하는 역할에 머무를 뿐, 자신의 주관을 쉽사리 노출하지도, 그렇다고 특정 인물과 자신을 동일시하지도 않는다. 기자였고, 지식인이었던 작가의 이력 탓이기도 하겠지만, 그는 대부분의 진보적 주체들을 열병에 걸리게 했던 91년 봄에도 여전히 제 속의 원한을 인물과 사건과 문체를 통해 승화시키는 방식으로만 소설을 쓴다.

사실 91년 봄은, 정치·사회사적으로만 아니라 문학사적으로도 중요한 분기점에 해당한다. 91년 봄은 사회적으로는 '사회주의적 근대화'가 아닌 다른 방식의 대안을 사유해야 한다는 절박함을, 그리고 문학적으로는 작가들로 하여금 어떤 방식으로건 80년대에 대한 나름의 태도를 결정하고 새로운 문학을 고안해야 한다는 심리적 강제를 부여했을 것이다. 김소진 역시, 그런 절박함에서 자유롭지 못했을 터인데, 그럼에도 표면상 그의 작품은 여전히 전통적인 소설 문법을 크게 벗어나지 않는다. 그는 여전히 문학적 승화 이전의 날것들(욕망이 되었건, 하위문화가 되었건)을 소설에서 생경하게 드러내는 법이 없다.

반대편에 백민석(그리고 그의 세대 작가들)의 예가 있다. 우연치 않게, 91년 봄 서울 거리에는 백민석의 주인공들도 활보하고 있었다.

흥미로운 점은 이들의 나이가 작가의 실제 나이와 같거나 비슷하다는 점이다. 그들은 모두 대학생의 신분으로 91년 오월을 맞았고, 작가 역시 같은 나이에 91년 오월을 겪었다. 가령 백민석의 소설 『내가 사랑한 캔디』[1]의 71년생 주인공은 그즈음, 한 해 재수를 하는 바람에 대학 1학년에 재학 중이었다. 그는 김귀정이 죽어가고 있을 때 바로 그 옆 골목에 있기도 했는데, 시위 중 고등학교 동창 한 명을 발견한다. 동창은 소위 백골단이라 불리던 사복 체포조 한 명을 피곤죽으로 만들고 있다. 이유를 묻자, 그 친구는 "누굴 죽이고 싶었는데, 핑곗거리가 생긴 거"라고 대답한다. 그러니까 백민석의 인물이 경찰에게 가하는 폭력에는 '민주화의 염원'도 '역사의식'도(작가가 종종 거대한 가치들에 대해 퍼붓는 악담과 냉소 그대로) 담겨 있지 않다고 말할 수 있겠다. 그의 폭력은 승화 이전의 날것 그대로인바, 작가 백민석의 이후 작품이 내용에 있어서나 형식에 있어서나 승화와는 거리가 먼 폭력과 엽기의 세계에 이르게 된다는 사실은 우리가 익히 아는 바다. 김소진과 다르게 백민석의 91년 오월 체험은 그의 문학이 탈승화된 날것의 폭력과 권위 일반에 대한 극렬한 저항의 형태를 띠게 되는 계기를 이룬다.

비슷한 예로 김종광의 경우가 있다. 『71년생 다인이』[2]의 주인공 양다인(그녀의 나이 또한 작가의 나이와 같다)도 같은 시기 시위를 주동하고 있었다. 시국과 상관없이 '오월의 여왕 선발대회'나 벌이고 있는 학우들 앞에 나선 그녀는 포효한다. "민주 언론인 여러분! 지금 조국은 싸우고 있습니다. 경대, 승희, 세용이, 철수, 이들이 대체 누

1) 백민석, 『내가 사랑한 캔디』, 김영사, 1996.
2) 김종광, 『71년생 다인이』, 작가정신, 2002.

굽니까. 이들을 벌써 잊으셨단 말입니까? 정녕 이들이 뿌린 피를 헛되이 할 것입니까? 여러분, 싸움은 끝나지 않았습니다. 백만 학도의 사랑, 투쟁, 영광은 이 시간에도 계속되고 있습니다. 여러분, 경대의 죽음을 헛되이 하지 맙시다!" 이어진 그녀의 분신 시도는 다소 우스운 실패로 끝나지만, 확실한 것은 작가 김종광이 자신의 세대에 속한 인물에게 자신이 겪은 경험담을 말하게 함으로써 김소진과 같은 '거리 두기'를 고집하지 않고 있다는 점이다. 다소 사정은 다르지만 같은 시기 아크로폴리스와의 결별을 선언하고 영화적 상징계로 귀의한 김경욱의 주인공(『아크로폴리스』), 군대에 있었으나 사회주의권의 종말에 한 시대의 종언을 직감하고 포스트모던 소설가 되기를 마다하지 않았던 김연수의 주인공(『가면을 가리키며 걷기』)도 예외는 아니다. 70년대 초반생이자, 현재는 한국 소설의 가장 중요한 흐름을 형성하고 있는 이들 작가들에게 91년 오월은 바로 자신들의 직접 체험이었고, 자신들 세대의 운명과 직접적인 관련이 있었으며, 그런 이유로 거리를 둔 관찰과 치밀한 성격화에 의해서만 가능한 리얼리즘적 승화의 대상이 아니었던 것이다. 이후 그들의 글쓰기는 한국 소설의 전통적 문법과 결별하게 되는바, 때로는 어마어마한 파괴력을 갖춘 엽기 취향으로(백민석), 때로는 영화를 비롯한 영상 이미지에의 매혹으로 (김경욱), 때로는 바흐친적 다성 소설 형식으로(김종광), 때로는 포스트모던 기법의 다양한 활용(김연수)으로 변주된다. 그들은 80년대 한국 소설이 취해온 전통적 문법에 대한 급진적인 해체의 길에 들어섰던 것이다.

그렇다면 이렇게 말할 수도 있겠다. 91년 오월에, 우리 소설에도 두 갈래의 길이 있었다고. 70년대 초반생의 많은 작가들이 그 두 갈래 길 중 사람들이 많이 다니지 않은 듯싶은 길을 갔다. 그것은 전통적인 소설 문법을 해체하고 새로운 시대, 새로운 세대의 감수성과 세계관을 준비하는 길이기도 했다. 그러나 김소진은 다른 길을 갔다. 그 길은 이미 많은 사람들이 다녔던 길 같았지만, 정작 당시로서는 이제 더 이상 출구가 없는 막다른 길처럼 보였고, 그런 이유로 이제는 그 누구도 가려고 하지 않을 것 같은 그런 길이었다.

비체, 비루한 것, abject

1996년 한 단편에서 작가 최인석은 다음과 같이 쓴다.

나는 이제 세상에 존재하는 유일한 혁명은 오늘날의 나 같은 자들, 범죄자들, 일탈자들, 건달들, 깡패들, 그러니까 마르크스가 혁명에 유해한 존재라고 규정한 룸펜 프롤레타리아들에 의해서만 이루어질 수 있다고 확신한다. 모든 부패한 공무원들, 모든 더러운 정치인들, 처자식을 버리는 모든 애비들, 모든 미치광이들, 모든 부랑인들, 모든 일탈자들, 모든 마약중독자와 알코올중독자들이야말로 나의 동지들이다.[3]

최인석 소설의 화자들이 항용 그렇듯이 위 구절의 화자 또한 로베르적인 의미에서 다소 망상적인 업둥이 기질이 있음을 인정해야 하겠지만, 어쨌거나 90년대 한국 소설에 나타난 주인공의 변화를 앞의 구

---

3) 최인석, 「숨은 길」, 『혼돈을 향하여 한걸음』, 창작과비평사, 1997, p. 97.

절처럼 적절하게 요약한 작품의 예를 달리 찾기는 힘들 것이다. 최인석만 아니라, 90년대 한국 소설에 대해 논할 때 항상 맨 앞자리를 차지하는 장정일에게서도, 90년대 중반 격렬한 하위문화적 상상력으로 무장한 채 혜성처럼 등장한 백민석에게서도, 속어와 비어를 서슴지 않으며 자주 껌을 씹고 침을 뱉는 양아치들을 자신의 주요한 단골 등장인물로 삼은 김영하나 성석제에게서도 이러한 현상은 나타난다. 황종연이 '비루한 것의 카니발'[4]이라 불렀던 그 현상, 80년대 내내 문학적 담론의 바깥에서 혁명에 저해되는 존재라는 이유로, 조직화되기 힘들다는 이유로, 말하자면 쓸모없는 존재들이라 내버려졌던 비체(非體)abject들의 대대적인 등장이 90년대 한국 소설의 가장 중요한 변화였음은 이제 주지의 사실이다. 그러나 장정일과 최인석의 주인공들을 주로 다루고, 김영하와 백민석과 전경린과 신경숙을 부차적으로 언급하면서 황종연이 어떤 이유에서인지 거론하지 않은 주인공들이 바로 김소진의 주인공들이다.

사실상 김소진의 주인공들처럼 '비루한 것'(황종연은 크리스테바의 abject 개념을 이렇게 번역한다)이라는 명명에 적절한 예도 그리 많지 않다. 최인석의 작품이 발표되기 한 해 전에 출간된 장편 『장석조네 사람들』[5]이 그 결정판이거니와, 김소진은 80년대적 주인공들이 내장했던 영웅적 면모와는 완전히 상이한 주인공들을 자신의 작품 속에 불러온다.

황종연이 '비루한 것'이라 번역한 'abject'는, 크리스테바의 어법에 따르면 'object'와의 대비 속에서 읽을 때 그 의미가 분명해진다. 확

---

4) 황종연, 「비루한 것의 카니발」, 『비루한 것의 카니발』, 문학동네, 2001.
5) 김소진, 『장석조네 사람들』, 고려원, 1995.

연한 존재감을 갖는 물체나 객체와 달리, abject는 주체도 객체도 아닌, 명명과 편입을 거부당한 비체다. 라캉의 거울 단계보다도 선행하면서, 견고한 면적과 부피도 갖지 못한 채 경계 없이 모호한 그 비체는, 상징계에 편입된 적이 없는 관계로 오히려 상징계를 위협한다. 부권적 상징계의 질서 내에 있지 않으므로 기호계의 모성적 울림을 가진 이 비체들은, 예를 들자면 '눈물, 침, 똥, 오줌, 토사물, 질 분비물'처럼 버려지고 배제당한, 그러나 불쾌한 만큼 매혹적인 것들과 관련된다.

비유적으로 이해할 때, 『장석조네 사람들』에 등장하는 주인공들(「두 장의 사진으로 남은 아버지」의 화자 '나'와, 집주인이자 배면의 권력자인 장석조 씨를 제외하고)은 모두 이 비체들에 가깝다. 그들은 80년대 내내 버려진 존재들, 권력자와 민중 사이에서 변혁의 객체도 변혁의 주체도 아니었던 존재들, 80년대적 상징계 밖에 있으면서 사실은 그 상징계를 위협하던 존재들이다. 양은 장수 최씨도, 겐짱 박씨도, 육손이 광수 형도, 폐병쟁이 진씨도, 함경도 욕쟁이 아즈망도 모두 그들의 모호한 계급적 성향을 이유로, 신체적 기형을 이유로, 몸에 지닌 병을 이유로, 그들이 어긴 윤리적 기준을 이유로 배제당하고 버려진 존재들이다.

사실 등단작인 「쥐잡기」(1991)에 처음 등장했다가 이후 그의 작품 곳곳에서 출현하는 아버지, 고작 수용소에서 기르던 쥐 한 마리의 행방을 따라 남에 남기로 작정한 아버지, 그리고 평생을 변변한 가장 노릇 한번 하지 못한 채, 개흘레꾼 소리나 듣고, 구멍가게나 지키다가, 아들의 등록금을 춘하의 허벅지에 바치기도 했던 그 아버지에 대한 연민과 동일시는, 처음부터 김소진이 바로 그 비루한 세계에 한없

198

이 매혹당한 작가였다는 판단을 가능하게 한다. 빨치산도 아니고 사상범도 아닌 이 초라하고 무기력한 아버지의 세계는 김소진에게는 증오의 대상인 만큼이나 연민과 동일시의 대상이기도 하다. 그렇지 않고서야 「춘하 돌아오다」(1992)에서 아버지의 욕망 대상이었던 춘하에게 허벅지를 내놓으라고 소리 지르는 아들 화자의 태도를 이해하기는 힘들다.

개흘레꾼 아버지에 대한 동일시는 그가 속한 비루한 세계에 대한 애정과 연민으로 이어진다. 연작 『장석조네 사람들』, 그리고 나머지 삼인칭 소설 대부분(흔히 지식인 소설의 계열로 분류되는 일인칭 시점의 소설을 제외한)의 무대가 되는 서울 변두리 길음천 주변의 빈민촌은 그러므로 김소진식 비체들의 태반이 된다. 거기서 나고 자라고, 흘러들어오고, 야반도주하고, 술 마시고, 싸움질하는 비루한 주인공들의 세계야말로 등단작 「쥐잡기」에서부터 마지막 작품 「눈사람 속의 검은 항아리」(1997)에 이르기까지 김소진의 소설을 낳은 자궁인 것이다.

그렇게 볼 때, 김소진은 전형적으로 90년대적인 작가다. 그는 90년대를 빛낸 다른 작가들과 마찬가지로 비루한 것들이 이제 당당히 한국 문학의 주무대에 등장할 것이고, 등장해야 한다는 사실, 그들이야말로 전대의 '민중'을 대신할 새로운 주인공들이란 사실을 일찌감치, 사실은 그 누구보다도 일찍 이해한 작가였던 것이다. 다만 김소진의 비체들이 90년대 다른 작가들의 비루한 주인공들과 다른 점이 있다면, 그들이 항상 삼인칭으로, 객관적 관찰의 대상으로, 그리고 소설적 언어에 의해 승화되고 성격화된 형태로 등장한다는 점이다. 그러니까 김소진은 소설의 전통적인 문법을 버리지 않은 채로, 황종연의

어법을 빌리자면 '탈승화'의 방식으로가 아니라 '승화'의 방식으로,
그들을 호명한다.

그는 시대의 흐름을 누구보다 먼저 읽고 있었다. 그러나 그는 다른
많은 작가들과 달리 단절의 방식으로가 아닌 연속의 방식으로, 그 흐
름을 고독하게 뚫고 가려 했다. 굳이 이름 붙이자면, 작가 김소진은
'비루한 것들의 리얼리즘'을 꿈꾸었던 것이 아닐까?

기층 언어의 카니발

김소진이 탈승화적 방식보다 승화적 방식으로 90년대 소설을 개척
하고자 했다는 말은 주로 그의 언어 미학을 염두에 두고 하는 말이다.
김소진이 『우리말 용례 사전』을 베껴 적어가면서 외웠다는 일화는 유
명하다. 그 흔적은 김소진 특유의 언어 운용에 고스란히 남아 있다.
사라져가는 사어들(그러나 「춘하 돌아오다」의 기자 화자처럼 그는 결코
죽어가고 있다고 생각하지 않았던 우리말들)을 공들여 살려 쓰는 예는
너무 허다해서 인용하기 멋쩍을 지경이고, 기층에 속하는 주인공들의
입에서 흘러나오는 구어체의 걸쭉함은 타의 추종을 불허한다. 아무
데서나 뽑은 예다.

"후후, 아직 익숙지 않아서 그러시는 모양인데, 총알택시란 게 마냥
다 그렇습니다. 이 안으로 맘먹고 기어든 바에야 거추장스러운 쓸개고
간이고 전부 떼놓은 게 좋죠. 재수 옴 붙어 첫대바기로 올라타면 이십
분도 좋고 삼십 분도 좋은 건 양반이고 운전사 손짓 하나로 좌석이 앞

뒤로 바뀌기 일쑤입니다. 심지어 목숨까지도 저당 잡힐 당조짐을 스스로 일러바치지 않으면 낭패를 봅니다. 곳곳에서 콩알만 해질 간덩이는 적당히 알코올에 적셔두는 게 좋구요. 한밤중에 들입다 밟아대는데, 속도계 바늘이 반 바퀴를 휙 돌아 일백오십 킬로에서 파르르 떠니 일 초에 약 사십이 미터를 내빼는 거 아닙니까? 바퀴에 돌멩이 하나 걸려도 머리가 택시 천장에 가 닿죠. 고무타이어 타는 매캐한 냄새가 코끝을 찌르며 차가 저만치 가 서야지만 비로소 얼어붙은 종지뼈를 펴고 멍해진 머리를 뒤흔들면서 호주머니를 뒤져 자칫 저승길 가는 노잣돈에 보탰을지도 모를 오천 원짜리를 꺼내는 게 바로 이 총알택시 타는 묘미 아니겠습니까?"(「적리」, 1992, p.92)

이처럼 소설이 기본적으로 '읽는' 장르임을 고려할 때, 김소진의 소설은 바로 그 읽기의 묘미에 충실하다. 소설이 기본적으로 언어의 예술임을 고려할 때, 김소진의 소설은 그 특유의 문체로 하여 미학적 자질을 부여받는다. 아마도 이 점이 탈승화의 길을 택한 90년대의 다른 작가들과 김소진을 구별하게 하는 지점일 것이다. 그는 소설이 각고의 연마에서 비롯되는 언어 예술이란 점을 잊지 않는다. 그리고 그 연마의 결과 그가 도달한 지점이 바로 바흐친적인 의미에서의 '다성 소설' 형식이다.

김소진의 많은 소설들에서 주인공은 복수의 형태로 등장한다. 특정한 중심인물 주변으로 서사를 모으고, 그에게 특권적인 발언권을 부여하고, 그로 하여금 소설의 주제를 대변하게 하는 무소불위의 권력을 김소진은 행사하지 않는다. 또 김소진의 인물들은 비록 그가 잠시 단 한 마디의 대사를 위해 등장하더라도, 이즈음 흔한 식으로 익명의 이니셜(가령 K, H, Y 같은)로 호명되지 않는다. 그들에게는 항상 고유명사로서의 이름 석 자가 따라다니고, 그들 나름의 사연과 인생관과 어법을 부여받으며, 단역이라도 강렬한 인상을 남긴 후에야 소설 밖으로 나간다. 가령 「사랑니 앓기」(1992)에서 룸살롱 '야래향'에 모인 인물들 중 소설의 서사를 위해 필요한 인물은 화자인 나, 곧 '성병룡'뿐이다. 그러나 조활 차장, 강남원 과장, 최기상 대리, 엄용섭 대리 등등의 인물들 모두에게 고유명사가 부여되고, 충분히 인상에 남을 만큼 개성적인 대사와 내력이 부여된다. 그들 각자는 모두 독립된 소우주다.

말할 것도 없이 『장석조네 사람들』은 그처럼 위계 없는 소설 쓰기의 진수를 보여주는데, 연작의 다른 편에서 주연이었던 사람이 다른 연작에서는 조연으로, 어떤 연작에서는 조연이었던 사람이 다른 연작에서는 주연으로 자리를 바꾼다. 장석조네 기차식 주택에 모여 사는 모든 사람들이 그들의 독자적인 사연과 어법과 성격으로 인하여 하나같이 소우주를 이루고 이 소우주들의 변주와 교향악적 화성이 전체로서의 연작 장편을 이룬다. 작가는 그들의 언어를 마치 그저 기록할 뿐이라는 듯, 개입을 최소화하고, 설사 그들 중 누군가가 자신의 의도에 반하더라도 그를 작품 밖으로 내쫓는 법이 없다. 그들은 모두 바흐친적인 의미에서 '독자적으로 말하는' 자들이다. 마치 김소진의 작품을 읽었다는 듯이(아니면 역으로 김소진이 바흐친을 읽었든지) 바흐친은 이렇게 말한 적이 있다.

산문 작가의 언어는 작가, 즉 작가의 궁극적 의도에 때로는 접근하고 때로는 멀어지면서 펼쳐진다. 언어의 어떤 측면들은 작가의 의미

및 표현상의 의도를 (시에서처럼) 직접 드러내지만, 또 다른 측면들은 그것을 굴절시킨다. 그는 자신을 자신이 사용하는 어떠한 말과도 전적으로 동일시하지 않으며, 오히려 그것들 하나하나에 특정한 방식으로— 유머러스하게, 아이러니컬하게, 혹은 패러디적으로 등— 강조를 준다. 개중에 어떤 부분은 작가의 궁극적 의도로부터 대단히 멀리 떨어져서 그의 의도를 더욱 철저히 굴절시키기도 한다. 작가의 의도를 전적으로 거부하는 경우도 있다. 그리하여 작가는 그 속에서 (그것의 저자로서) 자신을 표현하는 것이 아니라, 오히려 그것을 독특한 하나의 발언물로서 제시한다. 그 말은 그와는 전적으로 소원한 어떤 것으로 기능하는 것이다. 그러므로 다양한 언어의 층들, 즉 장르나 직업, 신분에 따른 언어들, 세계관이나 사조, 개성에 따른 언어들, 그리고 사회적 의미의 방언들이 소설 속에 들어옴과 더불어 그것들은 소설의 내부에 자신들 고유의 특별한 질서를 수립하고 독특한 예술적 체계를 성립시키는데, 바로 이러한 체계가 작가가 의도한 주제를 교향시키는 것이다.[6]

김소진의 소설에 절묘하게 어울리는 언급이거니와, 바흐친이 묘사한 소설의 이런 특징은 그의 또 다른 개념인 '카니발'과 적절히 조응한다. 거지가 왕비를 겁탈하고, 신하가 왕을 모욕하며, 주인과 노예의 구분이 완전히 사라지는, 디오니소스제와도 같은 해방 상태는 바흐친이 다성적 소설에 기대했던 최대치가 아닐는지. 그럴 때 기층의 언어들은 단성적이고 위압적인 지배 언어를 무화하고, 인민주의적 해

6) 바흐친, 『문학과 미학의 제문제』. 우리말 번역본은 『장편소설과 민중언어』, 전승희 옮김, 창작과비평사, 1988, p. 171.

방 상태를 상징적으로 재현한다. 말의 난장이다.

90년대 초엽 김소진의 문학이 향하던 지점이 바로 거기였던 것으로 보인다. 권위적이고 단성적인 시민운동가 현대영의 말에 맞서 해방적이고 비위계적인 구어들의 난장을 연출하던 「열린사회와 그 적들」의 '밥풀때기'들에 대해서는 이미 언급한 바 있거니와, 『장석조네 사람들』의 마지막 연작 「빵」에서 취로사업에 대한 대가로 밀가루 배급을 요구하며 관의 창고 앞에 모인 얼추 50명의 '말하는 자들'이야말로 바흐친적 카니발의 주인공들이다. 물이 바랜 예비군복 바지를 허벅지까지 감아올린 권대용 씨, 노름 좋아하는 양세종 씨, 느림보 성낙도 씨, 월남 파병군인 상호, 딸기코 오병세 씨, 속 깊은 길노인, 김치 잘 담그는 철수 엄마, 술 좋아하는 둘남 아배, 고물 장수 고영만 씨, 상이군인 연성만 씨 등등(채 이름을 못 부른 인물들에게는 사죄를!)의 입에서 뱉어지는 말들의 홍수는 그들과 맞서고 있는 관청 서기와 장석조 씨의 단성적인 행정 언어를 순식간에 무화시킨다. 동사무소 서기 곽가와 방범 최만술, 그리고 배면의 권력자 장석조는 이들에 비하면 차라리 벙어리에 가깝다. 여기에 다음의 장면을 더 인용한다면 사족일지도 모르겠다. 「지하생활자들」에서 서울역 지하도에 모인 날품팔이, 노숙자, 행려병자들(그러니까 비체들)이 청원경찰과 벌이는 말싸움 장면이다.

"당신 어디서 많이 봤던 얼굴인데 어디 주민등록증 좀 꺼내봅시다."
"맞아요. 저그 붙어 있는 저 일 계급 특진시켜줄 사람들 사진을 잘 들여다보믄 뭔가 나올지도 몰라요. 낄낄."
곁에서 누군가 기다란 긴급현상수배자 전단이 붙은 벽을 가리키며

설레발을 놓았다.

"청원들도 일 계급 특진이 있나 응?"

"당신보고 묻지 않았으니깐 나서지 말앗!"

"아따, 행님들하고 얼굴을 맞추긴 어디서 맞췄다고 이러실까. 보아하니 구멍 같이 판 동서지간도 아닌 듯한데. 오늘 같은 날은 서로 피곤하게들 굴지 맙시다 이거."

곱슬머리에다 광대뼈가 유난히 두드러져 보이는 사내가 불심 검문을 당하자 겉으로는 사람 좋은 체 히물거리면서도 주위에 구경꾼들이 서넛씩 꾀어들자 은근히 뻣뻐드름한 자세를 들이대고 나섰다.

"당신 웬 잔말이 그리 많아. 검문에 응하지 않겠다 이거야? 신분이 확실하다면 왜 주민증을 못 내놓겠다는 거야. 보자보자 해주니 이젠 아예 상투 끝자락에까지 기어오르겠다는 반죽들이여 어째서."

"헐헐, 웬 뜬금없는 까탈이실까, 점잖으신 분들께서. 허릅숭이 날품팔이 하나를 앞에 두시고설랑. 드리지요. 아암, 힘없는 백성이 정중히 드려야 합지요. 그런데 한 말씀 더 드리자면 장터거리에 수염 난 것은 죄다 자기 할애비라고 우기는 사람한테는 옥수수마저도 저거 할애비처럼 보이는 건가벼?"

그러자 주위에 몰려섰던 사람들이 서로의 어깨를 툭툭 치며 와르르 웃음을 터뜨렸다. 얼굴이 싯벌게진 제복은 신경질적으로 받아든 주민증을 살펴보지도 않고 광대뼈의 가슴팍에다 냅다 후리듯 되던졌다(「지하생활자들」, 1993, p.134).

김소진 소설 속에 술판, 노름판, 아편 파티, 혼례와 같은 카니발적 상황이 빈번히 등장하는 점도 그러고 보면 따로 분석을 요하거니와, 비루하기 그지없는 비체적 존재들이 말의 난장으로 행정 권력을 무화

시키는 이 카니발적 장면은 우리 문학사에서 두고두고 거론해 마땅한
장면일 것이다.

비루한 것들의 리얼리즘

　김소진이 연출한 이 장면들을 두고 달리 어떤 명명이 가능할까?
'제복의 굴욕?' '말의 반란?' 혹은 '산문적 언어의 혁명?' 명칭이야
어찌 되었건 김소진이 이르렀던 그 지점은 우리 소설사에서는 분명
각별한 지점이었음에 틀림없다.

　왜냐하면 그가 갔던 그 길, 91년 봄 이후 대부분의 작가들이 너무
낯익다는 이유로 포기해버린 그 길, 종종 막다른 골목으로 보이기도
했던 그 길이, 실은 우리 소설이 가야만 했던 또 하나의 길이었을지도
모르기 때문이다. 그 길이야말로, 어쩌면 10년이 넘게 선언만 난무할
뿐 실현의 조짐은 보이지 않는 '갱신된 리얼리즘,' 그러니까 80년대
이후의 급격한 사회적 변화에도 '적응한 리얼리즘'으로 향하는 최단
거리의 지름길이었을지도 모르기 때문이다. 그렇다면 이렇게 말하는
것도 과장은 아니겠다.

　지금으로부터 십 수 년도 더 된 오래전에, 그러니까 리얼리즘과 모
더니즘의 회통이니, 모더니즘의 세례를 충분히 받은 리얼리즘이니 하
는 거대한 말들보다 먼저, 김소진의 '비루한 것들의 리얼리즘'이 있
었다.

페넬로페의 후일담

—전경린, 『엄마의 집』[1]

집 나갔던 페넬로페의 정착

1998년의 어느 시점 류보선은 이렇게 쓴다.

 한마디로 90년대로 접어들면서 한국 소설에서 집을 떠나는 남성들의 모험은 세계의 본질에 보다 더 접근하는 데 어느 정도 한계를 드러낸 셈이다. 그 불모의 자리를 대신 메운 것은 여성들의 한숨과 악다구니와 아련한 눈길이다. 신경숙 김형경 공지영 공선옥 은희경 전경린 이혜경 서하진 배수아 차현숙 권여선 등등의 페넬로페의 충실한 후예들이 속속 등장하더니, 이제는 한국 소설의 거대한 줄기를 형성하기에 이르렀다.[2]

---

1) 전경린, 『엄마의 집』, 열림원, 2007. 이후 이 작품에서 인용할 경우 본문에 쪽수만 표기.
2) 류보선, 「불임의 사랑, 모성의 공포」, 『경이로운 차이들』, 문학동네, 2002, p. 96.

90년대 중반 이후 한국 소설의 주류를 점한 여성 작가들을 일러 '페넬로페의 후예들'이라 비유한 대목이 흥미롭다. 페넬로페는 물론 원정 떠난 남편 오디세우스를 갖은 고초와 유혹을 견뎌내며 무려 20년 동안이나 기다렸던 그 아내의 이름이다. 이 말은 그전까지 한국 소설의 주류 서사가 오디세우스적인 것이었음을 암시하는 말이기도 할 텐데, 따지고 보면 우리 현대 소설사는 분명 원정 떠난 남성들, 그리고 그들을 기다리는 여성들의 서사였음을 부인하기 힘들다. 시대에 따라 그 원정의 성격이 조국의 해방, 조국의 근대화, 조국의 민주화 등등의 방식으로 갈렸을 뿐, 남성들은 떠났고 여성들은 기다렸다. 그러나 90년대에 들어서자 사정은 변했다. 원정은 세계사적 격변에 의해 실패로 끝났고, 오디세우스들은 귀환했다. 그들의 귀환은 초라했고, 한동안 그들은 소설의 본질이기도 한 탐색과 모험을 포기했다. 그러자 페넬로페들이 일거에 집을 떠나기 시작했다.

그때쯤, 전경린도 검은 우산과 어둠과 염소의 도움을 빌려 가부장의 집으로부터 야반도주했다. 이후 그녀의 행적은 우리가 아는 바와 같다. 같은 시기 집을 나선 그 어떤 페넬로페들보다도 그녀는 일탈적이었고, 관능적이었으며, 독하고 당찼다. 은희경이 냉소를 택하고, 공지영이 신파를 택하고, 공선옥이 피도 눈물도 없는 자연주의를 택하고, 김형경이 신경증을 택할 때, 전경린은 성sexuality을 택했다. 그녀에게 그간 오디세우스의 부재와 권위 탓에 미처 깨우지 못했던 육감은 곧 여성으로서의 존재 찾기를 위한 도구였다. 물론 몸을 통한 존재 찾기는 그 몸을 둘러싸고 있는 가족 제도의 각종 금기와 억압들에 대한 가차 없는 비판을 수반했고, 어떤 경우 아예 가족 제도에 대한 비판을 벗어나 요기yogi의 까마-요가 수행에 육박하기도 했다.

요가란 몸을 통한 존재의 근원(브라흐만) 찾기에 그 핵심이 있는바, 『열정의 습관』의 주인공 '미홍'은 바로 그 존재의 근원을 찾기 위한 '쾌락의 활용'법에 접근하고 있었다. 유비적으로 말해 그녀의 '쾌락의 활용'은 윤대녕의 '여행의 활용'과 크게 다르지 않다. 존재의 근원을 찾기 위해 여행을 택한 대신 성을 택했다고 해서(가족을 돌보지 않기로 치면 양자 모두 마찬가지일 터이니) 그녀가 딱히 더 비판받아야 할 이유는 없었다. 그러니 최소한 남성 평론가들에 의해 그녀에게 주어진 몇 가지 비판들(성애 소설가라느니, 대중 추수적이라느니 하는) 중 상당 부분은 무의식적 가부장의 도덕적 단죄의 흔적을 지니고 있었다고 보아야 맞다. 만약 그녀의 요가가 비판받아야 한다면 그것은 다른 이유 때문이었다. 요가를 포함해서 "모든 구도는 지극히 개인적인 것이어서 한 주체의 해탈(고행을 통해서건 쾌락의 활용을 통해서건)이 다른 모든 주체들의 해탈을 보장해주는 것은 전혀 아니라는 사실이 그것이다."[3] 그녀의 요가가 비판받아야 한다면 그것은 타자에 대한 윤리의 부재에 있다. 너무도 오랜만에 행해진 페넬로페의 외출은 남을 돌볼 틈도 없이 그녀를 자신만의 존재 찾기에 몰입하게 했다. 그러다 보니 공적인 윤리에 대한 탐구가 부재했고, 타인들에 대한 배려가 없었다. 박혜경의 다음과 같은 말이 지시하는 바도 이 점이다.

그런데 여기에서 문제는 전경린 소설 속의 여주인공들이 종종 자기 자신의 욕망에 대한 과도한 집착에 비해 자신의 사적인 욕망 바깥에 존재하는 타자들의 세계에 대해서는 상대적으로 매우 무심하거나 때로

---

3) 졸고, 「집 나가는 여자들」, 『켄타우로스의 비평』, 문학동네, 2004, p. 348.

는 배타적인 태도를 보여줌으로써, 종종 그녀들이 추구하는 욕망의 절박함만큼이나 그 욕망이 포용할 수 있는 세계의 협소함을 드러내 보인다는 점이다.[4]

집을 떠나 자유를 얻었으나, 전경린의 주인공들이 누린 세계는 협소했다. 박혜경의 글 제목이 암시하는 바대로 그녀들은 '재와 불꽃의 시간 사이' 곧 '제도와 일탈 사이'에서 정념을 통해 존재를 찾아 헤매 다녔을 뿐, 자신의 그 일탈로 인해 상처받은 이들, 혹은 자신과 유사한 상처를 가진 이들을 돌보고 그들과 연대할 여력이 없었다. 전경린의 문제는 가출 후 10년이 넘도록 그녀가 떠나온 집과는 전혀 다른 윤리에 의해 세워진 새로운 집 한 채를 마련하지 못했다는 데 있었다. 장편 『엄마의 집』에 대한 이야기가 시작되어야 하는 지점이 바로 여기다.

잘 자랐다, 수

10여 년 전 오디세우스의 집을 나섰던 페넬로페가 집을 구했다. 그 집은 버지니아 울프가 80년쯤 전, 『자기만의 방』에서 꿈꾸었던 그런 집, 그러니까 "한 여자가, 경제적이고 정신적이고 육체적이고 윤리적인 문제를 생애 속에서 전적으로 통제"(「작가의 말」, p. 299)할 수 있게 해주는 그런 집, 아빠의 집이 아닌 '엄마'(성별 구분 이전의, 크리

---

4) 박혜경, 「재와 불꽃의 시간 사이에서 떠도는 여자들」, 『물의 정거장』 작품 해설, 문학동네, 2003, p. 340.

스테바적인 용법에서의 '모성'을 의미하는 말로 이해해주기를)의 집이다. 그러자 많은 것이 변화한다.

엉뚱한 얘기지만, 엄마가 집을 얻어 정착하고 나자 가장 먼저 '수'가 돌아온다. 수는 1998년 작『내 생애 꼭 하루뿐일 특별한 날』의 주인공 미흔의 아들이다. 남편의 외도가 발각되고, 충격을 받은 미흔이 우울증에 빠지고, 이사한 시골 소읍에서 다른 남자를 만나고, 사랑하고, 불붙고, 성을 통해 존재감을 확인하고, 사고가 나고, 떠나고……, 그러는 동안 내내 마치 없는 듯이, 아랫집에 맡겨지고, 혼자 놀고, 대사마저 거의 주어지지 않았던 그 아이다. 엄마가 도덕과 제도로부터의 일탈을 통해 존재감을 획득하면 획득할수록, 수는 반대로 그 존재감이 희미해졌다. 그 아이는 앞서 박혜경의 언급, "전경린 소설 속의 여주인공들이 종종 자기 자신의 욕망에 대한 과도한 집착에 비해 자신의 사적인 욕망 바깥에 존재하는 타자들의 세계에 대해서는 상대적으로 매우 무심하거나 때로는 배타적인 태도를 보여"준다는 비판의 훌륭한 예가 될 만했다. 그러나『엄마의 집』은 박혜경의 비판으로부터 자유로운 전경린의 첫번째 텍스트라 할 만하다.

물론『엄마의 집』의 '호은'은 아들도 아니고, 이미 스무 살의 대학생이다. 그럼에도 호은은 자주 수를 연상시키는데, 엄마 윤진이 어느 날 돌연 집을 나간 후 외가에 맡겨져 홀로 큰 아이의 성장 과정이야말로 곧 수의 성장 과정이었을 것이기 때문이다. 그러니 수가 돌아왔단 말은 이 작품을『내 생애 꼭 하루뿐일 특별한 날』에 대한 후일담으로 읽을 수 있다는 말이기도 하다.

호은에 대한 윤진의 태도는 전작에서 미흔이 수를 대하던 태도와 사뭇 다르다. 호은을 떠난 후 윤진은 오로지 자신만의 집 한 채를 마련하기 위해 매일 열다섯 시간의 노동도 마다하지 않는다. 자신으로 인해 상처받았던 타자에 대한 배려는 이전의 전경린 소설에서는 찾기 어려웠던 특징인바, 호은으로 다시 나타난 수에 대한 전경린의 태도 변화는 주목을 요한다.

그런데 가부장적 질서가 지배하는 가족과 집이 싫어 떠났던 여성이 다시 간절히 원하는 집이란 도대체 어떤 것일까? 역설적이지만 집으로부터 벗어나기 위해 구하는 집이다.

> "엄마에겐, 너와 이 집이 너무나 중요해. 집을 마련하기 위해 낯선 곳으로 와 몇 년 동안 원룸에서 밤낮 없이 일을 할 때, 난 자신에게 이렇게 독려했어. 지금은 아무것도 원하지 말자. 아무것도 두려워하지 말자. 해내야 할 일만 생각하자. 그것이 이 막다른 곳에서 나가는 길이야. 일하는 한, 난 밖으로 나가고 있는 거다"(p. 264).

윤진은 말한다. 자신만의 집을 갖기 위해 일하는 한 자신은 밖으로 나가고 있는 것이라고. 가출의 완성은 아마도 새로운 곳에의 정착일 것이다. 그런 의미에서 윤진이 마련한 집은 페넬로페가 10여 년 전에 감행한 가출의 완성이다. 그러나 한 가지 잊지 말아야 할 것은, 이제 새로 구한 그 집이 이전에 그녀가 떠난 집과는 전혀 다른 윤리 위에 구축된 집이어야 한다는 사실이다. 또한 그녀가 집을 구하기 전에 타인에게 주었던 상처, 무관심, 혹은 이기적 자기 탐닉과도 무관한 그런 집이어야 한다는 사실이다. 그래야 (수가 자라 스무 살이 되어 다시 나타난) 호은은 지난날의 상처로부터 벗어나 엄마와 화해할 수 있을 뿐만 아니라, 엄마가 저질렀던 오류와 실수로부터도 자유로운 온전한

'존재'가 될 수 있을 것이기 때문이다. 이 요구에 대한 전경린의 해답, 거기에 이번 작품이 보여주는 전작들과의 가장 큰 차이가 존재한다. 그 차이란 '웃음'이다.

우선, 집이 마련되자 전경린의 주인공들이 웃는다. 그간 전경린의 주인공들은 자신의 정념과 존재 찾기에 지나치게 몰두한 나머지, 항상 진지했고, 고통스러워했으며, 열정적이거나, 냉소적이었다. 심할 경우 원한적이기도 했다. 그러나 『엄마의 집』의 주인공들은 그렇지가 않다. 다들 작지 않은 상처를 간직하고 있음에도 불구하고 건강하고 명랑하다. 가령 공룡 발자국 화석이 있는 남도의 바닷가 해식동굴 장면을 상기해보자.

"아빠의 특징은 다섯 가지로 요약할 수 있어요."

"다섯 가지?"

내가 되물었다. 졸음이 사라지고 정신이 번쩍 들었다. 함께 사는 사람에 대해 다섯 가지로 요약할 수 있는 논리성이 상큼했다.

"첫째 아빤 내가 무엇을 물으면 외판원처럼 정색을 하고 길게 설명하죠. 아무리 사소한 걸 물어도 온갖 걸 다 끌어내서 지리멸렬하게, 논리적으로, 길게 대답해요. 이제 텔레비전 뉴스 보다가 질문 같은 거 안 해요. 무심코 했다 하면 설명이 최소 삼십 분이죠."

엄마와 나는 갑자기 웃음보가 터졌다. 우린 정말 배를 잡고 웃어댔다.

"386이라 그래. 386!"

내가 폭소 사이로 비명을 질렀다. 386, 그건 지난 시대의 컴퓨터 용량같이 처량했다(pp. 110~11).

승지가 아빠의 나머지 특징 네 가지를 늘어놓을수록 그들의 웃음소리는 더 커진다. 돌아오는 길에 호은이 승지의 MP3에 연결된 이어폰을 자신의 귀에 하나, 엄마의 귀에 하나 꽂았음을 기억해두는 것도 좋겠다. 이 작품에서 MP3는 처음엔 타인과의 대화를 거절하는 단절의 기호였다가, 점차 소통의 기호로 변화한다.

호은이 엄마를 미스 엔이라고 부를 때도, 토끼가 냉장고 코드의 전선 외 기타 식용 불가능한 물질들을 갉아먹을 수 있음을 확인했을 때도, 아빠의 귀농 사실을 승지로부터 듣고도 호은이 그 사실을 엄마에게는 모른 척할 때도, 읽는 이의 얼굴엔 웃음이 번질 만하다. 명랑한 웃음이 아니라 그저 피식거리는 웃음, 혹은 마음이 따뜻해져서 조용히 짓는 미소까지 더한다면 이 작품은 전경린의 작품치고는 그간의 어떤 작품보다도 명랑하고 포근하다.

물론 이들의 웃음은 엄마가 새로 구한 집이 그녀가 떠난 집과는 전혀 다른 기초 위에 세워져 있기에 가능하다. 가령 승지에게 초경이 비치던 날, 윤진의 성교육은 상상할 수 있는 가장 합리적이고 관대한 것이다. 딸 호은의 양성애 취향을 두고 보여준 엄마의 태도도 마찬가지다. "엄만 내가 양성애자라면 어때?"라는 딸의 질문에 엄마가 답한다. "인간은 누구나 행복을 추구할 권리가 있어. 저마다 자기 생긴 대로, 행복을 찾아야 한다구. 그게 인생인걸. 범죄가 아닌 이상, 누구도 그걸 억압해서는 안 돼." "그리고, 이성애자라는 정체성이 꼭 동성애자나 양성애자보다 덜 위험한 것도 아니야. 어차피 인생이란 숱한 기회들과 선택의 연속인걸. 난 네가 다른 사람들과 좀 다르게, 너의 방식으로 행복을 추구하고 삶의 진실들을 경험하는 것에 반대하지 않아." "가족이 이건 해라, 이건 하지 말아라 하며 족쇄를 채우고 각자 가는 길에 바짓가랑이를 붙잡아서야 되겠니. 그건 월권행위지."

"더군다나 우리 같은 가족은 최선을 다해 서로 돕는 게 우선이야. 불필요한 고집을 서로에게 부리거나 무리한 요구를 해선 안 되는 거야. 좀 달라도 서로를 이해하고 자유로워질 수 있게 도와야 해."

그러나 어쩌면 어려운 길에 들어서게 될지도 모를 딸을 위해 충고의 말도 잊지 않는다. "하지만 네가 정말로 양성애자라면, 사회적 소수로서 피할 수 없는 불이익과 차별과 편견을 감당해야 한다는 점도 분명히 알아야 해. 이 세상에 대한 선택의 폭과 기회가 훨씬 더 좁아질 거야. 그게 정말로 더 행복한지, 더 치열하고 어려운 삶을 살 용기가 있는지 검증해봐야 해"(pp. 148~49).

자녀의 성적 정체성에 대해 이보다 관대하고 합리적인 엄마의 모습을 상상하기는 힘들 것이다. 그것은 오랫동안 자기 자신만의 취향과 욕구를 억압당해본 적이 있는 자만이 터득할 수 있는 태도이다. 게다가 이 대화는 울프의 『자기만의 방』의 중요한 한 가지 주제, 곧 '양성적 인간'의 테마를 지시하고 있기도 한데, 윤진이 구한 '엄마의 집'이 아빠의 논리에 기초해 지어진 집과 완전히 상이하다는 사실에 대한 좋은 예라 할 만하다. 엄마의 집은 더 이상 젠더로서의 남성도 여성도 존재하지 않는 울프의 '자기만의 방'의 21세기 버전이다.

역으로 호은이 엄마의 애인을 대하는 태도, 엄마의 애인 최민경이 호은과 승지를 대하는 태도 역시 전통적인 가족 범주 내에서는 상상하기 힘든 전혀 새로운 윤리를 실현한다. 질투가 없지 않음에도 불구하고 딸은 엄마의 연애를 축복해주고, 엄마의 애인은 애인의 딸을, 그리고 애인의 딸도 아닌 중학생 소녀를 하나의 인격체로, 그리고 진지한 대화 상대로 대한다. 그것은 완전히 새로운 가족 모델이다.

그렇다면 전경린의 정착은 전혀 '이전 집으로의 귀환'을 의미하지 않는다. 그 집은 오디세우스(그는 얼마나 철저한 가부장이었던가)의 윤리에 따라 세워진 집이 아니라 페넬로페의 윤리에 따라 세워진 새로운 집이다. 그 집과 함께 페넬로페는 가출을 완성하고 정착한다. 소설 말미 호은이 레몬의 윤리를 배울 수 있었던 것도 다 이 새로운 집 덕분이다.

나는 색색의 종이배를 창문 아래로 하나씩 떨어뜨리고 두 팔을 활짝 펼쳤다. 세상을 향해 무언가를 구하는 간절한 마음과 무언가를 주고 싶은 다정한 마음이 똑같이 차올랐다. If life gives you a lemon, make lemonade! 생은 시어빠진 레몬 따위나 줄 뿐이지만, 나는 그것을 내던지지 않고 레모네이드를 만들 것이다(p. 279).

까마-요가의 자기폐쇄성으로부터 벗어나 사자의 사유가 아니라 어린아이의 사유, 부정이 아니라 전혀 다른 긍정에서 상처의 치유법을 찾은 페넬로페의 아들 수, 참 잘 자랐다!

원한의 종결

새로운 집과 함께 남편 오디세우스를 바라보는 페넬로페 자신의 시선도 변화한다. 90년대 중·후반의 많은 페넬로페들과 마찬가지로 전경린의 주인공들 역시 남편에 대해서는 원한적인 데가 있었다. 남편들이야 워낙에 원한의 대상이 된다고 해서 억울할 게 없는 한국 사회이니, 원한 자체를 문제 삼을 것은 없다. 그러나 그 원한이 종종 '남성＝폭력, 악'이라는 도식 속에서 반복되는 위험은 경계할 필요가 있었다. 아울러 전경린의 몇몇 작품들이 좋은 남자와 나쁜 남자의 이분법, 경제적 남자와 문화적 남자의 이분법, 가해자 남자와 구원자 남자의 이분법으로부터 완전히 자유롭지 못했다는 사실도 지적할 필요가 있다.

그러나 『엄마의 집』에서 전경린이 자신의 남성 주인공들에게 던지는 시선은 사뭇 다르다. 그 시선은 이제 영영 같이 살 이유는 없지만, 그렇다고 더 이상 원한의 대상은 아닌 자를 보는 듯한, 이해와 수긍의 시선이다. 가령 호은이, 『공산당 선언』은 읽었느냐고 대뜸 철 지난 선동을 시작하는 아빠를 두고, 어렸을 적 공룡(그것은 이제 사라지고 없는 영웅적인 존재라는 점에서 공산주의와 닮았다)들의 이름을 떠올리며, "황토색과 갈색이 입혀진 고무 공룡들은 작았지만 결코, 단한 번도 정말로 작게 느껴진 적은 없었다. 그것은 가공할 크기와 시간과 괴력과 존재성을 압축한 것들 특유의 환상적 이미지와 상징성을 품고 있었다"(p. 19)라고 말할 때, 엄마와 자신 대신 다른 여자와 승지를 택한 아빠에 대한 원한은 찾기 힘들다. 호은의 시선은 이해와 연민의 시선이다. 그녀가 전경린 소설에서는 드물게 종종 사회적인 주제들을(스무 살 대학생 수준이긴 하지만) 사유하고 말하는 것도 아버지로부터 영향 받은 바 크다. 아빠에 대한 연민이 전경린의 소설에 시험적인 수준에서나마 사회적인 것들(지금의 386들의 모습, 신자유주의 체제하 한국 사회의 각박함 등등)을 도입했다고 할 수도 있겠다.

엄마 윤진이 남편의 옛 동지 해자 아저씨의 죽음을 진심으로 안타까워할 때, 영미네 부부의 굴하지 않는 사회봉사에 대해 존경의 마음을 전혀 감추지 않을 때, 아빠를 존경한다는 딸의 말에 "그래, 죽지 않았어. 범죄자도 되지 않았고, 주정뱅이도 아니야. 어처구니없지만 제 청춘에 변절도 하지 않았지. 저렇게 자신의 바닥을 버티며 사는 건 아무나 할 수 없는 일이야. 그거야말로 성실일지 모르지. 나도 알아. 나도 너처럼 생각해"(p. 114)라고 대꾸할 때, 그녀에게서도 남편을 향한 원한의 기미는 느껴지지 않는다. 나아가 소설 말미, 사랑이라는 개념이 지시하는 바의 부재를 깨닫고, 삶이란 사랑의 열정이 아니라 인간의 도리로 사는 것임을 깨달은 윤진은 말한다.

"우리가 사랑이라는 개념의 자를 가지고 들이대는 순간, 사랑은 없단다. 어디에도 없어. 지금이라면, 난 사랑에 억압되지도 않고 기대하지도 않고 꿈꾸지도 않고 기만당하지 않았을 거야. 내가 하는 게 무엇인지 규정하지 않고 어떤 형태로든 네 아빠와 헤어지지 않고 세상의 높은 곳과 낮은 곳을 흘러갔을 거야. 사랑이든 아니든, 사랑에 도달하지 못하든 혹은 사랑을 지나가버렸든, 사랑이라는 개념 따윈 버리고 둘이 함께 있는 것을 믿을 거야. 네 아빠와 난, 그것에 실패했어"(pp. 206~207).

딸 호은이 깨달은 것도 그와 다르지 않다. "내 미움의 근원은 아빠를 아빠라는 개념의 감옥에 가두고 그 역할을 요구했기 때문에 생긴 것이었다"(p. 207).

남성을 향한 이와 같은 시선의 변화는 물론 전경린의 남성 인물들이 가장 반가워해야 할 시선이지만(왜냐하면 도식성을 벗어나 복합적이고 개성적인 인물이 되었으므로), 여성 주인공 자신들에게도 반가운 시선이다. 원한의 종결을 의미하기 때문이다. 니체는 "지상에서 원한에 사무친 열정보다 사람을 더 빨리 소모시키는 것은 없다"고 말한 적이 있다. 전경린의 주인공들이 그간 보여준 존재 찾기의 열정이 항상 일종의 안쓰러움을 동반했던 것도 이런 이유였을 것이다. 그것은 상처받은 자의 열정이었고, 거처 없는 자의 열정이었고, 때로는 너무 사무쳐서 주변의 타인들을 돌보지 않는 열정이었다. 그러나 우리는 이제 『엄마의 집』 말미, 잘 자란 수, 호은의 다음과 같은 독백에서, 원한으로부터 해방된, 타자에 대한 질시와는 완전히 무관한, '자발적 욕망'의 시작을 목격한다.

난 이 세상의 여러 가지 것들을 배우고 다양한 사람을 만나는 것이 즐겁다. 스와힐리어도 배우고 스페인어도 배우고 싶지만, 굳이 아프리카나 라틴아메리카에 가고 싶지는 않다. 물론 갈 일이 생긴다면, 뒷걸음치지는 않을 것이다. 열두 개의 별자리를 골고루 친구로 사귀고 싶고 남자와 여자를 사랑하고 아이도 낳아 키우고 싶다. 커다란 개를 키우며 도심의 강변 빌라에서 살고 싶고 커다란 감나무가 있는 시골집에 공작새를 풀어놓고 살아보고도 싶다. 싸움을 좋아하지는 않지만, 삶에 모욕당하지 않기 위해 눈에 보이지 않는 백 가지 적과 늘 싸울 각오가 되어 있다. 나는 예수와 부처에 대한 경외와 연민을 느끼고 타인에 대한 자비심에 동감도 하지만 무엇보다 나 자신이 여기 살아 있음을 기뻐하고 싶다(pp. 275~76).

"열두 개의 별자리를 골고루 친구로 사귀고 싶"어 하고 "남자와 여자를" 다 사랑하고 싶고, "삶에 모욕당하지 않기 위해"서라면 백 가지의 적과라도 싸울 각오가 되어 있으며, 타인에 대한 자비와 동감을 잃지 않되, 자신의 삶 그 자체를 긍정하겠다는 이 젊은 주인공, 그와 함께 90년대 중반 집을 나왔던 페넬로페의 가출 서사는 보람 있게 종결되었다. 그러나 이후로도 그녀의 가계에 대한 이야기는 계속될 터인데, 이제 '엄마의 집'에서 양육되었고, 막 그곳에서 배출된, 페넬로페의 딸이 말할 차례다.

낭만적 거짓과 소설적 진실
─김경욱, 「장국영이 죽었다고?」[1]

미디어에 의한 주체의 호출

이데올로기만 주체를 호출하는 것은 아니다. 미디어도 주체를 호출한다. 아니 최소한 우리 시대에 이 두 문장은 같은 의미이거나 아주 비슷한 의미일지도 모른다. 우리가 사는 시대에 가장 지배적인 이데올로기 담지체는 매스 미디어일 테니까. 그 미디어에 의해 주체로서 호출당한 첫 세대가 바로 작가 김경욱이 속한 세대다. 그들은 한국에서 '이미지 정치'(소위 3S)가 막 시작되던 80년대 초엽, 매스 미디어가 유포하고 날조한 이미지들에 의해 스스로를 주체로서 상상할 수 있게 된 세대다.

김경욱 소설에서는 예외적으로 유소년기의 자전적 사실들이 등장하는 두 작품 「미림아트시네마」와 「우리가 정말 달에 갔던 것일까」는

---

1) 김경욱, 『장국영이 죽었다고?』, 문학과지성사, 2005. 이후 본문에서 수록 작품 제목과 쪽수만 표기.

그 세대들이 미디어에 의해 주체로 호출당하는 장면을 전형적으로 보여준다.

붉은원숭이가 두려웠지만 만화영화를 훔쳐보고 싶다는 욕망은 수그러들 기미가 전혀 없었으니까. 오히려 붉은원숭이에 대한 공포, 언젠가는 그의 공갈처럼 그의 손아귀에 붙들려 고추를 떼이게 될지도 모른다는 두려움이 커질수록 만화영화를 보아야겠다는 생각은 더욱 간절해지는 것이었어.[2]

누구나 그렇듯이 어릴 적 그는 만화와 만화영화에 넋을 잃곤 했다. 그의 부모는 자식의 장래를 걱정했다. 그는 한곳에 몰두하면 정신을 차리지 못하는 아이였다. "쟤가 커서 뭐가 될라고 저런다냐? 잘하믄 텔레비 속에 들어앉겠다." 그의 부모는 혀를 찼다. 그의 아버지는 텔레비전에 자물쇠를 채우기도 했지만 그럴 때면 그는 넉살 좋게 옆집 안방에 앉아 만화영화를 보곤 했다. 말수가 적고 내성적이었던 그로서는 대담한 짓이 아닐 수 없었다. 역시 부모의 우려대로 그는 텔레비전 만화영화에 영혼을 빼앗겼었나 보다.[3]

거세 공포(가장 원초적인 공포)를 불러일으키는 자, 붉은원숭이의 감시를 뚫고서라도 보고야 말았던 만화영화 「마징가 제트」, 스포츠라기보다는 연출된 드라마에 가까웠던 프로레슬링, 지금도 깨기 힘든

2) 김경욱, 「우리가 정말 달에 갔던 것일까」, 『누가 커트 코베인을 죽였는가』, 문학과지성사, 2003, p. 182.
3) 김경욱, 「미림아트시네마」, 같은 책, p. 320.

숱한 기록들을 남긴 초창기의 프로야구는 이들 세대 주체들을 쇠돌이나 김일, 혹은 김봉연이나 박철순과 동일시하게 한다. 이 세대 주체들이 누렸던 이러한 문화적 풍요로움(?)이 물론 80년 오월 직후, 이미지 정치의 시작과 맞물려 있다는 사실은 이제 상식에 속한다. 그들은 미디어가 유포한 이미지에 의해 호출됨으로써 주체가 된다. 그렇다면 "텔레비전 만화영화에 영혼을 빼앗겼"다는 표현은 그저 비유만은 아닐 터인데 영혼이 멀리 천상에서 오는 것이 아니라면 그것은 분명 지상에서 '형성'되는 것일 테고, 이 세대들에겐 텔레비전 브라운관에 비친 쇠돌이나 김일이야말로 주체 형성 과정 중 가장 매혹적인 동일시 대상이었을 것이기 때문이다.

『아크로폴리스』[4]에서 『누가 커트 코베인을 죽였는가』까지 김경욱의 이전 소설들은 바로 이처럼 이미지에 매혹당한 세대의 내면 풍경을 다양한 포스트모던 기법들을 동원하여 묘사하는 데 할애되었다. 아직 인터넷이 지금처럼 광범위하게 활용되기 전에 발표된 작품들에서는 주로 영화 이미지들에 홀린 자들이 소설의 주인공이었고[4] 비교적 최근의 작품에서는 인터넷을 통한 게임과 채팅 등, 주로 사이버공간에서 가까스로 존재감을 확인하는(하지 못하는) 이들이 주인공이었다. 그들은 모두 허구와 현실 사이에 존재하는 경계를 실감하지 못했고, 그런 이유로 스크린과 텔레비전, 혹은 컴퓨터 모니터 앞에서의 고립을 자초했다. 그리고 바로 그 고립 때문에 타인과의 소통을 간절하게 그리워하면서도 소통의 방식을 몰라 고통스러워했다.

---

4) 김경욱, 『아크로폴리스』, 세계사, 1995.
5) 이에 대해서는 졸고, 「젊은 영화 도상학자의 초상」, 『켄타우로스의 비평』, 문학동네, 2004 참조.

그들이 매혹당했고 또 스스로를 유폐시켰던 그 가상의 현실들을 라캉의 용어를 다소 비틀어 '미디어 상징계'라 불러도 좋겠다. 그들은 미디어가 유포하는 이미지-기호들로 이루어진 상징계 바깥을 상상조차 할 수 없었다. 바로 그것들이 그들의 주체를 형성했기 때문이다. 물론 그들이 그 상징계 내에서 내내 편안했던 것만은 아니다. 가령 「베티를 만나러 가다」[6]의 화자는 '아비'라는 ID를 벗어던지고 실물로서의 베티와 접속하고자 시도한 적이 있다. 그러나 베티는 나타나지 않는다. 베티는 여전히 스크린 속 여배우의 이미지를 연상시키는 가상의 정체성 속에 남는다. 미디어 상징계 너머는 좀처럼 김경욱의 주인공들에게 그 모습을 드러내지 않았던 것이다. 미디어에 의해 상징화되지 못한 '저주받은 영역'(바타유), 그곳은 라캉의 용어(바타유로부터 그 아이디어를 얻어왔으나 끝내 그 사실을 밝히지 않은)로는 '실재계Réel'와 같아서 정신증 상태나 주이상스jouissance 체험 같은 예외적인 경우가 아니고서는 존재 여부조차 확인 불가능하다.

붉은원숭이의 등장

그러던 김경욱의 작품 세계에 변화가 나타난다. 그의 주인공들이 이전과는 달리 포즈로서가 아니라 아예 작정을 하고, 상징계 너머의 '실재'에 도달하려는 가망 없는 시도를 자주 보여주기 시작했던 것이다. 「누가 커트 코베인을 죽였는가」에서부터였을까? 이미지에 호출

---

6) 김경욱, 「베티를 만나러 가다」, 『베티를 만나러 가다』, 문학동네, 1999.

당한 자에 의한 이미지(스타)의 살해를 다룬 이 작품은, 분명 이전에 그가 미디어 상징계에 대해 취했던 태도에 비했을 때 비판적인 데가 있다. 그는 이미지를 통해 주체를 형성한 자(스토커)가 저지르는 병리적 살인에 대해 이야기한다. 그러나 그뿐, 그 '해악적인' 상징계 '너머'를 말하지는 않는다. 그렇다면, 순정(純情)을 다 바쳐 순정이를 사랑했던 지난날로부터 너무 멀리 떠나왔음을 실감하는 세 속물 친구들의 이야기를 그린 「순정아 사랑해」에서부터였을까? 그 시절은 상징계에 한번 발을 들여놓은 이상 좀처럼 도달할 수 없다는 의미에서 실재적인 데가 있다. 그러나 그들은 소설 후반부 안이하게도 상징계의 질서 속에 안주하기로 마음먹는다.

그도 저도 아니라면 자살로 미디어 상징계의 질서 너머를 꿈꾸었던 두 인물의 이야기를 그린 「토니와 사이다」에서부터였을까? 아이들마저도 태어날 수 없을 정도로 위생적인, 그래서 완벽하게 허구화된 일상 저 밑에 감춰진 피비린내의 정체를 알아가는 한 소설가의 이야기(그는 김경욱 자신이기도 하다), 「선인장」에서부터였을까? 어쨌든 김경욱의 주인공들이 허구 너머의 진실을 향한 여행을 자주 시도하기 시작한 것은 『누가 커트 코베인을 죽였는가』에 실린 단편들에서이다. 그 한복판에 붉은원숭이라 불린 한 사내가 있다.

앞서 인용문으로 돌아가서 「우리가 정말 달에 갔던 것일까」의 붉은원숭이는 TV 시청을 금지하는 자, 거세 공포를 불러일으키는 자, 그리하여 마을의 모든 사람에게 경외와 공포의 대상이 되는 자이다. 그에게 주어진 이 숭배와 경원의 양가감정은 어디서 기인하는 것일까? 소설의 표면 서사와 달리 그 양가감정은 그의 외모나 행각보다는 오히려 그가 'TV 너머를 보는 자,' 미디어가 유포하는 이미지 너머를 사유하는 자, 곧 '실재'와 어떤 관련을 맺고 있는 자일지도 모른다는 데서 비롯된다. 아마도 그러면 우리는 달에 갔던 것이 아니라 달에 도달한 것처럼 연기한 자들의 이미지만을 보았다고 했을 것이다.

후에 대처(大處)에서 스트라이크를 하다 마을에 흘러든 것으로 밝혀지는 붉은원숭이(그는 그렇다면 이미지 정치에 저항한 자이다)는, 「마징가 제트」를 두고 이런 말을 한다. "이놈의 자식들. 쪽바리 만화가 그리 재밌냐?"(p. 185). 또 당시 온 국민의 시선을 사로잡았던 프로레슬링을 두고는 이런 말도 한다. "저거 다 쑈야. 짜고 치는 화투판이다 말야. 그것도 모르는 빙신들이 뚫린 주둥이라고 맘대로 씨부려?"(p. 194). 말하자면 그는 마을에서 유일하게, 쇠돌이가 사실은 가부토 코지였단 사실을 아는 자, 곧 TV가 유포하는 날조된 이미지들 너머를 알고 있는 자이다. 그렇다면 그에게 가해지는 마을 사람들의 집단 폭력은 차라리 진실을 알기를 원하지 않는 자들, 허구를 모방하는 일상 너머에 무엇이 있는지를 알고 싶지 않은 자들이 진실의 전파자에게 가하는 린치와 같다.

그렇게 붉은원숭이는 김경욱의 소설 세계에 하나의 획을 그으면서, 이미지-기호로 이루어진 상징계 너머에 뭔가가 있다고(물론 그것이 뭔지에 대해서는 모르는 채로), 너희들이 보고 있는 것은 헛것이라고 증거한 요한적 존재가 된다. 그러나 마을 사람들의 집단 린치로 침묵당한 그의 전언이 추종자들을 만나기 위해서는 장국영이 죽기를 기다려야만 했다. 알다시피 장국영은 김경욱 세대가 포획당한 미디어 상징계의 영원한 별, 최고의 이미지-기호였다.

눈물의 의미

사실, 『장국영이 죽었다고?』에 등장하는 김경욱의 많은 주인공들은 붉은원숭이의 후예들이다. 이유는 알고 보면 간단하다. 그들이 울기 때문이다. 그것도 절실하게. 『장국영이 죽었다고?』는 김경욱의 주인공들이 눈물을 흘리기도 한다는 사실을 독자에게 처음으로 알린 작품집이다.

그런데 그들은 언제 우는가? 그들이 우는 장면들을 보자. 먼저 「나비를 위한 알리바이」의 한 장면이다.

발음이 어려워서 정확히 기억하지 못하는 어느 인도 요리가 만들어지는 것을 물끄러미 바라보고 있는 내 늑골의 적막함이 사무쳐 나를 위해, 누군가를 위해 한 번도 요리해본 적 없는 나는 울었다. 울음이 진정되자 나는

꼬박 한 달을 뭉개고 있던 그 침대가 문득 두려워졌다(「나비를 위한 알리바이」, p. 142).

스스로 실직을 자초하고, 세상을 좀 배워야겠다는 결심으로, 꼬박 한 달을 침대에 누워 72개의 채널을 수시로 바꿔가며 TV만 보던 화자가 운다. TV 앞의 침대를 떠나며 운다. 말하자면 미디어 상징계와 결별하며 운다. 그가 이후 피시방이나 영화관이 아닌 '서점'에 들르는 이유(책 속엔들 실재가 깃들기야 하겠는가마는), 거기서 '드라마'라곤

전혀 없는 짝사랑의 가장 비참한 최후(남의 아이를 가진 여인과 산부
인과 같이 가기)를 맞게 되는 결말도 이해가 간다.

　다른 장면도 있다. 「장미정원의 아름다운 원주민」의 마지막 장면
이다.

　　티가 들어갔는지 나는 눈을 찔끔 감고 말았다. 눈을 뜨니 저 멀리 폴
　리스 라인이 보였다. 나는 그곳으로 걸어갔다. 노란 테이프 너머로 작
　은 구덩이가 파여 있었다. 그것은 검고 무력한 구덩이일 뿐이었다. 구
　덩이는 더없이 온순했다. 나는 폴리스 라인 너머로 들어갔다. 구덩이
　에 나는 몸을 천천히 뉘었다. 구덩이는 뜻밖에 안온했다. 구덩이에 드
　러누우니 아파트가 보이지 않았다. 나무들 사이로 서울에서는 찾아보
　기 힘들던 별빛이 형형하게 빛나고 있었다. 나는 구덩이에 누워 별빛
　을 바라보며 문득 이런 생각을 했다. 소형이도 저 별빛을 보고 있을
　까?(「장미정원의 아름다운 원주민」, pp. 246~47)

　과도한 욕심, 그러니까 무모한 증권 투자의 실패로 서울(거대한 이
미지-기호들의 도시)에서 밀려난 화자는 인근 소도시에 아파트를 얻
는다. 아파트 앞에는 마치 정원처럼 야산이 하나 있다. 비오는 날이
면 환청인 듯 불가사의한 나팔 소리가 들려오는 그 숲엔 유년의 기억
속 '장미정원'처럼 붉은 장미꽃이 무성하다. 소설은 '나'의 어린 시절
(마치 붉은원숭이처럼) 호기심과 공포의 대상이었던 장미정원에 대한
기억과, 현재 시점의 '나'가 이 야산을 거닐면서 발견하게 되는 유골
이야기가 중첩되면서 전개된다. 어린 시절의 장미정원은 전염병과 귀
신의 처소로, 그러나 동시에 아름다운 장미들의 정원으로 묘사된다.

진실의 전파자 붉은원숭이가 일하던 '새시대전파사'가 그랬듯이, 그 곳은 금단의 영역이다. 나중에 알게 되는 사실이지만 장미정원엔 어여쁜 소녀 '소형'이네 가족이 살았다. 그러나 마을 사람들 중 누구도 그곳의 진실을 제대로 알려고 하지 않는다. 마찬가지로 야산에서 발견된 유골(군주둔지였으니 어떤 병사의 주검이었음에 분명한)이라는 엄연한 진실 앞에서 아파트 단지의 그 누구도 동요하지 않는다. 아파트 단지 앞 야산에 쳐진 철조망과 유골을 파낸 구덩이 주위에 쳐진 폴리스 라인은 아마도 진실은 항상 금기의 영역에 속한다는 사실의 반증에 다름 아닐 것이다. 사람들은 아파트 값(교환가치, 이 거대한 상징계의 논리)과, 단지(團地)의 '이미지'를 우려해서, '나'가 발견한 진실을 은폐하기 위해 담합한다. '나'의 가족은 아파트 단지에서 쫓겨날 처지에 몰린다. 그런 밤에 '나'가, 유골이 나온 바로 그 구덩이에 몸을 누이는 장면이 바로 위에 인용한 부분이다.

말과는 달리 티끌은 눈에 들어가지 않았을 터이니 그는 잠시 울었던 것임에 틀림없다. 그가 본 별빛, 그리고 그가 발견한 유골이 결코 도달할 수 없는 '실재계'의 어떤 효과가 상징계에 낸 파열의 흔적이었는지는 확실하지 않다. 실재란 언어로는 포착할 수 없는 저주의 영역에 속한 무엇일 테니 말이다. 그러나 그가 누운 구덩이가 정녕 미디어 상징계, 그리고 그것에 의해 완전히 포획된 후기자본주의적 일상의 세계와 완전히 무관한 구덩이란 사실은 확실해 보인다.

이와 유사한, 그러나 가장 절실하고 비참한 울음이 하나 더 있다. 「당신의 수상한 근황」의 화자가 소설 말미에 우는 울음이다.

　"여보세요?"

여전히 응답이 없었다. 연결이 고르지 못한 것이라고 생각했다. 전화를 끊으려다 수화기를 귀에 바짝 붙였다. 가만히 귀를 기울이니 어떤 소리가 희미하게 들리기 시작했다. 그것은 숨소리였다. 어느 먼 곳으로부터 아득히 들려오는 북소리처럼 뭔가를 애써 호소하는 듯한 소리였다. 그것은 딸아이의 숨소리였을 것이다. 말이 되지 못하고 소리에 불과한 웅얼거림이었다. 아이는 계속해서 웅얼웅얼 소리를 냈다. 의미를 구하지 못한 그 소리는 이제 막 말을 배우기 시작한 갓난아이의 옹알이처럼 들렸다. 전화기에 대고 나는 아이의 이름을 불렀다. 돌아오는 것은 의미를 헤아릴 수 없는 소리뿐이었다. 오래지 않아 전화는 끊어졌고 나는 흐느끼기 시작했다. 어쩌면 전화를 끊고 흐느끼기 시작했거나 흐느끼는 사이에 전화가 끊어졌는지도 모른다. 터져나오는 울음을 애써 참으며 나는 복권을 마저 긁기 시작했다(「당신의 수상한 근황」, p. 65).

작품 속의 화자는 보험 사기를 적발하는 자, 그러니까 허구로 연출된 사건과 실제로 발생한 사건을 구분하는 자이다. 그가 소설 말미에 처한 상황은 김경욱의 소설을 통틀어서, 아니 근자에 씌어진 한국 소설의 주인공들을 통틀더라도 가장 비참한 축에 든다. 6년 전, 보험 사기단이 연출한 교통사고가 있었다. 그것은 허구의 사고, 연출된 사고였다. 그 사고로 화자는 가해자가 되고, 당시 8개월 된 채로 아내의 뱃속에 있었던 딸은 언어장애를 얻는다. 아내는 우울증에 걸리고, 화자는 의심 강박("의심하고 또 의심하라")에 걸린다. 심지어 옛 애인의 소액 보험 사기마저 눈감아주지 못하고 귀가하는 중에 눈이 내린다. 빙판길에서 미끄러져 차가 뒤집히고 그는 차 속에 거꾸로 매달린다. 전화가 걸려온다. 보일러 교체 비용을 요구하는 아버지의 전화, 학원비를 요구하는 여동생의 전화. 그리고 한 통화 더. 말을 못하는 딸아이의 전화다. 그러자 화자는 김경욱 소설 주인공으로서는 믿어지지 않을 만큼, '구질구질하게도' 흐느낀다. 거꾸로 매달린 채 이내 평평 운다. "말이 되지 못하고 소리에 불과한" 딸의 웅얼거림. 말을 몰라 한 번도 상징계에 속해본 적이 없는 자의 웅얼거림. 그 앞에서 상징계에 속한 화자의 '언어'는 되돌아오지 않는다. 그때 그가 할 수 있는 것이 흐느낌 외에, 혹은 가망 없는 복권 긁기 외에 달리 무엇이 있었을까? 라캉은 '상징계'란 개념 앞에 종종 '언어적'이란 말을 붙이기도 했다. 상징계는 언어적 질서로 구성되어 있다. 그렇다면 화자는 딸아이의 입에서 나온 언어 이전의 웅얼거림으로부터 상징계 아닌 어떤 영역의 소리를 들었던 것은 아닐까? 언어로 언어 바깥을 이해할 수는 없는 노릇이니 그가 들은 것이 무엇인지는 역시 확신하기 힘들다. 그러나 그것이 이전의 김경욱 주인공들이 울던 울음과는 성질이 판이한 그런 울음이란 사실은 확실하다. 최소한 그는 지금 울음의 '이미지'를 울고 있지는 않다.

그렇다면 그들의 울음은 하나같이 미디어 상징계와의 결별 의례(儀禮)들이 아닌가. 이미지-기호들로 구축된 세계와의 결별 의례들이 아닌가. 다시, 그들은 언제 우는가. 날조된 이미지들에 의해, 가치라는 이름의 상징 체계에 의해 완전히 포획된 일상과 결별할 때 운다.

낭만적 거짓과 소설적 진실

지라르는 소설 장르를 일러 욕망의 직접성이라는 허구, 그러니까 낭만적 거짓을 폭로하는 진실의 장르라는 요지의 발언을 한 바 있다. 소설은 은폐된 욕망의 모방적 성격을 드러낸다. 이즈음 김경욱이 하는 작업이 이와 유사하다. 그는 소설을 통해 미디어 상징계의 낭만적 거짓을 폭로한다. 그의 소설들은 이즈음 TV 브라운관 너머, 화폐라는 이름의 상징 체계 너머, 거기 알 수 없는 뭔가가 존재한다는 사실을 자꾸 지시한다. 그리고 그것을 알아채고 말하는 주인공들이 처하게 되는 사회적 '배제'를 보여줌으로써 이 사회의 구성원들이 의식적으로건 무의식적으로건 허구 너머를 은폐하기 위해 담합한다는 사실을 보여준다.

허구가 아니라 직접 경험한 사연을 써 보내자 방송도 기피하고 경품도 보내지 않는 라디오 방송국(「장국영이 죽었다고」), 발견된 유골의 진실을 은폐하기에 급급한 군 관계자들의 태도(「장미정원의 아름다운 원주민」), 뭇 남성들의 시선에 의해 무방비로 포획당한 채 하나의 이미지로 굳어진 라라 양의 그림(「페르난도 서커스단의 라라 양」) 등이 모두 그 담합을 증거한다.

그 '낭만적 거짓'들의 담합 앞에서 소설이 할 수 있는 일은 무엇일까? 김경욱의 처방은 이것이다. '성난 얼굴로 돌아보라.' 동명(同名)의 소설 속에서 지극히 위악적인 '나'에게 상처받고 버림받은 윤주는, 자신이 쓴 소설 속 소설 「성난 얼굴로 돌아보라」 도입부에 이렇게 쓴다.

다만 이 글을 읽은 당신이 무언가를 돌아보기를, 부디 성난 얼굴로 돌아보기를 바랍니다. 그걸로 족합니다. 존재해서 늘 가엾은 당신(「성난 얼굴로 돌아보라」, p. 172).

　실재에의 어떤 약속도 기대할 수 없는 이 시대에 우리 모두는 분명 존재하는 것 자체로 늘 가엾다. 그러나 성난 얼굴로 돌아보자. 그러면, '도달할 수 없음'이 유일한 정의인 '실재계'와 맞대면할 수는 없을지라도, 최소한 우리가 사는 세계가 온통 이미지-기호들의 상징계라는 사실, 우리가 거기 몸담고 살면서 수많은 붉은원숭이들에게 린치를 가하고자 담합했었다는 사실 정도는 자각할 수 있을지도 모를 일이다. 김경욱의 표현대로라면, "눈 밝아진"(p. 186) 자들이 될 수는 있을 것이다.
　어쨌든 지금도 김경욱은 소설을 쓰고 있다. 성난 눈으로, "일독을 권한다"(「성난 얼굴로 돌아보라」, p. 187).

교환 가능한 사랑
─방현희, 『바빌론 특급 우편』[1]

1. 동성애의 출현

동성애(이 글에서는 이 개념이 양성애를 포함하는 개념으로 사용됨을 밝혀둔다)는 어느 날 갑자기 '출현'하는 것이 아니다. 여러 문헌들을 통해 증명되듯 동성 간의 사랑은 고대로부터 이미 존재하던 것이었다. 그것도 지금처럼 '비정상'적인 족속들의 도착적 성애로 폄하되지 않은 채로. 그러니 동성애가 '출현했다'는 말은 틀린 말이다. 동성애는 그것에 어떤 식의 금기와 처벌이 부여되었건 인류 역사 전체를 통해 한 번도 사라져본 적이 없다. 다만 그것을 명명하고 평가하는 사회적 태도(대개 편견에 기반한)에 이러저러한 변화가 있어왔을 뿐이다. 그 변화 중 가장 극악한 형태의 편견은 19세기 이후에야 나타난다.

그런 이유로 90년대 이후 우리 소설(천운영의 「포옹」, 윤대녕의 「수

---

1) 방현희, 『바빌론 특급 우편』, 열림원, 2006. 이후 인용문은 본문에 수록 작품 제목과 쪽 수만 표기.

사슴 기념관에서 놀다」, 배수아의 여러 작품들이나 황병승의 시들을 포함해서)에 종종 등장하는 동성애자 주인공들을 두고 그들이 느닷없이 출현했다고 한다면 그것은 옳은 말이 아니다. 그들은 우리 곁에, 적대적인 사회적 분위기 탓에 잠복된 형태로, 그러나 항상 존재해왔다. 다만 그것이 하나의 문학적 문제로서 제기된 사례가 극히 드물었을 뿐이다. 문학에도 어쩔 수 없이 사회적 각인이 찍힐 수밖에 없는바, 우리 사회의 억압적 분위기가 작가들로 하여금 이 문제를 떳떳하게 문학적 탐구의 대상으로 다루기를 꺼리게 만들었을 것이다. 혹은 작가들 또한 알게 모르게 동성애에 대한 사회적 편견에 노출되어 있었을 것이다.

방현희 소설이 문제적인 첫번째 이유가 여기에 있다. 이 창작집에 실린 10편의 단편들 중 네 편의 작품(「연애의 재발견」「붉은 이마 여자」「13층, 수요일 오후 3시」「녹색원숭이」)이 동성애자들의 사랑을 다루고 있다. 이 말은 방현희가 이 문제를 글쓰기의 가장 중요한 테마 중 하나로 설정하고 있다는 의미이겠다. 동성애나 양성애를 다룬 소설이 그간 산발적으로나마 존재했다고는 하나, 어떤 작가가 이 문제를 소설 쓰기의 일관된 화두로 삼은 예는 없었다. 그렇다면 방현희와 더불어 동성애가 우리 소설계에 하나의 문제로서 제기되었다는 사실에는 별반 이의를 달기 힘들 듯하다.

그러나 단순히 그가 성적 소수자들을 '소재로 한' 작품을 쓰는 정도에 머물렀다면 그 의의는 반감되었을 것이다. 방현희는 동성애를 소재로 작품을 쓰는 정도에서 머물지 않는다. 이전의 유사 소재 소설들과 비교할 때 그가 이 문제를 다루는 방식, 이 문제를 대하는 태도에는 어떤 질적인 변화가 눈에 띈다. 그 변화는 가령 이런 구절에서 포착된다.

　　그리고 문득 떠오른 말을 중얼거렸다. 연애를 할 때는 온갖 상처가 다 생기는구나. 진물도 나고 냄새도 나는구나(「연애의 재발견」, p. 170).

　　등 뒤의 여자가 입술을 뗐다. 여자가 떠나가자 축축한 등줄기가 금세 서늘해졌다. 그녀는 너무 아쉬워 눈자위가 벌게졌다. 떠나간 여자 대신 손바닥 가득 자신의 젖가슴을 움켜쥐고 물었다. 너는 여자? 아니, 남자? 아, 너는 사람. 여자이고 남자이며 할아버지이기도 한 너는 사람. 그녀는 고개를 끄덕거리며 가슴을 더욱 꼭 끌어안았다(「붉은 이마 여자」, p. 58).

아마도 첫번째 인용문만 읽고는 「연애의 재발견」이란 작품이 동성애를 다룬 소설이라고 짐작하기는 불가능할 것이다. '주성'이라는 이름의 남성 전속 모델을 사랑했던 패션 디자이너가 그에게 배신당한 후 얻은 교훈이 이 인용문의 내용을 이룬다. 사랑은 온갖 상처를 남긴다는 것, 그럼에도 불구하고 사랑은 계속되기 마련이라는 것, 사실 이런 교훈은 굳이 동성애가 아니라도 연애를 하고 실연을 당해본 사람이라면 누구나 얻을 수 있는 성질의 것이다. 요컨대 이 소설의 화자이자 주인공인 '정진'은 주성에 대한 자신의 사랑이 동성애라고 하는 자의식이 없다. 그것은 그냥 사랑이고 연애다. 아마도 동성애에 대한 사회적 편견이 완전히 사라진 상태란 동성애가 이성애와 구별되지 않고 오로지 연애 일반과 함께 지칭되는 상태, 그러니까 동일한 주체의 입에서 나온 "나 순이와 연애해"란 말이 "나 석이와 연애해"

란 말과 달리 취급되지 않는 그런 상태일 것이다. 「연애의 재발견」이 보여주는 것이 바로 그와 같다. 정진은 주성과의 연애를 '매희'와의 연애와 전혀 구별하지 않는다. 동성애는 그저 연애로 지칭될 뿐 이성애와 전혀 구별되지 않는다.

두번째 인용문은 보다 직설적으로 작가의 이러한 연애관이 표출되고 있는 부분인데, 분열증적인 언어로 내내 두 할아버지와, 한 여자와, 한 남자의 인력 사이에서 모호한 혼란을 거듭하던 주인공이 소설 말미 자신의 성적 정체성을 스스로 정의한다. 남자와도 여자와도 연애를 포기할 것을 종용하는 묘령의 두 할아버지로부터 그녀는 춤을 배웠다. 그리고 주홍 치마의 한 여자와 동성애적인 관계를 맺었으며, 이름 모를 한 남자와는 이성애적인 관계를 맺었다. 그렇다면 화자의 성적 정체성은 무엇인가? 그러나 화자는 성적 정체성을 확정 지으려는 시도를 금세 포기하고 이내 스스로를 '사람'이라고 정의한다. 남자와 여자를 두루 포함하는 유개념으로서의 사람이 바로 자신이다. 이 말은 이제 화자가 남/여 성별의 이분대당을 뛰어넘어 자신 속의 여성성과 남성성 모두 자신의 정체성을 구성하는 요소임을 긍정하기로 했다는 말에 다름없다. 『자기만의 방』의 버지니아 울프가 들었으면 참 좋아했을, 양성구유적 인간에 대한 당찬 선언이지 싶다.

동성애를 연민이나 이해의 차원에서, 혹은 그것을 인정하지 않는 사회적 편견에 대한 저항의 차원에서 다루지 않고(이 양자 공히 동성애/이성애의 이분대당에 발을 담그지 않을 수는 없다), 사람이라면 누구나 다 가지고 있는 양성성의 발현으로, 혹은 연애 일반과 전혀 다를 바 없는 사랑의 한 방식으로 묘사하는 이 태도는 분명 기존의 소설들에서 볼 수 없던 것이다. 방현희는 동성애를 어떠한 자의식 없이, 무심하게, 그저 사람이 사랑하는 방식으로 그려낸 한국 최초의 작가일 것이다.

2. 초자아가 된 어머니/연인

방현희는 그러므로 동성애에 대한 편견이 완전히 사라진 상태를 미리 보여주는 작가이다. 혹은 그러한 상태를 앞서 보여줌으로써 동성애/이성애의 이분대당을 무화시키고, 거의 인종주의적 멸시로 점철된 동성애에 대한 금기들을 넘어서려고 시도하는 작가다. 아쉬운 점이 있다면 그가 동성애에 대한 편견이 사라지기 위한 사회적 조건을 전혀 탐구하지 않는다는 사실이겠는데, 가령 노라 칼린N. Carlin의 다음과 같은 언급이 지시하는 바에 대해 방현희는 별반 관심이 없다.

성을 계급사회 속에 통합시키는 데 가장 결정적인 역할을 한 것은 언제나 가족 제도였다. 그러나 근대 자본주의 사회에서 가족은 생산으로부터 분리되어 사생활이라는 독립된 영역으로 다시 규정되었고, 가족이 이렇게 자리매김되면서 성(性)은 이전의 모든 사회에서와는 다른 새로운 정황과 새로운 의미를 지니게 되었다. 이것은 우리가 알고 있는 동성애자 자의식과 동성애자 억압이 근대 자본주의 사회에 특유한 것임을 뜻한다. 앞선 사회들에서 동성 관계나 동성 관계를 맺은 개인들을 처벌하지 않았던 것은 아니다. 그러나 성적인 취향 때문에 사회에 의해 뭔가 다른 존재로 규정되어야 하고, 이런 다름 때문에 억압받고 처벌받아야 하는 것은 산업혁명 이후에야 생겨난 상황이다.[2]

이 글은 현재와 같은 형태의 동성애자들에 대한 근대적 편견이 사실은 자본주의적 가족 제도와 긴밀한 관련을 맺고 있음을 지적하고 있거니와, 동성애 문제를 중요한 화두로 삼고 있음에도 불구하고 방현희 소설에서는 좀처럼 찾아볼 수 없는 것이 이러한 사회학적 관점에서의 동성애 탐구다. 굳이 찾자면 자본주의적 생산관계를 재생산하는 가장 중요한 이데올로기적 국가 장치로서의 '가족'이 방현희 소설 속에서는 철저하게 와해된 상태로 그려진다는 사실, 그래서 그의 주인공들은 모두 가족 없는 고립된 개별자로서 살아간다는 사실 정도일 텐데, 사유재산의 상속과 계급 재생산의 의무로부터 해방된 이런 개인들에게 현행 일부일처제 가족 제도가 굳이 보존되어야 할 이유는 없을 것이다. 방현희 소설 속에서 동성애를 가능하게 하는 조건은 와해된 가족이다.

그러나 그뿐, 방현희는 동성애가 사회적 편견으로부터 해방되기 위한 사회적 조건에 대해 더 이상 탐구하지 않는다. 물론 전작 『달항아리 속 금동물고기』[3]에서도 확인 가능하듯이 방현희가 사회적인 주제에 크게 관심을 가진 작가가 아니란 사실이 고려될 필요는 있다. 오히려 이 작가는 이력(정신병동에 근무한 것으로 되어 있다)에 걸맞게 심리주의적 소설 쓰기에 능하고, 특히 금기에 갇힌 사랑 이야기(전작의 경우 근친상간)를 상당한 수준의 신화적 · 심리학적 지식을 동원하여 즐겨 쓰는 작가다. 그런 이유로 방현희의 소설들에서 동성애를 둘러싼 악랄한 낙인찍기가 사라질 수 있는, 혹은 사라져가고 있는 사회

2) 노라 칼린, 『동성애자 억압의 사회사』, 심인숙 옮김, 책갈피, 1995, p. 126.
3) 방현희, 『달항아리 속 금동물고기』, 열림원, 2002.

적 조건을 찾기는 힘들 뿐만 아니라 기대하는 것 자체가 무리다. 차라리 사회적 조건보다는 오히려 동성애의 심리적 조건을 찾는 것이 효과적일 텐데, 작품 「바빌론 특급 우편」은 그 훌륭한 예가 될 만하다.

차분하고 독백적인 어조와는 대조적으로 상당히 그로테스크한 장면들로 이루어진 이 작품은 전형적으로(이제 살펴보게 되겠지만 사실은 표면적으로만) 오이디푸스적인 서사를 보여준다. 이 소설에서 작가는 영화 「사이코」 이후 우리에게 익숙해진, 죽어서도 아들의 사랑을 방해하는 초자아 연인으로서의 어머니 이야기를 다루고 있다. 소설 내내 단 한마디의 말도 하지 않고, 13년 동안 아들의 등에 업혀 인근 야산을 산책하는 걸로 소일해온 어머니는, 소설 중반부에 이르면 이미 죽은 상태가 아닌가 하는 의심을 불러일으킨다. "그의 등에 업혀 있던 것은 마른 꽃나무 혹은 급히 날아오르느라 미처 갖추지 못해 떨구고 간 마른 뼛조각이었다"(p. 31)라거나 "창 가까운 쪽에 놓인 어머니의 발은 한층 허옇게 떠 있었다. 거죽까지 석회질이지 싶은 발가락이 차갑게 얼어 있었다"(p. 17) 같은 구절이 암시하는 것은 아마도 어머니의 죽음일 것이다. 그러니 그는 죽은 어머니(이미 육탈의 과정을 마친 듯이 보이는)를 등에 업고 최소한 수년째 산책을 해온 셈이다.

왜인가? 그 이유는 어머니가 그를 포획한 채로 놓아주지 않기 때문이다. 가령 "결코 사라지지, 떨어지지 않을 것처럼 그의 허벅지를 꽉 쥐고 있는 어머니"(p. 14), "어머니의 손아귀가 마치 굵은 칡넝쿨이라도 되어 팔을 타고 경동맥까지 기어오르는 것만 같아 쿵덕거리는 목덜미를 쥐어뜯기도 했었다"(p. 18), "그는 어머니가 조금씩조금씩 가벼워지고 있다는 것을 알아챘다. 그러나 그에 반비례하여 다리를 조이는 힘은 더욱더 세어지고 있다는 것도 함께 알고 있었다"(p. 23) 등의 구절이 지시하는 바가 그것이다. 죽은 어머니가 그를 그토록 "꽉 조이고" 있을 리는 없으니, 여기서의 '조이다'란 말은 기실 어머니에 대한 화자의 심리적 고착fixation 상태를 표현하는 것으로 보아 무방하다. 그는 어머니가 죽어버린 후에도 어머니에 대한 고착에서 벗어나지 못한다. 어머니는 그의 무의식 속에 들어와 초자아의 역할을 담당한다.

그리고 그 연원에는 두 사람의 근친상간이 가로놓여 있다. 젊었던 어느 날 수소처럼 원기 왕성했던 그는 충격적이게도, 어머니를 겁탈했던 것이다.

그렇게 읽을 때 이 소설의 말미는 전형적인 오이디푸스적 결말로 읽힌다. 최초의 연인인 어머니를 떠나보내고, 다른 사랑의 대상을 찾아 나서기로 작정한 아들의 이야기. 그렇다면 이 소설은 또한 일종의 성장소설일 것이다. 교환이 전혀 불가능할 것 같던 어머니와의 사랑으로부터 벗어나 사랑의 교환 가능성을 배우는 아들의 서사. 그렇게 소설에 삽입된 영화 「행복」에 관한 에피소드는 그대로 이 소설의 주제가 된다.

하긴 다른 누군가로 대체될 수 있는 행복이 과연 깨질 수나 있겠는가 말이다. 그렇다면 행복은 너무나 가까운 곳에 있었다. 그가 찾기에도 그리 어려워 보이지 않았다. 그는 화장하던 손을 놓고 한동안 멍하니 어머니를 내려다보았다(p. 29).

아내와 어머니를 다른 여인으로 교체하고서도(아니 사실은 교체함으로써) 행복을 지키는 영화 「행복」의 가족에게 그랬던 것처럼, 사랑이 만약 교환 가능한 것이라면 그는 이제 어머니를 떠나보낼 수 있다. 어머니를 대체할 다른 사랑의 대상(이 소설에서는 '장미')을 찾으면 되기 때문이다. 소설 말미 그가 어머니의 시신을 두고 치르는 의식은 그러므로 어머니와의 고착 상태를 뒤늦게 끝내기로 작정한 한 남성 주체의 입사식이다. 이후로 그는 어머니 아닌 다른 사람을 사랑하는 법(본질적으로는 결국 어머니의 욕망을 욕망하는 것에 불과하겠지만)을 익히게 될 것이다. 교환 가능한 사랑 말이다. '욕망은 환유'라는 라캉의 테제를 그는 이제야 터득한 셈이기도 하다.

그러나 최초의 연인이자 강력한 초자아 어머니를 두었던 그에게 다른 여성과의 사랑이 원만할 것이라고는 상상하기 어렵다. 초자아화한 어머니는 이제 그의 무의식 속에서 다른 여성과의 사랑을 방해할 것이기 때문이다. 방현희 소설 속 주인공들이 바로 그 '교환 가능한' 사랑의 대상 속에 서슴없이 동성의 연인을 포함시키는 이유는 아마 여기에 있을 것이다. 질투하는 초자아 어머니를 피하는 한 방식이 바로 동성애를 결과한다는 심리학적 지식이 동원되어야 할 지점도 여기이다.

그러나 그뿐일까? 방현희는 그렇다면 (가장 19세기적인 방식으로) 동성애를 '도착perversion'으로 규정했던 프로이트로부터 한 치도 벗어나지 못하고 있지 않은가! 어머니에 고착된 남성 주체가 일으키는 여성혐오증, 그리고 그로부터 파생된 동성애 충동이란 테마는 그것이 제아무리 과학적 언술의 형태를 취하고 있다고 해도 뿌리 깊은 편견을 감추고 있다. 동성애를 일종의 병리로서 다루고 있기 때문이다. 그러나 당겨 말하건대 방현희는 이런 판에 박은 심리학의 도식을 피한다.

3. 교환 가능한 사랑

홍미롭게도 방현희 소설의 대부분에서 반복되는 주제가 바로 앞서의 '교환 가능한 사랑'이란 점은 특기할 만하다. 애초에 사랑의 교환 불가능성을 믿고 그로부터 심한 고통을 받던 주인공이, 실연과 함께 서서히 사랑의 교환 가능성을 배워간다는 서사는 방현희 소설에서 쉽사리 발견된다. 내내 '유일한 사랑'의 신화에 포획당해 있던 주체가 그 포획 상태로부터 해방되는 과정을 그린 이야기들이 방현희 소설의 주를 이룬다. '포획'이라고 했거니와 가령 다음 구절들은 방현희의 주인공들이 어떤 방식으로 사랑에 포획당해 있는지를 보여주는 구절들(밑줄은 인용자)이다.

배의 목을 조를 것처럼 선복을 <u>바짝 조여오는</u> 부문 허연 얼음덩이는 그가 노려보는 동안 서서히 허여멀건 허벅지로 모습을 바꿨다. 〔……〕 배의 배를 <u>꼭 끼게 끌어안은</u> 얼음덩이들을 바라보다 그는 <u>제 목을 감싼</u> 머플러를 쥐어뜯었다. 도망치다 도망치다 여기서 <u>갇혀버리다니</u>(「화이트 아웃」, pp. 117~18).

<u>그의 손가락에 걸려든</u> 새떼처럼 〔……〕(「새홀리기」, p. 180)

그는 안다. 아름다움에 <u>걸려 넘어지는</u> 것은 순간이고 거기서 <u>빠져나오는</u> 데는 오랜 시간이 필요하다는 것을(「연애의 재발견」, p. 152).

놀라운 속도로 카펫을 짜던 여자는 단숨에 그녀를 끌어당겼다. 끌려
가고 싶지 않았지만 힘에 부친 그녀가 여자의 힘에 이끌려 카펫 위에
올라서자 카펫은 그녀를 태운 채로 펄럭거리며 산등성이를 날아다녔다
(「붉은 이마 여자」, pp. 38~39).

밑줄 그은 어휘들은 공히 어떤 동일한 상태를 암시한다. 방현희 소
설의 주인공들은 대부분 사랑을 '조이다' '끌어안다' '갇히다' '걸려
들다' '걸려 넘어지다' '빠져나오다' '이끌리다' 등의 동사로 표현한
다. 이 동사들이 지시하는 것은 물론 '포획 상태'이다. 어휘들만이 아
니다. 방현희의 주인공들이 나누는 사랑의 자세는 어떤가? 그의 소설
속에서 주인공들은 오로지 하나의 체위로만 사랑을 나눈다. 그 체위
는 이렇다.

여자의 손을 뒤로 묶고 시위를 당기듯 팔을 잡아당겼다. 팔을 당기
면서, 둥글게 패인 그녀의 허리 한가운데를 빨았다(「말해줘, 미란」,
p. 105).

남자가 그녀의 팔을 뒤로 꺾어 잡고는 등에 입을 맞추었다(「붉은 이
마 여자」, p. 45).

그의 등줄기 한가운데는 마치 봅슬레이 슬로프처럼 깊고 가파르게
패여 있어서 명의 혀가 빠르게 미끄럼을 타고 내려갔다. 명은 그의 허
리를 잡고 돌려 눕히려고 했다. 그는 두 팔을 단단히 짚고 버텼다. 그
러나 명은 손쉽게 그를 돌려 눕혔다(「13층, 수요일 오후 3시」, p. 72).

바로 다음 순간, 잡은 손을 확 비틀더니 등 뒤로 꺾어 나를 자빠뜨렸
다. 나는 도리 없이 바닥에 엎어졌고 그는 내가 뒤틀지 못하도록 허벅
지 위에 올라앉아 뒤로 꺾인 팔 안쪽 살을 빨기 시작했다(「빨간 혼다
앰뷸런스」, p. 72).

팔을 뒤로 꺾어 단단히 결박한 자세, 형사가 범인에게 수갑을 채울
때나 사용하는 그 자세는 물론 포획의 자세다. 이 모든 것들이 방현희
의 주인공들이 사랑을 대하는 방식을 말해준다. 그들은 일단 사랑에
빠지면 마치 무엇에 사로잡히기라도 한 듯이, 그로부터 헤어나질 못한
다. 그들은 고전적인 사랑, 유일해서 결코 교환 불가능한 사랑을 꿈꾼
다. 그러고는 그 사랑에 스스로 포획당하기를 마다하지 않는다. 방현
희 소설에 자주 등장하는 신경증 증상으로서의 '분리불안separation
anxiety' 역시 이로부터 기인하는데, 포획하기와 포획당하기의 이면
에는 사랑의 대상을 상실하게 될지도 모른다는 불안이 작용하게 마련
이기 때문이다.
　그러나 소설의 결말들은 이와 다르다. 결말은 매번 포획 상태를 확
인한 주인공이 사랑의 교환 가능성을 깨닫고 새로운 사랑 대상을 찾
아 나서기로 작정하는 장면으로 끝난다.

여자의 배에 얼굴을 묻으면 동상이며 편도선이 가라앉을 법도 했다.
게다가 여자와 사랑을 시작하지 말란 법은 없었다. 언젠가 또다시 자
신을 비웃게 되는 일이 벌어질지라도. 또다시 비겁하게 도망칠지라도.
더 이상 나아갈래야 나아갈 데도 없는 곳에서 여자를 안고 오랜만에

깊이 잠들었다(「화이트 아웃」, p. 139).

도대체 누구를 말씀하시는 건가요. 당신의 아내, 허미란 말고 또 있나요(「말해줘, 미란」, p. 113).

내 '� 쌤'이 옆구리에 남아 가려움증을 일으키는 한 연애는 계속되겠지. 나는 끈적끈적한 진물을 만지면서도 연애를 그만두지 않겠지. 그 어떤 경험도 학습도 간섭하지 못하는 멍청하고 꽉 막힌 세계, 사랑이라는. 그는 셔터가 내려진 숍 앞에서 차를 세웠다. 주성은 어디 있을까(「연애의 재발견」, p. 170).

첫번째 인용문은 외사촌 동생 '홍주'와의 근친상간을 피해 북빙양 항해길에 오른 주인공이 사랑의 포획 상태로부터 벗어나는 장면이다. 쇄빙선에 의해 선복을 조이고 있던 얼음이 깨지듯이 이제 그는 홍주와의 교환 불가능한 사랑의 굴레를 벗어던진다. 다른 대상을 사랑하는 법, 즉 교환 가능한 사랑을 배운 것이다.

두번째 인용문은 다분히 병리적인 주인공이 아내에게 가혹한 폭력을 가하고, 또 묘령의 한 여인을 겁탈하려다 잡혀와 정신과 치료를 받는다는 서사로 이루어진 작품이다. 그는 시종 '미란'이란 이름의 개를 알뜰하게도 딸이나 아내 대하듯 하면서, 말을 가르치려는 시도를 그만두지 않는데, 인용된 부분에 이르러서야 그 개의 이름이 사실은 아내 '허미란'의 이름이기도 하다는 사실이 밝혀진다. 그의 병리적인 심리 상태 속에서 아내 허미란, 그가 겁탈하려고 했던 여자, 그리고 개는 교환 가능하다. 그들은 모두 '미란'이다. 그는 아내 대신 노래방 여자에, 그리고 그 여자 대신 개에 집착한다. 병리적인 채로나마 사랑은 교환 가능한 것이 된다.

세번째 인용문은 최초 매희와의 사랑이, 아무렇지도 않게 주성과의 동성애로 교환되었다가, 다시 이별과 함께 진물 흐르는 상처를 남기지만, 결국엔 새로운 사랑에 의해 대체될 것이라는 내용의 독백으로 이루어져 있다. 역시 교환 가능한 사랑에 대한 깨달음으로 소설이 마무리된다.

다시 정리해보자. 첫번째 인용문에서는 근친상간적 사랑과 (소위) 정상적인 사랑이 교환 가능한 것으로 묘사된다. 두번째 인용문에서는 병리적인 사랑과 (소위) 정상인의 사랑이, 혹은 이성에 대한 집착이 개에 대한 집착과 교환(전이) 가능한 것으로 묘사된다. 세번째 인용문에서는 이성애와 동성애가 교환 가능한 것으로 묘사된다. 그렇다면 교환 불가능한 사랑은 어디 있는가? 없다. 이처럼 동성애와 이성애와 병리적인 사랑과 근친상간이 서로 교환 가능한 것이라면 방현희의 오이디푸스가 굳이 어머니를 포기한 후 이성애적 대상을 찾아 떠났다고 말할 필요는 없다.

다시 「바빌론 특급 우편」 이야기로 돌아와서, 어머니와의 오랜 근친상간적 관계를 청산한 이 뒤늦은 오이디푸스는 사실은 우리의 편견이 요구하는 그대로 이성애의 대상을 찾아 떠난 것이 아니었다. 그는 앞으로도 외사촌 누이를 사랑하거나, 동성의 연인을 사랑하거나, 이도 저도 안 되면 병리적인 사랑 속으로 퇴행해서는 아내의 이름을 개에게 부여하는 일도 서슴지 않을 것이다.

후회하지 않겠느냐고? 천만의 말씀. 모든 사랑이 교환 가능한 방현희의 세계에서 사랑은 그것이 일반적인(?) 형태와 다르다는 사실만으로 처벌받을 수 없다. 「말해줘, 미란」의 마지막 장면은 그런 이유로 교환 가능한 사랑들 사이에 장벽을 만들고 그중 한 형태의 사랑만을 특권화시켜놓은 근대의 연애관에 대한 대담한 항의로도 읽힌다. 의사가 묻는다 "후회하지 않으세요?"

그러자,

그가 마지막으로 대답했다.
"사랑한 걸 설마 후회하겠어요?"(「말해줘, 미란」, p. 114).

문명 속의 불만

—안성호, 『때론 아내의 방에 나와 닮은 도둑이 든다』[1]

낮꿈

안성호의 소설은 모호하다. 흔한 비평적 클리셰를 동원하자면, 그역시 자신의 소설 속에서 '현실과 환상의 경계'를 명확하게 설정하지 않기 때문이다. 동시대의 젊은 작가들이 많이들 그러하듯이 그는 후기자본주의 시대를 사는 왜소한 주체들의 '정신 승리법'을 즐겨 자신의 소설 문법으로 취한다. 더 이상 세계의 전모를 파악할 수 없을 만큼 왜소해지고 무기력해진 주체들의 몽상과 망상[2]이 안성호 소설의 뼈대를 이루는 주된 서사다. 예를 들어 다음과 같은 구절들은 안성호의 소설들을 현실로도 혹은 환상으로도 읽을 수 있게(없게) 한다.

---

1) 안성호, 『때론 아내의 방에 나와 닮은 도둑이 든다』, 랜덤하우스중앙, 2005. 이후 인용문은 본문에 수록 작품 제목과 쪽수만 표기.
2) 이에 대해서는 졸고 「소설의 제국주의, 혹은 '미친, 새로운' 소설들에 대한 사례 보고」 및 「진정할 수 없는 시대, 소설의 진정성」(『변장한 유토피아』, 랜덤하우스중앙, 2006) 참조.

한낮에, 그것도 교도소에서 죄인들을 감시한다는 건 지루하기 짝이 없는 일일 것이었다. 그러면서 담장 너머에 있는 한 사람을 그리워하게 되고, 그 그리움의 대상이 없을 경우 임의로 누군가를 그 자리에 놓게 되고 망상에 의해 하루하루 깊은 사랑을 하는 것. 언젠가 책에서 본 적이 있는 일이었다(「나비」, p. 26).

주말이면 빌라에 사는 여자들이 적벽돌집 앞 작은 공터에 선을 긋고 운전 연습을 했다. 간혹 미숙한 운전으로 남자가 타고 온 프라이드를 들이받는 일이 생기기도 했다. 나는 임자가 있는 차를 그리 함부로 손상시킬 수 있느냐며 버럭 소리를 지르기도 했다. 하지만 그들은 막무가내였다. 손가락을 귀에 대고 빙글빙글 돌리며 웃었다. 그로부터 나는 그들에게 몹쓸 병에 걸린 환자 취급을 당했다(「때론 아내의 방에 나와 닮은 도둑이 든다」, p. 75).

인용문들은 작가 안성호가 자신의 소설에서 환상과 현실의 경계를 무너뜨리는 두 가지 전형적인 방식을 보여준다. 그 첫째는, 주인공 혹은 화자의 언술들이 백일몽day dream의 소산일 수도 있음을 암시하는 방식이다. 「나비」의 주인공 초병의 말(여죄수 한 명이 나비를 먹는다는)은 교도소 소장에 의해 권태에서 비롯된 백일몽의 결과로 치부된다. 이쯤에서 독자 역시 초병의 시점에서 진행되던 서사가 환상이었는지 현실이었는지 되묻지 않을 수 없다. 이와 유사한 방식으로 「하늘에 떠 있는 저 사내를 보라」의 서사는 종국엔 하루 종일 여관에서 뒹군 두 남녀의 백일몽이었는지 실제 일어난 사실이었는지 모호해지고, 「거미 인간」의 서사 역시 애초부터 칼에 맞아 의식이 흐려져가는 사람의 시점에서 서술됨으로써 백일몽의 상태와 구별 불가능해진다.

안성호가 소설에서 환상과 현실의 경계를 무너뜨리는 두번째 방식은 이즈음 많은 작가들이 취하는 방식 그대로이다. 정신병리적 서사가 그것인데, 이 경우 내내 진행되던 서사를 되돌아보게 만듦으로써 모호성을 배가하는 것은 화자의 정신 상태다. 화자들은 대개 편집증이나 망상의 증상을 보여주는데, 이때 발생하는 화자와 독자 간의 거리가 일종의 아이러니를 만들어낸다. 독자들로서는 화자의 정신 상태를 믿을 수 없으니 그가 하는 말의 진위 여부 또한 모호해진다. 「때론 아내의 방에 나와 닮은 도둑이 든다」에서 인용한 앞의 구절이 그 전형적인 예인바, 그를 제외하고 나머지 마을 사람들 전체는 그를 미친 사람 취급한다. 작품 「섬」이 이와 같은 망상의 메커니즘을 서사의 뼈대로 삼고 있고, 「움직이는 모래」 역시 정상적으로 상징계에 편입되지 못한 병리적 주인공의 편집증적 발화가 서사를 이루고 있다.

요컨대 안성호 소설들의 모호함은 아이러니에서 온다. 백일몽 상태에 있거나 편집증에 걸린 것으로 추측되는 화자들의 말을 독자는 믿을 수 없다. 당연히 그가 하는 말의 사실성은 의심받는다. 소설은 서사가 진행되어갈수록 백일몽이나 망상의 형태로 변해가고 그에 따라 독자 역시 환상과 현실의 경계에서 종잡을 수 없는 혼란을 겪는다.

한 가지 눈여겨보아야 할 것은 이처럼 백일몽을 꾸는 자, 혹은 편집증 환자로 설정된 화자들이 처한 사회적 상태이다. 「세 편의 자기소개서」에 등장하는 네 사람의 화자(어쩌면 한 사람의 화자)가 처한 상태는 말할 것도 없고 「나비」의 초병, 「육식」의 박씨, 「섬」의 '나,'

「하늘에 떠 있는 저 사내를 보라」의 윤정과 두식, 「거미 인간」의 한억기 들은 모두 우리 사회의 주류에 편입되지 못한, 혹은 편입되기를 거부한 사람들이다. 실직자이거나, 거리 산책자, 신경증 환자이거나 비정규직 서비스업 종사자들인 그들의 처지는 백일몽과 망상의 조건이 된다. 주류 사회에 편입되지 못함으로써 그들은 '꿈꾼다.' 그렇다면 이제 작가 안성호가 소설을 통해 말하고자 하는 일차적인 주제가 드러나는 셈이다. 안성호의 주인공들은 주류 사회가 배제한, 혹은 스스로 주류 사회로부터 이탈한 자들이다. 그리고 그들이 꾸는 꿈, 그들이 펼쳐놓은 망상이 바로 안성호의 소설이다.

다음은 '꿈을 통해 꿈꾸지 않는 사회에 저항하기'라는 안성호 소설의 '표면적' 주제가 잘 드러나는 구절들이다.

"보잘것없는 인간의 정신세계를 붙들고 허우적거리는 저놈들은 싹 쓸어버려야 합니다. 이 사회에 매우 거치적거리는 존재가 틀림없습니다"(「섬」, p. 63).

"하긴, 이곳에 사는 사람치고 당신처럼 사색이나 하고 몽상이나 즐길 위인은 없지"(「때론 아내의 방에 나와 닮은 도둑이 든다」, p. 80).

실업 이후에 네가 보인 태도가 적이 나태하게 보이고, 이 막막한 세상에 너의 그 산책은 삶의 주변부를 항상 배회한다는 생각에 그들은 너를 덫에 걸려들도록 계획하고 음모한다. 너로 인해 그들은 얼마간의 삶을 보상받아야겠다고 믿는다. 너라는 한 인간이 누리는 행복한 지리함을 파괴하여 자신들의 삶에 보탬이 되고자 한다. 네가 산책에서 돌

아와서 소파에 앉거나 의자에 앉으면 사람들의 계략은 담쟁이덩굴처럼
아파트를 뒤덮고, 그 덩굴의 뾰족한 끝이 너의 베란다로 기어가는 것
을 너는 왜 못 보는지(「거미 인간」, p. 180).

"보잘것없는 인간의 정신세계를 붙들고 허우적거리는""사색이나
하고 몽상이나 즐기는""행복한 지리함"을 누리는 안성호의 주인공
들이 소위 '정상인'들의 눈에 곱게 보일 리는 없다. 배제의 메커니즘
이 작동된다. 그렇다면 그들의 백일몽은 바로 이 배제에서 비롯된 고
독이 낳은 것이고, 역으로 말해서 그들의 비적응성 고독이 그들을 몽
상가 혹은 편집증 환자로 만들었을 것이다. 전혀 소기의 목적을 달성
할 것 같지도 않고, 생산중심주의와 효율성의 가치를 신봉하는 이 사
회에 한 틈의 균열도 낼 수 있을 것 같지는 않지만,[3] 안성호의 주인
공들이 행하는 최소한의 저항이 이것이다. 망상과 백일몽은 그들이
이 사회를 겪어내고 그 각박함에 동화되지 않을 수 있는 유일한 방식
이다.
　그러나 사실 안성호 소설의 매력은 이처럼 다소 식상한 이분법(정
상/비정상, 일상/일탈)에 기반한 표면적인 주제에 있지 않다. 그의 소
설의 진가는 그가 인류 문명 전체를 독특한 방식으로 문제 삼기 시작
할 때 발휘된다.

---

3) 최근 소설에 등장하는 주체들의 이런 무기력함에 대해서는 다음을 참조.
　심진경, 「미저러블 개인주의, 단자 윤리의 생태학」, 『문예중앙』 2005년 봄호.
　박혜경, 「문명에 대한 반문명적 사유」, 『오르페우스의 시선으로』, 문학과지성사, 2007.
　김영찬, 「2000년대, 한국문학을 위한 비판적 단상」, 『비평극장의 유령들』, 창비, 2006.

문명 속의 불만

주인공들이 사회로부터 배제당할수록, 고독해질수록, 그들의 망상은 부풀어 현실을 대체하기에 이른다. 그러나 이뿐이라면 안성호 소설이 여타의 소설들과 다른 점을 찾기는 힘들 것이다. 이미 말한 그대로, 더 이상 대상 세계를 총체적으로 파악하기 힘들 것만 같은 후기자본주의 시대 한국에서, 왜소한 주체들의 정신 승리법인 망상은 이미 소설의 주된 트렌드이기 때문이다. 조하형의 SF, 박형서의 초현실주의, 천명관의 알레고리, 윤성희와 박민규의 유머, 이기호의 메타소설 등은 모두 동일한 망상의 메커니즘에 기반하고 있으면서도 개개의 작가들에게 독특한 개성을 부여한다. 그렇다면 안성호에겐 무엇이 있을까?

부풀고, 부글거리고, 불어나는 어떤 것들. 소설의 한복판에서 인물들을 지배하고 파멸로 몰아넣는 범람이 있다. 그것들의 범람은 망상적 서사의 진행 과정과 함께 가는데, 이야기가 부풀수록(망상은 '부푸는 이야기'다) 소설의 한복판에 있는 '그것' 또한 용암처럼 부글거리다가, 크기는 부풀고 개체 수는 불어난다.

초병의 백일몽이 망상의 수위에 다다를수록, 나비의 마릿수도 불어난다(「나비」). 술에 취해 섬에 버려진 '나'의 망상이 깊어짐에 따라 쓰레기 섬의 부피는 불어나고 군인들의 개체 수도 증가한다(「섬」). 여관방에서 윤정과 두식의 백일몽이 진행되는 과정은 그대로 하늘에 떠 있는 사내의 몸집이 부푸는 과정과 일치한다(「하늘에 떠 있는 저 사내를 보라」). 아내와 그녀의 정부를 죽인 '나'의 망상이 깊어지자 담쟁이덩굴도 무성해진다(「때론 아내의 방에 나와 닮은 도둑이 든다」).
아파트 주민들이 백일몽을 꾸는 횟수가 늘어나는 만큼 비둘기들의 몸
또한 부풀고 숫자도 불어난다(「거미 인간」). 나와 서림의 오이디푸스
적 망상이 정도를 더해감에 따라 배수장의 검은 물도 부글거리고 부
풀다가 범람한다(「움직이는 모래」).

안성호 소설에서 망상이 깊어가는 과정은 모두 '그것'들이 부글거
리고 부풀고 불어나는 과정과 일치한다. 그러나 그것들이 이야기의
진행 과정에 따라 저절로 불어나는 것만은 아닌데, 다음의 구절들은
그것들의 진짜 양식(糧食)이 무엇인지를 보여준다.

그가 평화롭게 휠체어에 앉아 반짝거리는 휠을 잡아당기고 그의 아
내가 나비처럼 가벼운 옷을 입고 긴 그림자를 만들며 그의 뒤를 따라
다니면, 베란다 난간에 기대어 지루할 수밖에 없는 한낮의 아파트 단
지를 보고 있던 사람들의 머릿속에는 협박과 공갈, 사기와 계획적인
사건 사고들이 자신과 먼 이야기가 아니라 지척에서 일어날 수 있는
일이며 혹간 자신에게도 일어날 수 있겠다는 생각이 한 번 정도는 스
쳐 지나갔고 그 뒤, 보험료로 안락한 생활을 하고 있을 장애자로서의
자신의 남편과 남편 뒤를 서성이는 자신들을 상상하곤 했다. 〔……〕
비둘기들이 늘어나는 이유가 바로 여기에 있었다. 휠체어를 내려다보며
아파트 사람들이 떠올리는 터무니없는 상상에 대한 나름대로의 변명처
럼, 그들은 무의식적으로 비둘기에게 먹이를 던져줬기 때문이었다. 사
람들이 생각해낸 불온한 생각들은 또 날개를 달고 입에서 입으로, ㄷ
자로 생긴 아파트 단지 내를 떠돌았다(「거미 인간」, pp. 124~25).

서림이 알고, 서림이 입 밖으로 뱉어낸 무수한 악담들, 욕지거리, 질시와 노기가 모두 그 배수장에서 불불 끓고, 나의 환멸들 역시 그곳에서 들끓고 있었다. 어느 순간에 그것이 터져나간다면 아마도 내가 사는 집은 물론 낙동강을 끼고 사는 모든 사람들에게 화를 낼 것만 같았다. 중학교를 다니던 열셋, 열넷 하던 나이였지만 서림과 나의 악의는 손이 닿지 않을 만큼 깊고, 측량할 수 없을 만큼 넓었다(「움직이는 모래」, p. 202).

비둘기는 무엇을 양식 삼아 부풀고 불어나는가? 「거미 인간」에서 발췌한 첫번째 인용문대로라면 아파트 단지 사람들의 음모, 배신, 욕망, "불온한 생각들"을 먹고 그렇게 된다. 배수장의 물은 무엇을 먹고 부풀고 범람하는가? 「움직이는 모래」에서 발췌한 두번째 인용문에 따르면 서림과 나의 "악담들, 욕지거리, 질시와 노기"(이 포악한 감정들은 모두 아버지를 향한 것이다. 이에 대해서는 따로 논의하기로 한다)를 먹고 그렇게 된다.

이와 동일하게 「섬」에서 불어나는 쓰레기들은 도시에 사는 사람들이 뱉어낸 욕망의 배설물들이고, 「때론 아내의 방에 나와 닮은 도둑이 든다」의 담쟁이는 아내의 불륜과 나의 살인으로부터 싹이 트고 덩굴을 뻗는다. 「하늘에 떠 있는 저 사내를 보라」에서 하늘에 두둥실 떠오르는 사내의 몸피는 그것을 본 모든 마을 사람들의 숨겨진 비밀과 욕망, 질투와 음모를 먹고 부푼다. 실현되지 못한 어두운 욕망들, 그것들이 모이는 곳, 바로 그곳이 부글거리고 부풀고 불어나면서 안성호 소설의 모든 인물들을 지배한다. 그렇다면 글자 그대로 '그것'은 '그것 Id'였던 셈이다.

그러나 달리 생각해보면 Id가 실현되지 못한 욕망을 먹고 자란다는 말은 반만 진실이다. 역설적이지만 Id는 실현되지 못한 어두운 욕망 못지않게 그것을 실현되지 못하도록 가로막는 금기들을 먹고 자란다. 금기가 없었다면 실현되지 못한 욕망이 존재할 리 없을 터이니 말이다. 그런 의미에서 안성호 소설의 중심에서 항상 불어나고 있는 그것들은 금기의 산물, 곧 인간이 문명을 이루기 위해서는 필수적으로 감수할 수밖에 없었던 자기 제약의 산물이기도 하다. "문명은 곧 불만"[4]이라는 프로이트의 명제를 되새겨봐야 할 지점이 여기인데, 안성호가 Id를 자신의 소설 중심에서 부풀어 오르게 함으로써 독자들에게 상기시키고자 한 바도 바로 이것이었던 것으로 보인다. 문명은 금기의 산물이라는 것, 바로 그 문명 탓에 실현되지 못한 어두운 욕망들, 곧 불만이 우리가 모르는 사이 문명의 한복판에서 부글거리고 부풀고 불어나고 있다는 것, 그리하여 그것이 범람하는 날이 곧 문명의 종말이 될 것이라는 묵시록적인 주제가 안성호가 진정으로 하고 싶었던 말이었던 것이다.

이제 다시 그런 독법으로 안성호의 소설들을 읽어보자. 금기로 가득 찬(그토록 많은 군인들과 군견들!) 도시 문명의 불만이 쌓여 '쓰레기 섬'을 이룬다. 바로 그 쓰레기들의 더미 위에서 새로운 문명이 탄생한다(「섬」). 불륜에 대한 금기가 질투를 낳고 그 질투가 부른 살인이 담쟁이덩굴을 키운다. 담쟁이가 온 마을을 뒤덮는 순간이 곧 심판의 날이 될 것이다(「때론 아내의 방에 나와 닮은 도둑이 든다」). 아버지가 세운 금기에 대한 적의가 배수장의 물을 불린다. 신화적인(노

---

4) S. 프로이트, 『문명 속의 불만』, 김석희 옮김, 열린책들, 1997, p. 283.

아, 바우키스와 필레몬) 풍모의 홍수가 오고, 마을은 폐허로 변한다. 아버지의 문명, 말하자면 금기로 이루어진 문명 한복판에 바로 그 문명을 단죄할 홍수가 자란다(「움직이는 모래」). 육식에의 금기 한복판에서 피 흘리는 소가 자라고 어마어마한 식욕이 자란다(「육식」).

아마도 그것들이 더 이상 부풀 수 없을 만큼 부풀었을 때, 학교는 휴교령을 내리고, 회사는 휴무를 하고, 도둑들이 들끓고, 목사는 심판의 날을 외치고, 주식은 기하급수대로 떨어질 것이다. 지독한 악취가 도시 전역으로 퍼지면 기관지염을 앓는 환자들이 여기저기서 기침을 해대기 시작하고(「하늘에 떠 있는 저 사내를 보라」, p. 112), 전염병이 창궐하게 될 것이다. 말할 것도 없이 인류 문명의 종말이다. 제가 금지한, 그래서 제 한복판에 '그것'을 키워온 인류 문명의 돌연한 멸망, 작가 안성호가 기록하려고 하는 것이 바로 그것이다.

아들의 문명

금기로 세워진 문명의 멸망에 관한 가장 탁월한 변주이자, 안성호 소설의 백미는 중편 「움직이는 모래」다. 안성호의 작품들 중 가장 복잡하고 중층적인 텍스트, 가장 치밀하고 시적인 텍스트인 이 작품에서 작가는 문명의 기원으로까지 거슬러 올라간다. 물론 계통 발생적으로나(형제 부족장들의 부왕 살해 의식) 개체 발생적으로나(그 유명한 오이디푸스 단계) 문명의 기원에는 아버지가 있다. 고도로 치밀하게 구성된 소설 초입, 아버지는 이렇게 등장한다.

부풀어 오른 물안개를 밀며 모래 채취선이 이편 강비탈로 다가온다. 강폭을 채우고 있던 강물은 물살을 일으키며 양편으로 갈라서고, 모래 채취선에서 뿜어져 나오는 매연이 물안개 속으로 흩어지면서 사위가 거뭇한 빛을 띠기 시작한다. 바람을 따라 매연이 먼저 강 이편으로 날아오고 매연의 한 자락을 어머니는 집 어딘가에서 맡는다. 경유(輕油)다. 나는 기민하지 못한 모래 채취선의 쿵덕거리는 소리를 듣고 일찌감치 가벼운 비탄에 잠겨 있다. 어머니는 안방 문을 열어놓고, 수건에 손을 닦는다. 몇 번이고 마른 수건으로 손을 닦고 수건으로 마루를 훔친다. 아버지는 그렇게 온다. 물안개를 지나 경유 냄새로 미리 연통을 놓고 쿵덕쿵덕 소리를 내며 집으로 온다(「움직이는 모래」, p. 185).

아버지는 꿈인지 현실인지 분간하기 힘든 모호한 풍경 속에서 등장한다. 사위의 어둠과 물안개가 그를 구체적인 인물로서의 아버지인지, 혹은 화자의 망상 속에서 재구성된 아버지인지, 이도 저도 아니면 저녁 어스름, 눈에 모래를 뿌리며 잠을 몰고 오는(눈알을 파 간다고도 하는) 동화 속의 '모래 인간sandman'인지를 분간할 수 없게 한다.

사실 아버지는 이 셋 모두일 텐데, 만물에 생명을 주는 아버지(강인 어머니와 교접하여), 그러나 동시에 모래 인간처럼 공포의 대상이기도 한 아버지는 정신병리적 화자의 망상 속에서는 한 인물의 두 이마고imago일 것이기 때문이다. 우리 모두에게 그렇듯이, 화자의 심리 속에서 아버지는 생명의 정령이면서 동시에 거세 공포를 불러일으키는 자(실명의 공포는 곧 거세 공포의 변주다[5])이기도 하다.[6]

<hr>

5) S. 프로이트, 「두려운 낯설음Das Unheimliche」(1919), 『창조적인 작가와 몽상』, 정장진 옮김, 열린책들, 1996, p. 117. 중편 「움직이는 모래」에서는 실명의 공포가 확연히

모래 인간이라고 했거니와 작가 안성호는 이 작품을 쓰면서 분명 호프만E. T. A. Hoffmann의 「모래 사나이Der Sandmann」, 혹은 잠을 불러오는 모래 인간에 대한 동화를 참조했음에 분명하다.[7] 앞서 의 인용문에서 아버지의 등장(어둠과 안개, 쿵덕쿵덕 발자국 소리)은 호프만의 소설에서 하녀가 나타니엘에게 불러주는 노래 속 모래 인간 의 등장과 유사하거니와, 가령 "아버지의 형체는 뚜렷하지 않다. 아 버지는 모래로 만든 조각상이거나 강비탈의 잡석들이 강으로 떨어져 수십 년, 수백 년, 수천 년 동안 물살에 떠돌다가 떠오르는 생선의 콧 잔등에 묻어 빛을 보는, 그 모래들이 모여 천연적으로 생성된 상(像) 같다"(「움직이는 모래」, p. 187)라고 아버지를 묘사할 때 그렇다. 또

___

드러나지는 않는다. 다만 여동생의 상태가 많은 점에서 맹인의 상태인 것으로 보이기는 한다. 소설 초입 아버지가 어머니와 교합하고 집을 나서는 아침의 생기 넘치는 정경을 누이는 결코 보지 못한다고 말할 때, 또 눈을 뜨고 있는 누이의 눈에서 염소들이 보인다 고 말한 후 "안 자니?"(p. 189)라고 물을 때(눈을 뜨고 자는 사람은 소경일밖에), 이후 로도 누이는 주로 누워 있거나 부축과 보살핌을 받아야 하는 대상으로 그려질 때 그렇다. 그러나 이후 서림과 배회의 근친상간 장면에서 누이의 태도는 실명 상태가 아닌 것으로 보인다. "여동생의 시선에는 아주 몹쓸 것을 본 사람처럼 미간 사이가 좁고 입술이 찢어 져 있다"(p. 226). 만약 누이가 실명 상태라면 이 소설이 호프만의 주제인 거세 공포와 맺게 되는 유비 관계는 더 명확해진다. 누이와의 사랑은 곧 '아버지-모래 인간'에 의한 거세 공포와 직결될 것이기 때문이다. 누이는 이미 거세된 자가 아닌가!

6) 소설에서는 자주 이 양가적인 아버지상이 모순적으로 공존한다. 가령 어떤 경우 아버지 와 어머니의 교합은 마치 음양 원리의 우주적인 합일로 그려진다. 강물과 식물과 동물들 이 그들의 교합에 조응한다. 모든 식물은 아버지가 퍼 올린 모래 위에서 자란다. 그러나 어떤 경우 아버지는 폭력적이고 무뚝뚝하게 도처에서 화자와 형제들을 감시하고 지배하 는 것으로 그려진다. 아버지는 마을의 모든 곳에서 관찰 가능한(그래서 아버지 역시 마 을의 모든 곳을 관찰 가능하다) 강의 중심에서 지내고, 배회와의 근친상간 때마다 화자 에게 감시 망상을 불러일으킨다. 사랑을 방해하고 거세 공포를 불러일으키는 초자아로서 의 아버지다.

7) 아니라면 앞의 논문에서 프로이트가 분석한 「모래 사나이」에 관한 내용을 참조했을 수도 있겠다.

260

근친상간을 범한 화자가 이복누이 배희에게 불러주던 노래는 이러한 심증을 더욱 굳게 하는데, 그 가사는 이렇다.

A candy-colored clown they call the sandman
Tiptoes to my room every night
Just to sprinkle stardust and to whisper:
"Go to sleep, everything is all right"(「움직이는 모래」, p. 217).[8]

소설에서 종종 반복해서 등장하곤 하는 이 가사 속의 모래 인간은 호프만의 소설 속에서처럼, 그리고 「움직이는 모래」의 도입부에서처럼 잠을 부르는 정령으로 묘사된다. 화자는 밤마다 어머니와 누이의 방에 들러 그들에게 꿈을 주는 아버지를 모래 인간과 동일시하고 있는 것이다.

그러나 무엇보다도 이 작품을 호프만의 「모래 사나이」와의 유비를 통해 해석하도록 하는 가장 큰 실마리는 바로 그 모래 인간이 사랑을 금지하는 자라는 사실에 있다. 다시 앞서 인용한 소설의 초입으로 돌아가서, 화자는 지금 아버지가 모래 채취선에서 내려 어머니의 방으로 들어가는 것을 보고 있다. 아버지가 그를 의식하지 않는 걸로 보아 그는 아마도 숨어 있을 것이다. 어머니는 아버지를 맞느라 분주하다. 그러자 화자는 이렇게 말한다. "나는 기민하지 못한 모래 채취선의 쿵덕거리는 소리를 듣고 일찌감치 가벼운 비탄에 잠겨 있다." 아마도 화자의 이 비탄은 다른 남자와 잠자리에 드는 가엾은 연인의 모

---

8) 이 가사는 로이 오비슨Roy Orbison이 부른 「In Dreams」란 노래의 도입부이다.

습을 지켜보는 자의 비탄일 것이다. 전형적으로 오이디푸스적인 삼각형이 이 장면에 숨어 있다. 게다가 아버지는 이후로 어머니뿐만 아니라 누이동생의 방에도 들락거리는 것으로 묘사된다. 모든 여자를 소유한 독재자, 나의 사랑을 방해하는 자, 만약 내가 그의 여자를 탐하기라도 할라치면 눈에 모래를 뿌려 나를 거세해버릴 것만 같은 자, 그가 바로 '아버지-모래 인간'이다.

이쯤에서 프로이트의 또 다른 텍스트 「토템과 타부」를 떠올리는 것은 어렵지 않다. 문명이란 바로 그 여자들의 독점자, 곧 아버지에 대한 형제들의 반란에서 시작된다고 했던 것이 바로 그 텍스트였으니 말이다. 더 이상 아버지의 횡포를 지켜볼 수 없었던 형제들이 공모한다. 부왕을 살해하고 바로 그 죄의식 때문에 근친상간의 금기와 함께 문명이 탄생한다.[9] 문명이 최초의 금기, 곧 근친상간 금기와 함께 시작되었다는 말은 여기서 비롯된다.

안성호의 소설에서도 같은 일이 벌어진다. 이복형제인 서림과 배희 그리고 화자와 여동생이 아버지의 지배권에 반해 공모한다. 그들은 아버지를 피해 숲 속으로 여행을 떠난다. 그날 밤 화자가 목격한 것은 이렇다.

서림이 텐트에서 여동생과 몸을 섞고 있었다. 그때 내가 고등학교 3학년이었고 동생이 고등학교 1학년이었다. 이럴 수가. 텐트를 열어젖히고 서림을 패대기쳐야 했지만, 나는 그럴 용기가 나지 않았다. 간간이 들리는 서림의 울음소리와 내 동생의 신음 소리가 아버지와 어머니의

9) S. 프로이트, 「토템과 타부」, 『종교의 기원』, 이윤기 옮김, 열린책들, 1997, p. 404.

성교와 다르게 느껴졌다. 두 사람이 내포하고 있던 어떤 울분을 나눠 가지려는 몸부림처럼 보였다. 나는 조용히 배회가 잠든 텐트로 갔다. 그리고 자고 있는 배회 곁에서 뜬눈으로 밤을 보냈다(「움직이는 모래」, p. 206).

    형제들의 공모다. 아버지가 차지했던 여자들과 형제들의 근친상간적인 공모. 게다가 이날 밤 이후 화자의 아버지에 대한 반항심은 의식적으로 변해간다. 배회와의 근친상간적 관계가 깊어질수록 화자는 마치 『황금가지』의 젊은 사제처럼 늙은 사제를 대신할 새로운 숲의 왕으로의 등극을 갈망한다. "이제 내가 이 모래더미와 두 강둑 사이를 흐르는 강물을 거머쥐어야 할 차례다. 비는 아무렇게 강과 대지로 쏟아지는 것 같지만 질서를 부여받고 있다. 나는 이 질서를 흔쾌히 받아들여야 한다"(「움직이는 모래」, p. 213)라는 화자의 말은 그렇게 이해된다. "나는 어떤 두려움도 맞설 준비가 되어 있다. 범람한 강물로 집이 사라지고, 숲으로 달려간 여동생이 물웅덩이에 빠져 허우적거릴지라도 내 혈관 속으로 불타고 있는 이 감정은 스스로 거짓이라고 말하거나 방해하지 않을 작정이다"(「움직이는 모래」, p. 217)라는 말도 그렇게 이해된다. 화자의 이 결단은 햄릿이 오랜 방황과 배회 끝에 내린 바로 그 결단이다. 아버지를 죽여야 한다(비록 나 또한 그 아버지와 동일한 욕망의 소유자였다 할지라도!). 그리고 내가 늙은 아버지의 질서를 대신할 새로운 왕이 되어야 한다. 그러자 옛 문명을 단죄하고 새로운 문명이 탄생할 때 항상 그렇듯이 홍수가 지고, 예의 그 배수장이 범람한다. 서림과 나의 아버지에 대한 적개심을 먹고 오랫동안 부글거리고 부풀고 불어났던 그 배수장 말이다. 그날 밤 화자는 아버지의 죽음을 지켜본다. 그냥 지켜보는 것이 아니라 배회와 근친상간을 나누면서 지켜본다. 여자들의 새로운 주인, 새로운 왕이 탄생하고 아버지는 죽는다. 프로이트가 말한 그대로의 '아들들의 문명'이 탄생했다.

그러나 그 문명은 참으로 석연치 않은 '두렵고 낯선unheimliche' 문명이다. 그것은 패륜과 죄악 위에서 탄생한 문명이다. 또한 바로 그 이유로 항상 불안과 공포에 시달리는 문명이기도 하다. 물론 그 불안과 공포는 '죽은 자의 회귀'와 관련되어 있다. 죽은 것들이 귀환하는 장면은 우리에게 늘상 두렵고 낯선 감정을 불러일으킨다. 죽은 아버지가 되살아날까 봐 전전긍긍하는 아들의 공포 말이다. 프로이트가 unheimliche한 감정을 불러일으키는 모티프들 중 가장 중요하게 다루었던 것도 바로 이것이고, 「움직이는 모래」에서 새로 탄생한 아들의 문명이 벗어날 수 없는 것도 또한 바로 이것이다.[10] 아버지는 죽었지만 대신 이제 배수장에 몸을 던졌던 서림이 '염소 모는 사내'로 부활한다. 죽음에서 귀환한 그는 아버지를 대신해서, 화자의 사랑을 엿보고 감시하고 방해한다. 다음 구절은 이제 서림이 아버지의 역할을 대신하면서 화자의 주위를 맴돌고 있다는 사실에 대한 증거다.

---

10) 프로이트는 상기한 논문에서 unheimliche한 감정을 일으키는 여러 모티프들을 거론한다. 죽은 것들의 귀환 외에도 비의도적인 반복, 분신(分身)들 등이 그것들이다. 지면 관계상 길게 거론하지는 못하지만 안성호의 소설은 바로 이 모티프들의 전시장이다. '서정주인가 김춘수인가의 시'를 읽고 있는 교실 장면은 「움직이는 모래」뿐만 아니라 표제작에서도 여러 차례 반복된다. 이미 살핀 바와 같이 아버지와 서림과 모래 인간과 염소 모는 사내는 모두 아버지의 분신된 이마고들이다. 이 모티브들은 모두 안성호 소설의 주제인 '문명의 불안'을 형식 차원에서 구현한다. 안성호 소설은 분명 독자들을 두렵고 낯설게 하는 데가 있다.

뒷모습이 거무튀튀하고, 날렵하고, 매우 조심성이 있는 것을 보니 수격지와 같은 종(種)처럼 느껴지던 아버지일 수도 있다. 아니, 아버지는 아닐 것이다. 아버지는 죽었으므로, 서림 역시 죽었으므로. 두 사람 다 이 세상과 인연은 끝났다. 그런데도 나는 무섭다. 혹 서림이 죽지 않고 염소들을 데리고 강 주변을 떠돌아다니는 것은 아닐까. 이 사실을 아주 오래전부터 알고 있던 아버지가 서림을 기다리고 있는 것은 아닐까. 나는 집으로 걷는다(「움직이는 모래」, p. 238).

'아버지-모래 인간'의 자리를 이제 '서림-염소 모는 사내'가 대신한다. 그러나 더 두려운 것은 이 둘이 사실은 동일한 인물이라는 점이다. 서림이 죽은 뒤에도 배희는 말한다. "오빠를 만지니까 몸이 부서졌어. 금방 퍼 올린 모래같이…… 오빤 날 빤히 쳐다보더니 어디론가 가자며 다그쳤어. 내가 안 간다고 하니까 긴 작대기로 지붕을 툭툭 치더니 사라졌어"(「움직이는 모래」, p. 197). 배희의 말대로라면 서림 역시 모래 인간이 되었다. 더욱이 죽기 전, 서림은 화자와 이런 대화를 한 적이 있다.

"정말 너 물귀신이 환생한다고 믿니?"
"염소를 몰고 다니는 사람을 봤지? 동네 사람들은 그 사람을 보고 물귀신이 환생한 사람이라고 했어!"
강 저편에 사는 염소 치는 사내를 두고 하는 말이다. 그 사내는 밀짚모자를 눌러쓰고는 새벽이면 염소를 몰고 나갔다가 저녁 어스름이 지면 염소를 몰고 돌아왔다(「움직이는 모래」, p. 201).

죽은 서림이 물귀신으로 환생했다. 물귀신은 염소 모는 사내다. 그역시 모래 인간처럼 잠이 깨는 시각에 떠났다가 잠을 부르는 저녁 어스름에 마을에 돌아온다. 게다가 배희의 말에 따르면 그의 몸을 만지면 모래가 뚝뚝 듣는다. 정리해보자. 서림은 물귀신이고 물귀신은 염소 모는 사내이며 염소 모는 사내는 모래 인간이고, 모래 인간은 아버지다. 고로 서림은 아버지다. 아들의 죄의식과 함께 죽은 자가 귀환해서는 새로운 문명이 탄생한 후에도 돌아가지 않고 아들의 문명을 감시한다. 그렇다면 아들의 문명은 항상 감시 망상에 시달리고 죄책감에 어쩔 줄 몰라 한다.

게다가 아들의 문명은 또한 아버지가 범한 죄와 동일한 지반 위에서 있기도 하다. 아버지가 범한 죄는 물론 딸과의 근친상간이다. 아이러니하게도 아들이 그런 아버지에게 대항하는 수단 역시 이복누이와의 근친상간이었다.

아버지의 문명을 단죄하기 위해 동일한 범죄를 저지른 아들. 그 아들의 문명은 그렇다면 총체적으로 불안하고 허약하다. 그런 이유로 언젠가 이 문명도 아버지의 문명과 동일한 운명을 맞을 것이고, 그렇게 된다 하더라도 하등 아까울 것 없는 문명임에 틀림없다.

쓰레기 섬의 로빈슨 크루소

새로운 문명에 의한 옛 문명의 부정이란 테마는 작품 「섬」에서 다시 변주된다. 술에 취했다가 쓰레기 섬에 버려진 도시의 한 사내가 주인공인 이 소설은 안성호 판 「로빈슨 크루소」다. 도시에서 버려진

배설물들이 쓰레기 섬을 이루고 있다. 새로운 대륙의 발견이다. 거기서 그는 홀로 사는 법을 터득한다. 문명의 시작이다. 얼마 후 아담과 이브라 명명할 만한 남녀가 군인들에 의해 버려진다. 그러나 아담은 생식 능력이 없는 불모다. 대신 아담은 화자와 이브를 포함해 섬 전체를 지배한다. 계급이 탄생했다. 화자는 이브를 취하고 이브는 임신을 한다. 가족이 탄생한다. 아담을 피해 잠시 도시로 탈출했던 두 사람은 결국 군인들, 그리고 그들의 정신(효율!)이 지배하는 도시를 견디지 못하고 돌아온다. 아담의 노예로 살기로 작정한다. 문명은 노예제 사회로부터 다시 시작한다. 쓰레기 더미 위에서!

어떠한 희망도 낙관도 없는 문명의 절망, 바로 이 세계가 놀랍도록 패기만만하고 지적인 작가 안성호의 세계다.

『봄날』 이후, 임철우 소설의 궤적에 대하여

1. 역사 강박

오월 항쟁을 다룬 다섯 권짜리 대하소설 『봄날』을 탈고한 후 작가 임철우는 서문에 이렇게 쓴다.

> 당시의 상황을 재현해내는 작업 자체가 참으로 고통스런 반복 체험에 다름 아니었다. 지난 10년 동안 나는 내내 5월 그 열흘의 시간을 수없이 다시 체험해야만 했고, 수많은 원혼들과 함께 잠들고 먹고 지내야 했다. 그러는 동안 가끔은 정서적으로나 정신적으로 몰라보게 피폐되어가는 듯한 내 자신을 깨닫고 깜짝깜짝 놀라기도 했다. 고통스런 기억의 반복 체험이란 것이 얼마나 사람을 소모시키는 것인지, 처음으로 알았다.[1]

---

1) 이 글에서 다룰 임철우의 작품들은 다음과 같다. 『봄날』(문학과지성사, 1998), 『백년여관』(한겨레신문사, 2004), 「칠선녀주 – 황천 이야기 1」(『문학 · 판』 2004년 겨울호),

또 비슷한 시기 한 잡지에 발표한 자전적인 글[2]에서는 이런 말을 하기도 한다.

나도 모르게 방바닥에 엎어지자마자 엄청난 울음이 폭포처럼 터져 나왔다. 마치 더 이상 버티지 못할 만큼 팽창한 공기가 튜브를 찢어내며 격렬하게 터져 나오듯이 그렇게. 이불을 뒤집어쓰고 그렇게 한바탕 통곡을 토해내고 나자 비로소 조금씩 숨이 쉬어졌다. 그러자 나도 모르게 입에서 이런 기도가 터져 나왔다.

"하느님, 제가 그날을 소설로 쓰겠습니다. 목숨을 바치라면 기꺼이 바치겠습니다. 저를 도와주십시오."

이 두 인용문은 임철우 문학의 기원이 어디에 있는지, 그리고 또 그의 작가적 사명감이 어디를 향해 있었는지를 요약한다. 익히 알려진 사실이지만 80년 오월 당시 전남대학교 복학생이었던 그에게 광주 항쟁은 영원히 지우지 못할 심리적 외상으로 남는다. 동료들과 선후배들의 죽음을 뒤로하고 살아남았다는 죄책감과, 그토록 무지막지한 권력의 횡포 앞에서 느껴야만 했던 분노와 억울함이 임철우 소설의 기원이다. 아니 기원만 아니라 그의 소설 전체가 바로 그가 신과 약속했던 그 맹세를 지키는 과정에 다름 아니었다. 1981년 등단 이후, 그가 쓴 소설이 단 한 차례도 직접적으로든 간접적으로든 광주 항쟁

「나비길 – 황천 이야기 2」(『문학동네』 2005년 여름호), 『강물 편지』(『문학사상』 2006년 1~12월호). 이하 작품을 인용할 경우 제목과 쪽수만 표기.
2) 임철우, 「낙서, 길에 대하여」, 『문학동네』 1998년 봄호.

과 무관한 적이 없었고, 또한 분단이나 4·3 항쟁처럼 한국 현대사의 가장 참담한 장면들 한복판으로 뛰어들지 않은 예가 없었다는 사실이 이를 증명한다.

그런 이유로 임철우 소설의 최종심급에는 항상 역사가 가로놓여 있었다. 그의 소설 쓰기는 한마디로 역사적 외상trauma과의 끊임없는 사투였거니와 소설만 아니라 소설가의 삶 자체가 숭고하리만큼 감동적인 예를 우리는 임철우에게서 목격한다. 그는 그토록 사람을 소모시키는 고통스런 기억의 반복 체험을 마다하지 않았다. 그런 의미에서라면 그를 강박증 환자라 불러도 무방하리라. 그는 많은 사람들이 잊었거나 잊고 있는 중이거나 잊어야 한다고 믿는 한국 현대사의 가장 참혹한 기억들을 고집스럽게, 그리고 강박적으로 자꾸 되불러낸다. 만약 예술이란 쾌락에 종사하는 것이 아니라 불쾌에 종사해야 한다는 아도르노의 전언이 진실이라면, 불임(「불임기」)과 사산(「사산하는 여름」)과 학살(『봄날』)과 고문(「붉은 방」)과 시취(屍臭, 「직선과 독가스」)로 얼룩진 임철우의 작품들이야말로 진실에 종사하는 예술의 가장 훌륭한 전범이라 할 만하다.

역사적 외상에 대한 강박의 고통을 이겨낸 덕분에 그가 신 앞에 맹세했던바 광주 항쟁을 소설화하겠다는 약속은 『봄날』에 의해 지켜졌다. 이 글은 신과의 약속을 지켜낸 이후 임철우 소설의 궤적을 살펴보고 앞으로의 향방을 어림짐작해보기 위해 씌어진다.

2. 해원(解冤)의 섬

임철우는 『봄날』을 통해 광주 항쟁을 소설화하겠다는 약속을 지켰음에도 불구하고 후속작 『백년여관』에서 여전히 오월의 부채의식에서 벗어나지 못한 소설가 이진우를 주인공으로 삼는다. 그에겐 아직 광주에 대해 더 할 말이 남아 있었던 걸까? 이에 대해서는 남진우의 언급을 참조할 필요가 있다.

한 작가로서 공적 차원에서 광주에 대해 주어진 임무는 수행했을지 몰라도 그가 한 개인으로서 사적 차원, 실존적 차원에서 광주에 진 빚은 여전히 남아 있었던 것이다. 『봄날』이 이미 씌어졌음에도 불구하고 다시 이 작가에게 『백년여관』이 필요했던 것은 그 때문이다.[3]

남진우는, 임철우가 『봄날』의 탈고와 함께 소설가로서 주어진 공적인 사명을 완수했음에도 불구하고 여전히 광주 항쟁으로부터 자유롭지 못한 이유를 사적이고 실존적인 차원의 빚이 남아 있었던 탓이라고 말하고 있거니와, 『백년여관』의 작가 후기 마지막 문장은 이를 충분히 뒷받침한다. "이 소설을, 앞서간 친구 고 박효선의 영전에 바친다"(『백년여관』, p. 344).

박효선은 항쟁 당시 도청수습위 홍보부장을 맡기도 했던 임철우의 친구로, 광주에서 오랫동안 극단 '토박이'를 이끌며 「금희의 오월」을

---

3) 남진우, 「유예된 송사(送死), 지연된 애도」, 『문학동네』 2005년 봄호. p. 63.

무대에 올리는 등 연희운동을 주도해오다가 1998년에 숨진 인물이다. 그의 무덤은 5·18 묘역에 있다. 작중에서 소설가 이진우가 "섬이 하나 있다. 그림자의 섬, 영도. 그것은 결코 환상도 허구의 이름도 아니다. 〔……〕"(『백년여관』, p. 16)로 시작하는 작품(그러니까 『백년여관』)을 쓰기 시작할 무렵 엄청난 무력감과 함께 그의 꿈속을 자주 방문했던 인물 K가 바로 그 박효선이다. "그해 이후 당신과 그는 그리 자주 만나지 못했다. 당신은 서울로 거처를 옮겼고, 케이는 그 도시에 남아 극단을 조직해서 꽤나 열정적으로 뛰어다니느라 피차 여유가 없기도 했다"(『백년여관』, p. 268)와 같은 문장들이 함축하고 있는 정보는 그를 영도에 이르게 한 환청의 주인공 '케이'가 바로 박효선임을 암시한다. 물론 작중 주인공 이진우는 소설가라는 직업으로 보나 작품 곳곳에서 등장하는 자전적 사실들로 보나 임철우 자신의 분신임에 틀림없다. 그렇다면 이 소설의 기원에는 먼저 죽은 친구 박효선에 대한 작가의 부채의식이 놓여 있다고 말해도 무방하겠다. 남진우가 사적이고 실존적인 차원의 빚이라고 했던 말은 그러므로 틀린 말이 아니다. 이 작품의 창작 동기는 분명 죽은 친구 박효선에 대한 임철우의 사후 애도이다.

그러나 작품 『백년여관』에서 그림자의 섬 영도(影島)를 찾아가는 사람은 이진우 한 사람만이 아니다. 먼저 영도에서 여관을 운영하고 있는 강복수 일가가 있다. 그들 가족, 특히 그의 할머니였던 설분네가 겪은 스물네 차례의 죽음에 대해서는 이 글에서 요약하기 힘들다. 끌려가 죽고, 총에 맞아 죽고, 병에 걸려 죽고, 미쳐서 죽고, 절벽에서 떨어져 죽고, 타 죽고, 굶어 죽은 설분네 가족의 죽음들은 '참혹하다' '끔찍하다' '비참하다' 등등의 어휘로는 좀처럼 표현이 불가능하

다. 차라리 칸트적 의미에서 '숭고하다'라고 해야 마땅할 그들의 죽음
에 대해서는 이 소설의 압권에 해당하는 3부 「그해 겨울」을 읽어보라
고 말할 수밖에 다른 도리가 없다. 다만 이 가족의 수난사 이면에는
제주 4·3 항쟁이 놓여 있다는 사실만 지적하자.

다음으로 이진우와 동일한 환청("돌아와, 때가 되었다")을 듣고 입
양되어 살던 미국에서 영도로 찾아든 요안이란 인물이 있다. 푸른색
과 빨간색의 대비를 목격하면 간질 발작을 일으키곤 하는 그의 신경
증의 병인에는 '보도연맹' 사건이 있다. 겁탈당한 채 우물에 버려진
어머니의 하얀 몸과 검정 고무신과 푸른 풀밭과 거기 흥건히 고인 붉
은 핏자국. 그날 그의 아버지도 경찰들의 음모에 휘말려 영영 못 돌
아올 곳으로 가고 말았다.

그밖에도 강복수의 처남 되는 허문태는 월남전에 나갔다가 고엽제
살포에 의해 심신이 망가진 인물로 등장한다. 그는 또한 거기서 사랑
했던 한 여자를 잃은 경력이 있고, 죄 없는 소녀를 사살한 경력도 있
다. 문태가 가진 심리적 외상은 월남전에서 비롯되었다.

양순옥과 은희도 있다. 그들은 케이, 그리고 이진우와 함께 80년
오월 당시 야학 활동을 했던 이들이다. 양순옥은 항쟁 마지막 날 도
청에서의 사건을 외상으로 간직하고 있고, 은희는 항쟁 기간 중 귀가
하던 어느 길에서 당한 폭력으로 광기 상태에 빠져 있다.

요컨대 이진우와 함께 한국 현대사의 가장 비참한 국면들을 각각
심리적 외상으로 간직한 인물들이 영도에 속속 집결한다. 4·3 항쟁,
보도연맹 사건, 월남전, 5·18, 거기에 일제 시대 징용 가 죽은 강복
수의 조부 강만득을 합하면 영도의 백년여관은 한국 현대사 백 년의
원한이 모두 집결하는 장소이다. 그러자 영도는 또한 해원의 섬이 된

다. 바로 그곳에서 백 년간의 모든 원한이 조천댁의 해원굿과 함께 소멸되기 때문이다.

그렇다면 우리는 이 작품의 창작 동기를 단순히 작가 임철우의 사적인 부채의식과만 관련지어서는 곤란하다. 이진우는 순옥과 함께, 한반도 도처에 널려 있는 죽음과 원한들 중 특별히 광주 항쟁의 몫을 대표하여 영도에 간다. 그렇다면 임철우가 이 소설을 쓴 참 의도는 한국 현대사 백 년의 누적된 원한 모두를 해소하고, 죽었으나 산 자들의 틈에 끼어 중음을 떠도는 혼령들에게 그들의 자리를 찾아주기 위함이었다고 해야 맞겠다.

3. 마콘도를 찾아서

수백 년 만의 개기일식이 있던 날 밤, 백년여관에 모인 사람들은 조천댁의 주도로 망자들을 저승으로 보내는 해원의 굿을 올린다. 그러자 그들의 눈에 망자들의 모습이 보인다.

강복수는 달빛 가득한 바다 위에서 할머니 설분네 노파의 모습을 보았다. 어머니 화북댁과 아버지와 동생 그리고 친척들의 얼굴이 차례로 보였다. 미자는 벙어리 청년의 해맑은 이마를, 금주는 자신을 장터에 버리고 달아난 생모의 뒷모습을, 함흥댁은 먼저 간 남편을 보았다. 흰 아오자이 차림의 응웬 마이와 계집아이가 문태를 향해 나란히 손을 흔들었다. 은숙이와 노총각 고동춘, 또 야학 선생님들은 순옥을 보고 환히 웃으며 손짓을 했다. 요안은 어머니와 아버지를 보았다. 그들은 다정한 모습으로 요안을 향해 고개를 연신 끄덕여주었다(『백년여관』, p. 335).

그리고 이진우의 귓전에서는 이런 소리가 들린다. "그래, 결코 지난날들을 잊어서는 안 돼. 망각하는 자에게 미래는 존재하지 않아. 기억해. 기억해야만 해. 하지만 친구야. 그 기억 때문에 네 영혼을 피 흘리게 하지는 마"(『백년여관』, p. 336). 죽은 케이가 이진우에게 하는 말, 아니 박효선이 임철우에게 하는 말이다. 샤머니즘을 통한 원한의 해소라는 다소 낯익은 결말이지만, 어쨌든 죽은 친구의 전언을 들었으니 임철우는 아마도 역사에 대해 그가 20년 넘게 간직해온 부채의식을 덜었을 듯도 싶다. 그래서일까?『백년여관』이후에 씌어진 두 편의 단편은 임철우의 소설 세계에 적지 않은 변화가 일어나고 있음을 예측하게 했었다.[4]

아니 사실은 『백년여관』에서부터 그런 변화의 기미는 충분히 감지된다. 아래의 구절을 보자.[5]

"으으-아아아아아……."

〔……〕 영원히 멎지 않을 듯한 그 기괴하고 끔찍한 비명에 당신과

---

4) '했었다'라고 말하는 것은 이러한 예측과 달리 다시 역사로 회귀한 「강물 편지」를 염두에 두었기 때문이다. 「강물 편지」는 사북 사태와 종군 위안부 문제를 다룬 작품이다. 물론 「강물 편지」는 『백년여관』까지의 임철우 소설에서와는 달리 작가 자신의 부채의식이 거의 개입하지 않은 채로 주로 취재와 허구적 구성을 통해 씌어지고 있다는 사실은 지적해둘 필요가 있다.

5) 이하 마술적 리얼리즘과 임철우 소설의 영향 관계에 대한 논의는 졸고 「한국형 마콘도들에 관한 몇 가지 단상」(『변장한 유토피아』, 랜덤하우스중앙, 2006)의 내용을 다소간 수정 보완해서 옮겨온 것임을 밝혀둔다.

순옥은 한순간 두려움에 휩싸였다. 지상의 모든 고통과 슬픔이 한 덩어리로 뒤엉켜 있는 듯한 그 비명 소리. 문득 당신은 그것을 외로움이라고 이름 지었다. 한 인간이 쌓아온 백년의 외로움. 천만 년 인류의 외로움……(『백년여관』, p. 291).

히스테리성 발작을 통해 가까스로 고통스런 유년기 기억과의 대면을 회피해온 요안이 어머니가 죽었던 우물에 이르러 기억과의 대면을 결심하고 절규하는 장면이다. 앞서 말한 대로『백년여관』의 압권은 3부, 설분네 가족이 당했던 수난사 에피소드들이다. 따라서 앞의 구절은『백년여관』의 가장 감동적인 부분으로서 인용된 것이 아니다. 앞의 구절을 인용한 데에는 다른 이유가 있다. "백년의 외로움," 바로 이 구절 때문이다. "백년의 외로움." 마르케스의 작『백년 동안의 고독』으로 우리에겐 충분히 낯익게 된 이 문구는『백년여관』이후 임철우 소설의 변화를 가늠케 하는 중요한 단서가 된다.

『백년여관』이 출간되던 것과 비슷한 시기, 임철우는 모 문학상 심사위원직을 수행한 적이 있다. 그때 수상작이었던 천명관의『고래』에 대한 심사평에서 그는 이런 언급을 한다. "그 풍부하고 기발한 상상력의 세계 속에, 보다 구체적인 인간 현실과 삶의 문제들에 대한 진지한 성찰까지 아울러 담겨지게 된다면, 머잖아 우리는 마르케스의『백년 동안의 고독』, 귄터 그라스의『양철북』같은 감동적인 소설을 만나게 될 수 있지 않을까."[6]

그가 마르케스의 작품에 부여한 각별한 의미가 직접적으로 도드라

---

6) 천명관,『고래』, 문학동네, 2004, p. 425.

지는 부분인데, 『백년여관』은 많은 부분에서 『백년 동안의 고독』을 연상케 하는 데가 있다. 우선 『백년여관』의 무대인 섬 '영도'는 한국 현대사의 이러저러한 국면을 압축한다는 점에서 『백년 동안의 고독』에 등장하는 가상의 마을 '마콘도'와의 유비가 가능하다. 마르케스는 임철우보다 먼저 이 가상의 마을에 라틴 아메리카 현대사 백 년을 압축한 바 있다.

게다가 임철우가 『백년여관』에서 보여준 문체와 수사법은 이러한 영향 관계에 대한 훌륭한 증거가 될 만하다. 그중 가장 두드러지는 것이 자연현상과 사회 현상 간의 '상호 조응'이다. 가령 한 많은 노인 설분네가 죽은 후, 하늘이 우는 모습을 보자. 열흘 동안 미친바람이 불고, 그 바람에 "백년여관 뒤뜰 수풀에선 아름드리 고목들이 뿌리째 뽑혀"나간다. "그때 생겨난 커다란 구덩이 속에선 수천 마리의 개구리와 수백 마리의 뱀이"(p. 66) 기어 나오고, "한겨울인데도 백년 묵은 벚나무들이 일제히 가지마다 꽃잎을 피워" 올린다. 그러고는 하룻밤 사이에 "밤사이 들이닥친 바람에 꽃잎은 남김없이 허공으로 빨려 올라가고, 순식간에 벚나무는 앙상한 가지만 남고" 만다(p. 67). 『백년 동안의 고독』에서 부엔디아 가문의 시조 호세 아르카디오 부엔디아의 죽음에 조응해서 내리던 거대한 꽃비와 썩 그럴듯한 유비가 가능한 장면이거니와, 소설 여러 곳에서 출현하는 이와 같은 인간과 자연의 상호 조응은 소위 '마술적 리얼리즘'에 특유한 것이다.

물론 『백년여관』 이전 작품에서도 임철우는 환시나 환청 등을 작품의 중요한 모티프로 차용한 바 있다. 그러나 대개의 경우 환각과 환시는 역사적 외상에 의해 상처받은 광인의 몫으로 돌아가거나 아니면 시대적 아픔에 대한 알레고리로 사용되었다. 말하자면 개연성에 손상이

가지 않는 범위 내에서만 사용되었던 것이다. 그러나『백년여관』에서 환각과 환시는 망자의 직접적 발언이거나 현현일 경우가 많고, 자연과 인간의 상호 조응은 알레고리가 아니라 실제 사실처럼 그려진다.

『백년여관』이후에 발표한 두 편의 작품은 이즈음 임철우의 작가적 관심의 한 축[7]이 '마술적 리얼리즘'에 있음을 확연히 보여준다. 「칠선녀주-황천 이야기 1」의 어느 구절에서 그는 다음과 같이 쓴다.

> 오래전부터 막연히 생각해오고 있던, 일종의 연작소설 형식의 글감이 하나 있긴 했다. 가상의 마을, 지리적으로 고립된 산골의 작은 읍을 무대로, 개성적인 여러 캐릭터들의 이야기를 담담한 톤으로 하나씩 그려내고 싶었다. 그 소설의 핵심은 무엇보다도 작중 무대가 될 가상의 마을이었다. 너무 크지도 작지도 않은, 겉으로는 평화로운 듯하지만 내부에선 무언가 용암처럼 불길하게 들끓고 있는 소읍. 당신이 꿈꾸는 공간은, 이를테면 윌리엄 포크너 소설의 '요크나파토파 타운' 혹은 가브리엘 마르케스의 '마콘도' 같은 가공의 마을이었다(「칠선녀주」, p. 67).

요컨대 임철우는 황천 이야기 연작을 구상하면서 마르케스의 마콘도와 같은 마술적 세계를 염두에 두었던 것이 분명하다. 실제로 황천은 현실에는 있을 것 같지 않은 고립된 산중의 설화적인 마을로 그려진다.

---

7) 최근작 「강물 편지」로 미루어 보건대 나머지 한 축은 여전히 '역사'에 있다.

깎아지른 절벽이 분지를 거의 완벽한 타원형으로 빙 둘러싸고 있고, 그 절벽을 따라 강줄기가 고리처럼 둥그렇게 분지를 감싸며 돌아 나가고 있었다. 특이하게도 강줄기는 당신이 서 있는 고개 바로 아래 왼쪽으로 흘러들어, 분지를 껴안고 한 바퀴 회전해 내려온 다음 고개 오른쪽으로 빠져나갔다. 말하자면, 당신이 서 있는 고개는 바로 호리병의 목 부분이었고, 사방이 온통 험준한 절벽으로 에워싸인 그 분지를 출입할 수 있는 단 하나의 통로였다. 해발 800미터의 산간 지대. 마을은 바로 그 호리병의 둥근 바닥 중앙에 삭아가는 술 찌꺼기처럼 무겁게 가라앉아 있었다.

당신은 무심결에 아, 낮은 탄성을 질렀다. 하늘 때문이었다. 마치 노랑색 필터를 끼워 넣은 것 같은 이상한 하늘이 눈앞에 걸려 있었다. 단무지 빛 같기도 하고 잘 익은 레몬 색깔 같기도 했다. 노을빛인가 했으나, 해질녘까지는 두어 시간이나 남아 있었다. 그렇다고 황사가 낄 계절도 아니었다. 어째선지 그 소읍의 바로 위쪽 하늘만 둥그렇게 노란빛으로 물들어 있는 거였다(「칠선녀주」, pp. 68~69).

마콘도에서처럼 신부님이 공중 부양을 하고 죽은 아들의 피가 먼 길을 흘러 어머니를 찾아가고 미녀는 하늘로 승천하더라도 별반 이상할 것이 없을 듯한 풍모의 고립된 산간 마을이 바로 황천이다. 그리고 아니나 다를까, 이 황천은 한국의 근대사 백 년을 압축하는 알레고리적 공간으로서의 지위를 획득한다. 우연히 개천에서 발견된 사금탓에 눈이 뒤집힌 노다지꾼들이 이 마을에 몰려들기 시작한 것이 대략 1890년 전후, 그러니까 서구 열강들이 눈이 뒤집힌 노다지꾼들처럼 조선에 몰려들기 시작하던 무렵이다. 그렇게 한국에 서구적 자본주의 문물이 들어오기 시작하던 시기부터 현재까지 마치 한국적 근대의 축소판이라도 되는 듯이 이러저러한 부침을 겪어온 가상의 도시 황천이 바로 소설의 무대다. 그리고 그 황천에 살았던 떡례, 옥봉, 금심, 홍녀로 이어지는 술도가집 여인 4대의 이야기가 그 무대를 채운다. 일제 시대가 끝나가는 어느 날 "황천읍 하늘이 온통 때 아닌 목화꽃 만발한 듯 흰해"지고, "눈같이 희고 아름다운 두루미들이 무리를 지어 마을의 지붕 위를 훨훨 춤추며 날아다"니더니(자연현상과 사회 현상과의 상호 조응!) 무려 삼 년 동안 집 안에 틀어박혀 술 만드는 일에만 고심하던 옥봉의 손에서 명주(名酒)가 태어난다. 칠선녀주가 그것이다. 한국 현대사 백 년을 고스란히 버텨내는 동안 이 술은 일제의 수탈에 찌든 황천 주민들을, 인민군 패잔병들을, 그리고 퇴주하던 국방군들을 위무하고 달랜다. 그들 내부에 쌓인 분노와 원한과 폭력성을 중화시킨다. 탱크와 폭격기로부터 날아온 포탄들이 마을 전체를 쑥밭으로 만들기 전까지는 그랬단 말이다. 지금은 여인 4대의 마지막 세대인 홍녀가 홀로 남아 '황천 카페'를 운영하고 있을 뿐 칠선녀주는 사라진 지 오래이다. 다만 홍녀의 거한 같은 몸집과 약간의 사시에 노란 빛을 띠는 눈동자에 그나마 설화와도 같은 지난날 여신들의 자취가 남아 있을 뿐이다.

이상이 간략하게 살펴본 한국형 마콘도 '황천'의 백 년사이거니와, 엄밀히 말해서 이 작품은 성공적인 작품은 아니다. 중편에 조금 못 미치는 분량에 4대에 걸친 홍녀의 가계사를 압축하려다 보니 우연히 만난 한 사내의 구술 형식을 빌릴 수밖에 없었고, 또 장편에나 어울릴 지나치게 많은 이야기 정보를 감당하느라 서사 또한 앙상한 얼개만 남게 되는 결과를 피하지 못했기 때문이다. 정작 황천 이야기의

진수는 다음 작품 「나비길-황천 이야기 2」에서 만나게 된다.[8]

4. 나비길

「나비길」에서 임철우는 장편의 호흡을 거둔다. 「칠선녀주」가 장편의 호흡을 단편 속에 불어넣은 탓에 뼈대만 남은 소설이 되고 말았다면, 이 작품은 단편에 적합한 소재를 단편에 적합한 방식으로 잘 다듬어낸 수작이다. 임철우 특유의 시적인 문체가 잘 드러나는 작품이

---

8) 그러나 「나비길」 이야기를 하기 전에 우선은 마술적 리얼리즘의 한국적 수용에 대해 한 가지 짚고 넘어갈 것이 있다. 라틴 아메리카의 마술적 리얼리즘이 탄생하게 된 배경에 대해서는 프랑코 모레티의 다음과 같은 언급이 있다. "이것은 유럽과는 전혀 다른 문학적 진화의 산물이다. 물론 여러 가지 이유가 있었지만 무엇보다 큰 이유는 3세기 이전에 이단 심문관들이 라틴 아메리카에서 유럽 소설을 판매하는 것을 금지했기 때문이다. 이것은 아주 분명한 의도를 가진 검열 행위였지만 참으로 기이한 결과를 가져왔다. 왜냐하면 일단 소설이 제거되자 소설의 체제(다른 것은 똑같다고 할 때)가 유럽보다 빈곤해지기는커녕 훨씬 더 풍요로워졌기 때문이다. 〔……〕 유럽과 달리 그렇게 됨으로써 모두 휩쓸어버렸을 다른 모든 형식들이 그대로 보존될 수 있었던 것이다"(프랑코 모레티, 『근대의 서사시』, 조형준 옮김, 새물결, 2001, p. 361). 모레티는 라틴 아메리카에서 마술적 리얼리즘이 성립하게 된 배경에 종교적인 이유로 시행된 '소설의 금지'라는 역사적 조건이 존재했음을 지적하고 있다. 소설이 금지되자, 다른 '이야기' 양식들이 살아남는다. 설화, 민담, 전설 등이 그것들일 것이다. 그리고 그 양식들은 '마술적 세계로부터 인간의 해방'이 있기 전, 그러니까 아직 인간과 하늘이 상호 조응하던 시절의 것들이다. 마술적 리얼리즘이 가능했던 조건이 이와 같다면, 우리는 당연히 되물어야 한다. 과연 우리의 경우도 그와 같은 역사적 조건이 존재했던가 하는 점, 한국 특유의 전통적 이야기 양식들이 일종의 '마술'로서 작품 창작에 관여하고 있는가 하는 점 말이다. 더불어 한국적 마술에 해당하는 샤머니즘이 과연 작금의 소설에 유효한 세계관을 제공할 수 있겠는가에 대해서도 반성할 필요가 있다. 황석영의 『손님』과 앞서 살펴본 임철우의 『백년여관』이 취하고 있는 해원의 서사는 샤머니즘 특유의 거짓 화해, 즉 '객관적 고통의 주관적 해소'라는 결말을 피하기 어렵다. 임철우가 경계해야 할 지점이 바로 여기다.

라는 점에서만 그런 것이 아니라 지극히 당대적인 여러 문제들을 서정적인 문체에 잘 녹여냈다는 점에서도 그렇다.

이 작품의 중심이 되는 공간은 '황천 이발소'다(전작에서는 황천 모텔과 황천 카페였다). 소설은 이 이발소를 중심으로 떠도는 '소문'에 대한 잠언풍의 문장들과 함께 시작한다.

소문이란 때로 낚싯바늘과 같다. 그건 눈도 없이 다만 이빨만 지녔으니까. 그 무엇이건 대상을 가리지 않는, 오로지 철저하게 맹목적이고 무차별적인 공격성. 일단 살 속에 갈고리째 깊숙이 찔러 박히면 끝끝내 상대를 유린해놓고야 마는 집요한 잔혹성과 폭력성. 그 때문에 소문과 낚싯바늘은 항상 어딘가에 피 냄새를 감추고 있다(「나비길」, p. 193).

사실 이 구절은 이 작품이 다루고 있는 주제들 중 하나를 미리 암시한다. 황천에 부임해온 생물 선생 기병대(기형도의 시를 읽고, 나비처럼 변태를 꿈꾸는 인물에게는 참으로 절묘한 명명이다)의 실종, 그리고 그와 양성애적 관계를 맺었던 순둥이 이발사 양성구(양성구유적인 인물에게는 참으로 절묘한 명명이다) 씨의 고통 모두, 바로 소문으로부터 비롯되기 때문이다. 소문이란 언어로 이루어진 것이다. 요컨대 이 작품은 일차적으로 근대적 이성 중심 언어, 그리고 이성애(異性愛) 중심 언어의 폭력성을 다룬다.

작중 인물들 중 가장 폭력적인 언어를 구사하는 것은 자율방범대장 나씨다. 자율방범대장이란 직함도 의미심장하거니와 그는 군 시절 '미친개'란 별명으로 불렸던 적이 있다. 또 엄청난 빚을 진 채 야반도

주했다가 십여 년 만에 돌아와 군청 옆 건물 1, 2층에 다방과 호프집을 동시에 개업한 지역 유지다. 그의 신상 정보는 그가 얼마나 수완 좋고 약삭빠른 인물형인지를 잘 보여준다. 이발사 양씨의 양성애 취향을 이미 군 시절부터 알고 있는 그는 양씨를 자주 '양마담'이라고 부름으로써 성적 모욕을 가한다. 기병대 선생에게도 마찬가지인데, 오로지 자신의 아들 몸을 씻겨주었을 뿐인 선생을 만인이 다 보는 앞에서 '변태 새끼'라고 욕하며 무지막지한 폭력을 가한 것도 그다. 그의 언어는 전형적으로 남성적이고 이성애 중심적인 언어다. 여자들과 아이들이 퍼뜨리고 다니는 소문 역시 이성애적 편견에 기반한 언어란 사실에 있어서는 별다른 차이가 없다. 종국에 생물 선생을 자살하게 하는 것은 그들이 퍼뜨린 바로 그 언어다. 그들의 언어는 타자의 언어를 전혀 고려하지 않는 동일자의 언어 그 자체이다.

　그렇게 읽을 때, 양씨와 기병대 선생의 다음과 같은 대화는 의미심장하다. 먼저 양성구가 말한다. "나는…… 세상에서, 그러니까, 인간의 언어가 가장 어렵습니다. 인간의 언어, 인간들의 말에 항상 지독히도 서툴렀어요. 난 아무리 해도 그들의 말을 제대로 이해할 수가 없고, 그들은 내 말을 제대로 알아듣지 못했습니다." 그러자 기병대 선생이 호응한다. "그 말씀, 이해할 수 있을 듯합니다. 저 역시 인간의 말이, 세상에서 가장 어렵고 또 두렵습니다. 제가 왜 나비에 미친 사람이 되었는지 아십니까. 〔……〕"(「나비길」, p. 213).

　아마도 그들이 지칭하는 '인간의 말'이란 말 일반을 이야기하는 것은 아닐 것이다. 그들이 지칭하는 말이란 자신들과 같은 타자들에 대해 어떠한 고려도 없는 동일자의 언어를 지칭한다고 해야 옳을 것이다. 그 둘이 자연스레 어울리게 되고 종국에는 양성애적 감정이 싹트

게 되는 이유가 그것이다. 둘은 서로에게서 최초로 의미가 통하는 말을 발견한다. 그전까지 마을에 떠도는 언어들이란 모두 어떠한 타자성도 용인하지 않는 이성애자들의 말에 다름 아니었던 것이다.

덧붙여둘 것은 기병대 선생이 대화를 나눌 수 있는 대상이 양성애자 양성구 씨에게만 국한되지는 않는다는 사실이다. 그는 몇 가지 다른 언어도 알아듣는다. 첫째는 시(詩)다. 그리고 두번째는 나비의 언어이다. 앞서 밝힌 대로 기병대란 이름은 사실 그가 읽던 시(잘 있거라, 짧았던 밤들아. 창밖을 떠돌던 겨울안개들아. [……])의 저자인 기형도와, 그가 몰고 다니던 나비들의 변태(變態)의 조합으로 보이는데, 이런 사실은 그에게 친숙한 언어들이 어떤 성질의 것인지를 짐작케 한다. 그는 근대적이고 이성적인 언어, 남성적이고 이성애적인 언어에는 반응하지 못한다. 대신 효율성이나 쓸모와는 무관한 시어, 문명의 언어보다는 자연의 언어, 그리고 단성적이기보다는 양성구유적인 언어에만 반응한다. 요컨대 타자들의 언어에만 반응한다. 그렇다면 그의 죽음은 애초부터 예견된 것이나 다름없다. 그런 존재가 나수칠 같은 마초의 언어가 지배하는 황천에서 배겨낼 도리는 없을 것이기 때문이다. 그렇지 않았다면 그 또한 이발사 양성구처럼 또다시 그 폭력적인 언어들이 만드는 유독가스 같은 소문 속에서 질식 직전의 상태로 살아갈밖에.

흥미로운 점은 기병대를 죽게 하고 양성구를 불구적 침묵으로 몰아넣은 그 폭력의 언어들이 이 작품에서는 유독 군대와 학교의 산물로 그려진다는 점이다. 양성구가 처음 언어에 의해 정신적 치명상을 입은 곳이 바로 군대였다. 나수칠이 자신의 언어를 배워온 곳도 군대였다. 최초에 기병대 선생을 변태로 몰아붙인 소문의 진원지는 다름 아

닌 뜨거운 여름날의 학교 교실이었다. 학교와 군대! 근대적 국가 제
도가 성립된 어느 사회에서나 가장 말썽 많은 이 두 제도는 알튀세가
각각 이데올로기적 국가기구ISA와 억압적 국가기구RSA의 최첨병으
로 거론했던 것들이다. 근대에 대한 임철우의 태도가 드러나는 부분
이기도 한데, 역시 이 작품 곳곳에서 출현하는 기이한 자연현상들은
(겨울날 나비 떼의 출몰, 유령의 배회, 저수지에서 나와 마을을 떠도는
기포와 유독가스들) 마술로부터의 인간 해방 이전 상태의 세계관이 투
영된 예다.

동일자의 언어가 가진 폭력성의 문제, 타자에 대한 윤리의 문제,
미시화된 규율 권력 문제, (성적) 소수자 문제 등 이 작품에서 거론
된 테마들은 모두 지극히 당대적이다. 역사적 기억으로부터 상대적으
로 자유로운(그리고 한국적 마술로서의 샤머니즘으로부터도 자유로운)
가상공간 '황천'으로 무대를 옮긴 덕일까? 어쨌거나 「나비길」은 임철
우의 마술적 리얼리즘에로의 경도가 낳은 성과작이자 문제작임에 틀
림이 없다.

4. 임철우, The Undertaker

그러나 임철우 소설의 최종심에는 역시 역사가 존재한다. 『문학사
상』에 연재했던 「강물 편지」에서 임철우는 다시 한 번 역사로 회귀한
다. 이 작품의 대강의 윤곽은 일본군 종군 위안부 문제를 소설의 중
심에 두고, 그 곁에 사북 사태를 곁가지로 두는 구성을 취하고 있다.
이 작품의 백미는 『백년여관』에서 설분네 가족이 당했던 수난보다 더

하면 더했지 덜하지는 않을 순례의 위안부 체험에 있다. 차마 말하기도 고통스러운 순례와 봉심과 유리코와 기요코의 삶은 다시 한 번 읽는 이들을 고통스러운 기억의 반복 체험으로 안내한다.

흥미로운 점은 이 작품에 이르러 마술적 리얼리즘으로의 경도가 현저히 완화된다는 점이다. 환청과 환시는 여전히 등장하지만 다시 이전 작품들에서처럼 꿈으로 처리되거나 적은 비중을 차지하는 쪽으로 축소된다. 그렇다면 황천 연작 두 편으로 임철우의 한국형 마술적 리얼리즘 실험은 중단된 것일까? 아니면 그는 당대적인 문제는 황천 연작을 통해, 그리고 결코 포기할 수 없는 역사 속 죽은 자들의 넋 건지기 작업은 장편을 통해 병행하기로 한 것일까? 의문은 꼬리를 물지만, 아무래도 상관은 없다. 임철우의 작가적 양심과 진정성을 믿지 못할 독자는 없을 테니까.

제 3 부

소설의 외출

—문학과 영화 1: 「외출」을 중심으로

1. 영화와 소설

곰브리치E. H. Gombrich는 이제는 교양서가 되어버린 그의 대작 『서양미술사』에서 현대 미술이 출범하게 된 가장 큰 이유로 사진의 탄생을 든다. 인상파로부터 시작된 현대 미술의 혁명은 '자연으로부터의 이탈'을 그 특징으로 하는바, 사진의 발견 이후 미술은 더 이상 있는 그대로의 자연을 묘사하는 데 흥미를 느끼지 못하게 되었다는 것이다. 자연을 있는 그대로 묘사하기로 치자면 사진의 정밀성을 따를 수는 없는 노릇이었기 때문이다. 결국 미술은 사진 및 다른 예술 장르들로부터 자신을 구별지어줄 유일한 특징, 즉 선과 색채와 면으로 관심을 집중한다. 선과 색채와 면은 미술 이외에 그 어떤 장르도 다루지 못하는 말하자면, 고유하게 미술적인 요소들이다. 마티스의 색채, 몬드리안의 원색과 면, 피카소의 입체는 모두 이러한 관심의 산물이다. 미술은 사진이 불러일으킨 위기를 사진과 구별되는 자신만의 특질을 강조하고 부각시킴으로써 가까스로 모면한 셈이다.

소설의 경우는 어떠했을까? 사실 사진이 불러일으킨 시각장의 변화가 소설에 즉각적인 영향을 미쳤으리라고 보기는 어렵다. 일반적으로 정의하듯이 소설은 '일정 분량의 문자로 이루어진 개연성 있는 허구'다. 즉 사진과 달리 시각적 요소로 이루어지는 예술도 아니고, 사진이 쉽게 구성해내기 어려운 '허구,' 즉 '서사narrative'를 기본으로 하는 장르인 탓에, 사진의 발견이 소설에 즉각적인 변화를 촉발시키지는 못했을 것이다.

그러나 영화의 경우는 다르다. 사진에 이은 영화의 출범(1895년, 뤼미에르 형제)은 서사 장르인 소설에도 지대한 영향을 미쳤을 법하다. 영화 또한 사진과 마찬가지로 시각적 요소를 주로 하는 예술임에도 불구하고 바로 그 시각적 요소에 시간성을 도입함으로써 훌륭한 서사 장르로서의 역할을 수행할 수 있기 때문이다. 그러나 예상과 달리 비교적 오랜 기간 동안 서사 예술의 왕좌는 여전히 소설의 몫이었지 영화의 몫은 아니었다. 철학과 예술 그리고 문학은 아무래도 인문주의자들의 차지이기 마련이고, 문자로 된 책과 예술 작품의 아우라 Aura에 강한 친연성을 가지고 있는 인문주의자들에게 영화란 일종의 테크놀로지거나 오락거리에 불과할 경우가 많았을 것이기 때문이다. 가령 영화는 예술을 필요로 한다고 했던 브레히트B. Brecht나, 문화 산업을 대중 기만으로 정의하면서 영화가 우리들의 상상력을 고갈시킬 것이라는 요지의 비판을 마다하지 않았던 아도르노의 경우가 그렇다.

정작 영화가 소설이 구가하던 서사 예술의 왕좌 자리를 넘보기 시작한 것은 서구의 경우, 1950년대 초반 창간된 프랑스의 영화 잡지인 『카이에 뒤 시네마Cahiers du Cinéma』의 여러 논객들이 영화를 급진적인 예술의 영역으로 포함시키기 시작했던 때부터다. 이 시기부터 영화는 일종의 예술적 텍스트의 지위를 부여받으면서 소설의 것이었던 서사 예술의 왕좌 자리를 넘보기 시작한다.[1]

구미에 비할 때, 우리의 경우는 소설이 영화로부터 위협을 느끼기 시작한 것이 그리 오래된 일은 아니지 싶다. 우리의 경우 영화가 서사 예술이 아니었다는 말이 아니라, 영화 때문에 딱히 소설이 위축되거나 위기를 느끼지는 않았다는 말이다. 이미 1950년대와 60년대에 소위 '문화 산업'이 자본주의적 이윤 창출의 중요한 수단으로 자리를 잡은 구미에서와는 달리 한국의 문화 산업, 특히 영화 산업은 80년대 중반 이후부터 본격적인 궤도에 오른다. 그전에도 물론 소설을 간섭하거나 소설에 침투한 영화 산업의 예는 있어왔다. 가령 김승옥은 이른 시기 (절필에 대한 자신의 변명에도 불구하고) 영화계에 투신했다 문학적으로 단명한 작가의 전범을 보여준다. 최인호의 수많은 작품들이 영화화되었다는 사실은 너무도 유명한 일화이고, 김동인의 「감자」를 필두로 나도향의 「물레방아」「뽕」「벙어리 삼룡이」, 계용묵의 「백

---

1) 이에 대해서는 이견이 있을 수 있다. 가령 영화에 처음으로 서사가 도입된 것은 1900년대 에드윈 포터의 「대열차 강도」나 「미국 소방수의 생활」 같은 작품(?)까지 거슬러 올라갈 수 있다. 영화의 아버지라 불리는 그리피스 감독이 「국가의 탄생」을 만든 것은 1915년이고, 채플린의 단편들이 탄생했던 시기도 1910년대 후반부터이다. 프랑스의 경우 살바도르 달리와 루이 부뉘엘이 초현실주의 영화 「안달루시아의 개」를 함께 만든 것이 1928년이고, 할리우드 스튜디오 시스템이 대규모 영화 산업을 시작한 것도 1930년대다. 그렇게 보면 예술로서의 영화, 서사 장르로서의 영화가 출범한 것은 1950년대보다 훨씬 이른 시기로 잡아야 한다. 그러나 이 글에서는 바쟁과 그의 동료들이 창간한 『카이에 뒤 시네마』에 이르러서야 영화를 하나의 예술적 텍스트로서, 그리고 영화감독을 장인이나 기술자가 아닌 예술가로서 인정하는 작가주의 관례가 성립했다는 영화계의 정설에 따라 문학과 경쟁할 만한 영화 예술의 탄생 시기를 50년대로 잡았다. 앞서 인용한 브레히트나 아도르노 같은 이들의 영화에 대한 언급은 최소한 그들의 시대까지도 영화가 독자적인 예술로서 취급받지 못했음을 보여주는 예다.

치 아다다」, 이범선의 「오발탄」 등 우리 문학사 초기의 많은 소설들이 이미 오랜 세월을 두고 차례차례 영화화된 바 있다. 70년대 박정희식 건전 문화가 조성한 소위 '문예영화'의 계보를 형성하는 작품들은 근자에도 많아서 이청준의 『서편제』 『축제』, 장정일의 『아담이 눈뜰 때』 『내게 거짓말을 해봐』(영화 제목은 「거짓말」), 『너에게 나를 보낸다』, 전경린의 『내 생애 꼭 하루뿐일 특별한 날』(영화 제목은 「밀애」), 이만교의 『결혼은, 미친 짓이다』, 김영하의 「사진관 살인사건」과 「거울에 대한 명상」(영화 제목은 「주홍 글씨」), 박민규의 『삼미슈퍼스타즈의 마지막 펜클럽』(영화 제목은 「슈퍼스타 감사용」) 등등 일일이 외기 힘들 정도로 많은 소설 작품들이 영화화된 바 있고 또 되고 있다. 그러나 얼마 전까지도 이런 현상을 두고 소설의 위기를 운운한 예는 그리 많지 않았다. 대개 훌륭한, 혹은 대중성 있는 문학 작품을 영화 쪽에서 '탐내서' 해당 작품을 영화화한 경우가 대부분이었던 덕에 여전히 "가장 영특한 예술 장르"라는 레닌의 찬사나 "문학에 비하면 영화는 기술에 불과하다"고 했던 키에슬로프스키K. Kieslowski 감독의 겸손을 재고해야 할 필요는 없었기 때문이다. 게다가 우리 현대사에서 80년대는 구미와는 완전히 판이하게 어떤 의미에서는 문학의 중흥기를 연출하는 기현상을 보이기도 했다. 정치 담론의 과잉이 문학마저 정치 담론화함으로써 대신 그 생명을 연장시켜준 형국이었다고나 할까? 영화가 산업적 성장을 보장받으면서 지배 이데올로기의 전파자 구실을 톡톡히 하던 80년대 내내, 문학은 반대로 정치 담론에 복속됨으로써 저항 이데올로기의 전파자 구실을 톡톡히 했던 것이다. 그러므로 영화에서 비롯된 소설의 위기는 정작 90년대 사회주의권의 붕괴와 영화 산업의 대대적인 확장이라는 현상과 함께 본격화된 것이 우리 쪽 사정이다.

2. 영화적 기법의 소설적 차용

동구 사회주의권이 무너지고 한국에도 포스트모더니즘이네 소비자 본주의론이네 하는 담론들이 다소 허세가 섞인 채 대대적으로 수입되던 1993년, 한 편의 글에서 도정일이 우려하고 있는 것이 바로 그와 같은 소설의 위기이다. 90년대 초반의 소설들에서 그는 영화적 기법들의 대대적인 차용을 목도한다. 당시로서는 '신세대' 작가로 불렸던 장정일과 박일문의 소설을 분석함으로써 그가 찾아낸 영화적 기법의 소설적 차용 방식은 대략 '플롯의 역순 배치' '설명 없는 장면 전환' '속도감 있는 단문' 등[2]이다. 이남호 역시 비슷한 시기에 씌어진 글[3]에서 이와 유사한 분석을 내놓는다. 지금은 보기 힘들지만 당시 유행했던 '메르꼴레디' TV 광고를 분석하면서 그는 광고의 이미지 배열

---

2) 도정일, 「90년대 소설의 영화적 관심과 형식문제」, 『세계의 문학』 1993년 봄호.
   그와 같은 분석 후에 그는 다소 우려 섞인 어조로 다음과 같이 말한다. "소설이 인식해야 하는 것은 영화가 이 서사적 조직법을 소설로부터 배운다는 사실이다. 그러므로 소설이 그 자체의 서사법을 희생하면서 영화적 영상을 삽입하기 위해 불필요한 확장과 나열, 서사 논리로부터의 이탈 등을 수행하고 마치 이것이 새로운 소설 쓰기의 방법인 양 생각한다면 그것은 안방 내주고 사랑채로 뛰어드는 일과도 같다"(p. 89). 인문주의자로 정평이 나 있는 도정일이 문학의 영역을 침범하는 영화 문법들을 목도하면서 표명한 우려에 대해 이해 못할 바는 아니다. 그러나 사태는 그의 우려를 배반한 채 반대로 흘러간다. 이후 우리는 김영하, 백민석, 김경욱, 박민규, 편혜영, 김중혁 등 영화만이 아니라 소위 '하위문화sub-culture'에 속하는 여타의 장르들(일본 하드코어 아니메, 대중음악, 인터넷 글쓰기 등)이 소설의 영역에 광범위하게 편입되는 현상을 목격하고 있는 중이다.
3) 이남호, 「인접혼란의 언어 II」, 『세계의 문학』 1994년 봄호.

방식이 로만 야콥슨R. Jacobson이 말한 '인접혼란 실어증'과 비견할 만하다고 말한다. 그러고는 이를 다시 연극과 영화, 그리고 소설에 적용한 후 다음과 같이 결론 내린다.

최근 예술들이 인접성의 장애를 널리 보여준다면, 그것은 달리 말해 환유적 성격이 약화되고 은유적 성격이 강해지는 것이라고 할 수도 있다. 작품의 의미를 서사 구조에 의존하여 전달하려는 것이 아니라 단편적인 이미지에 담아 전달하려고 하는 경향의 확산을 우리는 환유적 성격의 약화와 은유적 성격의 강화라고 이해해볼 수도 있는 것이다(이남호, 「인접혼란의 언어 II」, p. 19).

이남호가 말하는 인접혼란 실어증적 이미지 배치는 도정일이 말한 '설명 없는 장면 전환'이나 '속도감 있는 단문'에 비교적 정확하게 대응한다.

물론 도정일과 이남호의 우려는 분명 지나치게 문학 편향적인 데가 있다. 주로 시각적 장면 전환을 통해 서사를 형성해가는 장르인 영화로서는 장면들의 병치를 통해 시간의 경과며 과거에 대한 회상 행위를 '보여'줄 수밖에 없는 입장이고, 결국 그렇게 해서 생긴 이미지와 이미지 사이의 거리는 주로 관객이 메울 수밖에 없다. 게다가 영화의 그런 기법은 아이젠슈타인S. Eisenstein의 영화 「전함 포템킨」에 나오는 그 유명한 '오뎃사 계단의 학살 장면'에서처럼 '낯설게 하기' 효과를 한껏 고양시키는 예술적 몽타주montage라 불리기도 한다. 소비에트 몽타주라고도 하는 이 기법에서 이질적인 이미지들의 병치는 관객으로 하여금 각 이미지들 사이의 단절과 비약을 경험하게 함으로써 브레히트가 말한 '소격alienation' 효과를 불러일으킨다. 요컨대 이 기법은 최소한 할리우드 식 몽타주에 의해 상업적으로 도용되기 전까지 시각 예술로서의 영화에 예술성을 부여하는 아주 중요한 기교 중 하나였다.

그렇다면 문제는 그런 기법이 소설에 차용되었다는 사실 자체가 아니라 그 기법이 소설에서도 긍정적인 효과를 산출하는가 하는 점이겠다. 당겨 말하자면 90년대 중반부터 우리 소설에 유행처럼 번진 영화적 기법의 구사는 말 그대로 영화적 기법을 소설에서 차용했다는 새로움 외에 다른 효과를 만들어내지 못했다. 가령 아래의 인용문들은 소설의 소재와 구성과 심지어 비유에 이르기까지 대부분의 재료를 영화에서 차용했던 김경욱의 초기 소설집 한 권[4]에서 발췌한 구절들이다.[5]

시험을 망쳤으니 영화 「십계」에서처럼 바다가 두 쪽으로 갈라지는 기적이 일어나기 전에는 성적은 꽁지에 불붙은 비행기처럼 까마득히 추락했을 것이 분명했다(「이유 없는 반항」, p. 174).

---

4) 김경욱, 『바그다드 카페에는 커피가 없다』, 고려원, 1996. 이후 본문에 작품 제목과 쪽수만 표기. 이 글에서 다룬 김경욱의 소설들에 대한 언급은 그의 초기 소설들에 국한한다. 『누가 커트 코베인을 죽였는가』(문학과지성사, 2003) 이후 김경욱은 영화를 포함한 시각 이미지들의 상징계로부터 벗어나 현실과 직접 대면하려는 시도를 보여준다. 김경욱의 좋은 소설들은 거의 이 시기 이후에 속해 있다. 이에 대해서는 졸고, 「낭만적 거짓과 소설적 진실」(이 책의 2부에 수록) 참조.

5) 이하 김경욱 소설의 영화도상학적 특징에 대한 논의는 졸고, 「젊은 영화도상학자의 초상」(『켄타로우스의 비평』, 문학동네, 2004)에서 언급한 내용을 요약, 수정한 것임을 밝혀둔다. 아울러 당시 그 글에서는 김경욱 소설의 영화적 문법을 70년대 초반 태생의 젊은 작가들이 대중문화와 맺고 있는 관계를 징후적으로 보여주는 사례로서 언급했을 뿐, 작품 자체의 미학적 평가는 유보해두었다는 점도 밝힌다. 이 글은 그러므로 김경욱 초기 소설에 대한 뒤늦은 가치 평가이기도 한 셈이다.

세상 물정을 하나도 모르던 더스틴 호프만에게 「졸업」은 풀장 위의 일광욕과도 같은 권태와 무기력, 성년으로 나아가는 통과의례로서의 섹스와 좌충우돌식의 사랑의 쟁취였다면 우리들의 졸업은 과연 무엇이란 말인가.

우리들에겐 노골적으로 유혹해오는 로빈슨 부인도 없을뿐더러 교회에서 결혼식을 벌이고 있는 도중에 낚아채 올 로빈슨 부인의 딸 캐서린 로스도 없었다(「지존무상」, pp. 261~62).

일단 두 작품의 제목이 흥미롭다. 「이유 없는 반항」은 제임스 딘이 주연했던 영화의 제목이고, 「지존무상」은 유덕화가 주연했던 홍콩 영화의 제목이다. 아울러 이 작품집 제목의 「바그다드 카페」 역시 영화 제목이다. 이 작품집에 실린 대부분의 작품 제목이 거의 이처럼 영화로부터 차용되었다. 제목만이 아니다. 그가 사용하는 비유들을 눈여겨보면 그가 대상 세계를 어떤 방식으로 묘사하는지 확연하게 드러난다. "영화 「십계」에서처럼"(「십계」), "꽁지에 불붙은 비행기처럼"(「다이하드 2」), "더스틴 호프만에게 「졸업」은 풀장 위의 일광욕과도 같은 권태와 무기력 〔……〕"(「졸업」) 등등. 인용하지 못했지만 영화 「택시 드라이버」 「대부」 「아비정전」 「베티블루」 같은 작품들의 몇몇 장면이나 인물들이 김경욱의 초기 소설 대부분의 비유 문장들에서 보조 관념으로 사용된다. 아니 정확히는 원관념으로 사용된다. 왜냐하면 그는 당시 삶에 비추어 영화를 보는 것이 아니라, 영화에 비추어 삶을 이해했기 때문이다.

김경욱은 여기서 멈추지 않는다. 김경욱의 소설에서 영화적 기호들은 단순히 문체상의 변화만을 유발하는 데 그치지 않고 소설의 구성에까지 관여한다. 가령 장편『모리슨 호텔』[6]의 구성을 보자. 이 작품은 왕가위 감독이 「중경삼림」「타락천사」「아비정전」 등의 영화에서 보여준 구성법을 그대로 소설에 들여온다. 왕가위가 '관계의 엇갈림'이란 주제를 표현하기 위해 고안해낸 이 구성법은 일종의 옴니버스 형식을 취한다. 가령 첫번째 에피소드의 주인공 A는 B를 좋아하지만, 두번째 에피소드의 주인공 B는 C를 좋아한다. 그리고 세번째 에피소드의 주인공 C는 첫번째 에피소드에서 A에게 버림받은 여자 D를 좋아하는 식이다. 『모리슨 호텔』은 정확하게 이런 구성법을 취하는바, 이 작품 외에도 여러 단편들(「바그다드 카페에는 커피가 없다」「시네마 천국」「아웃사이더」「이유 없는 반항」「택시 드라이버」「지존무상」「베티를 만나러 가다」「변기 위의 돌고래」)이 직간접적으로 이러한 구성법의 영향 아래에 있다.

그러나 이것이 전부다. 이 시기의 김경욱은 여기서 더 나아가지 않는다. 그는 마치 소설을 영화에 대한 각주로 만들려는 듯 영화 기법을 소설에 대대적으로 차용하지만 그뿐이다. 소설이 기본적으로 시각 예술이 아니라 언어 예술이라는 자의식, 언어를 매개로 한 예술인 소설이 영화와 마주쳤을 때 일어날 수 있는 돌연한 효과, 영화가 촉발한 문화적 감수성의 변화를 받아들이면서도 소설만의 고유한 영역과 자율성을 지켜낼 수 있는 방식에 대해 고민하지 않는다.

사실 김경욱에게서 가장 극명하게 나타나고 있달 뿐, 90년대 중·후반의 김영하, 백민석, 김연수, 송경아 (그리고 최근 들어서는 박민규,

---

6) 김경욱, 『모리슨 호텔』, 열림원, 1997.

박형서, 편혜영) 같은 여러 젊은 작가들에게서 영화 및 기타 시각 문화의 차용은 다소간의 차이를 두고 일반화되어 있는 현상이다. 그러나 문제는 작가 김경욱이 그리고 그의 동료 작가들이 시각 문화를 소재로, 비유로, 그리고 소설의 구성 방식으로서 차용했다는 사실 그 자체에 있는 것은 아닐 것이다. 물론 초기 김경욱과 그의 동료들이 보여준 소설상의 특징을, 컬러 TV 세대에 속하는 70년대 이후 출생 작가들의 세대론적 특성으로 지적하는 것은 가능하고 또한 유의미한 일이다. 그러나 여전히 남는 의문은 과연 영화적 기법의 과감한 차용이 문자 예술로서의 소설에 어떠한 이점을 제공했는가 하는 점이다.

안타까운 일이지만 영화는 위기에 빠진 문학을 구할 유력한 방도가 될 수 있을 것인가, 하는 질문에 대해 치열한 자의식을 가지고 소설을 쓴 작가들이 많아 보이지는 않는다. 다시 서두의 미술 이야기로 돌아가서, 사진의 발견이 배태한 위기를 돌파해낸 여러 현대 화가들의 시도를 염두에 둘 필요가 있겠다. 그들이 시도했던 것, 그것은 미술을 구하기 위해 사진의 이러저러한 기법을 차용하는 것이 아니었다. 차라리 그들은 사진과 구별되는 자신만의 고유 영역에 대해 고민했다. 그것은 미술의 자율성에 대한 자성이었고, 미술의 관습 자체에 대한 반성이었다. 사진과 구별되는 매질로서의 색채와 면과 선으로 사진을 극복하고 미술의 돌파구를 찾으려 했다. 아마 소설도 그러했어야 할 것이다. 그러나 영화와 구별되는 문학만의 매질 그것을 통해 영화와 대결하려는 시도는 몇몇의 예외를 제외하고는 당시의 젊은 작가들에게서 별로 눈에 띄지 않는다. 대신 그들은 영화적 기법들의 대대적인 차용으로 문학적 혁신을 대신했다. 그렇게 해서 소설이 얻은 것이 무엇인지는 분명하지 않다. 다만 소설이 영화에 영향을 받았다는 사실, 소설이 영화를 흉내 낼 수 있다는 사실, 그들 세대 작가들의 주체 형성 과정에 영화를 포함한 시각 문화가 지대한 역할을 했다는 사실, 우리 시대의 독자들은 영화적으로 씌어진 소설을 더 많이 읽는다는 사실을 확인했을 뿐이다.

영화와 소설의 장르 간 차이에 대한 고심 없이, 그리고 다소 인문주의적 편향에 빠진 채 행한 발언이었음에도 불구하고, 결과적으로 도정일과 이남호의 우려는 옳았던 셈이다.

3. 소설의 외출

그러나 제아무리 김경욱의 초기 소설들이 영화에 빚진 것이 많다 해도 2005년 김형경과 정지아가 각각 『외출』[7]과 『소설 서동요』 1·2[8]에서 시도한 모험에 비하면 그다지 문제적이랄 것도 없다. 정지아와 김형경은 그간 영화와 문학이 맺어온 관계를 일거에 역전시켰다. 본격 문학 작품을 영화화하는 기존의 수많은 관례를 벗어나 이들 두 작가는 각각 영화 시나리오와 드라마 시나리오를 토대로 소설을 재구성하는 역순을 밟았다. 김형경의 『외출』은 허진호 감독의 동명 영화 「외출」의 시나리오를 소설로 재구성한 작품이고, 정지아의 『소설 서동요』 1·2는 SBS에서 방영된 월·화 사극 「서동요」의 대본을 소설로 재구성한 작품이다.

---

7) 김형경, 『외출』, 문학과지성사, 2005.
8) 정재인, 『소설 서동요』 1·2, 지식공작소, 2005(정지아는 정재인이라는 필명으로 이 작품을 발표했다).

이 글에서는 주로 김형경의 작품을 논의할 생각인데, 정지아의 경우 정재인이란 필명으로『소설 서동요』를 발표함으로써 본격 소설가 정지아와『소설 서동요』의 작가 정재인을 구별해줄 것을 우회적으로 요구하고 있기 때문이다. 본격 문학 작가로서의 정지아가 쌓아온 그간의 문명(文名)에 대한 부담이 적지 않았음을 보여주는 대목이기도 하고, 또 스스로도 그러한 번안 작업이 탐탁치만은 않았다는 심중을 드러내는 대목으로도 읽힌다. 작가 스스로가 정재인과 정지아를 구분하고 있는 마당에 굳이 정재인의 문학 세계(?)를 빌미로 정지아의 문학 세계를 탓하는 것은 가혹해 보인다.

그러나 김형경의 경우는 사정이 좀 다르다. 물론 김형경도 "출판사의 제안을 받았을 때 망설여지더군요. 영상 미디어에 의해 입지가 축소되고 있는 활자 미디어의 처지가 바야흐로 여기까지 왔구나 하는 생각이 들었지요"라고 말함으로써 이런 작업에 대한 본격 소설 작가로서의 자의식을 드러낸다. 그러나 이어지는 인터뷰에서 작가는 "하지만 이것이 문화적 현실을 보여주는 한 현상이라면 그 작업은 또 하나의 문화적 형식 실험으로서 의미가 있지 않을까요"[9]라고 말한다. 이 인터뷰대로라면 김형경에게 소설『외출』은 "하나의 문화적 형식 실험"이었다. 작가적 자긍심마저 느껴지는 이 구절은 이 작품을 그대로 김형경의 '소설' 작품으로 읽게끔 강제한다.

사실『외출』이 여러 언론이나 문단의 커다란 관심사가 된 것은 앞서 말한 영상 예술과 문학 간의 관계 전도 때문만은 아니다. 영화「외출」의 기획과 제작 과정이 철저하게 '산업적인' 관점에서 진행되었

---

9) 국민일보 2005년 8월 28일자 정철훈 기자와의 인터뷰.

고, 거기에 본격 문학마저 동원된 것이 아닌가 하는 의구심 또한 소설『외출』을 얼마 동안 문단의 화두가 되게 하는 데 일조했다. 여기서 일본에서의 한류 열기가 어떻고, 욘사마 배용준과 상대적으로 일본에서 지명도가 높은 여배우 손예진이 캐스팅된 배경이 어떻고, 개봉 전부터 메이킹 필름 DVD가 일본에서 몇만 장이 팔렸고, 본 영화 DVD는 한국 영화사상 최초로 일본 오리콘 차트 판매 랭킹 1위를 기록했고, 개봉 일주일 만에 일본에서 40억 원을 벌어들였고, 한국에서보다 두세 배 많은 관객을 일본에서 동원했고, 나중에는 우리 돈 18만 원에 이르는 거액의 초호화 DVD 박스가 일본에서 발매되었고, 영화 중 콘서트 장면은 일본의 욘사마 팬들이 직접 참가한 가운데 이러저러한 유명 가수들과 배용준이 함께 동원된 실제 콘서트 현장을 찍은 것이고, 등등의 사실들을 오래 거론할 생각은 없다. 아울러 영화사의 의뢰를 받은 문학과지성사가 소설『외출』의 일본어판을 초판 10만 부 발행했다는 사실을 증거로 들어, 애초부터 이 작품은 일본 시장을 염두에 두고 '기획'되었을 거라는 추측에 시간을 낭비하고픈 생각도 없다. 그것은 영화판의 일이고 문화 산업 종사자들의 일일 뿐만 아니라, 이즈음처럼 총체적으로 위기에 빠진 본격 문학 시장에서 살아남기 위해 행해지는 다소간의 외도에 대해서마저 날 선 비판을 수행하는 것이 딱히 잘하는 짓이라 여겨지지도 않기 때문이다. 게다가 소설이라는 장르는 애초부터 잡스러운 장르라는 사실을 감안하면 어떤 작품이 착상을 드라마에서 끌어왔건 영화 시나리오에서 끌어왔건 문제 될 것도 없는 것이 사실이다.

　오직 한 가지, 작가 자신의 말마따나 이 소설이 "단순히 영화를 글로 번역해놓은 것이 아님"(앞의 인터뷰)을 보여주면 어떠한 변명도 필요 없다. 그러니까 참조한 영화와 구별되는 독립된 문학 작품임을 확인하면 될 일이다. 혹은 영화를 참조함으로써 오히려 소설 장르에 혁신을 꾀한 실험적 작품임을 확인하면 될 일이다.

그런데 문제는 소설 『외출』이 전혀 그렇지 않다는 데에 있다. 이 작품은 영화와 독립된 문학 작품으로 읽히지 않는다. 그리고 영화와 소설 간 장르 횡단을 통해 소기의 효과를 발생시킨 것처럼 보이지도 않는다.

기본적으로 이 작품은 애초부터 영화 텍스트에서 자유롭지 못하다. 시나리오를 토대로 소설을 재구성했다는 이유만 아니라, 시나리오를 창조적으로 변형시킨 부분이 그리 많지 않다는 점 때문에 그렇다. 영화 텍스트와 소설 작품은 인물, 배경, 대사, 사건, 서사를 거의 차이 없이 공유한다. 이 모든 요소들을 공유한 가운데, 부분부분 영화에서 보지 못한 장면들을 삽입해 서사를 세밀하게 진행시킨다거나, 세부 묘사를 좀더 자세히 한다거나, 영화에서와는 달리 전지적 시점을 통해 인물들의 내면을 독자들이 좀더 내밀하게 들여다볼 수 있게 한다고 해서 달라지는 건 별반 없다. 물론 이렇게 말하면 작가로서는 다소 억울할 수도 있다. 가령 작가는 다른 인터뷰에서 자신의 소설이 영화 텍스트와 다른 점들을 이렇게 말했다. "예컨대 인간 존재의 보잘것없음을 드러내기 위해 오래된 사물들을 제시한다거나, 다양한 언어적 비유, 색채 이미지와 심리적 상세 묘사 등은 영화에 없는 것이다. 주제를 명료히 하기 위해 영화에 없는 장면과 에피소드를 많이 첨가했으며, 인물의 환경적 배경, 행동의 심리적 근거, 사건 진행의 추이를 영화보다 세밀하게 제시했다." 요약하자면 주로 시각에만 의존하는 영화를 보다 세밀하고 입체적으로 다시 썼다는 말이다.[10]

이 말은 틀린 말이 아니다. 영화 텍스트와 소설을 비교해보면 실제로 이런 식의 차이는 금방 느껴진다. 가령 수백 년 된 회나무와 오래된 동굴과 건축물들을 자주 언급하면서 그것들에 비교해 인간의 삶이란 얼마나 찰나적인 것이고 인간의 윤리라고 하는 것은 또 얼마나 허무한 것인지를 자주 거론할 때, 혹은 영화 텍스트에서는 잘 표현되지 않은 인수의 조명 기사다운 색채 감각을 보다 감각적으로 묘사할 때, 그리고 그들이 들렀던 카페의 두 여인을 금기를 피해 둘만의 공간으로 도피한 동성애자들인 것처럼 그릴 때 등등이 그렇다. 이 부분들은 분명 영화에 없는 것들이다. 그러나 이렇게 삽입된 세부들이 김형경의 전작 『사랑을 선택하는 특별한 기준』이나 『성에』의 그 진지한 문제의식에 육박하는 장관은 끝내 연출되지 않는다. 이 두 전작들도 분명 연애에 관한 소설이기는 했다. 그러나 두 작품에서는 성과 죽음에 관한 자못 진지한 성찰, 그리고 해박한 정신분석적 통찰들이 관습적인 연애담들을 견고하게 지탱해주면서 작품에 육중한 무게감을 부여해주었다. 그러나 『외출』에서는 그렇지가 못하다. 세부들은 둘의 캐릭터를 부각시켜주거나, 서사를 좀더 자연스럽게 진행시키거나, 아니면 영화에서 불친절하게 처리한 장면 전환의 틈을 메우는 정도의 사소한 역할만을 한다. 요컨대 김형경이 말한 이러저러한 문학적 재구성 작업은 영화 텍스트를 전혀 다른 문학 작품으로 거듭나게 하는 데 성공했다기보다는 영화의 빈틈을 메우는 데 기여하는 정도에서 마무리된다.

'빈틈을 메운다'라고 했거니와 소설 『외출』이 영화 「외출」과 가장 많이 다른 점은 세밀한 심리 묘사에 있다. 그러나 과연 그 세밀한 심

---

10) 연합뉴스 2005년 8월 24일자 정천기 기자와의 인터뷰.

리 묘사가 영화에, 그리고 소설에도 장점으로 작용했는지에 대해서는 미지수다. 가령 영화 속 경호의 장례식 장면을 예로 들어보자.

이 장례식 신scene에 소요되는 시간은 약 3분여이다. 특기할 만한 점은 그 3분 동안 어떠한 독백도 대사도 음악도 없다는 점, 카메라는 아주 고요하게 두 사람의 표정과 행동만을 잡을 뿐 어떠한 감정이입도 절제한다는 점이다. 흥미로운 미장센Mise-en-scene은 인수(배용준 분)가 경호(류승수 분)의 영정에 분향하는 장면과 인수와 서영(손예진 분)이 깊이 마주 보며 절하는 장면에서 보이는데, 이 장면들에서 죽은 경호와 서영과 인수는 항상 삼각형의 구도를 그린다. 영화의 소재가 불륜이란 점을 고려하면 의도적으로 고안된 구도임을 확인할 수 있다. 특히 인수와 서영이 깊이 마주 보고 절하는 장면의 미장센은 허진호 감독답게 아주 절묘한데, 많은 의미와 갈등을 담고 있는 두 사람의 깊은 시선 사이에 경호의 영정이 배치되어 있다. 두 사람의 사랑을 가로막는 금기나 되는 것처럼.

허진호는 전작 「8월의 크리스마스」와 「봄날은 간다」에서 보듯 관객에게 그리 친절한 편이 아니다. 그는 인물의 감정을 친절하게 설명하기보다는 간략한 대사, 돌연한 장면 전환, 긴 컷, 인물 아닌 피사체에 오래 머무는 카메라의 시선 등을 통해 간접적이고 절제된 방식으로 표현한다. 오히려 그 점이 다른 멜로 영화들과 달리 그의 영화를 오래 음미하게 만드는 장점이었다. 물론 이번 영화의 경우 예전 영화보다 두 배나 많은 컷(「봄날은 간다」는 180여 컷, 「외출」은 350여 컷), 이전보다 많이 사용된 눈물과 음악 등 직설 화법에의 욕심을 의도적으로 드러낸다.[11] 그럼에도 불구하고 허진호 감독 특유의 절제미는 사라지지 않는데 앞에 예로 든 장면이 그 좋은 예다. 아무런 대사가 없음에도 불구하고 경호의 영정을 사이에 두고 서영과 인수가 서로를 응시하는 장면은 백 마디의 대사보다 더 복잡한 감정을 전달한다. 이런 식의 불친절한 절제는 영화 곳곳에서 등장한다. 인수와 사랑에 빠지기 시작한 서영이 병상에 누워 있는 경호의 얼굴에 슬며시 담요를 씌우는 장면, 인수의 장인을 피해 화장실에 숨어 있던 서영의 모습을 거울에 비친 모습으로 잡는 장면, 병상의 하얀 커튼이 바람에 유유히 흩날리는 모습으로 시간의 흐름을 암시하는 장면 등등.

이번에는 같은 장례식장 장면을 김형경이 소설로 옮긴 구절이다.

인수는 들고 간 화분을 입구 쪽에 놓은 후 우선 영정 앞에 향을 피우고 두 번 절했다. 그런 다음 서영 쪽으로 몸을 돌려 그녀와 마주 섰다. 서영은 변함없이 냉정하고 딱딱한 표정으로 인수를 건너다보았다.

인수는 서영에게 괜찮으냐고 물으려다가 그만두었다. 괜찮지 않다는 걸 두 눈으로 번연히 보면서 그런 질문을 한다는 건 희극이었다. 그보다는 오히려 미안하다고 말하는 게 나을 것 같았다. 물론 그 말 역시 아무 의미도 없었고 어떠한 위안도 되지 않는다는 점에서 앞의 말과 다를 바 없었다.

인수는 서영을 향해 깊숙이, 그리고 정중하게 허리를 숙여 보였다. 마주 인사한 후 고개 드는 서영의 얼굴은 여전히 차가웠다. 그 표정은 다른 무엇에 대해서가 아니라 자기 자신에게 화가 나 있는 얼굴이었다. 자신을 용서할 수 없는 자의 눈빛, 자신을 벌주고 싶은 자의 표정이었다. 인수는 진심으로 서영에게 해주고 싶은 말이 생각났다.

'당신 잘못이 아니에요. 비록 남편의 임종을 지키지 못했지만, 그 시

---

11) 『씨네 21』 2005년 9월 8일자 김혜리와의 인터뷰.

간에 남편에게 떳떳하지 못한 일을 하기는 했지만, 그렇다고 해서 당신이 남편을 죽인 것은 아니에요. 그 사실을 분명하게 인식하고, 또 명심했으면 좋겠어요. 사람에게는 누구나 자기 몫의 삶이 있고, 당신 남편에게는 그만큼의 삶이 허용되었을 거예요. 그럼에도 만약 누군가를 벌주고 싶다면 그때는 당신이 아니라 나를 원망해요. 내게 화를 내요.'[12]

영화에는 없던 화분이 등장했다는 사실 외에 두 인물의 동선은 영화와 대동소이하다. 유독 다른 점은 전지적 작가 시점을 택한 덕에 독자 모두가 인수의 감정을 낱낱이 이해할 수 있게 되었다는 점뿐이다. 인수의 긴 신파조의 독백도 그의 내면 심리를 직설적으로 적나라하게 보여주는 데 일조한다. 작가의 말을 빌리면 영화에는 없던 '심리적 상세 묘사'가 이루어진 셈이다.

그러자 허진호 감독의 영화 텍스트에는 있었던 절제의 미덕이 소설에서는 사라진다. 사실 영화가 되었건 소설이 되었건 이 작품의 소재는 애초부터 위험스러운 데가 있었다. 아주 오래되고 관습적인, 심하게는 통속이랄 수밖에 없는 불륜의 테마를 택했기 때문이다. 그럴 때 감독이 되었건 작가가 되었건 가장 고민해야 할 부분은 이 식상한 테마를 어떻게 식상하지 않은 방식으로 표현할 것인가 하는 점이다. 영화감독 허진호는 그것을 특유의 절제된 형식미로 아슬아슬하게 비껴가는 데 성공했다. 이 영화가 그나마 다른 흔한 멜로 영화와 구별되는 지점이 있다면, 상세한 심리 묘사를 포기했다는 데 있다. 그러나 앞의 인용문에서 보듯 김형경의 경우 영화 텍스트에서는 의도적인 절

---

12) 김형경, 앞의 책, pp. 190~91.

제를 통해 비워놓은 틈, 그러니까 독자들의 개입 가능성을, '심리적 상세 묘사'를 통해 촘촘히 메워버린다. 그러자 소설 『외출』은 그대로 별로 색다를 것 없는 불륜담이 된다. 심리 묘사가 세밀하게 이루어진 불륜담이라고 해서 찬사를 받을 수 있었던 시대를 우리는 이미 오래전에 벗어난 바 있다.

4. 버티면서 횡단하는 문학

다시 한 번 미술 이야기로 돌아와서, 김형경의 『외출』이 영화의 번안으로서도, 그리고 독자적인 소설로서도 실패한 이유는 다른 데 있지 않다. 인상파 이후의 화가들이 했던 고민, 즉 자신의 장르에 고유한 매질에 대한 자성이 뒷받침되지 않은 채 타 장르와의 횡단을 너무 쉽게 시도했다는 데 실패의 이유가 있다. 소설은 어쨌거나 '언어' 예술이다. 『외출』로 미루어 보건대 소설이 영화를 흉내 내거나 영화의 빈틈을 치밀한 심리 묘사를 통해 메운다고 해서 오늘날의 위기를 타개할 수 있을 것 같지는 않다.

소설은 무엇보다도 언어를 고민해야 한다. 어떤 논자들은 종종 소설의 핵은 '서사'라고 말한다. 맞는 말이다. 그러나 서사는 영화에도 연극에도 TV 드라마나 만화에도 있다. 소설의 서사는 그냥 서사가 아니라 '언어'로 이루어지는 서사다. 그럴 때 고민할 것은 다른 장르들과 구별되는 언어 예술로서의 소설에 대한 자의식이다.

찾아보면 그런 작품이 없는 것도 아니다. 배수아의, 모든 서사를 삭제한 에세이적 소설 쓰기가 있다. 인물로부터 모든 행위를 삭제하고, 문장으로부터 모든 서사 가능성을 삭제한 채 오로지 웅얼거리는 언어만을 남겨두는, 정영문의 소설 쓰기가 있다. 의미 대신 리듬을 찾아 유영하는 언어들로만 이루어진, 한유주와 김태용의 소설도 있다. 그리고 황종연이 '도상 애호증'[13]이라 칭한 영상 시대 주체들의 습성을 공유하면서도, 도저히 영상으로는 옮길 수 없는 현미경적 묘사로 문학의 활로를 찾은 하성란의 글쓰기가 있다. 특별히 하성란의 예가 중요한데 문학이 이제 영화 장르와의 횡단 없이 살아남을 수 없는 시대란 사실에 이견이 있을 수 없다면, 그것을 어떻게 '문학적으로' 수용할 것인가 하는 질문이 필수적일 것이기 때문이다. 횡단이란 일방적인 수용이나 흉내 내기가 아니다. 횡단이란 자신의 합리적 핵심을 유지한 채 이질적인 다른 영역과의 마주침을 통해 역동적인 효과를 산출할 때만 의미가 있다. 하성란의 문장들(최소한 초기 소설의 문장들)은 지극히 시각적인 방식으로 시각 예술에 저항하는 문학 언어의 전범을 보여준다.

일 센티미터쯤 열린 문틈으로 탄산수처럼 싸한 바람이 밀어닥친다. 손바닥을 훑으면서 마룻바닥을 살핀다. 상자째 쏟아진 압정들이 바닥 여기저기에 흩어져 있다. 문틀 위에는 여자가 치다 만 방충망 자락이 늘어져 있다. 성에가 낀 유리창 위로 맞은편 벽이 거꾸로 고스란히 반사된다. 사방 연속 무늬의 벽지 위에 사절지 크기의 주류회사 판촉용 달력이 천장과 15도 각도로 기운 채 비스듬히 걸려 있다. 노란 비키니 차림의 이국 처녀가 모터보트에 달린 로프를 붙들고 아슬아슬하게 수상 스키를 탄다. 모터가 뿜어내는 물보라에 처녀의 종아리 아래가 묻

---

13) 황종연, 「대중사회의 도상학」, 『문학동네』 2002년 겨울호, p. 283.

혀 있다. 구릿빛 살갗 위로 달라붙은 자디잔 포말들이 스팽글처럼 반짝인다. 사진사는 역광으로 처녀를 찍었다. 사진의 오른쪽 귀퉁이에 은반지만 한 태양이 걸려 있다. 태양과 대각선으로 마주 보는 곳에는 조롱박 모양의 푸른색 술병이 반명함판 크기의 사진 속에 들어 있다. 달력은 여자의 손이 닿는 곳에 걸려 있다. 이국 처녀는 4개월 동안 칠월의 뙤약볕 아래에서 수상 스키를 탄다. 평생 탈 양의 스키를 다 타고도 아직 지치지 않았는지 변함없이 웃고 있다. 수상 스키를 타는 건 그런 대로 참을 수 있지만요, 이렇게 웃고 있는 건 정말로 지쳤어요. 이국 처녀는 그렇게 말하고 있는 것 같다.

가장자리부터 물이 번져 흐르기 시작하면서 동그라미는 호박씨 모양으로 일그러진다. 잘 단 냄비 속에서 터지는 팝콘 같은 하얀 꽃들을 목이 아프게 올려다본 기억이 있다. 그런데 언제 열매가 맺혔을까. 늦가을 익어 마당에 떨어져 내린 열매들이 조심성 없이 광장을 가로지르는 신발에 밟혀 짓이겨지고 벌어진 과육 사이로 씨가 드러난 신발 밑창에 [……][14](앞으로도 묘사는 한 페이지 이상 계속된다—인용자).

어떤 카메라로도 지극히 시각적인 이 묘사문들을 시각화할 수는 없을 것이다. "잘 단 냄비 속에서 터지는 팝콘 같은 하얀 꽃들"을, "탄산수처럼 싸한 바람"을, "은반지만 한 태양"을, "호박씨 모양으로 번지는" 누수의 흔적을…… 그리고 이 느리디 느려서 하루 종일 계속될 것만 같지만, 그러나 읽을수록 빠져들지 않을 수 없는 매혹적인 권태와 나른함의 어조를…… 요컨대 하성란의 언어는 영상 시대에

---

14) 하성란, 「루빈의 술잔」, 『루빈의 술잔』, 문학동네, pp. 7~9.

문학이 어떻게 시각 매체와 횡단할 수 있는가를 보여주는 가장 훌륭한 예에 속할 만하다.

　우려의 소리가 들린다. 그렇게 씌어진 작품을 이미 영상 문화에 익숙해질 대로 익숙해진 우리 시대 독자들 중 몇이나 읽겠느냐고? 맞는 말이다. 그러나 그것만이 문학이 자신의 자율성을 고수하고 '문학'이라는 이름을 지키는 방식이라면 어쩔 수 없는 일이다. 게다가 항상 그랬듯이 모든 위대한 문학은 독자의 수를 미리 고려하지 않고, 훌륭한 독자는 '그래도 읽는다.'

기나긴 fort-da 놀이[1)]
—문학과 영화 2: 「서편제」를 중심으로

1. 이청준식 fort-da 놀이

많은 논자들이 이미 거론한 바 있듯이, 이청준의 소설에서 유달리
자주 등장하는 원체험 중 하나가 바닷가 밭에서의 유년기 체험에 관
한 것이다. 다음은 「서편제―남도사람 1」에서 묘사된 그 장면이다.

파도비늘 반짝이는 바다가 내려다보이는 해변가 언덕밭의 한 모퉁

[1)] 이 글의 일차적인 목적은 이청준의 소위 '어머니계' 소설에 자주 등장하는 유년기 원체
험을, 프로이트의 '포트-다fort-da 놀이' 논의에 기대 분석함으로써 「서편제」 연작에 나
타나는 근친상간의 테마를 추적해보는 것이다. 아울러 이 글은 이차적으로 졸고 「소설의
외출」에서 필자가 제기했던 문제의식의 연장선상에서 씌어진 글이기도 하다. 이즈음 우
리 문학의 화두 중 하나인 영화와 문학 간의 장르 횡단 문제에 대한 필자의 관심이 이 글
을 쓰게 된 두번째 동기인 셈이다. 그런 이유로 이 글은 논의의 대상을 영화 「서편제」(임
권택, 1993)와 직접적인 관련을 갖고 있는 세편의 연작, 즉 「서편제」 「소리의 빛」 「선학
동 나그네」로 제한했다. 그리고 글 말미에 영화 「서편제」와 원작 소설과의 차이에 대해
논했다. 참조한 텍스트는 열림원판 전집 중 『서편제』(2004)이다. 이하에서는 본문에 작
품 제목과 쪽수만 표기한다.

이―그 언덕밭 한 모퉁이에 누군지 주인을 알 수 없는 해묵은 무덤이 하나 누워 있었고, 소년은 언제나 그 무덤가 잔디밭에 허리 고삐가 매여 놓고 있었다……

소년은 날마다 그 무덤가 잔디에서 고삐가 매인 짐승 꼴로 긴긴 여름날을 기다려야 했다. 그리고 그 언덕배기 무덤가에서 소년은 더러 물비늘 반짝이며 섬 기슭을 돌아 나가는 돛단배를 내려다보기도 했고, 더러는 또 얼굴을 쪄오는 여름 태양볕 아래 배고픈 낮잠을 자기도 했다. 그러면서 이제나저제나 밭고랑 사이로 들어간 어미가 일을 끝내고 나오기를 기다렸다. 하지만 여름마다 콩이 아니면 콩과 수수를 함께 섞어 심은 밭고랑 사이를 타고 들어간 어미는 소년의 그런 기다림 따위는 아랑곳이 없었다. 물결 위를 떠도는 부표처럼 가물가물 콩밭 사이를 오락가락하면서 하루 종일 그 노랫소리도 같고 울음소리도 같은 이상스런 콧소리 같은 것을 웅웅거리고 있었다. 어미의 웅웅거리는 노랫가락 소리만이 진종일 소년의 곁을 서서히 멀어져 갔다간 다시 가까워져 오고, 가까워졌다간 어느 틈엔가 다시 까마득하게 멀어져 가곤 할 뿐이었다(「서편제」, pp. 18~19).

이와 유사한 장면들이 이청준의 여러 작품들에서 반복해서 등장한다. 「해변 아리랑」에서는 '아이'의 유년 시절로, 『당신들의 천국』에서는 '상욱'의 유년 시절로, 「이어도」에서는 '천남석'의 유년 시절로, 「귀향 연습」에서는 '남지섭'의 유년 시절로 변주되지만, 그 내용은 앞의 인용문과 대동소이하다. 요컨대 무덤이 있는 바닷가의 밭고랑에서 아이는 허리에 고삐가 매인 채로 밭을 매느라 고랑 사이를 멀어졌다 다가왔다 하는 어머니를 기다리고 있다.

이토록 자주 반복해서 등장하는 장면이라면 이를 두고 이청준 소설 (최소한 어머니 계열 소설)의 원체험이라 해도 무리는 아닐 듯싶다. 사실 이 원체험은 작가 자신의 원체험이라 해도 무방해 보이는데, 그 훌륭한 증거 자료가 될 만한 것이 「소리의 빛―남도사람 2」다. 이 작품에서도 앞서 인용한 「서편제」에서와 동일한 장면이 반복된다. 더더군다나 작가는 자구(字句) 하나 틀림없이, 동일한 문장들을 네 페이지에 걸쳐(「소리의 빛」, pp. 42~45) 그대로 옮겨놓는다. 마치 이 장면에 관해서는 정확하게 기억하고 있어서 달리 손볼 것이 없다는 듯이.

　그러나 엄밀하게 말해서 이 장면을 작가의 '실제' 유년 체험으로 바로 해석해서는 곤란하다. 프로이트도 말하거니와 원초적 기억이란 믿을 만한 것이 못된다. 왜냐하면 꿈과 마찬가지로 기억 역시 종종 '이차 가공'되기 때문이다. 프로이트가 히스테리 환자들의 치료 과정에서 발견한 것이 바로 그것이다. 그들이 말하는 외상적인 장면, 즉 유년기의 원초적 장면(성인에 의한 유혹, 거세 위협, 부모의 성행위 등)은 종종 실제 일어난 일이 아니라 신경증 환자가 어떤 이유로 상상해낸 후, 실제 일어났던 것처럼 믿어버리게 된 경우가 많았던 것이다. 그런 이유로 작가 이청준이 실제로 이런 장면을 경험했고, 그것이 그의 작가로서의 인생에 결정적인 영향을 미쳤을 것이라는 단순한 전기적 독법은 피해야 한다. 다만, 우리는 실제 일어났을 수도, 혹은 일어나지 않았을 수도 있는 그 장면이 작가 이청준에게 미친 '심리적 효과'에 대해서는 말할 수 있을 것이다. 왜냐하면 설사 실제로 발생한 적이 없는 경험이라 하더라도 그것이 한 작가 혹은 어떤 신경증 환자(작가와 신경증 환자는 아주 많은 점을 공유한다)에게 미친 심리적 영향력이 막대할 경우, 그것은 '심리적 사실'로 다루어질 필요가 있기 때문이다.[2] 그리고 종종 그런 심리적 사실이 실제 사실보다도 훨씬 더 강력하게 한 사람의 인생을 좌우하기도 한다.

이 장면이 작가 이청준에게 미친 심리적 효과를 논하기 위해서는 우선 이 장면의 의미가 밝혀져야 할 터인데, 실마리는 아무래도 어머니를 두고 "진종일 소년의 곁을 서서히 멀어져 갔다간 다시 가까워져 오고, 가까워졌다간 어느 틈엔가 다시 까마득하게 멀어져 가곤 할 뿐"이라 묘사했던 부분일 듯싶다. 이와 유사한 어머니의 사라짐과 귀환의 테마에 대해서는 프로이트가 이미 논의한 적이 있다. 중기 저작인 『쾌락 원칙을 넘어서』에서 프로이트는 자신의 손자가 고안해낸 소위 '포트-다fort-da' 놀이에 대해 언급한다. 간략하게 그 놀이에 대해 설명하자면 이렇다.[3]

서양 나이로 한 살 반 된 손자가 어느 날 손에 잡히는 작은 물건은 아무것이나 방구석 혹은 침대 밑으로 집어던진다. 그러고는 "오오오오"라는 기괴한 소리를 낸다. 또 어떤 경우에는 실이 감겨 있는 실패를 침대 밑에 던져 넣은 뒤, 실을 당겨 그것을 다시 제 앞으로 오게 하고는 'da(다)'라고 길게 외치기도 한다. 프로이트는 전자의 '오' 발음을 독일어 'fort,' 즉 '사라졌다'라는 의미로 해석한다. 그리고 후자의 'da'는 독일어 의미 그대로 '거기에'라는 의미로 해석한다. 그러고는 이렇게 덧붙인다. "그렇다면 그것은 사라짐과 돌아옴이라는 완벽한 놀이였다"(프로이트, 『쾌락의 원칙을 넘어서』, p. 21).

---

2) 이에 대해서는 홍준기, 「자끄 라깡, 프로이트로의 복귀」, 『라깡의 재탄생』, 창작과비평사, 2002, pp. 41~42 참조.
3) 이하 이 놀이에 대한 설명은 S. 프로이트, 『쾌락 원칙을 넘어서』, 박찬부 옮김, 열린책들, 1997, pp. 20~22을 요약한 것이다.

프로이트는 이 놀이를 유아가 소위 '분리 불안separation anxiety'을 극복하기 위해 고안해낸 것이라 해석한다. 즉 어머니의 부재가 주는 불안, 그리고 어머니의 귀환이 주는 기쁨을 아이는 놀이를 통해 재현하고 있다는 것이다. 아이는 그럼으로써 어머니와 분리될지도 모른다는 불안을 극복한다. 라캉 식으로 말하자면 어머니와의 상상계the Imaginary적 관계가 깨질지도 모른다는 불안감이 유아로 하여금 이런 식의 놀이를 행하게 했던 셈이다.

앞서 인용한 이청준의 유년기 밭 장면은 그것이 어머니의 사라짐과 귀환의 되풀이와 관련된다는 점에서 이 놀이를 연상시키는 데가 있다. 밭을 매는 어머니는 고랑을 사이에 두고 멀어졌다가 다가왔다가 멀어졌다가 다시 다가오기를 반복한다. 아이는 어머니의 사라짐과 귀환의 장면을 반복해서 목격하고 이를 통해 분리 불안을 이겨낸다. 이 장면이 그토록 작가의 뇌리에 깊이 각인될 수 있었던 것도 이와 관련될 것이다. 유년기에 작가 이청준은 분명히 밭고랑을 사이에 두고 어머니를 도구로 'fort-da' 놀이를 한 적이 있었던 것이다. 그리고 그것은 어머니가 사라질지도 모른다는 최초의 분리 불안과 관계된 것이므로 평생을 두고 그의 뇌리에 깊이 각인될 수밖에 없는 그런 놀이였다. 이것이 예의 그 원초적 장면의 의미다.

그렇다면 이 원초적 장면이 작가 이청준에게 그리고 그의 작품 세계 전반에 미친 심리적 효과는 어떤 것이었을까? 여기 흥미로운 진술이 있다.

서울에서 지낼 땐 내 중요한 무엇을 잃고 잘못 살고 있는 것 같아 늘 고향 동네로 가 살고 싶고, 고향에 가 있으면 또 세상을 등지고 혼자

적막하게 유폐되어버린 것 같아 다시 서울로 돌아가고 싶은 변덕스런 심사에 쫓기면서, 마음으로나 실제로나 그 고향 고을과 서울 사이를 끊임없이 오가며 떠돌고 있는 것이 저간의 내 세상살이 행적이다(작가 노트, 「「서편제」의 회원」, p. 57).

사실 이 말은 작가 자신의 세상살이 행적일 뿐만 아니라 그가 쓴 작품 속 주인공들의 세상살이 행적이기도 하다. 이청준의 주인공들, 특히 고향과 어머니 관련 소설들의 주인공들은 거의 예외 없이 성인 주체가 되어서도 분리 불안의 양가성에서 벗어나지 못한다. 그들은 어머니가 있는 고향으로 되돌아가고 또 그곳으로부터 벗어나기를 되풀이한다. 가령 「귀향 연습」의 주인공은 고향을 떠나면 몸에 온갖 '염증'이 생기는 병을 앓는다. 그래서 그는 귀향을 꿈꾸지만, 고향 지척까지 왔다가도 귀향하지 못하고 상경한다. 그의 삶은 귀향과 탈향의 반복, 사라짐과 귀환의 반복이다. 「이어도」의 주인공 천남석은 나고 자란 섬 제주도에서 벗어나지 못해 안달이지만 결국엔 시신이 되어서도 고향의 바닷가로 되돌아온다. 그 역시 탈향과 귀향을 되풀이한다. 「눈길」의 화자가 어머니와 고향에 대해 갖는 양가감정, 『당신들의 천국』에서 조백헌 원장과 이상욱 과장이 각각 대변하는 자유와 사랑의 이데올로기도 넓은 의미에서는 예의 그 원초적 장면을 되풀이한다고 볼 수 있다. 벗어남과 돌아옴은 이청준의 주인공들에겐 거의 운명에 가깝다. 그렇다면 이렇게 말해도 되겠다.

이청준은, 그리고 그의 주인공들은 성인이 되어서도 'fort-da' 놀이를 계속함으로써 가까스로 분리 불안을 제어하고 있다. 다만 프로이트의 손자에겐 그 놀이의 도구가 실패였던 것이, 그리고 자신들의 유년기에는 밭고랑 사이를 오락가락하던 어머니였던 것이, 성인이 되어서는 바로 자신 스스로를 놀이의 도구로 삼았다는 차이가 있을 뿐.

2. 아버지의 소리

그러나 「서편제」 연작으로 미루어 볼 때, 그 원초적 장면의 강력한 심리적 효과는 그것이 단순히 어머니로부터의 분리에 대한 불안과 관계되기 때문만은 아닌 듯싶다. 다른 작품들에서는 등장하지 않는 지극히 오이디푸스적인 삼각관계가 이 연작들의 원초적 장면에 더해진다. 다음은 앞서 인용한 원초적 장면에 이어지는 부분이다.

그러던 어느 날.
하루는 그 바다가 내려다보이는 뙈기밭가로 해서 뒷산을 넘어가는 고갯길 근처에서 이상스런 노랫가락 소리가 들려오기 시작했다. [……] 어쨌거나 그날 그 모습을 볼 수 없는 노랫소리는 진종일 해가 지나도록 숲 속에서 흘러나왔고, 그러자 한 가지 이상스런 일이 일어났다. 밭고랑만 들어서면 우우우 노랫소리도 같고 울음소리도 같던 어미의 그 이상스런 웅얼거림이 이날따라 그 산소리에 화답이라도 보내듯 더욱더 분명하고 극성스럽게 떠돌아 번지기 시작한 것이다. 그러면서 어미는 뜨거운 햇볕 아래 하루 종일 가물가물 밭이랑 사이를 가고 또 오갔다. 그리고 마침내 산봉우리 너머로 뉘엿뉘엿 햇덩이가 떨어지고, 거뭇한 저녁 어스름이 서서히 산기슭을 덮어 내려오기 시작하자, 진종일 녹음 속에 숨어 있던 노랫소리가 비로소 뱀처럼 은밀스럽게 산 어

스름을 타고 내려왔다. 그리곤 그 뱀이 먹이를 덮치듯 아직도 가물가
물 밭고랑 사이를 떠돌고 있던 소년의 어미를 후다닥 덮쳐버렸다.

　그런 일이 있고 난 뒤부터 그날의 소리는 아주 소년의 마을로 들어
와 집 문간방에 둥지를 틀고 살게 되었으며, 동네 안에 둥지를 틀고 들
어앉게 된 소리의 남자는 날만 밝으면 언제나 그 언덕밭 뒷산의 녹음
속으로 숨어 들어가 진종일 지겹도록 산울림만 지어 내리곤 하였다.
사람의 모습은 보이지 않고 녹음이 소리를 숨기고 사는 양 한 소리였
다. 〔……〕

　소리는 얼굴이 없었으되, 소년의 기억 속엔 그 머리 위에 이글거리
던 햇덩이보다도 분명한 소리의 얼굴이 있을 수 없었다. 그리고 언제
나 뜨겁게 불타고 있던 그 햇덩이야말로 그날의 소년의 숙명처럼 아직
그것을 찾아 헤매 다니고 있는 자신의 운명의 얼굴이었다(「서편제」,
pp. 19~20).

　아이의 친아버지는 이미 죽은 지 오래다. 아이가 어머니와 맺고 있
는 상상계적 이자 관계는 그렇게 설명된다. 아버지는 부재하고, 그래
서 여전히 어머니와의 미분리 상태를 꿈꾸는 아이에게 아직 오이디푸
스적 삼각관계는 도래하지 않았다. 그러나 소리꾼의 등장과 함께 사
정이 달라진다. 둘만이 존재하던 바닷가의 그 밭에 낯선 남정네의 소
리가 들려온다. 그러자 "밭고랑만 들어서면 우우우 노랫소리도 같고
울음소리도 같던 어미의 그 이상스런 웅얼거림이 이날따라 그 산소리
에 화답이라도 보내듯 더욱더 분명하고 극성스럽게 떠돌아 번지기 시
작"한다. 그 낯선 소리꾼이 '소리'로 어머니를 유혹했고, 어머니는 그
유혹에 응한다. 바로 그 '소리'가 그날 저녁 뱀처럼 어머니를 덮친다.

당연히 이 장면은 '어머니-나'로 이루어진 이자적 관계가 깨지고 '아버지-어머니-나'로 이루어진 오이디푸스적 삼각형이 그 모양새를 갖추는 장면으로 읽힌다. 실제로 그 소리꾼은 나의 (의붓)아버지가 되거니와, 뱀은 물론 남근 상징이고, 소리와 뱀이 등가인 것처럼 받아들여지고 있으니, 그렇다면 그가 어머니를 유혹했던 '소리'는 다름 아닌 라캉적 의미에서의 '팔루스phallus'로 해석될 수 있을 것이다. 내게는 없거나 미약하게만 있고, 하지만 나의 연적인 아버지에게는 그것이 온전하게 존재하고, 어머니는 내가 아닌 그것을 욕망하고, 어머니가 욕망하는 그것을 내가 소유해야만 나의 결여가 완전히 채워질 것 같은 특권적 기표로서의 팔루스 말이다. 물론 라캉의 말 그대로 어떤 인간에게서도 완전한 결여로서의 욕망은 채워질 수 없는 것이고, 팔루스 역시 그 욕망을 채워주지는 못할 것이지만, 어쨌든 오이디푸스 단계에 들어선 아이는 바로 그 팔루스의 개입에 의해 어머니와 분리될 위기에 처하고, 바로 그런 이유로 그 팔루스의 주인인 아버지를 적대시한다.[4] 아이에게는 두 가지 선택이 주어진다. 아버지의 팔루스를 거부하고 어머니와의 상상계적 관계를 유지할 것이냐, 아버지의 팔루스를 인정하고 상징계the Symbolic에 편입될 것이냐. 전자의 선택은 아이를 정신병에 빠지게 할 것이고, 후자의 선택은 아마도 소설이 더 이상 진행되지 못하게 할 것이다. 아이는 그래서 그 중간 쯤, 그러니까 상상계와 상징계 사이에 머문다. 의붓아버지의 소리와 함께 평생 그를 사로잡은 그날의 햇덩이 이미지는 그가 아버지의 팔루스 앞에 평생 지우지 못할 만큼 주눅 들었음을 암시한다. 그러나

---

4) 라캉의 팔루스 개념에 대해서는 홍준기, 앞의 글, pp. 55~61 참조.

그는 또한 아버지 곁에 아들로서 머물기를 포기하고, 그를 살해하고자 시도했으나 실패한 채 대처로 떠난다. 말하자면 그는 상상계에 머물지도 상징계에 편입되지도 못한 채 아버지를 상징하는 뜨거운 햇덩이의 환시와 어머니를 유혹했던 소리의 환청을 운명처럼 떠안은 채 남도 산하를 떠돈다. 그것이 아이에게는 '한'의 정체다.

　요약하자면, 예의 그 원초적 장면이 작가 이청준의 의식 깊은 곳에 각인되었던 것은 딱히 그것이 어머니와의 최초의 분리 불안과 관계된 기억이기 때문만은 아니다. 그 장면이야말로 아이가 자신의 결여를 확인하고, 어머니의 욕망이 자신을 향해 있지 않음을 받아들이고, 그럼으로써 상징계로의 고통스런 입사식을 치를 것인가 말 것인가 하는 절대 절명의 선택을 눈앞에 둔 상황의 기억이었기 때문이라고 해야 정확한 말이 될 것이다. 사실 이청준의 주인공들은 모두 이 상태에 머물러 있는 것으로 보인다. 앞서 살펴보았듯이 그들은 모두 어머니(그리고 고향)에게 접근하고, 그러나 마치 거기에 무슨 거대한 금기라도 있는 듯이 금방 서울로 탈향하기를 거듭한다. 그들은 여전히 상징계에 안착하지 못한 것이다.

3. 누이를 찾아서

　이청준의 주인공들이 상징계에 안착하지 못한 채 여전히 어머니와의 상상적 관계를 꿈꾼다는 사실은, 「서편제」 연작에서 '사내'가 자신의 여동생에 대해 보여주는 모호한 태도(그리고 역으로 여동생이 사내에게 보여주는 태도의 모호함)의 이유가 된다. 그리고 그가 아버지에 대해 가진 살의의 기원도 여기에 있다.

이 연작이 이제 성인이 된 사내가 남도 곳곳을 헤매며 누이의 행방을 수소문하는 형식, 그러니까 잃어버린 누이 찾기의 형식으로 되어 있다는 사실은 익히 아는 바다. 바로 그 형식에 필수적인 인물들이 세 명의 현명한 화자들이다. 세 편의 연작엔 결정적으로 누이의 행방에 대해 알려주는 인물들이 각각 등장하는데, 「서편제」에서는 소릿재 주막의 주모가, 「소리의 빛」에서는 장흥읍 근처 주막의 천씨가, 그리고 「선학동 나그네」에서는 선학동 주막의 사내가 그들이다. 흥미로운 점은 그들이 마치 어쩔 수 없다는 듯 이야기를 꺼내놓고도, 정작 장님 소리꾼 처녀와 그의 오라비에 대한 얘기는 끝내 들추지 않는다는 사실이다. 그들은 오누이의 이야기를 먼저 꺼내놓는 법이 없다. 그 이야기는 항상 마지막에, 정작 하고자 하는 이야기는 이것이었지만 내내 망설여왔다는 듯이 발설된다. 가령 이런 식이다.

"아마 그 여자 어렸을 때 소리 장단을 부축해준 북채잡이 어린 오라비가 한 분 계셨더라는데, 제가 여태 그걸 말씀드리지 않고 있었던가요?"(「서편제」, p. 33)

"주인장 어렸을 적에 이 마을에 찾아들었다는 그 소리꾼 부녀의 이야기 말이오. 그때 그 어린 계집아이에겐 소리 장단을 잡아주던 오라비가 하나 있었을 겝니다. 그런데 주인장께선 일부러 그 오라비의 이야길 빼놓고 있었지요"(「선학동 나그네」, p. 84).

이 현명한 화자들이 두 오누이의 비밀, 그러니까 근친애적인 애정

관계를 이미 알고 있고, 그것을 덮어주듯 발설을 꺼려하고 있다고 해석하면 과장일까? 아마 그렇지 않을 것이다. 이 연작들에서는 둘의 관계가 표면 서사와는 달리 텍스트의 무의식에 있어서는 강한 근친애적 욕망에 의해 추인되고 있음을 보여주는 의미심장한 구절들이 많다. 첫째로, 여동생이 장님이 된 사연에 대한 엇갈린 해석이 있다.

"그래서 그 한을 심어주려고 아비가 자식 눈을 빼앗았단 말인가?"
"사람들 얘기들이 그랬었다오."
"아니지…… 아닐 걸세."
사내가 다시 천천히 고개를 가로저었다.
"사람의 한이라는 것이 그렇게 심어주려 해서 심어줄 수 있는 것은 아닌 걸세. 사람의 한이라는 건 그런 식으로 누구한테 받아 지닐 수 있는 것이 아니라, 인생살이 한평생을 살아가면서 긴긴 세월 동안 먼지처럼 쌓여 생기는 것이라네. 어떤 사람들한텐 사는 것이 한을 쌓는 일이고 한을 쌓는 것이 사는 것이 되듯이 말이네…… 그보다도 고인한테 좀 미안한 말이지만, 노인은 아마 그 여자의 소리보다 자식년이 당신 곁을 떠나지 못하게 해두고 싶은 생각이 앞섰을지도 모르는 일일 거네"(「서편제」, p. 32).

소릿재 주막의 주모는 사람들 말을 빌려 아버지가 딸에게 한을 심어주고 그래서 소리를 비상하게 하기 위해 눈에 청강수를 찍었다고 말한다. 그러나 그 오라비 되는 사내는 그것이 아니라고, 한은 그렇게 생기는 것이 아니며, 사실은 노인이 딸마저 자신을 떠나지 못하게 잡아두기 위해 그러했을 거라고 말한다. 후자의 해석은 어머니를, 그리고 그 대리 표상으로서의 누이를 소유하고자 악행을 일삼은 아버지에 대한 적개심을 강조하는 전형적으로 정신분석적인 해석이다. 게다가 이 말 뒤에 이어지는 소릿재 주막 주모의 다음과 같은 말은 이러한 의심을 더욱더 가중시킨다. "손님께서는 아마 그렇게 믿어야 마음이 편해지시는가 보군요"(「서편제」, p. 32). 아버지에 대한 아들의 적개심은 대개 아버지를 악한으로 만들어야 자기 징벌의 대상에서 면제되는 법이다. 그러니 아버지를 소유욕으로 인해 딸의 눈을 멀게 한 자로 만들고자 하는 아들의 심리는 이해 못할 바 아니다. 사내에게 아버지는 연인을 앗아가고, 그 연인의 눈을 멀게 한 사랑의 방해자여야만 한다. 그래야 자신의 근친애적 욕망은 누이에 대한 연민으로 인정되고, 부친에 대한 살해 욕구 역시 정당화될 수 있기 때문이다.

부친 살해 욕구라고 했거니와 「서편제」 연작에서 사내는 의붓아버지에 대한 살해 욕구에 오랫동안 시달린 적이 있음을 여러 차례 거론한다. 그중 한 구절을 인용하면 이렇다.

사내는 끝내 나 어린 오뉘 소리꾼을 만들기가 소원인 것 같았다.

그러나 그 어린 사내 녀석은 아비의 뜻을 따를 수가 없었다. 그는 오히려 사내와는 정반대의 생각을 품고 있었다. 언제부턴가 그는 자기 손으로 그 나이 먹은 사내와 사내의 소리를 죽이고 말 은밀한 계획을 꾸미고 있었다. 어미를 죽인 것은 바로 사내의 소리였다. 언젠가는 또 사내가 자기를 죽이게 될지도 모른다는 두려움이 항상 녀석을 떨리게 했다(「서편제」, p. 27).

명백한 부친 살해 욕구의 표현인데, 정신분석적 견지(가령 『토템과 타부』의 부친 살해 의식)에서 볼 때 부친 살해 욕구는 여성의 독점자인 아버지에 대한 반란으로 해석되는 것이 일반적이다. 앞서 소리는 곧 의붓아버지의 팔루스를 상징한다고 말했는데, 앞의 인용문의 첫 문장은 의붓아버지가 바로 그 팔루스를 오누이에게 강요했음을 보여 준다. 즉 그는 자신의 팔루스를 강요함으로써 아버지의 질서, 즉 상징계로 오누이를 강제 편입시키고자 시도한다. 아는 바와 같이 여동생은 아버지의 소리를 배운다. 그러니까 아버지의 팔루스에 순응한다. 그러나 오라비는 다르다. 그는 아버지의 소리를 거부하고, 심지어 그를 죽이려고 맘먹는다. 아니 실제로 죽이려고 시도하기도 하는데(「서편제」, p. 29), 부친 살해 시도의 저변에는 어머니와 누이를 가로챈 사랑의 방해자에 대한 심판 의식이 있었을 것임은 쉽사리 짐작할 수 있다. 물론 부친 살해 시도는 실패로 끝난다. 왜냐하면 그는 이미 팔루스의 위력에 주눅 든 바 있기 때문이다. 대신 그는 그 고통스런 삼각관계로부터 도피하는 방식을 택한다. 아버지와 누이 곁을 떠난 것이다. 그러자 그때부터 그의 운명은 소리(아버지의 팔루스)를 찾아(왜냐하면 그는 아버지의 팔루스에 완전히 굴복하지 못해 상징계에 입사하지 못했으므로), 그리고 동시에 누이(어머니의 대리 표상)를 찾아(왜냐하면 그는 아직 상상계에 미련을 버리지 못했으므로) 떠도는 운명 앞에 속수무책으로 노출된다. 아마도 그를 지배하는 한의 정체가 이것일 텐데, 그러나 「소리의 빛」 말미에 그는 바로 이 한을 풀 수 있는 기회를 맞이한다. 누이와 해후한 것이다.

「소리의 빛」의 다음 장면은 오누이의 해후, 그리고 그들이 뿜어내는 가락과 장단이 일종의 상징적 정사 행위임을 암시한다.

여자는 소리를 굴렸다가 깎았다 멎었다가 풀었다 하면서 온갖 변화무쌍한 조화를 이끌어냈고, 손님에 대해서도 때로는 장단을 딛지 않고 교묘하게 그 사이를 빠져 넘나드는가 하면, 때로는 장단을 건너가는 엇붙임을 빚어내어 그 솜씨를 마음껏 즐기게 하였다.

그것은 마치 소리와 장단이, 서로 몸을 대지 않고 능히 상대편을 즐기는 음양 간의 기막힌 희롱과도 같은 것이었고, 희롱이라기보다는 그 몸을 대지 않는 소리와 장단의 기묘하게 틈이 없는 포옹과도 같은 것이었다(「소리의 빛」, p. 48).

사용된 어휘들에 주목하면 이 문장들이 얼마나 성적인 암시로 가득 차 있는지 쉽사리 납득이 간다. 둘은 사실 소리와 북 장단을 통해 오래 묵은 근친애적 열망, 그러니까 상상계의 복원 충동을 실현한다. 그렇다면 「서편제」 연작의 절정에 해당하는 이 문장들은, 소리를 통한 한의 승화로 해석되기보다는 상징적 정사를 통한 근친애적 충동의 승화로 읽어야 더 타당할 것이다. 그도 그럴 것이 이어지는 천씨와 누이의 다음 대사는 작가가 사실은 바로 그런 방식으로 작품을 읽도록 독자에게 묘한 암시를 남기고 있음을 보여주기 때문이다.

"오라버니가 예까지 다시 절 찾아온다고 해도 우리 남매는 이제 이 것으로 두 번 다시 상면을 할 수도 없는 처지고요."

심상찮은 여자의 말에 주인 사내가 문득 수상한 눈길로 그녀를 돌아다보았으나, 여자는 이미 마음을 굳게 작정해버린 뒤인 것 같았다.

"오라버니가 제 소리를 아껴주시는데, 저한테도 그 오라비의 한이나마 제 것 한가지로 소중스럽게 아껴드릴 도리를 다해드려야 할 듯싶소."

〔……〕

　하지만 여자는, 이제 비로소 형언할 수 없는 절망감으로 그녀 앞에 무너져 내리기 시작한 주인 사내조차 까맣게 잊어버린 듯 한숨 섞인 목소리로 혼잣말처럼 중얼거리고 있었다.

　"어르신네 곁을 찾아온 지도 벌써 10년이 넘었군요. 제 팔자를 생각해보면 당치도 않게 편한 세월이 너무 길었었나 보아요. 이젠 그만 어디론가 몸을 좀 옮겨야 할 때도 되었지요……"(「소리의 빛」, pp. 55~56).

　이 장면에서 눈여겨볼 점은, 천씨가 "형언할 수 없는 절망감으로 그녀 앞에 무너져 내리기 시작"한 것이 그녀가 이제 떠나겠다는 말을 하기 전이란 사실이다. 그러니 그는 그녀의 이별 선언에 절망하는 것이 아니다. 그가 절망하는 이유는 정작 따로 있다. 아마도 그것은 그녀가 무심코 뱉은 "우리 남매는 이제 이것으로 두 번 다시 상면을 할 수도 없는 처지고요"란 말 때문으로 보인다. 왜 두 번 다시 상면할 수 없는 처지가 되었을까? 작가는 그들 둘이 어젯밤 한방, 같은 이부자리에서 잤음을 기록해두었거니와, 인류 최대의 금기를 어긴 이들의 상면 가능성은 항상 제로에 가깝다.

　여기에 다시 오이디푸스 왕의 사례를 자세히 거론해가면서, 근친상간의 금기를 깬 자에게 주어진 징벌이 맹목, 곧 눈멂이었다는 사실을 거론할 필요는 더 없을 듯하다. 다만 오이디푸스 왕은 스스로의 눈을 멀게 했지만, 「서편제」연작에서는 사랑의 방해자인 아버지가 직접 오누이의 근친애를 징벌했다는 차이는 부기해둘 수 있을 것이다.

4. 보유 : 영화가 잃고 얻은 것

　「서편제」 연작은 사실 소설 자체보다도 임권택의 영화를 통해 더 유명해진 측면이 있다. 개봉 당시 한국 영화사상 최초로 100만 관객을 돌파할 정도로 이 영화에 대한 대중들의 관심은 지대했다. 영화의 질 측면에서도 이 작품은 고평을 받은 수작으로 알려져 있다. 그러나 과연 이 작품이 앞에서 살펴본 「서편제」 연작의 은폐된 측면, 그러니까 텍스트의 무의식까지 제대로 번안했는지는 미지수다. 영화와 소설의 서로 다른 점을 거론하면서 이에 대해 살펴보자.

　우선 눈에 띄는 차이는 초점 인물인 사내와 그 여동생의 관계다. 소설에서 둘은 아버지는 다르지만 어머니는 같은 오누이 간으로 그려진다. 반면 영화에서는 송화와 동호(소설에서는 이 둘의 이름이 나오지 않는다)가 어머니도 다르고 아버지도 다른, 다만 한 의붓아버지에 의해 길러진 남남으로 그려진다. 게다가 송화가 여동생이 아니라 누나다. 동호의 어머니 금산댁을 만나기 전에 아비 유봉은 이미 부모 잃은 송화를 데려다 소리꾼으로 기르고 있었다. 그런 이유로 설사 둘 간의 사랑이 성사된다 하더라도 엄밀한 의미에서 둘은 근친상간의 금기를 어기지 않게 된다. 임권택이 의도한 것인지 알 수는 없으나 어찌 되었건 텍스트의 은폐된 무의식으로서의 근친상간이란 주제는 심하게 약화된다.

　둘째로, 초점 인물인 사내가 아버지와 누이를 떠나게 된 동기에 있어서도 차이가 발견된다. 소설에서 사내는 아버지의 팔루스인 소리를 받아들일 수 없어 그의 곁을 떠난다. 그러나 영화에서는 동호가 "이제는 소리로는 먹고살기 힘든 세상이여" "소리 하면 쌀이 나와 밥이 나와" 같은 대사에서 미루어 짐작할 수 있듯이, 주로 가난과 생활고의 문제 때문에 떠나는 것으로 그려진다. 아울러 영화에서는 소설에서 찾아보기 힘든 문물의 변화(창극이 신극으로 바뀌고, 소리꾼이 브라스 밴드의 행진으로 바뀌는 등)를 대거 등장시키거나, 소설에는 등장하지 않았던 쇠락한 소리꾼 송도상이나 혁필화가 낙산거사 등을 등장시킴으로써 이들의 쇠락에 사회적 요인들이 작용하고 있음을 보여준다. 그들 모두 달라진 세상에 적응하지 못한 장인들이란 점에서 공통점을 가진다. 그러니까 소설이 주인공들의 심리적인 이유로부터 결별의 원인을 찾고 있다면 영화는 사회적 요인으로부터 결별의 원인을 찾는다. 당연히 근친상간이란 테마는 영화에서는 더더욱 심하게 은폐된다.

마지막으로, 오누이의 현재 상태에 대한 언급에서도 영화와 소설은 차이를 보인다. 영화에서 동호는 서울 약재상 사장과의 통화 내용(아이가 아프고, 동호 아내가 돈을 꾸러 왔었다는)으로 미루어 볼 때 기혼자이다. 송화 역시 마지막 장면에서 딸을 앞세워 눈길을 걸어가는 것으로 보아 결혼 여부와는 상관없이 가족을 이룬 적이 있는 것으로 보인다. 그러나 소설의 경우 사내의 현재 가족에 대한 언급은 전혀 보이지 않고, 누이 역시 가족을 이룬 적이 있다는 정보는 끝까지 주어지지 않는다. 미혼 상태로 누이는 오라비를, 오라비는 누이를 기다리고 찾아다녔던 것이다. 결국 소설에서는 두 사람이 다른 이성에 대한 사랑을 포기함으로써 첫사랑으로서의 근친애를 간직해온 것으로 해석될 여지가 많은 반면, 영화의 경우는 다시 한 번 근친애 테마를 부인하는 셈이다.

요약하자면 영화는 여러 가지 방식으로 소설 「서편제」의 무의식이라 할 수 있는 근친상간의 테마를 약화시키거나 억압한다. 그러니까 텍스트의 무의식마저 영화로 번안하는 데에는 실패했다고 보아야 할 것이다. 이는 문학 작품이 영화로 번안되는 것이 결코 쉬운 일이 아님을, 엄밀하게는 불가능한 일임을 보여주는 사례로서도 모자람이 없다.

그러나 이 말이 영화 장르가 소설 장르에 비해 열등한 장르라는 주장이 아니란 사실은 강조해둘 필요가 있겠다. 영화는 소설에 비해 열등한 장르가 아니라 '다른' 장르다. 영화는 애초부터 시각 매체를 기본으로, 음향과 대사가 결합된 종합 예술이다. 반면 소설은 언어를 매개로 한 예술 장르다. 즉 언어가 가진 근본적인 모호성, 생산성, 다성성이 소설의 의미를 중층화하는 반면, 영화는 시각과 음향, 대사를 통해 비교적 명확하게 작품의 의미를 드러내는 장르이다.

사실 「서편제」는 세간의 평 그대로 훌륭한 영화다. 그러나 그 훌륭함의 이유는 그것이 문학 작품을 온전하게 번안해냈기 때문이 아니다. 영화 「서편제」가 훌륭하다면 그것은 촬영감독 정일성이 화면에 담아낸 남도 풍경들의 완벽한 구도, 김수철의 애잔하고도 감동적인 음악, 그리고 임권택이 연출해낸 그 유명한 '진도 아리랑' 장면의 기나긴 롱 테이크long take 때문이다. 눈먼 송화(오정해 분)를 뒤따르게 한 채, 유봉(김명곤 분)이 남도의 산하 사계절을 다 겪으면서 '사철가'를 부르던 장면, 기하학적 구도로 이루어진 논길을 세 사람이 걸어오면서 마치 인생에 대한 비유나 되는 것처럼 멀리서 왔다가 점점 가까이 다가오고, 흥겹게 노닐다가 화면 밖으로 사라진 후, 스산한 먼지바람만이 길을 덮던 장면(인생이 그러할 텐데), 그러니까 곳곳에서 빛나는, 영화 장르 아니고서는 보여줄 수 없는 바로 그 시각적 아름다움이 영화 「서편제」를 훌륭한 작품으로 만든다. 영화에는 영화의 몫이, 문학에는 문학의 몫이 있는 법인 모양이다.

최근 소설의 영화화에 대한 비판적 고찰
─문학과 영화 3: 「결혼은, 미친 짓이다」를 중심으로

1. 들어가며

롤랑 바르트Roland Barthes는 자신의 사진 예술론인 『카메라 루시다』의 서문을 다음과 같은 의문으로부터 시작한다. "도대체 사진이란 그 '자체로서' 무엇인가."[1] 그러고는 몇 가지 이유(사진은 항상 우연한 순간의 소산이며, 피사체가 존재하지 않는 한 사진 자체가 존재할 수 없다는 점 등)를 들어 사진이 사실은 어떠한 정의나 분류도 피해가는 속성을 가진 장르란 점을 지적한다. 그에게 사진은, 지시 대상 없이도 장르 자체의 자율성을 유지할 수 있는 다른 예술들(가령 면과 선과 색을 고유의 매질로 가진 회화, 소리를 고유의 매질로 가진 음악, 언어를 고유의 매질로 가진 문학, 즉 지시 대상과 결별하더라도 존립이 보장되는 예술들)과 달리 지시 대상이 사라지는 순간 그 스스로도 사라

---

1) R. 바르트, 『카메라 루시다』, 조광희 옮김, 열화당, 1986, p. 11.

져버리고 마는, 그래서 결국엔 그 자체의 본질을 가지고 있지 않은 것처럼 보이는 모호한 장르다. 그러나 바르트는 그 모호함 앞에서 주저앉지 않는다. 사진의 유형에 대한 이러저러한 분류법에도, 혹은 사진 장르의 기원에 관한 사회학적 설명에도 만족하지 못한 그는 결국 다음과 같이 결심한다.

나는 조용히 언어를 벗어나 다른 곳을 찾았다. 즉 다른 방식으로 말하기 시작한 것이다. 결단코 이번만은, 특수성을 위한 나의 항의를 이성으로 변형시키고, '자아의 유구한 절대권'(니체)을 발견 원리로 만들려는 시도가 바람직하다고 생각했기 때문이다. 그래서 나는 연구의 출발로서 겨우 몇 장의 사진, '나를 위해' 존재한다고 확신했던 몇 장의 사진을 선택하기로 결심했다. 〔……〕 그리하여 나는 모든 사진의 매개자로서 내 자신을 선택하기로 했다.
내 자신의 개인적인 방식에 의거한 근본적인 특성, 즉 그 특성이 없다면 사진이란 것이 도대체 존재할 수 없을 보편성을 명백하게 표현해 볼 생각이었다.[2]

오로지 자신의 육체적 직관에 의존해서, 그러니까 자아의 유구한 절대권을 발휘해서 그가 규명하고자 한 것은, '그것이 없다면 도대체 사진이란 것이 존재할 수 없을 보편성,' 즉 사진 예술에만 고유한, 사진을 다른 예술과 구별시켜주면서 그 자체로 사진을 자율적인 예술 장르이게 해주는 특성, 말하자면 '사진됨' 그 자체였다.

---

2) 같은 책, p. 16.

사실 롤랑 바르트의 이러한 태도, 즉 어떤 장르가 다른 장르와 결정적으로 구분되는 지점을 밝힘으로써 그 장르에 자율성을 부여하려는 태도는 그가 『카메라 루시다』를 출간하던 1980년 즈음에 와서야 처음 출현한 현상은 아니다. 그것은 기실 아방가르드 운동 이후 현대 예술이 항상 고민하던 문제였다. 가령 회화 자체의 특수성을 탐구한 회화, 전통적인 화성법 자체를 문제 삼은 음악, 영화 장르의 속성 자체에 문제를 제기한 영화는 이미 20세기 초엽부터 있어왔다. 유진 런 E. Lunn은 근대 예술의 이런 측면을 두고 '미학적 자의식 혹은 자기 반영성'[3]이라 부르기도 했거니와, 그런 의미에서라면 근대 예술은 사실상 '예술이란 무엇인가'를 자문해온 예술 작품들의 역사라 해도 과언이 아니다.

그럼에도 불구하고 이 낯익고 오래된 모더니즘 예술론, 예술의 자율성 테제를 다시 꺼내는 이유는 다른 데 있지 않다. 바르트의 그와 같은 태도야말로, 21세기에 막 접어든 작금의 한국 예술, 특히 소설 문학이 한 번쯤은 반드시 짚고 넘어가야 할 성질의 것이라 여겨지기 때문이다. 영상 문화의 발흥과 '소설의 위기'란 말은 이제 하나의 관용어구가 되어 있어서, 90년대 중반 이후 한국 자본주의의 형질 변화와 문화 산업의 지배, 그에 따른 작가와 독자층의 감수성 변화 운운하는 얘기들을 다시 길게 나열할 필요는 없겠다. 요컨대 이제 문학이 다른 인접 장르들과 소통하지 않는다면 지금의 위기는 곧 '소설의 죽음'에 이를 것이라는 요지의 발언들이 그리 과장만은 아닌 시점에 우리는 들어서 있다. 게다가 항상 이질적이고 역동적인 경계에서 새로

---

3) E. 런, 『마르크시즘과 모더니즘』, 김병익 옮김, 문학과지성사, 1986, p. 46.

운 시대를 개척할 생산적인 작업들이 탄생하곤 했던 예술사의 전례들에 비추어 보아도 소설은 인접한 다른 장르들, 즉 영화, 미술, 음악, 광고 등을 포함한 문화 일반과 어떤 방식으로든 접속해야 한다는 주장을 반박하기는 힘들 듯하다. 시인 함민복의 전언 그대로 꽃이 항상 경계에서 핀다는 말은 대체로 사실이다.

실제 창작에 있어서도 이런 문제의식은 여러 가지 경로를 통해 현실화되고 있다. 가령 소설이 영화화되어 독자보다 더 많은 관객을 만나는 예는 허다하고, 소설 측에서도 영화나 대중음악, 만화적 기법의 대대적 차용(김영하, 백민석, 편혜영, 박민규, 박형서, 이기호 등등)을 통해 대중문화 시대의 독자들을 사로잡으려는 시도를 마다하지 않는 것이 우리 시대의 지배적인 풍경이다. 정확히 말해, 문화적 우점종인 시각 문화의 인력에 소설이 견인당하고 있는 형국인데, 아마도 작가 김형경과 정지아(정재인)의 경우는 그런 현상의 정점에 해당할 것이다.[4]

바르트의 앞의 구절이 아직 우리에게 음미할 가치가 있는 이유도 바로 여기에 있다. '장르 간 소통'이 우점종인 한 장르에 의한 다른 장르의 흡수 통합을 의미하는 것이 아니라면, 다양한 소통의 경로는 열어두되, 한편으로 각 장르의 자율성은 자율성대로 고수하려는 치열한 자의식이 동반되어야 마땅한 일이다. 소설의 생존이 반드시 독자

4) 2005년, 김형경과 정지아는 각각 『외출』(문학과지성사, 2005)과 『소설 서동요』 1·2(지식공작소, 2005)를 출간한 바 있다. 이 두 작품의 출간은 그대로 문화적 사건으로 보인다. 두 작가는 이 작품들을 통해 그간 영화와 소설이 맺어온 관계를 일거에 역전시켰다. 본격 문학 작품을 영화화하는 기존의 수많은 관례를 벗어나 이들 두 작가는 각각 영화 시나리오와 드라마 시나리오를 토대로 소설을 재구성하는 역순을 밟았다. 김형경의 『외출』은 허진호 감독의 동명 영화 「외출」의 시나리오를 소설로 재구성한 작품이고, 정지아의 『소설 서동요』 1·2는 SBS에서 방영된 월화 사극 「서동요」의 대본을 소설로 재구성한 작품이다.

들의 확보를 통한 상업적 흥행만을 의미하는 것이 아니라면, 소설은 장르 자체의 자율성을 유지하면서, 인접 장르들과의 충돌과 접속을 통해 갱신에의 활로를 모색해야 할 것이다. 장르 간 소통이 절실한 시점일수록 더 절실해지는 것, 그것은 다시 장르의 자율성이다.

2. 아방가르드와 영화

세계 영화사를 일별해보면, 영화가 현재처럼 인접한 모든 장르를 다 잡아먹을 듯, 제국주의적이기만 했던 것은 아니었다. 최소한 아방가르드 운동 기간 중 유럽 영화의 한 조류는 그 어떠한 예술 장르보다도 자의식적이고 겸손했다.

첫째로, 아방가르드 영화는 당대의 (D. W. 그리피스가 이미 그 문법을 완성해놓은) 할리우드 영화와는 달리, 타 장르를 복속하기보다 영화의 '영화됨,' 즉 다른 장르로 환원되지 않는 영화의 특수한 자율성에 대해 탐구했다. 뒤늦게 세상에 나온 예술로서, 영화는 여타의 장르들에 비해 어떤 점이 새로운가? 서사narrative는 서사시에서 소설로 이어지는 이야기 양식이 먼저 개척한 영역이었고, 연기(演技)는 수천 년 전부터 드라마의 영역이었던 데다, 소리는 아직 영화와 만나기도 전이었다. 마치 사진이 출범하자 절대주의 회화가 그러했던 것처럼, 영화는 다른 장르가 전혀 할 수 없는 것, 그리고 영화만이 할 수 있는 것이 무엇인가를 탐구하기 시작했다. 이 경향의 대표작으로 만 레이M. Ray가 1923년에 제작한 초현실주의 영화 「이성으로의 귀환」의 몇 장면을 보자.

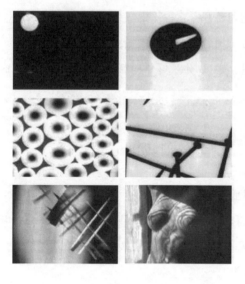 이 영화는 "영화 필름에 인화된 소금, 후추, 압정, 톱날 등의 포토그램으로 시작한다. 2중 인화된 박람회, 그늘, 미술가의 스튜디오, 모빌 조각 등은 시각적 공간을 환기시킨다. 영화는 시작 3분 후 〈빛을 등지고〉 네거티브와 포지티브로 촬영된 모델의 〈회화적〉 숏으로 끝난다."[5] 만 레이에게, 그리고 뒤샹M. Duchamp이나 아벨 강스Abel Gance, 장 콕토J. Cocteau 같은 아방가르드 영화 예술가들에게 영화를 영화이게 하는 속성은 '움직이는 그림' 외에 다른 것이 아니었다. 빛에 노출된 필름으로부터 탄생한, 서사도 없고 명확한 주제도 없는, '움직이는 이미지들의 우연한 연쇄'로 이루어진 '영화-시cine-poem'는 그렇게 만들어졌다. 다른 장르들과 공유하는 속성들을 하나하나 삭제하고, 오로지 영화적인 요소만 남은 '절대 영화'가 있다면 아마도 이들의 작품일 것이다.

둘째로, 아방가르드 영화는 영화 장르가 가진 이데올로기적 감염력을 자기반성을 통해 스스로 거세시키고자 시도했다. 라캉의 용어를

---

5) A. L. 리스, 「영화와 아방가르드」, 『옥스퍼드 세계영화사』, 김경식 외 옮김, 열린책들, 2005, p. 136.

빌려 설명하자면, 영화의 이데올로기적 감염력은 영화 텍스트가 드러내는 주제 혹은 내용 차원에 국한되지 않는다. 오히려 영화는 그것의 상영과 관람 조건 자체가 이데올로기적 효과를 극대화하는 측면이 있다. '상상적 동일시'가 그것이다. 즉 어둠 속에서 남에게 들키는 법 없이, 밝고 큰 화면 속 타자의 삶을 들여다보도록 구성된 관람 조건은 라캉이 말한 소위 '거울 단계'적 상황을 관객에게 제공한다. 관객은 (영화의 주제와 무관하게) 영사되는 화면 속의 인물과 자신을 상상적으로 동일시하고, 그럼으로써 스스로를 완벽한 주체로 오인한다. 예를 들자면, 영화 「람보」는 그것이 전하는 메시지가 미국적 패권주의를 옹호하기 때문에 위험한 것이 아니라, 그 패권주의를 폭력적으로 보여주는 '람보'의 울퉁불퉁한 근육을 관객으로 하여금 자신의 상상적 팔루스phallus인 것처럼 오인하게 하는 관람 조건 때문에 더더욱 위험하다.

게다가 영화는 그 기원에서부터 '관음증'을 유발하는 오락물의 형태로 시작했다는 태생적 한계도 가지고 있는데, 영화사 초기의 맹아적인 작품들 중 상당수가 여인의 목욕하는 장면이나 침대에서 뛰어노는 장면이었단 사실은 이에 대한 훌륭한 증거가 될 만하다. 그러므로 아방가르드 영화 예술가들의 주요 고민 중 하나가 바로 그 상상적 동일시 기제, 혹은 관음증적 상황의 파괴에 있었다는 사실(놀랍게도, 라캉이 아직 등장하기도 전에)은 어찌 보면 당연하다. 루이 부뉘엘L. Bunuel과 살바도르 달리S. Dali가 이미지와의 상상적 동일시로부터 관객들의 시선을 어떻게 떼어놓는지 그 극단적인 예(「안달루시아의 개」, 1928)를 보자.

영화 초반부에 아무런 맥락 없이 삽입된 눈동자를 칼로 긋는 이 장면을 보고 나서도 스크린에 비친 이미지에 매혹당할 관객은 별로 없어 보인다. 이 장면은 관객의 상상적 동일시를 미리 차단하는 일종의 강력한 경고(동일시하지 말라, 당신의 눈을 가르겠다!)에 해당한다.

셋째로, 아방가르드 영화는 영화가 의미를 산출하는 법을 스스로 폭로함으로써 영화가 현실의 반영이 아니라는 사실, 영화는 지시 대상과 무관한 필름들의 '차이 나는 체계'에 의해 의미를 산출한다는 사실을 자백한다. 다음은 미켈란젤로 안토니오니M. Antonioni 감독의 「블로우업Blow up」(1966)의 몇 장면이다.

첫번째 장면에서 주인공인 사진작가 토마스는 우연히 공원에서 찍은 사진들을 늘어놓고 들여다본다. 사진에 찍힌 여자가 자꾸 필름을 돌려달라고 하는 사실에 의심이 가서이다. 이어지는 장면들은 그가 찍은 사진들을 이리저리 배열하여 하나의 서사를 형성해나가는 과정이다. 두번째 장면에서 여자는 자신의 정부일지도 모를 한 남자를 공원의 특정 장소로 유인해가는 듯이 보인다. 세번째 장면은 둘이서 포옹하던 중 여자의 시선이 어딘가를 향하고 있음을 보여준다. 네번째 장면은 그 여인의 시선이 머문 곳이다. 거기 숲 속에서 흐릿하게 권총을 쥔 손이 보인다. 사진들은 그러니
까 우연하게도 살인 사건을 포착하고 있
었던 것이다. 그러나 토마스는 끝내 이
살인 사건을 증명해내지 못하는데, 사진
들을 괴한에게 도난당하기 때문이다. 다
만 사진 한 장이 남아 있을 뿐인데, 권총
을 쥔 손을 크게 확대한 그 사진은 토마
스의 친구가 그린 추상화의 점들처럼 실
제의 피사체와는 아무런 상관이 없는 검
은 점들의 얼룩에 불과하다. 그러니까
차이 나는 필름들의 배열에 의해서만 살
인 사건이라는 '의미'는 만들어진다. 필
름이 사라지자 사건도 사라지고, 공원에
있던 시체마저 사라진다. 그리하여 영화
「블로우 업」은 영화가 어떻게 지시 대상
과 결별한 채로 의미를 산출하는가, 혹은 영화는 어떻게 현실을 반영
하지 못하는가에 대한 메타 영화가 된다. 유진 런의 '예술의 자기 반
영성'이란 개념에 이만큼 적합한 영화도 찾기 힘들 터인데, 이런 영화
앞에서 관객은 이미지와 현실의 일치라는 상상적 동일시 과정을 결코
겪지 못한다.

그러나 알다시피 초창기 모더니즘 운동 이후 세계 영화 시장을 석
권한 것은 자율적 예술로서의 아방가르드 영화가 아니었다. 할리우드
영화는 그사이 대중문화의 영웅들을 재빨리 캐릭터 상품으로 둔갑시
켰고, 배우들을 스타 시스템에 복속시켰으며, 음악을 서사의 진행을

위한 배경으로 후퇴시켰다. 그리고 무엇보다도 고래로 소설이 담당해오던 서사의 영역을 복속해, '읽는' 행위 자체를 뒤떨어진 유행으로 만들었다. 30년대에 이미 그 틀을 다 갖춘 할리우드 스튜디오 시스템은 그런 의미에서 더 이상 영화를 하나의 자율적인 예술 장르로 인정하기를 포기한 문화 산업가들의 투기장 성격이 농후했다. 소설은 이제 자본과 상술로 무장한 강력한 서사 장르로서의 영화에 맞서야 하는 상황에 직면한다.

3. 소설과 영화

영화가 소설의 트레이드 마크였던 '서사'를 자기 방식으로 영토화할 때, 소설이 취할 수 있는 대응 방식에는 어떤 것이 있을까?

이상의 논의를 고려할 때, 영화와 소설의 장르 간 소통이 이상적으로 실현된 경우는 아마도 이런 텍스트들이 될 것이다. ① 영화적 기법을 차용했으나 영화 텍스트로는 완전한 번안이 불가능한, 그래서 문학적 잉여를 항상 남기는 소설 텍스트. ② 문학으로부터 서사의 뼈대를 취해왔으나 영화 고유의 시각적 문법에 의해 영화적 변형 작업을 거친 영화 텍스트.

이하에서는 소설과 영화의 장르 간 소통을 시도한 한 쌍의 텍스트들을 사례 삼아 각 텍스트들이 어떤 방식으로 이와 같은 이상적 소통에 성공하거나 실패하고 있는지를 분석해보고자 한다. 이만교의 소설 텍스트 『결혼은, 미친 짓이다』[6]와 유하 감독의 영화 텍스트 「결혼은, 미친 짓이다」(2001)가 그것이다.

표면적으로 볼 때 이만교의 소설『결혼은, 미친 짓이다』는 영화화하더라도 텍스트에 남아 있을 만한 문학적 잉여라곤 찾아보려야 찾아볼 수 없는 작품이다. 이 작품은 영화화되지 않기가 오히려 힘든 텍스트로 보인다. 애초부터 영화 시나리오에 거의 육박하는 형식으로 씌어졌기 때문이다. 작품 아무 데서나 따온 다음의 인용문을 보자.

> "일단 나를 비롯해서." 베개를 끌어안으며 말했다. "가난한 자식들은 빼!"
> "왜?"
> "넌, 절대로 경제적 조건을 포기 못해."
> "네가 그걸 어떻게 장담해?" 그녀가 신경질을 냈다.
> "내가 네 입장이라면 나도 포기하지 않을 테니까." 나는 반 바퀴 굴러 베개에 턱을 괴고 엎드렸다.
> "휴." 그녀가 의자 등받이에 기대며 중얼거렸다. "도대체 누구를 택해야 좋을까?"
> "각각 다 결혼해서 살아보지 않은 다음에야 알 수 없지 뭐. 아니." 나는 고쳐 말했다. "살아봐도 알 수가 없어. 중학교 때 말야." 나는 베개를 가슴 쪽으로 좀더 바짝 끌어안으며 말했다. "한번은 규진이 녀석이 난데없이 내게 물었어. '사랑과 돈 중에서 뭐가 더 중요하다고 생각해?'"
> "유치해." 그녀가 말을 잘랐다(p. 145).

우선 인용문은 이 작품에서 '대사'가 점하고 있는 절대적인 우위를

---

6) 이만교, 『결혼은, 미친 짓이다』, 민음사, 2005. 이하 이 작품을 인용할 경우 본문에 쪽수만 표기.

보여준다. 간접 화법이 아닌 직접 화법으로 이루어진 대사를 통해 서사가 진행되고 인물의 성격이 드러난다. 물론 대사에 절대적으로 의존하는 장르는 소설이 아니라 연극과 영화다. 게다가 대사와 대사 사이를 메우고 있는 짧은 문장들에서 개성 있는 문체나, 운율, 문학적인 묘사를 찾기도 거의 불가능하다. 마치 영화 시나리오에서 대사와 대사 사이에 괄호로 끼어드는 지문처럼, 이 짧은 문장들은 인물들의 동선을 간단하게 지시하는 수준의 역할 이외에 아무것도 하지 않는다. 아울러 시점도 흥미로운데, 인용문에서 보듯 이 작품은 1인칭임에도 불구하고 마치 3인칭 시점으로 씌어진 듯한 효과를 준다. 왜냐하면 1인칭 서술자가 작품 속 등장인물들 중 하나로 등장해 초점 주체의 노릇을 하되, 어떠한 주관적 개입도 없이 건조한 묘사문(사실은 지문)을 통해 인물들의 최소한의 움직임만 제한적으로 포착하고 있기 때문이다. 영화가 그러하다. 제아무리 1인칭 화자가 등장한다 하더라도 영화는 그 화자마저 3인칭화하여 '보여주는' 수밖에 다른 도리가 없고, 그런 의미에서라면 엄밀한 의미에서 영화에 1인칭 시점이란 있을 수 없기 때문이다(오로지 영화 전체가 시점 숏으로 촬영된 극단적인 경우를 제외한다면). 1인칭 시점도 3인칭화할 수밖에 없는 장르, 그것은 소설이 아니라 영화다. 그렇다면 앞서의 논의를 기준으로 삼아 우리는 이만교의 이 소설을 두고 영상 문화의 제국주의에 완전히 점령당한 비문학적 서사물이란 결론을 내려야 될 듯싶다. 그러나 그렇지가 않다. 이런 방식의 소설 쓰기가 사실은 작가가 의도적으로 택한 전략적 글쓰기 방식이기 때문이다.

소설 『결혼은, 미친 짓이다』를 두고 낭만적 사랑과 결혼의 신화를 가벼운 농담과 재치로 조롱한 세태소설이라 말하는 것은 일면적인 평가에 불과하다. 소설을 꼼꼼히 읽을 경우(아니 꼼꼼히 읽지 않더라도), 결혼은 성을 둘러싼 거래이고, 필연적으로 가정 내에서의 적당한 배역을 연기하게끔 하게 마련이며, 그런 의미에서 '미친 짓이다'라는 전언은 오히려 부차적인 주제다. 작가가 말하는 미친 짓으로서의 결혼이란 이 사회가 우리에게 요구하는 여러 미친 짓들을 제유(提喩)한다. 가령 취업도, 입학도, 아니 삶 전체가 사실은 연기이고 흉내란 점에서 다 미친 짓이다.

이만교의 작품을 꾸준히 따라 읽어온 독자라면 알겠지만 그의 대부분의 단편들이 날로 패턴화, 획일화되어가는 현대 사회 비판을 주제로 삼고 있었단 사실은 주목을 요한다. 자주 '데자부 강박dejavu compulsion'이라 이름 붙일 만한 병리적 증상을 통해 표현되곤 하는 이 주제는 이만교 소설에서는 그리 낯선 것이 아니다. 이만교의 주인공들은 언젠가 한 번쯤 와본 것 같은 장소, 언젠가 한 번쯤 만나본 것 같은 사람, 언젠가 한 번쯤 맞닥뜨려본 듯한 상황에 자주 직면한다. 그리고 그 근저에 놓여 있는 것은 물론 소비자본주의 사회 특유의 패턴화 경향이다. 『결혼은, 미친 짓이다』의 다음 구절은 이 데자부 강박의 병인(病因)을 밝히는 데 더 없이 좋은 증례를 제공한다.

"사람이 너무 많으니까 사람과 사람 간의 구별점이 생겨나지가 않아. 어딘가에는 반드시 나와 같은 상표의 옷, 똑같은 헤어스타일, 혹은 똑같은 책을 읽고 있는 사람이 몇 명은 더 있을 거란 말야."
"아하, 이거랑 똑같은 재킷을 입은 남자, 방금 지나가는 거 나도 봤어"(pp. 79~80).

그에 따르면 소비자본주의 사회에서 개인이란 고작해야 패턴화된 상품들이나 역시 패턴화된 취향들의 조합에 불과해진다. 채널을 돌릴 때마다 바뀌는 빤한 배역 같은 것이 된다. 『결혼은, 미친 짓이다』의 말 많고 지적인, 그러나 믿음직스럽지는 않은 시간강사 화자가 자주 현대인들의 삶을 두고 '정해진 연기를 수행하고 있는 건 아닌가'고 자문할 때, 혹은 '구조적 모델화' 운운하며 유행이란 게 사실은 개성화가 아니라 획일화로 치닫는다는 사실을 지적할 때, 그는 기시감의 연원에 현대 사회 특유의 패턴화 경향이 가로놓여 있음을 지적하고 있다. 그러므로 그는 결혼 자체를 염두에 둔 것이 아니라 결혼이 초래하게 될 지루한 가면 연기를, 누구나 반복하고 있음에 틀림없는 상투적인 배역을 미친 짓이라고 말하는 셈이다. 결혼은 연기하는 삶, 그러니까 클리셰가 되어버린 소비자본주의 사회의 일상 전반에 대한 제유다.

그런 이유로 결코 놓쳐서는 안 될 것이, 『결혼은, 미친 짓이다』에서 가장 핵심적인 역할을 하는 두번째 장, 「텔레비전」이다. 『결혼은, 미친 짓이다』 전체를 통틀어 가장 주의를 기울여 읽어야 할 부분이 바로 이 부분인데, 이 장은 시각 이미지의 인간 지배에 관한 정교하게 고안된 은유를 제공한다.

"당신도 이리 와서 함께 식사하지 그래?" 아버지가 첫술을 뜨며 말했다.

어머니는 아버지 말에 대꾸도 하지 않은 채 볼륨을 높였다.

—너 죽고 싶니?

"좀 작게 해, 엄마." 여동생이 식탁에 앉으며 참견했다.

—너 정말 죽고 싶어서 환장했니?

"엄마!"

여동생이 더 크게 소리를 질렀다. 그제서야 어머니는 볼륨을 내렸다 (p. 12).

인용문에서 보듯, 이 가족의 응접실 풍경에서 TV는 마치 하나의 인격체인 것처럼 가족들의 대화에 끼어든다. " "가 아닌 '—'로 표시된 대사는 TV의 음향이다. 그러나 그것은 가족들의 대화 사이에서 문장부호에 의해서만 구분될 뿐이다. 나아가 이 장의 나머지 부분은 TV의 프로그램 순서에 따라 가족들이 응접실에 남거나 방에 들어가거나 드라마와 광고를 화제로 이야기를 나누거나, 다툰다. 이 가족의 응접실을 지배하는 자는 누구인가? TV다. 그리고 바로 그 TV에 등장하는 인물들이나 패션, 유행에 대한 동일시가 가족 모두를 '연기자'로 만든다. 그들은 TV에 의해 주체로 호출당하고, 그런 의미에서라면 그들의 무의식은 "TV처럼 구조화되어 있다"(p. 234).

그렇다면 소설 『결혼은, 미친 짓이다』가 취하고 있는 시나리오 형식의 글쓰기를 이유로 이 작품이 전혀 문학적이지 않은 글이라는 애초의 평가는 번복되어야 한다. 왜냐하면 이런 방식의 글쓰기는 그 자체로 경험이 사라지고, 그 자리를 영상 문화에 의해 주입된 몰개성적 패턴들이 차지하고 있는 소비 사회의 일상을 보여주기엔 더 없이 효과적인 형식이기 때문이다. 바로 글을 읽고 있는 독자들이야말로 TV 드라마의 주인공들처럼 말하고, 또 그들처럼 연기하는 삶을 살고 있지 않은가! 영상 문화의 언어를 차용해, 바로 그 영상 문화의 지배를 비판하기, 그것이 이만교의 글쓰기 전략이었던 것이다.

다소 길게 이만교 소설의 이면 주제를 언급한 것은 이 작품이 영화화되었을 때 과연 그 이면 주제가 제대로 번안되었는가를 살펴보기 위함이다. 당겨 말하자면 유하(한때 탁월한 시인이었던)가 감독한 영화「결혼은, 미친 짓이다」에는 소설 전체를 지배하던 그 거대한 TV가 사라지고 없다. 영화는 작품을 이루는 총 17개의 장들 중 남녀 주인공의 연애와 관련된 장들만을 취사선택한 후, 그것들을 서사에 맞게 재배열한다. 그러자 TV도 사라지고, 데자부 강박도 사라지고, 은지의 죽음도, 여동생의 불륜도(은지와 여동생의 에피소드는 소설 속에서 주인공의 회심에 결정적인 계기로 작용한다) 사라진다. 오로지 두 주인공의 연애만이 남는다.

이런 식의 취사선택에 대해서는 아마도 한국의 상업 영화 제작 여건을 가장 우선적인 이유로 들어야 할 텐데, '우리 모두 영상에 지배당한 연기자들에 불과하다'라는 전언을 담은 영화를 한국의 영화 산업 시장이 쉽사리 받아들였을 리는 만무하기 때문이다. 이 점이 영화가 소설을 차용할 때 가장 일차적인, 그리고 가장 치명적인 한계란 사실에 대해서는 반드시 지적할 필요가 있다. 한국의 경우처럼 예술 영화 시장이 거의 전무할 정도로 열악하고, 작품의 제작과 배급이 대자본에 전적으로 종속된 상황에서 아무리 좋은 원작 소설이라 하더라도 관객의 취향과 시장의 생리에 의한 왜곡과 수정을 피할 수 없다는 사실은 영화와 소설 간의 생산적인 장르 소통에 가장 적대적인 환경을 제공한다.

그나마 다행인 것은 유하 감독이 TV가 사라진 자리를 메우는 영화적 방식에 대해 아예 고민이 없지는 않았다는 사실이다. 그리고 그 고민의 흔적들이야말로 영화「결혼은, 미친 짓이다」를 소설의 영상적 번안물이 아니라 말 그대로 '영화'이게 한다. TV를 삭제한 대신 유하 감독은 '삶은 연기'라는 주제를 강화한다. 영화의 서두에 해당하는 여동생의 결혼식 장면에서 가족은 카메라 앞에서 포즈를 취한다. 그러니까 화목한 가족을 연기한다. 「맞선」이란 제목이 붙은 장에서 두 주인공 연희와 준영은 '맞선' 상황이 강제하는 배역을 연기한다. 「결혼식」 장에서는 신랑인 규진과 그의 숨겨둔 애인 은희가 불륜을 감춘 채 친구 역을 연기한다. 「선택」 장에서는 연희가 병원에 입원한 준영의 어머니 앞에서 며느리 될 사람 역을 연기하고, 「신혼여행」 장에서는 두 주인공이, 만약 이 영화를 이 부분부터 본 사람이라면 정말 막 결혼한 사이라 여길 만큼 훌륭하게 신혼부부 역을 연기한다. 그들의 연기는 연희의 결혼 후에도 「주말부부」로 이어진다. 그들의 부부 연기는 너무도 탁월해서 주변 인물들 중 누구도 그들의 부부됨을 의심하지 않는다.

물론 그들의 이중 연기, 즉 영화 속 연기자들이 또 다른 배역을 연기하는 이 중층적인 연기는 브레히트의 서사극에서와 같은 자기 지시적 낯설게 하기(이것은 연기입니다!), 즉 소격 효과에 이르지는 못한다. 대신 유하 감독은 다른 장치를 끌어들인다. TV 대신 카메라가 영화 속 그들의 연기를 지켜본다.

앞서 이 영화의 서두가 결혼식장에서 카메라 앞에 선 가족의 모습으로부터 시작되었다고 말했거니와, 영화 곳곳에서 카메라가 등장한다. 연희는 어렸을 적 사진작가가 꿈이었던 이답게 사진을 능숙하게 찍는데, 그녀가 자신들의 모습을 담아 만든 앨범은 그들의 연애 전체가 사실은 카메라 앞에서의 연기에 불과했음을 은연중 암시한다. 영화의 전언은 그 카메라 덕에 '신세대의 연애 풍속도'로부터 '인생은 카메라 앞의 연기다'로 이행할 수 있게 된다.

그들이 '신혼여행'을 연기하면서 찍은 사진들은 바로 그 연기하는 삶의 가장 영화적인 메타포이다. 그것은 관객들로 하여금 그들이 연기하고 있다는 사실을 자각시켜주는 장면이란 점도 흥미롭지만, 그보다 이 장면들의 관습성이 더 흥미롭다. 감독 유하는 의도적으로 이들의 연기 장면을 관습적인 장면으로 구성한다. 바닷가에서 뛰노는 연인, 카메라 앞에서 포즈를 취하는 연인, 젖은 옷을 말리며 기대앉은 연인, 황혼의 바닷가에서 조개 줍는 연인 등등의 클리셰는 사실 이발소 그림들만큼이나 흔하다. 유하는 그들의 신혼여행 연기를 일부러 지극히 관습적인 미장센에 따라 포착함으로써 삶이란 어차피 연기, 그것도 아주 관습적인 연기란 사실을 시각적으로 보여준다. 소설 작품에는 명백히 존재하지 않았던 이 장면들, 사라진 TV를 보상하는 이 장면들이야말로 영화 「결혼은, 미친 짓이다」를 단순한 소설의 번안물 수준으로부터 (아슬아슬하게) 구해준다.

4. 나오며

1907년경, 그러니까 영화가 출범하고 고작 10년여의 시간이 흐른 시점에, 프랑스에서 인기를 끌었던 어떤 풍자 희극에서는 배우들이 이런 노래를 불렀다고 한다.

영화관이 쓰러져 죽을 때는 언제가 될지?
누구라서 알까.

카페-콩세르가 다시 살아날 때는 언제가 될지?

누구라서 알까.[7]

이 노래에 담긴 영화에 대한 적의를 오늘날의 문학이 답습할 필요는 없을 것이다. 새로운 것들에 대한 적의에는 대개 미소니즘misoneism적인 향수가 섞여 있게 마련인바, 그런 향수가 역사를 돌이키는 경우는 거의 없다. 아마도 소설이 영화의 제국주의를 견뎌내고 이전 시대에 누렸던 영화(榮華)를 되찾을 가능성은 거의 없을 것이다. 게다가 그럴 수 있다 하더라도 권장할 바는 아니다. 많은 사람들이 지적하듯이 항상 이질혼종적이었고, 패관잡설이었던 소설의 생명력은 바로 스스로의 관습화에 자의식적으로 저항하면서 끝없이 탈주하고 탈코드화했던 역동성에서 비롯되었을 것이기 때문이다. 그런 의미에서라면 소설이 영화를 참조하고, 영화가 소설을 참조하는 현상 자체가 문제될 바는 전혀 없다. 다만 그러한 장르 간의 횡단과 마주침이 단순한 번안이나, 우점종에 의한 여타 종들의 흡수 통합으로 흐르지 않아야 한다는 사실은 거듭 강조할 필요가 있을 것이다. 차이를 전제한 접속만이 생성을 낳는다. 그런 이유로 영화와 소설의 생산적인 접속은 우선적으로 양자가 서로 '다른' 장르라는 사실의 인정으로부터 시작되어야 할 것이다.

7) R. 에이블, 「프랑스 무성 영화」, 『옥스퍼드 세계영화사』, 김경식 외 옮김, 열린책들, 2005, p. 153.

제 4 부

타자를 소설화하는 몇 가지 방식들

> 타자와의 관계는 대개 하나의 융합(하나 됨)으로 추구된다.
> 타자와의 관계를 하나의 융합으로 보는
> 관점은 바로 내가 싸우고자 하는 것이다.
> ── 레비나스, 『시간과 타자』

1. 타자들의 언어

1990년대 이후, 타자들이 소설에 등장하는 양상은 실로 다양해졌다. 우리는 이제 더 이상 계급적 타자들만을 타자라 지칭할 수 없는 시대를 살고 있다. 80년대는 계급적 타자로서의 '민중'의 해방이 곧 여타의 타자들(가령 여성이나 자연, 성적 소수자 등등)에 대한 해방을 보장하거나 최소한 전제 조건은 될 거라 믿었던 시대였다. 그러나 우리 시대는 그런 시대가 아니다. '최종심에서의 경제의 결정'마저 인정하기 어려울 정도로, 여러 복합적이고 중층적인 적대들이 다양한 방식으로 표출되고 논의되는 시대에 우리는 살고 있다. 가령 계급 문제만 하더라도 그것이 온전히 경제에 의해서 결정되는 것만은 아니라는 사실, 어떤 주체는 경제적 요인만 아니라 심리적이거나 문화적인 요인에 의해 스스로를 특정 계급에 동일시하기도 한다는 사실을 우리는 이제 너무도 잘 안다. 게다가 90년대 이후 한국 자본주의의 진행 과정은 전 시대의 단순한 문제틀problematique로는 온전히 이해할 수 없을 만큼 많은 타자들을 생성시키거나 유입시켜온 과정이기도 했다. 이미 우리 경제가 노동력의 상당 부분을 의존하고 있는 이주 노동자들은 말할 것도 없고, 국제 결혼의 엄청난 증가(거의 인신매매를 방불케 하는 방식으로)에 따른 외국인 여성들의 대대적인 유입은 '단일 민족'이라는 '상상의 공동체'를 우스갯거리로 만들면서 우리 사회역시 '인종적 타자' 문제로부터 자유로울 수 없는 사회란 점을 새삼 실감케 하고 있다. 여기에 연변 조선족 출신 이주민들, 탈북 이주민들 또한 새로 등장한 타자들로서 어떤 방식으로든 우리 사회의 일원으로 받아들일 수밖에 없는 상황이다. 성적 타자들 문제 또한 간과할 수 없을 터인데, 90년대 이후 활발하게 논의된 가부장제하 타자로서의 여성에 대한 논의는 말할 것도 없고, 최근에는 성적 소수자들 또한 중요한 '성적 타자'로 등장하고 있음이 주지의 사실이다. 요컨대 우리 시대는 80년대까지의 계급적 타자 이면에 억압되어 있었던, 인종적·성적·문화적 타자들이 최초로 귀환하기 시작한 의미심장한 과도기임에 틀림없다.

우리 시대의 소설이 직면한 중요한 과제들 중 하나가 여기서 비롯된다. 전 시대와는 다른 다양한 타자들이 어떤 방식으로든 소설 속에 자신들의 목소리를 요구한다. 그들을 위한, 혹은 그들에 의한 문장들이 우리 소설사에 기입될 것을 요구한다. 아마도 이즈음 우리 소설에 외국인 노동자 문제를 다룬 작품들(김재영「코끼리」, 이명랑『나의 이복형제들』, 공선옥「명랑한 밤길」, 손홍규「이무기 사냥꾼」 등), 이국을 배경으로 한 작품들(방현석「존재의 형식」「랍스터를 먹는 시간」, 공지영『별들의 들판』, 배수아『홀』, 전성태「국경을 넘는 일」, 유재현『시하늑빌 스토리』, 그리고 오수연의 여러 단편들), 탈북자나 연변 조선족을 주인공으로 한 작품들(강영숙『리나』, 천운영『잘 가라, 서커스』), 성적 소수자 문제를 다룬 작품들(백가흠「웰컴! 베이비」, 배수아의 여러 단편들)이 늘어나는 현상도 이와 관련이 있을 것이다. 소설은 항상 한 사회의 가장 섬세한 촉수였다. 한 사회의 가장 첨예한 문제는 그대로 항상 소설의 가장 중요한 화두였다. 그렇다면 결국 우리 소설이 당분간 다루어야 하는, 그리고 다루게 될 소재와 주제의 상당 부분이 타자성의 문제일 것이란 점에 달리 이견은 없어 보인다.

그러나 단순히 우리 시대의 여러 타자들을 주인공으로 등장시키는 작업만으로 그들에 대해 소설이 할 일을 다 했다고 말하기는 힘들다. 우리는 전 시대와 달리 '타자들의 언어로 말하기'가 얼마나 어려운 일인지를 알고 있기 때문이다. '타자들의 언어'라고 했거니와, 이 말은 단순히 사용하는 언어의 차이만을 의미하는 것이 아니다. 그것은 표상 체계 전체의 상이함을 의미한다. 가령 타자들 문제를 소설화하려는 어떤 작가도 이제 다음과 같은 질문을 비껴갈 수는 없다. 남성성과 구별되는 여성성을 언어로 표상할 수 있는가? '남/여'의 이분대당을 벗어난 제3의 성 체험을 지시하는 언어는 현재 존재하는가? 의사 오리엔탈리즘의 오류를 피하면서 동아시아 여러 국가에서 유입된 외국인 노동자들의 문제를 정당하게 다루는 일이 가능한가? 등등. 요컨대 타자가 타자인 것은 그들이 동일자의 표상 체계 밖에 있기 때문이다. 그럴 때 우리의 표상 체계 내에서 그들을 표상해낼 언어를 찾아내기는 거의 불가능한 일이다. 방현석의 「존재의 형식」과 「랍스터를 먹는 시간」이 그토록 도저한 역사의식과 인간의 의지에 대한 한없는 신뢰에도 불구하고 종종 의사 오리엔탈리즘의 시각에 따라 베트남을 표상하는 오류를 범할 수밖에 없었던 이유, 천운영의 『잘 가라, 서커스』가 그토록 치밀한 취재에도 불구하고 오래된 '모성'의 신화 밖으로 탈출할 수 없었던 이유도 다 이와 관련이 있다. 타자들의 언어는 마치 라캉의 '실재Réel'와 같아서 우리가 속한 상징계 너머에 존재한다. 그리고 알다시피 아버지에 의해 이름을 부여받은 오이디푸스기 이후 우리는 그 누구도 그 상징계 바깥을 구경해본 적이 없다.

2. 네 편의 문서들

그러므로 타자는 어쩌면 '인식'이나 '표상'의 대상이 아니다. 레비나스나 고진이 타자를 인식이나 표상화의 대상이 아니라 '윤리'의 대상으로 상정하는 이유도 여기에 있을 텐데, 그들에게 윤리의 발생은 항상 타자의 '절대적 외부성'을 용인하는 데서부터 출발한다. 즉 타자는 항상 동일자의 표상 체계 밖에 있어서 그를 표상할 언어란 존재하지 않는다는 사실의 용인이 윤리를 낳는 전제 조건이 된다.

그런데 타자를 동일자의 표상 체계에 따라 재고 자르지 않기 위해서는 동일자 스스로 자신이 속한 시스템을 회의하고 상대화할 줄 알아야 한다. 고진이 데카르트를 그토록 상찬했던 것도 이런 이유였을 텐데, 그에 따르면 데카르트는 상식적인 비판과 달리 항상 자신이 속한 시스템에 대해 회의할 것을 종용했던 최초의 철학자였다. 그리고 김상환은 바로 이런 의심, 즉 자신이 속한 시스템과 언어에 대한 끊임없는 반성과 회의야말로 데카르트 이후 모든 '모더니즘'적 언어들이 감내할 수밖에 없는 운명이라고 말하기도 한다.

모더니즘은 자신이 뿌려대는 글자로 스스로 뿌려놓은 글자를 무효화 시킨다. 눈처럼 내리는 글자들, 하얗게 지우면서 하얗게 지워지는 글들, 그러나 이 백색의 도래가 모더니즘의 책의 본질에 속한다.[1]

자신의 언어가 속한 시스템, 즉 표상 체계가 지고의 진리를 담보하지 못한다는 사실, 타자들의 표상 체계에 의해 나의 표상 체계가 언제든지 상대화될 수 있다는 사실에 대한 성찰과 회의는 필연적으로 롤랑 바르트가 개념화한 백색의 글쓰기를 낳는다. 왜냐하면 자신의 표상 체계를 회의하는 자의 글쓰기란 결국엔 아무것도 세우지 못하는 글쓰기, 언젠가 무너지기 위해서만 구축되는 글쓰기에 불과하기 때문이다. 데리다와 말라르메S. Mallarme, 그리고 블랑쇼M. Blanchot 의 글쓰기가 모두 이러한 아이러니 위에서 이루어진다.

최근 그러한 글쓰기의 예를 김연수의 작업에서 발견하곤 한다. 가령 「다시 한달을 가서 설산을 넘으면」[2]에 등장하는 네 종류의 문서들은 모두 문자를 회의하는 문자들의 목록을 이룬다. 주인공 '그'의 여자 친구가 자살하면서 남긴 유서는 결국 해독되지 않는 '틈'으로 남는다. 아무리 해독해도 그것은 그와 그녀 사이의 관계에 대한 어떠한 진실도 지시하지 못한다. 화자인 '나'가 주석을 단 혜초의 『왕오천축국전』은 애초부터 요약판인 데다 군데군데 결락된 문자들 탓에 결국엔 그 원본성을 심하게 훼손당한다. 원본이 원래 존재하지 않는 바에

1) 김상환, 「김수영과 책의 죽음 ─ 모더니즘의 책과 저자 2」, 『세계의 문학』 1993년 겨울 호, p. 200.
2) 김연수, 「다시 한달을 가서 설산을 넘으면」, 『나는 유령작가입니다』, 창비, 2005.

야 모든 판본은 다 원본이다. 혹은 원본이라 지칭된 판본을 포함해서 모든 판본은 결국엔 해석본이다. 이 문서도 또한 스스로 지워지기 위해 씌어지는 백색 글쓰기의 한 예에 불과해진다. '그'가 죽은 여자 친구와 자신의 사랑의 의미를 재구성하고자 심혈을 다해 쓴 소설 작품 또한 마찬가지다. 그는 온 힘을 다해 소설을 쓰지만 소설을 쓰는 과정은 결국 여자 친구와 자신의 사랑을 이해하는 과정이 아니라 역으로 그런 사연이 둘 사이에 존재했는지조차 의문으로 몰아가는 과정으로 돌변한다. 소설이 진행될수록 그는 결국 둘 사이에 존재했던 사랑에 어떠한 확신도 갖지 못하게 된다. 어떠한 언어도 두 사람의 사랑을 재구성하지 못한다. 말하자면 두 사람의 사랑을 표상하고자 씌어진 언어는 결국엔 두 사람의 사랑을 지우고자 씌어지는 언어가 되고 만다. 그리고 마지막 문서가 있다. 그 문서는 바로 이 소설 자체, 곧 「다시 한달을 가서 설산을 넘으면」이다. '1인칭 전지적 시점'이라고나 불러야 할 기이한 이 작품의 시점은 작가에 의해 치밀하게 고안된 것임에 분명한데, 왜냐하면 이 시점에 의해 이 소설 자체가 백색의 글쓰기의 적나라한 모형이 되기 때문이다. 1인칭 시점이 동시에 전지적 시점일 수 있는 것은 두 가지 경우뿐이다. 신이 화자인 경우가 그 첫째, 그리고 화자가 허구로 모든 이야기를 재구성해내고 있는 경우가 그 둘째다. 신은 '나'의 시점으로도 전지적일 수 있는 유일한 화자다. 그러나 이 작품의 '나'는 신이 아니라 '그'의 소설을 읽고, '그'와 잠시 사랑에 빠지기도 했던 대학 교수다. 그럼에도 불구하고 '나'는 그가 죽음 직전까지 느끼고 겪었던 모든 것을 다 아는 양 이야기로 재구성해낸다. 오로지 그가 남긴 등반 일지에 의존해서…… 그 말은 곧 이 소설 자체가 오로지 '나'의 상상에 의해 재구성된 허구에 불과함을 의미한다. 말하자면 전혀 신빙성이 없는 상상의 구성물이 바로 이 작품이다. 요컨대, 1인칭 전지적 시점에 의해 씌어진 이 작품은 스스로를 허구라고 공표하고 있는 셈이다. 즉 씌어지는 과정이 곧 지워가는 과정인 소설이다. 이 작품집에 실린 많은 단편들이 이 주제를 되풀이한다. 기록된 언어의 허구성, 스스로를 지우면서 씌어지는 문자들, 그러니까 백색의 글쓰기가 김연수의 주제다. 김연수는 드물게도 자신이 속한 표상 체계와 언어를 회의하고 상대화할 줄 아는, 그래서 타자들의 언어를 예비하고 있는 한국의 몇 안 되는 작가들 중 하나이다.

3. 강남 너머, UFO

'타자의 절대적 외부성'이란 테마가 계급 문제에 구현된 훌륭한 예를 우리는 정미경의 「내 아들의 연인」[3]에서 만난다. 화자인 '나'는 유추하건대 강남 부유층의 유한부인이다. 이 부인의 아들이 연애를 시작한다. 도란이라는 이름을 가진 아들의 여자 친구는 가난한, 그러나 당당하고 부끄러움 없는 아가씨다. 아들과 도란, 이 둘 간의 사랑을 지켜보며 계급 간 단절의 문제를 다룬 작품이 바로 「내 아들의 연인」이다. 고도의 심리 묘사와 유한부인의 일상에 대한 디테일이 이 작품의 압권이거니와, 소설 말미의 다음과 같은 문장은 이 작품을 유사한 주제를 다룬 여타의 작품들과 완전히 구별해준다.

---

3) 정미경, 「내 아들의 연인」, 『작가세계』 2006년 여름호.

도란이는 내게, 어쩌면 한 권태로운 여행지에서 디지털 카메라를 들고 있다 우연히 찍게 된 유에프오 같은 존재로 남을 것이다. 나는 그걸 보았고, 내 메모리에는 그 모습이 남아 있지만, 현실의 네트워크 속에서 그저 그대로 존재하기 위해서는 누구에게도 얘기할 수 없는, 누구의 공감도 끌어낼 수 없음을 알고 있기에 침묵해야 하는, 빛을 발하는 존재. 그러나 그걸 만나기 전과 이후의 나는 달라져버린, 미확인 비행 물체. 도란이와의 다정했던 시간도, 백미러의 파열음도, 언젠가는 오래전 채집된 식물처럼 바스러질 것이다. 초편과 내가 그날 느꼈던 몸의 열기가 이제 식물성으로만 기억되듯.

아들 현이 도란을 사랑하지 않았던 것은 아니다. 그는 진심으로 도란을 사랑했다. 그러나 문화와 취향의 벽은 경제적 장벽보다 훨씬 완고하다. 현은 도란과 자신 사이의 '아파르트헤이트' 같은 장벽을 이해한다. 그리고 헤어진다. 그럴 때 어머니인 화자의 독백이 앞의 인용문이다. 도란은 화자에게 UFO와 같은 존재이다. 그녀는 매력적인 호기심의 대상이지만, 영영 그 정체를 확인할 수 없는 '미확인'의 존재다. 그리고 그 미지와의 조우에 대한 기억은 자신의 초라했던 과거가 그랬던 것과 마찬가지로 이내 바스러지고 말 것이다. 그러니까 도란은 어쩔 수 없이 화자에게는 절대적 외부로만 남게 될 것이다.

두 계급, 두 문화 간의 이 같은 절대적 외부성에 대한 정미경의 솔직한 탐구는 고진의 다음과 같은 구절을 연상시킨다.

여기서 '타자'의 개념에 대해 확실히 해둘 필요가 있다. 인류학자나 문화기호론자는 공동체 바깥에 있는 타자에 대해서 말하고 있다. 하지만 그 이방인〔異者〕은 공동체의 동일성·자기 활성화를 위해 요구되는 존재이므로, 공동체의 장치 내부에 있다. 공동체는 그 이방인을 희생양으로서 배제하거나 '성스러운' 자로서 영입한다. 실상 공동체의 외부로 보이는 이방인은 공동체의 구조에 속해 있는 것이다. 따라서 이런 의미의 타자는 그 어떤 타자성도 지니지 않는다.[4]

만약 작가 정미경이 도란을 자신이 속한 계급 공동체에 '성스러운' 자로서 영입했다면, 그러니까 흔한 신데렐라형 신분 상승 서사에 따라 며느리로 받아들였다면 도란은 결국 타자가 아닌 이방인으로 남았을 것이다. 그럼으로써 그 계급 공동체가 온정주의와 휴머니즘을 잃고 있지 않다는 이데올로기적 선전의 수단이 되었을 것이다. 그러나 화자는 그렇게 하지 않는다. 도란을 미확인 비행 물체로 남겨둠으로써 절대적 외부성을 유지한다.

4. 몽골의 코리언 솔저

그러나 타자의 절대적 외부성을 용인하는 것이 윤리 발생의 기본 전제가 될 수는 있을지언정, 윤리의 충분조건을 구성하는 것은 아니다. 가령 정미경의 작품에서 타자와의 교통과 윤리는 아직 발생하지 않는다. 타자로서의 도란과의 어떠한 교통 시도도 이루어지고 있지 않기 때문이다. 이에 대해서는 니시다 키타로〔西田幾多郎〕를 비판하

---

4) 가라타니 고진, 「교통 공간에 대한 노트」, 『유머로서의 유물론』, 이경훈 옮김, 문학과학사, 2002. p. 34.

면서 고진이 던진 다음과 같은 말을 음미할 필요가 있겠다.

여기서 니시다가 말하고 있는 것은 오로지 '자각'의 문제이다. 각각
의 모나드는 '절대(絶代)의 타(他)'로서 '너'를 발견함으로써 자각한다
('나'가 된다). 즉 모나드는 그 자체로는 "창(窓)이 없는" 것이지만,
서로서로 다른 모나드를 '절대의 타'로서 '자기의 밑바닥'에서 발견함
으로써 '교통'하는 것이다. 여기에서 전혀 생각되지 않고 있는 것은,
상대적인 타자이며, 그것과의 교통(관계)이다. '절대의 타'라는 것은
실로 상대적인 타자와의 관계를 내면화하는 것이며, 이를테면 관계의
절대성(외면성)을 소거하는 것이다. 이렇게 하여 니시다에게 '개
(個)-장소'라는 회로는 예정조화적으로 닫혀 있다. 거기에 타자로서의
'너'가 나올 여지는 없다. 타자로서의 '너'가 나오지 않는다면, 그것이
아무리 다수의 '개'라 해도, 이는 기본적으로 일원론이다.[5]

고진은 타자의 절대적 외부성을 용인하는 것만으로는 타자와의 교
통, 즉 윤리가 발생할 수 없다고 말한다. 니시다가 범하고 있는 오류
가 바로 그것이다. 타자를 절대화함으로써 니시다는 각각의 '개'를 일
종의 창 없는 모나드로 만들어버리고 만다. 그에 따라 각각의 개별자
는 홀로 존재할 뿐 교통의 여지를 소거당하고, '상대적 타자'를 부정
하기에 이른다.

아마도 우리는 정미경에게 그와 유사한 비판을 가할 수도 있을 것
이다. 도란이 속한 계급 공동체에 대한 화자의 절대적 외부성 용인은

---

5) 가라타니 고진, 「라이프니츠 증후군」, 같은 책, p. 167.

물론 타자를 자신이 속한 표상 체계와 언어로 재고 자르는 오만과 비윤리를 피하게 만든다. 그러나 그것은 교통 발생의 전제일 뿐, 그 자체로 교통의 시도가 되지는 못한다. 이때 사유해야 할 것은 '관계의 절대성' 곧 '상대적 타자성'이다. 이런 예를 들어보자. 가령 남성이란 동일자는 여성이라는 타자와의 '관계' 속에서가 아니라면 스스로의 동일성을 어떻게 증명해 보일 수 있을까? 문명이라는 동일자는 야만 혹은 자연이라는 타자와의 관계 속에서가 아니라면 스스로의 동일성을 어떻게 증명해 보일 수 있을까? 이성애자는 그와 다른 성적 소수자와의 상대성 속에서가 아니라면 어떻게 자신의 정상성을 증명할 수 있을까? 정상인은 광인과의 상대성 속에서가 아닌 방식으로 자신을 스스로 정의할 수 있을까? 등등. 요컨대 '관계의 절대성'이란 고진의 개념은 관계를 통해 나 또한 타자에게는 또 다른 타자일 수 있다는 상대성의 진실을 인식 가능하게 해준다. 관계를 통해 나는 타자의 타자가 된다. 그럴 때 타자와의 교통이 이루어지고 윤리가 발생하기 시작한다. 전성태가 이즈음 소설을 통해 보여주려는 것이 바로 이것이다.

전성태의 「코리언 솔저」[6]의 주인공은 교수이자 시인이다. 오랫동안 학교일에 시달리느라 시를 쓰지 못한 그가 연구년을 맞아 얼마간의 몽골 체류를 시도한다. 그때 그가 꿈꾸는 것은 이렇다.

그는 오랫동안 꿈꿔온 일이 있었다. 낯선 나라의 허술한 호텔방 하나를 잡아 머무르며 산책하고 독서하고 시를 짓는 일이었다. 지금 그 묵은 꿈이 실현되고 있었다. 십 년 만에 얻은 안식년을 그는 완벽하게

---

6) 전성태, 「코리언 솔저」, 『실천문학』 2005년 겨울호. 이하 본문 인용 시 쪽수만 표기.

보내게 된 것이다. 젊은 나이에 그는 시인이 되었지만 석박사 과정을 밟고 학생들에게 문학을 가르치는 동안 정작 자신은 시 한 편 쓰지 못했다. 그는 늘 바쁜 시간을 핑계 삼았다. 그러나 그 자신은 시인으로서 예민한 감각과 어떤 그리움이 서서히 마모되어간다는 사실을 두렵게 직시하고 있었다. 그가 읽어낸 수많은 책과 논문은 자신의 영혼을 위한 글들이 아니었다. 이제 이 고독한 공간에서 잃어버린 그 모든 것들을 다시 불러오고 싶었다. 가능하다면 연애까지도 다시 시작해보고 싶은 심정이었다(p. 275).

이 인용문에는 고진이 '이방인에 대한 성스러운 감정'이라 부른 모든 요소가 다 들어 있다. '그'에게 몽골은 영혼의 안식과 시 쓰기와 감미로운 고독, 그리고 연애의 장소다. 그는 타자들의 세계를 결코 절대적 외부로 상정하지 않고, 자신의 욕망과 필요에 따라 '상상'한다. 그러나 과연 몽골은 그가 상상한 그대로의 공간일까? 주인공에겐 안된 일이지만, 소설의 진행 과정은 그의 이와 같은 기대를 철저하게 무너뜨리는 과정에 다름 아니다. 감미로운 며칠이 지나자마자 그는 몽골이라는 나라를 이제 알 만큼 알았다는 자신감을 느낀다. 그러나 바로 그 순간부터 타자의 세계가 그 오만함에 복수를 시작한다. 집단 강도를 당하고, 자신을 노리는 몽골 청년들을 피해 인터넷 카페에 고립당하고, 급기야는 하나 있는 열쇠를 방에 둔 채 문을 잠그고 만다. 작가가 이런 에피소드들을 통해 강조하고자 한 점은 명확해 보인다. 상상된 타자의 허위성이란 테마가 그것이다. 그리고 이 테마는 지금의 한국 소설에 울리는 경종치고는 작은 것이 아니다. 앞서 방현석과 천운영의 예를 들기도 했거니와, 정도상의 북한 배경 소설들(「소소,

눈사람이 되다」「함흥, 2001, 안개」), 유재현의 『시하눅빌 스토리』처럼 타자들의 세계를 무대로 삼은 작품들 또한, 그 도전적인 문제의식에도 불구하고, 항상 위험에 노출되어 있는 지점이 바로 여기이기 때문이다. 동일자의 표상 체계 너머에 있는 세계란 다시 말하건대 라캉의 실재계와 같아서, 그렇게 쉽사리 상상된 바와 일치하는 면모를 보여주지 않는다. 그곳은 기대와 달리, 이해 불가능하고, 아주 낯설고, 그래서 공포스럽기도 하다는 사실을 전성태의 이 작품은 역설적으로 강조한다.

그러나 이 작품의 더 흥미로운 지점은 그다음이다. 문이 잠긴 방 안으로 들어가는 유일한 방법은 이제 밧줄을 타고 벽을 기어오르는 것 외에 없다. 그는 여기저기 밧줄을 찾다가 그마저도 없자, 인근의 공사장에 가 전선을 구한다. 그 공사장엔 몽골의 군인들이 노역 중이다. 다음은 그 장면이다.

"로프 구하는 걸 도와주시오."
검침원 사내는 창대를 위아래로 훑어보았다.
"직접 타려고요?"
창대는 비장하게 머리를 끄덕였다.
"위험합니다. 삼십 미터도 넘을 것 같은데요."
"문제없소. 나는 삼 년간이나 군인이었소."
"코리언 솔저?"
[……] 검침원이 팔을 들어 주먹을 불끈 쥐어 보였다.
"코리언 솔저. 렛스고"(p. 293).

시인이 군인이 되었다. 그러자 노역 중이던 몽골의 군인들이 그에게 강한 동료의식과 격려를 보내길 마다하지 않는다. 흥미롭게도 이 장면은 고진이 말한 '상대적 타자' 혹은 '관계의 절대성'이란 개념의 의미를 소설적으로 정밀하게 재연한 듯한 느낌마저 준다. 그의 한국에서의 정체성은 교수이자 시인이었다. 그는 그 정체성이 타자들의 세계에서도 유지될 줄 믿었다. 그러나 타자들의 세계에 들어선 순간, 그의 상상은 순식간에 무너지고 대신 그곳에서 통용 가능한 새로운 정체성을 부여받는다. 그는 이제 시인이 아니라 군인이 된다. 타자들과의 관계가 그의 정체성을 상대화하고 재구성한다. 기존의 정체성을 버리지 않고 새 정체성을 받아들이지 않는 이상, 그는 그곳에서 생존마저 위협받는다. 관계의 상대성에 의해 그는 타자에 대해 타자가 되는 것이다. 그리고 바로 거기서 '교통'이 발생한다. 소설 말미, 그가 스스로를 '코리언 솔저'로 정체화하자, 몽골 군인들이 그에게 보여주는 강한 연대감은 그렇게 해석해도 무방할 것이다. 우스꽝스럽기는 하지만 그때서야 교통과 윤리가 발생하기 시작한 셈이다.

5. 다성화법의 용도

전성태의 최근작 「늑대」[7]는 소설이 타자들의 상호 교통 공간이 될 수 있음을 보여주는 좋은 예에 속한다. 무엇보다도 이 소설이 취하고 있는 복수 화자 형식 덕분이다.

---

7) 전성태, 「늑대」, 『문학사상』 2006년 5월호.

전성태의 「늑대」는 우선은 '포스트-사회주의' 사회의 현재에 대한 일종의 보고서처럼 읽힌다. 이 작품은 「코리언 솔저」와 마찬가지로 몽골이 배경이다. 그러나 몽골의 도회지가 아니라 초원을 주 무대로 삼고 있다. 늙고 지혜로운 촌장의 말에 따르면 "인민회의에서 사회주의 체제를 포기하고 시장경제를 도입하기로 결정"한 후, 이 초원에서는 이제 "한 잔의 수테차가, 하룻밤 게르의 잠이 돈으로 계산"되기 시작하고 있는 중이다. 그는 또 "장작을 패는 나의 노동이, 늑대를 좇는 동행이 벌이가 되었"다고도 말한다. 그리하여 지금의 몽골에서는 "더 이상 초원에서 별들에게 길을 물었던 전통은 찾아볼 수 없"고, "최소한의 생존을 위해 사람과 가축이 친구처럼 공존했던 유목은 사라졌"다. 돈을 모르던 유목 사회에 교환가치가 도입되었단 말이겠다. 그러자 유목민들의 천국 몽골마저도, 만인에 대해 만인이 늑대인 사회, 그러니까 자본의 "저 무시무시한 검은 혓바닥"이 지배하는 시대에 들어서게 된다. 바로 그 자본주의를 도입한 세력의 상징이 '솔롱고스,' 즉 한국인 노자본가이다. 그렇게 읽을 때, 이 소설에서 사냥꾼의 총에 맞아 죽어가는 늑대들과, 그 늑대들을 좇는 한국인 자본가(그야말로 늙은 늑대처럼 그려진다), 그리고 이 사냥꾼이 뿌리는 돈의 논리에 따라 초원의 금기를 하루하루 어겨가는 하산 촌장, 촐롱, 허와, 바이락, 치무게 들은 모두 '포스트-사회주의'권의 현재적 삶을 극명하게 드러내주는 인물들로 보인다. 돈에 의해 더럽혀지고, 만인이 만인에 대해 늑대인 시대로 접어들고 있는 초원의 현 상태(물론 그런 현상의 배후엔 한국의 자본주의가 개입하고 있다), 전성태의 「늑대」가 우선 다루려는 바가 그것이다.

그러나 이 작품이 더욱 흥미로운 것은 다른 이유 때문이다. 복수 화자를 등장시킨 다성 화법의 형식이 그것이다. 이 작품의 화자는 총 여섯이다. 하산 촌장, 노승, 한국인 사냥꾼, 늑대 사냥을 도와 연명하는 마을의 한 유목민, 한국인 사냥꾼의 애첩이자 연인인 벙어리 허와, 그리고 촌장의 딸이자 허와의 동성애 연인인 치무게, 그리고 마지막으로 예의 그 검은 늑대. 이 여섯 화자가 각각 1인칭 화법으로 자신의 사연과 다른 인물들에 대한 자신의 감정을 말하는 여섯 개의 절이 소설을 구성한다. 특이한 점은 이들 여섯 화자의 진술이 동일한 사건과 인물을 두고도 서로 일치하지 않는다는 점이다. 하산 촌장은 솔롱고스(한국인) 사냥꾼의 고독을 이해하지 못한다. 노승의 독백은 상식적인 종교적 교리를 넘어섬으로써 다른 인물들이 이해하는 바와 다른 지점에 위치한다. 사냥꾼은 늑대를 이해하지 못하고, 또한 자신의 애첩인 허와가 동성애자란 사실을 꿈에도 상상하지 못한다.

이처럼 상호 어긋남과 몰이해는 이 소설에 바흐친적인 의미에서의 '다성성(多聲性)'을 부여한다. 소설은 결국 이 몰이해에 의해 비극으로 치닫지만, 그러나 최소한 우리는 작가 전성태가 타자들의 언어를 다루는 '윤리적인' 방식을 이해하고 있는 작가라는 사실에 대해서는 공감할 수 있게 된다. 늑대는 인간을 모르고, 한국인은 초원을 모른다. 유목민은 늙은 자본가의 고독을 이해하지 못하고, 노승은 자본의 논리 앞에서 무력할 수밖에 없는 생활고를 이해하지 못한다. 서로는 서로에게 모두 절대적 외부에 속해 있다. 그러나 한 편의 소설 속에 절대적 외부에 속한 진술들이 나란히 놓임으로써, 각각은 상호 비교 가능한 대상이 된다. 즉 각각의 화자들의 진술은 서로에게는 절대적 외부에 놓여 있지만, 읽는 독자들에게는 비교 가능한 대상이 됨으로써 '상대화'된다. 바로 그런 이유로 독자들은 한 동일자의 목소리가 다른 많은 타자들의 목소리를 통합하고 수렴해버리지 않는, 다성 담론의 묘한 울림을 경험한다. 만약 어떤 작가가 타자들에 대해(그것이 여성이 되었건, 자연이 되었건, 외국인이 되었건, 성적 소수자가 되었건, 늑대가 되었건) 말하고자 결심했을 때, 고려 가능한 점도 바로 이것일 것이다. 「늑대」는 '동일자의 언어로 씌어진 소설이 과연 타자들에게 언어를 부여할 수 있는가'라는 우리 시대의 가장 절실하고도 고약한 질문을 버텨낼, 몇 안 되는 작품들 중 하나이다. '다성 화법'의 형식이 그것을 가능하게 했다.

말할 수 없는 것들 앞에 선 한국 문학

말할 수 없는 것들 앞에서

비트겐슈타인이 그랬다. 말할 수 없는 것들 앞에서는 침묵하라고. 그런데 한국 문학을 둘러싼 최근의 담론들이 공히 지적하고 있는 것이 바로 우리 문학이 지금 말할 수 없는 것들과 맞대면하고 있다는 사실이다. 몇 가지 예를 들어보자.

먼저 황호덕의 말이다. "국가 밖이 국가인데 어떻게 국가를 넘어가는가." "엄밀한 의미에서 트랜스내셔널한 사고 따위는 존재할 수 없다." "초역(超域)의 사고란, 정치적인 의미에 있어 여전히 희미한 가능성, 일종의 골계적 태도로서만 힘을 지니는지 모른다."[1] 황호덕이 지적하는 것은 최근 작품의 무대를 국경 너머로 바꾼 작가들, 그리고 그들의 작품을 두고 자주 거론되는 소위 '국경 너머의 사유'란 것이

---

1) 황호덕, 「넘은 것이 아니다」, 『문학동네』 2006년 겨울호, p. 422.

엄밀한 의미에서 가능할 수 있겠는가 하는 점이다. 이와 유사하게, 복도훈은 "지정학적 경계는 오래전에 넘었을지는 모르지만 그 상상력과 언어는 여전히 38선 이남에 머무르고 있는 한국 문학의 처지를 새삼 절감"[2]한다고 토로하고, 서동진은 "유목"이라는 관념, 그리고 "그것의 아류라고 할 '월경(越境)'이니 '트랜스trans'니 하는 관념들"이 사실은 신자유주의 이데올로기와의 공명 속에서 "우리 시대에 창궐하는 철학적 유행"[3]이라 단정하기도 한다. 사실 물리적 경계로서의 국경을 넘는 일이야 그다지 어려운 일이 아니겠으나, 국가에 의해 통치되지 않는 땅, 바다(그리고 거의 모든 주체들의 의식과 무의식도)가 없는 지구이고 보면 우리가 진정한 의미에서 국경 너머를 사유할 수 있겠는가 하는 질문은 사뭇 발본적이다.

딱히 국경이 아니라도, 사유 불가능한 영역, 발화 불가능한 영역에 대한 강조는 다른 논자들에 의해서도 이루어진다. 박일형은 묻는다. "인간이 의인화의 시선을 의지하지 않고 동물을 바라볼 수 있을까? 동물을 인간에 대한 은유로 삼지 않을 수 있을까?"[4] 서동욱의 질문도 있다. "도대체 무의미한 음향의 구현으로 달성되는 동물 변신의 핵심은 무엇인가? 절대적으로 무의미해서, 어떤 은유도 알레고리도 될 수 없는 이 동물적 음성의 달성은 우리를 어디로 인도하는가?"[5] 동물의 소리가 언어가 아닌 것은, 그것이 도대체가 분절이라고는 모르는, 그래서 그저 무의미한 음향일 뿐이기 때문이다. 그런 이유로 그간 인간

---

2) 복도훈, 「연대의 환상, 적대의 현실」, 같은 책, p. 500.
3) 서동진, 「분단, 이동, 모더니티」, 같은 책, p. 449.
4) 박일형, 「인간의 식탁 밑에서」, 『세계의 문학』 2006년 겨울호, p. 528.
5) 서동욱, 「동물 변신 문학」, 같은 책, p. 514.

이 동물에게 부여한 모든 언어는 사실은 그저 의인화나 은유를 통한 '동물의 인간화'에 다름 아니었을 것이다. 그렇다면 우리의 사유와 언어 밖에 있는 절대적 타자로서의 동물을 인간화하지 않고, 동물 그 자체의 소리를 어떻게 언어화할 것인가? 이 질문 역시 '국경 너머를 사유할 수 있는가'라는 질문만큼이나 발본적이다.

직접적인 명제의 형태로는 아닐지라도 우리는 문학을 음악으로 변형시키려 한다든가(한유주, 김태용), 타자들(여성, 이주 노동자, 탈북자, 연변족, 외국인)에게 동일자의 것이 아닌 목소리를 부여하려 한다든가(강영숙, 전성태, 천운영, 이재웅, 손홍규), 더 이상 소설이라 부를 수 없는 소설의 영역을 탐색한다든가(배수아, 김유진, 김숨) 하는 식으로 어쩌면 사유와 발화가 불가능한 지점에 들어선 작가들에 대한 이야기를 이즈음 심심치 않게 듣는다.

요컨대 한국 문학은 이즈음 말할 수 없는 것들 앞에 서 있음에 틀림없어 보인다. 그렇다면 그것들 앞에서 작가들은 비트겐슈타인의 충고에 따라 침묵해야 하는 것일까? 사실 침묵 외에 다른 도리가 없는 듯이 보이기도 한다. 그 말할 수 없는 것들을 '실재'(라캉)라 부르건 '저주의 영역'(바타유)이라 부르건, '타자'(레비나스)라 부르건 현대의 수많은 사상가들이 공히 지적하는 것이 바로 그것들에게 입을 돌려줄 수 없다는 점이기 때문이다. 그런 의미에서 그것들은 인식의 대상이라기보다는 윤리의 대상이다.

그러나 달리 생각하자면 작가란 모름지기 '말하는 자' 아닌가? 그리고 말하는 자로서의 그의 운명은 설사 말할 수 없는 것들과 맞대면하게 되었다 하더라도 결코 포기될 성질의 것이 아니지 않은가? 왜냐하면 말하기를 포기하는 순간 그는 더 이상 작가이기를 그쳐야 하기 때문이다. 말할 수 없는 것들 앞에서도 말을 그만둘 수 없는 자, 그들이야말로 작가들이다.

문명이 향하는 곳 : 박민규의 「깊」

우리 시대의 작가들은 '말할 수 없는 것들에 대해서도 말할 수밖에 없는' 자신들의 운명을 어떻게 돌파하(지 못하)고 있는가? 우선 박민규의 경우가 있다.

박민규에게 말할 수 없는 것은 다름 아닌 비참한 현실의 기원이다. 『핑퐁』[6]에서도 마찬가지지만, 그 이전의 단편들에서도 그의 주인공들은 그야말로 참담한 나날의 일상을 그저 아무런 희망 없이, 맹랑한 유머와 망상을 통해 견뎌 나갈 뿐이었다. 박민규에게 현실의 비참은 거의 선험적인 수준에 육박한다. '선험적'이라는 말은 그의 주인공들이 하나같이 자신이 처한 비참한 상황의 연원도 그것을 벗어날 방도도 현실적으로 고민하지 않는다는 사실을 지시하기 위함이다. 말하자면 그는 후기자본주의 일상이 주는 비참에 대해 더 이상 '인식적 지도 그리기'가 불가능함을 깨달은 386세대의 전형처럼 보이는데, 그럴 때 그가 택한 견딤의 방식이 바로 유머러스한 '망상'이다. 그러니까 그는 말할 수 없는 것에 대해 말해야 하는 운명을 망상을 통해 (가까스로) 실현해왔다. 혹은 회피해왔다. 어떤 '망상'이었는가 하면, 가령 외계인 망상 같은 것인데, 「코리언 스텐더즈」[7]는 그 가장 훌륭한 예

---

6) 박민규, 『핑퐁』, 창비, 2006.
7) 박민규, 「코리언 스텐더즈」, 『카스테라』, 문학동네, 2005.

가 될 만했다. 귀농한 선배(그 역시 386세대였을 터인데)의 배추밭은 누가 파헤쳤을까, 비닐하우스 속의 특용작물들은 왜 재처럼 바스라졌고, 축사의 소들은 왜 자꾸 눈에 울혈이 생기는 것일까? 말하자면 이토록 비참한 현실의 연원은 어디에 있는 것일까? 90년대 이후 이제 더 이상 인식적 지도 그리기(프레드릭 제임슨)마저 불가능할 것만 같은 시절에 이런 의문에 대한 답은 쉽사리 말해질 수 없다. 그러자, 그는 그 말할 수 없음 앞에서 '수직 상승'한다. 우주 밖 외계까지. 그곳에서 그는 개복치처럼 생긴 지구를 보기도 하고(「몰라 몰라, 개복치라니」), 지구인이 아닌 탁구인을 만나기도 하는데(『핑퐁』), 어쨌거나 은반형 비행 물체를 타고 날아온 외계인이 바로 비참한 현실의 기원이었던 것이(라고 믿는 것이)다. 이런 방식으로 그는 현실적 비참의 기원에 대한 부담, 그 말할 수 없는 것을 말해야 하는 부담을 피해간다. 우주까지 수직 상승한 자의 눈에 현실의 비참은 이제 사소하고 견딜 만한 것, 웃어넘길 만한 것이 된다. 탁구 한 게임으로 언인스톨하면 될 만큼(『핑퐁』).

최근작 「깊」[8] 역시 이와 같은 방식으로 씌어진 작품에 틀림없거니와, 다만 달라진 점이 있다면 '수직 상승'이 '수직 하강'으로 바뀌었다는 점이다. 이 작품의 시간적 배경은 2487년, 사상 최고의 지진이 해저에서 발생하여 1만 9,251미터 깊이의 새로운 해구를 만들어놓은 지 꼭 백 년째 되는 해이다. 인류는 그동안 어마어마한 노력과 경비를 지출해가면서 바로 이 '심연'을 탐사하기 위해 노력해왔다. 그리고 소설은 이 임무를 부여받고 심연 속으로 끝없이 수직 하강하는 다섯

8) 박민규, 「깊」, 『현대문학』 2007년 1월호.

명의 디퍼deeper들에 대한 이야기다. 잘 씌어진 SF소설의 형식을 차용하고 있는 이 작품의 결말은 디퍼들의 죽음이다. 심연에는 아무것도 없다는 사실, 심연을 탐사하기 위해 인류가 발명한 모든 기기들이 사실은 데브리(우주 쓰레기)에 불과했다는 사실의 확인이 소설의 말미를 채운다. 그렇게 수직 상승과 마찬가지로 수직 하강도 인류 문명을 충분한 거리를 두고 관찰할 수 있는 망상적 시야를 작가에게 제공한다. 그 시야 속에서 인류의 문명과 그 진보란 쓸모없는 노력을, 의미 없는 탐사를, 그리고 죽음을 향한 충동을 의미한다. 『핑퐁』 이후 박민규의 염세주의가 계속되고 있음을 확인할 수 있는 대목이거니와, 어쨌든 그는 여전히 망상적 서사를 통해 현실적 비참의 기원, 그 말할 수 없음을 견뎌나가고 있는 중이다.

존재하지 않는 여행 : 편혜영 「소풍」

편혜영은 항상 '구원, 탈출, 유토피아' 같은 어휘들이 지칭하는 어떤 상태에 대해 침묵하는 편을 택한다. 편혜영이 보기에 그것들은 모두 말할 수 없는 영역에 속해 있기 때문이다. 『아오이가든』[9]에 실린 모든 단편들에서 자연은 문명에 대한 대안이 되지 않고, 야만은 문명의 폐허와 구분되지 않는다. 저수지에서는 아무리 물을 퍼내도 결코 문명을 흘러넘치는 생명력으로 충만한 괴물이 발견되지 않고(「저수지」), 서쪽 숲에는 낙원 대신 현실보다 더 악몽 같은 노역만이 존재

---

9) 편혜영, 『아오이가든』, 문학과지성사, 2005.

하는가 하면(「서쪽 숲」), 개에 물려 숨이 넘어가는 아이를 안고 아무리 차를 몰아도 사육장 근처를 벗어날 수 없는(「사육장 쪽으로」),[10] 그런 세계가 바로 편혜영의 세계다. 현실 너머의 이보다 '나은 세계'에 대해 말할 수 있다면, 오로지 그것의 불가능성에 대해, 그것의 부정과 결여에 대해서만 말할 수 있을 뿐이다. 설사 2007년도에 출간된 『사육장 쪽으로』에 실린 「소풍」에서처럼 기존에 작가가 즐겨 사용하던 알레고리의 수법을 벗어던지고, 사실주의적 기율에 비교적 충실한 작품을 쓰더라도 사정은 그다지 달라지지 않는 듯싶다. 「소풍」의 주제를 한마디로 요약하자면 아마도 '존재하지 않는 여행'쯤 될 것이다. 여행이란 일반적인 의미에서 일상으로부터의 탈출, 혹은 이례적인 시공간의 경험을 말한다. 그러나 편혜영의 「소풍」은 바로 그런 의미에서의 여행이란 존재한 적도 존재할 수도 없음을 보여줌으로써, 우리가 속한 현실 너머의 '나은 세상'에 대해서는 결코 인식할 수도 말할 수도 없음을 보여주는 작품이다.

작품의 두 주인공은 건설 노동자와 논술학원 강사이다. 편혜영 소설에서는 이례적으로 구체적인 직업을 가지고 있고, 일상적인 삶을 누리는 캐릭터들이라 하겠는데, 둘이 어느 날 미루고 미루었던 W시로의 소풍을 시도하는 장면으로부터 소설은 시작한다. 그러나 그들의 소풍은 시작부터 불길하다. 시정거리 50미터 미만의 짙은 안개가 그들의 여행을 방해한다. 그들이 가지고 있는 지도는 6년 전 발행된 것, 그러니까 그들은 이 미로 같은 안개 속을 헤쳐 나갈 어떠한 나침반도 가지고 있지 않다. 사소한 취향의 차이로부터 비롯되는 여러 차례의

---

10) 편혜영, 「사육장 쪽으로」, 『사육장 쪽으로』, 문학동네, 2007.

다툼들, 이런저런 이유로 자꾸 늦어지는 일정, 멀미, 구토, 방뇨, 물 컹거리는 삼겹살 봉지, 그들의 앞을 막아서는 거대한 탱크로리 한 대, 그리고 마지막으로 안개 속의 돌연한 사고가 있다. 이 모든 사건들은 그들이 오랫동안 꿈꾸었던 여행이란 것이 사실은 불가능할 뿐만 아니라 애초에 부재하다는 사실을 여러 차례에 걸쳐 강조하는 효과를 준다. 사랑하는 사람과 낯선 곳으로의 일탈이라는 낭만적 여행의 신화는 산산조각이 난다.

그들의 여로는 분명 인생에 대한 비유일 터인데, 작중 여주인공의 다음과 같은 독백은 소설의 이와 같은 주제에 대한 가장 훌륭한 요약이라 해도 무방할 것이다. "세상의 모든 비유는 대개 익숙한 것일 가능성이 많았다."[11] 삶은 마치 식상한 비유와 같아서 결코 우리에게 독창적이고 참신한 경험을 선물하지 않는다는 얘기겠는데, 그렇다면 소설의 마지막 문장들은 우리가 결코 말할 수도 사유할 수도 없는 현실 저편에 대한 편혜영식 은유에 다름 아닐 것이다. "이정표는 언젠가 도착할 도시의 이름을 알려줄 뿐, 여기가 어디인지에 대해서는 함구하고 있었다."[12] 이정표는 결코 우리가 있는 곳이 어디인지 알려주지 않는다. 작가 편혜영에 따르면 우리들의 인생이란 자신이 속한 곳이 어디인지도 모르는 채로, 언제 당도할지 모를, 심지어는 그런 곳이 있는지조차 알 수 없는 구원과 해방을 향해 안개 속을 달리는 일과 같다.

11) 편혜영, 「소풍」, 같은 책, p. 22~23.
12) 같은 책, p. 34.

타자와 친구가 되는 법 : 김연수「모두에게 복된 새해」

소설집『나는 유령작가입니다』[13]에 실린 김연수의 소설들은 하나같이 문자에 의한 사실의 기록 불가능성이란 주제를 되풀이하고 있었다.「뿌넝숴(不能說)」가 그랬고,「이등박문을, 쏘지 못하다」가 그랬고,「쉽게 끝날 것 같지 않은 농담」이 그랬다. 말하자면 그 역시 말로는 할 수 없는 영역이 있다는 사실에 직면해 있었다는 이야긴데, 거기에 한 가지 더 강조해야 할 것이 있다면 그는 또한 말할 수 없는 것으로서의 '여성' 앞에도 항상 직면해 있었다는 점이다. 예를 들어「다시 한달을 가서 설산을 넘으면」을 포함한 그의 대부분의 연애소설들은 문자를 통한 여성의 재현 불가능성에 대한 소설로 읽히기에도 모자람이 없다. 그에게 여성이란 거의 '절대적인' 타자와 같아서, 남성의 언어로 그들을 쉽게 재현하려 하거나, 그들에게 동일자의 언어를 부여하려는 오만을 그는 쉽게 범하지 않았다.「다시 한달을 가서 설산을 넘으면」의 주인공이 죽은 연인에 대해 사력을 다해 쓴 소설, 그러나 결국엔 연인에 대해 아무것도 말해주지 않았던 바로 그 소설을 김연수도 써왔던 셈이다. 그러니까 작가 김연수는 내내 타자들을 동일자화하기보다 그들을 동일자의 영역 밖에 있는 존재로 승인하는 방식을 취해왔다.

그럴 때 남는 문제는 그렇다면 절대적 타자인 그들과의 소통, 대화, 연대는 어떻게 가능할까 하는 점이다. 남성은 어떻게 여성과 친

---

13) 김연수,『나는 유령작가입니다』, 창비, 2005.

구가 될 수 있을까? 비단 여성만이 아니더라도, 우리와 사유 체계가 다르고, 언어가 다른 여러 부류의 타자들(가령 외국인이나 이주 노동자들, 동물이나 자연과 같은)과는 어떻게 친구가 될 수 있는 것일까? 사실 이 질문은 김연수 개인에게만 짐이 되는 질문은 아니었다. 앞서 살펴본 대로 이 질문은 지금 우리 문학의 주류에 속하는 작가군 전체에게 던져진 가장 첨예한 질문이기도 하다. 모르긴 해도『잘 가라, 서커스』를 쓸 때의 천운영도,「국경을 넘는 일」을 쓸 때의 전성태도,『리나』를 쓸 때의 강영숙도,「존재의 형식」이나「랍스터를 먹는 시간」을 쓸 때의 방현석도,『시하눅빌 스토리』를 쓸 때의 유재현도, 그리고 오수연도, 이재웅도, 손홍규 등등도 모두 이 질문과 맞대면한 적이 있었을 것이다.

  김연수의 단편「모두에게 복된 새해」는 이 질문에 대해 김연수가 제출한 회심의 대답으로 읽힌다. 작품의 화자는 '나'이다. '나'에겐 아내가 있고, 그 아내에겐 외국인 친구가 한 명 있다. 인도인이자 시크교도인 '사트비르 싱'이 그다. 아내가 부재하는 사이 터번을 쓴 그가 피아노를 조율해주기 위해 방문하고, '나'와 그는 "눈이, 그것도 잘하면 폭설 같은 것이 내릴 만한, 조용한" 제야의 밤을 같이 보내게 된다. 그러니까 종교도, 언어도(그의 한국어 실력은 아주 형편없다), 피부색도 다르고, 심지어 (어쩌면 아내와 부적절한 관계에 있을지도 모르므로) 연적이기도 한 '완벽한 타자'와의 대화가 시작된 셈이다. 그러나 몇 차례의 대화가 오고가면서 '나'는 그로부터 자신은 몰랐던 아내의 외로움과 취향에 대해 듣게 되고, 또 그가 시크교를 믿는 펀자브 사람이라는 사실과 라흐마니노프를 좋아한다는 사실과, 열두 명의 수염 기른 동료들과 컨테이너에서 같이 생활한다는 사실에 대해서도 듣게 된다. 그리고 마지막으로 아내와 그 둘이 서로 친구가 된 사연을 듣게 된다. 아내와 싱은 어떻게 친구가 되었는가? 이런 식으로 친구가 되었다.

"혜진은 한국말 안 합니다. 혜진은 영어말 합니다."
"영어? 혜진이 왜 영어로 말해?"
무슨 소리인지 몰라서 내가 되물었다.
"혜진은 영어말 합니다. 저는 한국말 합니다."
"혜진은 영어를 잘 못하는데?"
"저는 영어 잘합니다. 서로서로 배웁니다. 서로서로 고쳐줍니다."
그제야 나는 '말하자면 친구'라는 게 어떤 것인지 알 것 같았다. 그건 내가 은근히 걱정한 것처럼 심각한 게 아니라 아무런 대가 없이 서로에게 한국어와 영어를 가르쳐주는 관계였던 것이다. 이 친구는 더듬더듬 한국어로 말하고, 마찬가지로 아내도 더듬더듬 영어로 말하는 사이. 말 그대로, '말하자면 친구'인 사이. 나는 마음이 좀 풀어져서 맥주를 쭉 들이켜고는 이 친구에게도 마시라고 강권했다.[14]

이 장면은 처음에 '나'가 그에 대해 가지고 있던 적대적인 태도가 바뀌는 순간이자, 타자들이 서로 친구를 맺는다는 것이 어떻게 가능한가를 이해하는 장면이기도 하다. 친구란 "아무런 대가 없이 서로에게 한국어와 영어를 가르쳐주는 관계"란 구절은 데리다의 '환대 hospitality' 개념을 떠올리게 하는 데가 있거니와, 김연수가 제시하

---

14) 김연수, 「모두에게 복된 새해」, 『현대문학』 2007년 1월호, p. 132.

는 타자와의 연대 가능성이 시작되는 지점이 바로 여기다. 아무런 대가 없이 서로 가르치고 배우고, 피아노를 조율해주고, 맥주를 대접하고, 그런 사람들이 타자에서 친구로 변한다. 그렇다면 타자들에 '대해서'는 영원히 말할 수 없을지 모른다 하더라도, 타자들과 친구를 맺는 것은 가능할 것이라고 우리 문학은 이제 말할 수 있게 된 셈이다. 환대가 타자들 간의 연대를 가능하게 한다. 그리고 그렇게 맺어진 친구들이 지구 도처에서 늘어날 때, 새해는 모두에게 복된 그런 새해가될 것이다. 작가 김연수가 우리 시대 그 어느 작가보다도 앞서 한발을 성큼 들여놓은 타자들 간의 교통 공간(가라타니 고진), 환대의 윤리학이 시작된 지점이 바로 여기다. 우리 모두에게 복된 작품이다.

편백나무 숲 쪽으로, 혹은 밖으로

1

소설 작품을 통해서도 논쟁을 할 수 있을까? 그러니까 어떤 작가가 다른 작가의 작품을 소설을 통해 논박하고, 그러자 그 다른 작가가 어떤 작가를 또한 소설을 통해 반박하는 그런 사태 말이다. 그런 논쟁이 벌어지고 있다. 게다가 이 논쟁은 최근 우리 소설의 흐름과 관련하여 결코 의의가 적지 않다. 논쟁의 중심엔 윤대녕이 있는데, 그 시작은 이기호로부터 비롯되었다.

실제로 당신은 '윤대녕' 소설 속 주인공을 따라, 한 번도 마셔보지 않은 블루마운틴 원두커피와 여과지를 사기도 했고(아아, 하지만 당신은 끝내 그것을 마셔보지 못했죠. 홀어머니와 단둘이 사는 당신의 반지하 월세방엔 원두커피 내리는 기계가 없었습니다. 어쩌다 한번 인스턴트 커피를 마시려 해도 커다란 양은주전자를 가스레인지에 올려놔야 했지요), 소설에 등장하는 책들, 그러니까 『노동법해설』 『사회학의 과제』 『유럽의 봉건제도』 『마르크스 전기』 『철학사강의』 『아메리카 요람』 『막심 고리키 전기』 같은 책들을 헌책방에서 사모으기도 했습니다(아아, 하지만 오해는 마세요. 당신이 그 책들을 다 읽었단 말은 아니니까요. 당신은 그저 그 책들을 책상 한편에 차곡차곡 쌓아 올려놓았을 뿐이죠. 그리고 때때로 그것들을 보며 소설의 한 대목을 떠올렸죠. '야, 이런 걸 다 읽었단 말이야? 이건 도사구먼 도사⋯⋯').[1]

이기호의 단편 「나쁜 소설」에 등장하는 구절이다. 인용문 이후로도 실명 작가 윤대녕의 작품에 대한 언급은 네다섯 쪽이 더 이어진다. 젊은 시절 윤대녕 소설의 매력에 반했던 작중 인물은 윤대녕의 소설 속 인물을 흉내 내지만 번번이 중도 포기한다. 9급 공무원 시험 준비생이자 해장국집 주방에서 일하는 어머니를 둔 그에게 윤대녕의 주인공들이 애호하던 원두커피와 여과지는 그림의 떡이고, 그들이 읽던 많은 책들은 그저 책상 위를 어지럽히는 종이 뭉치에 불과하다. 윤대녕 소설에서 자주 그렇듯이 이기호의 화자 역시 춘천행 기차에서 한 여성과 동석하기도 하나 그 여성은 그를 따라 남춘천역에서 내리는 대신 그를 치한 보듯 경원시하며, 애인은 헤어질 때까지 그에게 "상처에 중독된 사람"이란 대사를 날리지 않는다.

이기호는 아마도 이 인용문을 통해 우리가 살고 있는 비루한 현실에 비할 때 윤대녕의 그 유명한 '존재의 시원 찾기'란 얼마나 낭만적인 신화인가라고 묻고 있는 듯싶다. 매번의 여행은 존재의 시원을 찾

1) 이기호, 「나쁜 소설」, 『갈팡질팡하다가 내 이럴 줄 알았지』, 문학동네, 2006, pp. 25~26.

아가는 여행이고, 여행 중에는 '우연히,' 그러나 항상 '운명적으로' 상심한 여성이 동반하고, 그녀와의 하룻밤(그전에 둘은 대개 그럴듯한 재즈바 같은 곳에서 낯선 이름의 서양 술을 마시기도 한다)은 그리하여 존재의 시원을 향한 '회귀'의 행위로 미화되는 윤대녕식 소설 공식에 대해 이기호는 할 말이 많은 모양이다.

좀더 나가보자. 여러 논자들(김동식, 김영찬, 신형철 등)도 지적했듯이 이기호가 시작한 이 논쟁은 그저 개인으로서의 이기호가 개인으로서의 윤대녕에게 제기한 사적인 논쟁만은 아닌 것처럼 보인다. 거기에는 어떤 세대 감각이 가로놓여 있다. 윤대녕이 대표하는 90년대 소설, 그리고 그것이 끊임없이 천착해온 소위 그 '내면성'이라고 하는 것(그 내면성은 80년대의 '사회'에 대한 반대 급부였을 터인데)에 이제 더 이상 관심을 갖지 않게 된 세대가, 진지하게도 마치 어딘가 우리가 떠나왔고 되찾아야 할 완전성, 기원, 신화 같은 것이 존재한다는 듯이 되풀이해서 탐색담 쓰기를 마다하지 않는 전 세대에게 보내는 일종의 넋두리가 바로 이기호의 소설은 아닐는지. 물론 그들이 그런 방식으로 90년대 문학에 딴지를 걸게 되기까지에는 90년대 초반 이후 자본주의의 승승장구와 신자유주의 이념의 지배이데올로기화, IMF를 통해 굳어진 보편화된 결핍감 같은 현상들을 겪어야 했을 것이다. 더 이상 어찌해볼 도리가 없을 것만 같은 전 지구적 자본주의 시대를 살아가면서, 왜소화될 대로 왜소해진 이기호 세대의 작가들에게, 80년대 서사가 출정하는 영웅 신화로 읽히는 것과 똑같은 의미로, 90년대 서사는 회귀하는 영웅 서사로 읽히는 건 아닌가 싶다. 당연히 「나쁜 소설」의 작중 인물은 소설을 존재의 시원을 찾는 도구로 사용하지 않는다. 여관방에서 윤락 여성을 불러 그녀와 섹스를 나눌

때에야 소설은 '용도'를 획득한다. 소설의 용도에 관한 한 이기호의 이 소설보다 더한 축소와 추락은 없을 것이다.

2

그러나 윤대녕은 이기호가 걸어온 논쟁에 대해 묵묵부답이다. 대신 얼마 뒤, 그는 「편백나무숲 쪽으로」를 발표하는데 이 작품은 다음의 한 구절만으로도 단박에 절편이 된다.

"편백나무 숲에 산막(山幕)이 하나 있느니라. 선산에서도 그리 멀지 않으니 너도 찾을 수 있을 것이다. 가겠다면 길을 알려주마."

"아비가 지금 거기 있습니까?"

〔……〕

"내가 스무 살 무렵이니 그새 오십 년 전이구나. 니 아비와 나는 토굴에 숨어 있는 뱀을 찾겠다고 그 산막에서 일 년을 함께 보냈더니라. 그래, 꼬박 일 년을 말이다."

"……"

"하지만 찾지 못하고 겨울이 되어 돌아왔다. 그 후로도 니 아비와 나는 번갈아 그 뱀을 찾아다녔더니라. 서로를 숨기면서 말이다. 사나운 짐승들이 한곳에 모여 꿈을 꾸듯 장려한 날들이었다."[2]

---

2) 윤대녕, 「편백나무숲 쪽으로」, 『제비를 기르다』, 창비, 2007, p. 155.

30년 동안 다른 집 살림 돌보느라 아들을 버려두고 외지를 떠돌던 아비가 늙고 병들어 돌아온다. 병원에 눕혔으나 이내 종적을 감춘다. 그 아비를 찾아 고향에 돌아온 아들에게 백부(양부이기도 하다)는 아비가 대정(大定, 大靜)에 들겠다고 했음을 알린다. 거대한 고요, 죽음이자 곧 존재의 시원으로의 회귀이겠다. 백부와 아비가 유년에 찾아다녔던 뱀, 그리고 그 뱀이 사는 토굴이 있다던 3백만 평 규모의 편백나무 숲은 그대로 신화적 분위기를 작품에 부여한다. 그러자 기막힌 문장 하나가 나타난다.

"사나운 짐승들이 한곳에 모여 꿈을 꾸듯 장려한 날들!"

윤대녕 소설에 종종 등장하는 초탈한 자들 중 하나로서 백부의 말투가 뿜어내는 묘한 매력은 흉내 낼 자 몇 안 되는 줄 알거니와, 언젠가 작가 김연수는 릴케의 이런 구절을 자신의 소설 속에 인용한 적이 있다. "결국 우리에게 필요한 것은 오직 용기다. 아주 기이하고도 독특하고 불가해한 것들을 마주할 용기. 이런 면에서 인류가 비겁해진 결과, 삶에 끼친 피해가 얼마나 큰지 모른다. '환상'이라고 하는 경험, 이른바 '영적 세계'라는 것, 죽음 등과 같이 우리와 아주 가까운 것들이, 예사로 얼버무리는 사이에 우리 삶에서 모두 사라져버렸다. 그러는 사이 그런 것들을 느끼는 데 필요한 감각들은 모두 퇴화되고만 것이다. 신에 대해서는 말할 것도 없다."[3] 릴케의 이 구절들에서도 역시 낭만주의적 편향이야 발견되는 것이겠지만, 어쨌거나 현대인이 잃어버린 것이 불가능한 것들, 장엄한 것들과 마주할 용기란 사실은 여러 번 강조해도 지나침이 없다.

---

3) 김연수, 「다시 한달을 가서 설산을 넘으면」, 『나는 유령작가입니다』, 창비, 2005, p. 91.

묵묵부답. 윤대녕이 마치 그간 자신이 써온 소설들의 진수를 다 모아놓은 듯한 이 작품을 통해 하려던 이야기도 결국 그것이 아니었을까? 거대한 우주뱀이 사는 토굴이야 아마도 없었을 것이다. 그러나 사나운 짐승들이 한곳에 모여 꿈을 꾸듯 장려한 날들은 있었지 싶다. 토굴에 사는 뱀의 존재, 그러니까 돌아가야 할 시원에의 믿음이 그런 날들을 가능하게 했을 것이다. 그렇다면 그것의 존재를 믿는 것이 어쩌면 우리에게는 득이 아닐는지. 게다가 소설은 한때(지금도 그러한지는 알 수 없으나) '그럼에도 불구하고'의 장르, 선험적 고향 상실성의 장르, 그러니까 존재하지 않는 것을 찾아 떠나는 탐색담 아니었던가!

데리다를 거론하고, 만년의 알튀세를 거론하면서 기원이란 것, 종말 목적이란 것이 얼마만한 허구인지를 누차 언급하고픈 욕심 너머로, 창공에 빛나는 별이 지도가 되었던 시대에 대한 낭만적 향수도 종종 쓸모 있다고 여겨질 때가 있다면 윤대녕의 소설을 읽을 때이다.

3

정작 「편백나무숲 쪽으로」에 대한 반론편은 이기호가 아니라 김태용에게서 나왔다. 제목부터 의도한 것임에 분명한 「편백나무 숲 밖으로」가 그것이다. 분명히 윤대녕의 작품을 겨냥해서 김태용은 이런 구절들을 쓴다.

서른 살 생일 날 나는 생일 케이크를 들고 편백나무 숲으로 갔다. 숲 속의 빈터를 찾으려 했지만 쉽게 찾아지지 않았다. 숲은 전체가 텅 비어 있기에 빈터가 없었다. 도무지 내가 쉴 곳은 없구나. 편백나무 숲에 저주를 퍼부으며 도로 숲을 나왔다.[4]

전보에는 다음과 같이 씌어 있었다.
돌아오라. 돌아오라.
〔……〕
〔……〕 돌아오라니, 떠난 적이 없는 내가 어디로 돌아간단 말인가
(p. 242).

윤대녕에게 편백나무 숲은 존재의 시원을 감춘 곳이다. 그러나 첫번째 인용문에서 보듯 김태용에게 편백나무 숲은 텅 비어 있어서 역설적으로 쉴 곳이라고는 없는 곳, 그러니까 텅 빈 기원이다. 기원은 원래 존재하지 않는다. 두번째 인용문에서 김태용의 화자는 마치 윤대녕의 화자가 그러했던 것처럼 전보를 한 통 받는다. 내용은 '돌아오라. 돌아오라'다. 윤대녕에게라면 그것은 존재의 시원을 향한 여행을 알리는 첫 기호가 될 것이다. 그러나 김태용의 화자는 떠난 적조차 없으므로 돌아갈 곳도 없음을, 즉 기원도 종말 목적도 기실은 존재하지 않는다는 사실로 전보를 반박한다. 대신 기원을 되불러오는, 그래서 기원이 항상 의지하기 마련인 '기억'이란 단어를 차라리 유희의 대상으로 삼는다.

기억에 의존하는 자신을 못 견뎌하는 나는 어느 순간 제 꼬리를 자

___
4) 김태용, 「편백나무 숲 밖으로」, 『풀밭 위의 돼지』, 문학과지성사, 2007, p. 236. 이후 본문에 쪽수만 표기.

르고 도망가는 기억이란 생물을 갑자기 존경하고 싶어진 것이다. 나는 왜 기억에 의존하는 자신을 못 견뎌하는가. 기억이 나쁜가. 기억은 왜 시간을 거슬러야만 하는가. 한 번도 멍하니 수면 위를 바라본 적은 없지만 기억은 왜 수면 위에 떠 있지 않고 수면 아래서만 형태를 알 수 없는 검은 생명체의 실루엣을 보이며 인간을 유혹하는가. 나에게도 어쩌면 기억하고 싶으면서도 기억하고 싶지 않은 기억이 분명히 있을지 모른다. 기억나지 않는다. 기억하고 싶지 않아 어느 순간 기억에서 사라져버린 기억을 떠올릴 수 있다면 내가 왜 나를 죽여야만 하는지에 대한 물음을 해결할 수 있을 것이다. 기억을 하면 할수록 기억은 꼬리에 꼬리를 물고 내가 기억하고 싶은 기억에서 멀어져 또 다른 형태와 빛깔과 소리의 기억으로 변모하게 된다. 나는 기억하지 못한다. 기억은 나쁘다. 기억이 정말 나쁘다면 나를 죽이기 전 마지막으로 나에게 기회를 주는 셈 치고 나쁜 기억을 떠올려보도록 하자. 내가 떠올릴 기억은 내가 기억하지 못하는 기억을 기억한 것이어야만 한다. 반복하면 나는 기억하고 있지 않은 기억을 기억하게 될 것이다(p. 241).

기원은 항상 기억하는 형태로 복원되고 존재한다. 그러나 앞의 인용문대로라면 기억은 자의적이어서, 기억하고 싶지 않은 것은 기억하지 못한다. 반대로 기억하고 싶은 것(가령, 이상화된 기원)을 만들어내기도 한다. 말하자면 기억의 자의성, 온전한 기억의 불가능성에 대한 문장들이다. 그러나 그런 의미를 전달하고자 했다면 두세 문장이면 족할 것을 작가는 아주 길게, 마치 기억이란 말을 문장 안에서 얼마나 자주 발화할 수 있는지를 실험이라도 하겠다는 듯이 늘어놓는다. 이 문단에 '기억'이란 단어가 몇 번이나 쓰였는지, 그리고 그것이 정말 의미를 전달하는 데 필수적인 것이었는지 묻는 것은 어리석은 일일 것이다. 다만 작가는 '기억'이란 단어를 가지고 유희하고 있달밖에.

기원이 항상 기억에 빚지고 있다면 기억을 유희의 대상으로 삼는다는 말은 곧 기원을 유희의 대상으로 삼는다는 말일 터인데, 그렇다면 김태용의 세계에는 기원이 없다. 그리고 분명 김태용은 그 사실을 데리다에게서 배웠다. 소설 속 화자가 내내 배낭에 넣고 다니던 '쓸모없는 단어 사전'이 그 증거다. 그 사전이 쓸모없는 이유는 "특정 단어를 읽게 되면 그 단어의 풀이가 이해되지 않아 풀이에 나온 단어를 다시 찾아야 했고, 다시금 단어의 풀이에 나오는 단어를 찾아 사전을 뒤적거려야"(p. 248) 하기 때문이다. 화자는 이 사전을 읽기 위해 "뒤로 갔다가 앞으로 갔다가 아래로 갔다가 옆으로 갔다가 위로 갔다가 하면서 세월을 탕진했다." 그가 "고정된 의미를 찾기 위해 끊임없이 무의미한 작업을 계속해야 하는"(p. 248) 짓을 그만두자 그 사전은 쓸모없는 사전이 된다. '흔적trace' '차연différance' '에크리튀르 ecriture' 같은 데리다의 용어들을 설명하는 데 흔히 사용되는 비유가 바로 이 끝없는 사전 찾기란 사실은 지적될 필요가 있다. 김태용에게 (그리고 그보다 먼저 데리다에게) 어떤 개념의 어원적 의미가 항상 사전 속을 헤매는 차연 운동을 유발하듯이, 모든 기원 찾기란 항상 오리무중의 미로를 신념 하나에만 지탱해 평생 떠도는 행위와 같다. 이 기호가 윤대녕의 '기원에의 향수'를 사막 같은 현실을 잣대로 비판했다면, 김태용은 탈근대 철학의 힘을 빌려 비판한 셈이다.

박형서가 얼마 전 자신의 소설집 제목을 '자정의 픽션'이라 붙이면서 염두에 두었던 시간대가 떠오른다. 근대도 아니고 탈근대도 아닌, 소설 이전도 아니고 소설 이후도 아닌 그런 시간대로서의 자정. 김태용이 지금 통과하고 있는 시간대도 거기가 아닐는지. 의미화 불가능한 시간대, 돌아갈 기원이 사라져버린 시간대, 이제 더 이상 소설이 진정한 가치를 찾는 탐색담이 될 수 없는 시간대, 그러니까 근대와 탈근대의 경계를 김태용은 우리가 사는 시간대로 인식한다.

쓴소리 한마디만 덧붙이자면 데리다를 능수능란하게 다루는 김태용은 분명 열심히 공부하는 작가임에 틀림없다. 그러나 공부하는 작가란 말이 항상 찬사일 수는 없는 노릇이다. 소설이 지식에만 의지할 때, 매번 사변이 겪곤 하는 '앙상함'이란 결함에 노출되기 쉽기 때문이다.

4

흥미롭게도 은희경은 윤대녕과 동세대 작가이면서도 김태용의 (의도하지 않은) 원군처럼 보인다. 새 창작집 『아름다움이 나를 멸시한다』[5]에 실린 여러 작품들에서 반복되는 '지도'의 테마를 염두에 둘 때 더욱 그렇다. 그 지도들은 더 이상 원점 O와의 거리를 통해 자신이 서 있는 곳, 그리고 나아가야 할 지점 P의 좌표를 지시해주는 역할을 하지 못한다. 가령 「고독의 발견」에는 지도와 관련하여 이런 구절이 등장한다.

W시에 대한 한 가지 기억이 떠올랐다. 언젠가 여행길에 들렀던 고

---

5) 은희경, 『아름다움이 나를 멸시한다』, 창비, 2005. 이후 본문에 작품 제목과 쪽수만 표기.

판화 박물관에서였다. 벽에 걸린 옛 지도의 가운뎃부분에 작은 구멍이 나 있었다. 지도란 접어서 갖고 다니는 물건이지요. 안내인이 설명했다. 바로 지도의 한가운데 지점이기 때문에 가장 많이 닳아서 구멍이 난 겁니다. 그 구멍 자리가 W시였다. 그럼 구멍 난 곳이 중심이고, 또 원점이란 뜻이네요? S의 질문이 떠올랐다. S와 헤어지기 전 마지막으로 함께 떠났던 여행이었다. 원점이라는 말에 이끌려 나는 전혀 관심이 없던 고지도를 다시 한 번 물끄러미 올려다보았다. 너무 오랫동안 간직하고 다닌 탓에 닳고 해어져서 검은 구멍 안으로 사라져버린 중심, 그곳이 W시였다(「고독의 발견」, p. 49).

모두에게 인기가 좋았고, 가난했으나 순수했고, 그런 날들이 아쉬워 헤어지기 전 친구들과 여행을 떠나기도 했던 기억 속의 W시, 그러나 지도에서 그곳은 '텅 빈 중심'이다. 그러자 이차 가공에 따라 수정되었던 기억이 복원된다. W시에서의 학창 시절 내내 정작 화자는 모두에게 놀림감이었으며, 여행을 떠난 적이 있다고 믿었던 절터는 어디에도 존재한 적조차 없다. 그는 그때나 지금이나 항상 고독했던 것이다. 다만 기억이 그 사실을 지우거나 이상화하여 보상해주었을 뿐.
아마도 그 고독은 기원 상실자의 고독일 터이다. 같은 작품집에 실린 「지도 중독」도 「유리 가가린의 푸른 별」도 이 테마를 되풀이한다. 「지도 중독」에서 P선배는 M에게 이렇게 말한다. "좌표 P를 구해도 목적지는 알 수 없다." 그리고 1991년에 소비에트의 코스모나츠들이 자신들이 우주에 있는 동안 느닷없이 사라져버린 조국(기원이기도 할 터) 앞에서 느꼈던 것(「유리 가가린의 푸른 별」)도 그와 같은 고독이었을 것이다.

90년대를 내내 대표했던 두 작가의 행보가 이토록 갈라지는 데에 이유가 없을 것 같지는 않다. 그러나 그에 대해 말하기 위해서는 다른 자리가 필요하겠다.

5

다른 자리가 필요한 이야깃거리가 하나 더 있다. 윤대녕의 최근작 제목은 「풀밭 위의 점심」[6]이다. 그리고 보니 김태용의 근작들 중에 「풀밭 위의 돼지」[7]란 작품이 있었다. 김태용의 풀밭은 앞서 편백나무 숲이 그랬듯이 무의미의 풀밭이다. 아내의 죽음으로 외상성 편집증에 걸린 한 노인이 풀밭 위에서 주절거리는 것이 소설 전체를 메운다. 언어의 의미화 작용에 대한 회의가 그러한 의미 없는 주절거림의 형식으로 나타난다. 의미는 사라지고 일종의 운율을 획득한 문장들로만 이루어진 소설에 대한 실험이 그 풀밭 위에서 펼쳐졌다.

반면 윤대녕의 풀밭은 여전히 의미심장하고 '기원적'이다. 한때 갈등 없는 삼각형의 연인 관계를 누렸던 두 남자와 한 여자가 그 급진적이고 이상적이며 신화적이기도 한 삼각형을 끝내기로 맘먹었을 때, 마치 최후의 만찬인 양 혹은 마네의 그림인 양 점심을 나누어 먹은 곳이 그 풀밭이다. 그 풀밭에서 찍은 사진(실제로 여성인 수연은 알몸인 채로 사진을 찍는다)을 화자는 아직도 간직하고 있다. 그날이 그들의 이별이 시작된 기원이기 때문이다. 그날 친구도 연인도 연적도 아

6) 윤대녕, 「풀밭 위의 점심」, 『문학수첩』 2007년 여름호.
7) 김태용, 「풀밭 위의 돼지」, 『풀밭 위의 돼지』, 문학과지성사, 2007.

니었던, 그런 의미에서 급진적이라면 급진적이고 해방적이라면 해방
적이었던 삼각형이 깨지고 나자, 수연은 불행해지고, 화자는 덤덤한
일상 속으로 안착한다. 세 사람의 일생을 좌우한 의미로 가득 찬 풀
밭이다.

　「풀밭 위의 점심」이 「풀밭 위의 돼지」에 대한 반박 편인지는 확실
하지 않다. 우연으로 치부하기엔 많이 절묘하고, 아니라고 하기엔 근
거가 없다. 어쨌거나 세대를 두고, 소설이라는 장르를 두고, 더 거창
하게는 근대와 탈근대의 경계를 두고 벌어지는 이 소설 논쟁이 좀더
지켜보고 싶을 만큼은 흥미롭다.